JOHANNES MARIO SIMMEL

Der Stoff aus dem die Träume sind

JOHANNES MARIO SIMMEL

Der Stoff aus dem die Träume sind

**

Lizenzausgabe Edito-Service S.A., Genf
mit Genehmigung der Droemerschen Verlagsanstalt Th. Knaur Nachf.
München

ISBN 2-8302-1085-9

17 057 002 (3

Korrektur

I

Beim Strohhause 31. Das ist die Adresse des Hamburger Polizeipräsidiums. Es liegt am Ausgang der U-Bahn-Station ›Berliner Tor‹, und es ist das einzige Hochhaus dort: ein dunkelgrauer, trotz vieler Fenster schwarz wirkender Betonbau.
Ich fand einen Parkplatz für unseren Leihwagen. Neben Bertie her ging ich durch den Nieselregen auf das Portal zu. Wir trugen beide Mäntel. An diesem Tag wurde es nicht richtig hell. Ein Selbstmörder-Tag. Irina hatte ich wieder im Appartement eingeschlossen; die Zimmermädchen konnten saubermachen, wenn ich zurückkam. Irina war sehr gefaßt und ruhig gewesen und hatte eingesehen, daß das alles zu ihrer Sicherheit geschah. Ich hatte auch noch mit der Crew der Portiers vom Tagdienst gesprochen, die ich alle kannte. Sie wußten bereits Bescheid. Nachtportier Heintze hatte sie informiert.
Zum Portal des Hochhauses mußte man durch mehrere Reihen riesiger rechteckiger Betonsäulen gehen. Man konnte sie schon Betonblöcke nennen, sie ragten zwei Stockwerke empor, so weit wie die Eingangshalle. Über dieser Eingangshalle befand sich das Hochhaus, rechts und links erhoben sich niedrigere Seitentrakte.
Die zwei Stockwerke hohe Halle hatte ein Zwischenstockwerk, das wie ein Balkon wirkte. An den schwarzen Wänden gab es Schaubilder, Dias und Hinweistafeln. Bertie kannte sich hier aus. Er steuerte auf einen der zwei schwarzen Fahrstuhlblocks zu, die sich, einander gegenüber, mitten in der Halle befanden. Im siebenten Stock erreichten wir die ›Leichen- und Vermißtenstelle‹.
Alle Zimmertüren waren aus undurchsichtigem Glas, mit breiten schwarzen Querbalken und Aluminiumklinken. Wir betraten ein Vorzimmer, in dem zwei Sekretärinnen auf ihre Maschinen einschlugen. Wir sagten, wie wir hießen und daß wir mit dem Kriminaloberrat Hering verabredet seien. Um elf. Es war zwei Minuten vor elf. Eine der Sekretärinnen hob ihren Telefonhörer ab. wählte eine zweistellige Nummer und meldete uns an.
»Herr Hering kommt sofort«, sagte sie.
Er kam wirklich sofort, eine Minute später öffnete sich die Tür zu seinem Zimmer. Hering war ein rundlicher Mann mit Glatze

und Brille, und er sah seltsam bedrückt aus. Bertie schüttelte er herzlich die Hand und sagte, er freue sich, ihn wiederzusehen, dann gab er mir die Hand und bat uns, ihm zu folgen. Wir gingen hinter ihm her in sein spartanisch eingerichtetes Büro. Schreibtisch aus hellem Holz beim Fenster. Auf dem grauen Metallbrett dort zwei Töpfe mit Pflanzen. Aktenschränke aus Metall. Ein Ungetüm, das Karteikarten enthielt. In der Ecke dem Fenster gegenüber ein runder Tisch, vier Stühle, eine Liege. Liege und Stühle modern und mit blauem Stoff überzogen. Auf zwei Stühlen saßen Männer, die sich nun erhoben und uns entgegensahen. Der eine war groß und dick, der andere war schlank und trug eine sehr starke Brille. Es waren die Herren Albert Klein und Wilhelm Rogge vom Bundesverfassungsschutz, die wir im Lager Neurode kennengelernt hatten.

2

Die Begrüßung war förmlich, korrekt und sehr kühl.

Offenbar bin ich ein ›Groucho‹ – in dem Marx-Brothers-Kleeblatt, so wie Hem es von sich behauptet. In jener Minute, die wir auf den Kriminaloberrat warten mußten, hatte ich plötzlich eine Vorahnung gehabt und den Recorder eingestellt. Das Mikrophon steckte unsichtbar in der Tragetasche. Es lugte nur mit dem silbernen kleinen Gitter des Kopfes heraus, ganz unverdächtig. Wenn es in der Tasche steckte, konnte auch niemand sehen, ob das Gerät eingeschaltet war. Ich stellte es weit weg von mir auf den Tisch, und niemand beachtete den Recorder, der das Folgende aufnahm.

Wir setzten uns alle um den Tisch herum. Der Kriminaloberrat machte einen eigenartig beklommenen Eindruck.

Ich fing an: »Eine ziemliche Überraschung, Sie hier zu sehen, meine Herren. Wir wollten eigentlich mit Herrn Hering sprechen.«

»Ja, das wissen wir«, sagte der große Herr Klein.

»Woher?«

»Nun, er hat es uns gesagt«, sagte der schlanke Herr Rogge mit der starken Brille.

»Als er eintraf«, sagte Klein. »Wir waren schon lange vor ihm da. Wir sind mit einem Frühzug gekommen.«

»Weshalb?« fragte Bertie. »Was machen Sie in Hamburg?«
Tief unter uns hörte ich die Sirene eines abfahrenden Polizeiwagens aufheulen.
»Was machen *Sie* in Hamburg?« fragte Herr Klein. Er sah uns beide gelangweilt und ein wenig abgestoßen an, man konnte ziemlich deutlich erkennen, was er von uns hielt. Ohne Zweifel teilte er die Meinung des verstorbenen Kanzlers Adenauer, nach dessen Maxime man mit der Presse so zu verfahren hatte: »Kaltes Buffett, Anzeigenentzug, Einstweilige Verfügung.«
Ich sagte: »Das wollten wir gerade Herrn Hering erzählen.«
Der Kriminaloberrat sank noch ein wenig mehr in sich zusammen. Er wirkte jetzt nicht bedrückt, sondern sonderbar feindselig. Er sagte: »Die Herren vom Verfassungsschutz sind für Ihre Angelegenheit zuständig, nicht ich, sagen sie. Also bitte, beantworten Sie ihre Fragen.« Er sah Bertie an und sagte, etwas freundlicher: »Tut mir leid, Herr Engelhardt.«
»Was können Sie denn dafür?« sagte Bertie. Zu den beiden anderen Männern sagte er: »Wir sind hierhergekommen, um dem Herrn Kriminaloberrat Hering als Leiter der Vermißtenstelle mitzuteilen, daß wir heute nacht mit Fräulein Irina Indigo aus dem Lager Neurode nach Hamburg gefahren sind und daß sie sich bei uns befindet.«
»Das wissen wir«, sagte Klein wieder.
»Woher?«
»Wir wissen es, das genügt. Sie sind mit Fräulein Indigo, die Sie ungesetzlicherweise veranlaßt haben, sich aus dem Lager zu entfernen, im Hotel ›Metropol‹ abgestiegen. Fragen Sie nicht wieder, woher wir das wissen. Wir sind schon sehr früh hier angekommen, und die Polizeireviere waren von uns alarmiert. Ihr Hotel wurde sofort bekanntgegeben, nachdem ein Revier vom ›Metropol‹ den Anmeldungsschein erhalten hatte. Sie haben Fräulein Indigo in Ihrem Appartement eingeschlossen, damit sie nicht fortläuft, Herr Roland, nicht wahr?«
»Ja«, sagte ich. »Denn sie ist in Gefahr. Um ihren Verlobten spielt sich eine sehr seltsame Affäre ab, und dieser Karl Concon wurde ...«
»Heute nacht ermordet. In Sankt Pauli. Hotel ›Paris‹. Wissen wir alles«, sagte Rogge.
»Auch daß Ihr Korrespondent Manner angefahren und schwer verletzt wurde«, sagte Klein.

»Und daß sich dieses Fräulein Luise Gottschalk irgendwo in der Stadt befindet.«

»Wer sagt das?«

»Ein Arzt, der Anzeige wegen ... Das spielt keine Rolle. Wir wissen es. Wir sind, wenn ich das sagen darf, überhaupt über alles informiert, was Sie Herrn Hering mitteilen wollten.«

»Und was war der Grund, daß Sie so schnell nach Hamburg gekommen sind und so gründlich nachforschen?«

»Das ist wohl unsere Sache«, sagte Klein.

Reizendes Gespräch, wirklich.

»Warum haben Sie, wenn das alles Ihre Sache ist, dann nicht dafür gesorgt, daß Fräulein Indigo das Lager überhaupt nicht verlassen konnte? Warum haben Sie sie nicht festgesetzt?«

»Dazu fehlte uns jede gesetzliche Handhabe«, sagte Rogge. »Das durften wir nicht. Wir leben in einem Rechtsstaat, Herr Roland. Und außerdem ist die Sache an uns nur delegiert worden.«

»Und wir sahen auch keine Notwendigkeit«, sagte sein Kollege.

Hering saß da und sah wieder unglücklich aus. Ich dachte, daß er viel wußte und es uns gerne gesagt hätte, schon Berties wegen, aber daß er es nicht sagen durfte.

»Keine Notwendigkeit?« sagte ich. »Sie finden also, daß sich Fräulein Indigo in keinerlei Gefahr befindet?«

»In keinerlei Gefahr, wenn sie sich genau an Ihre Weisungen hält, wenn sie das Hotel nicht verläßt, wenn sie mit niemandem in Verbindung zu treten sucht. Sie ist doch sehr folgsam, wie? Wir haben einige Schriftstücke vorbereitet, Herr Roland. Wenn Sie unterschreiben, daß Sie bereit sind, die Bürgschaft für Fräulein Indigo zu übernehmen, dann kann sie hierbleiben und muß nicht ins Lager zurück, wo sie gefährdeter wäre. Alle Formalitäten lassen sich dann auch so erledigen.« Klein schob mir einen Bogen hin.

»Was sind das noch für Papiere?« fragte ich.

»Empfehlungsschreiben«, sagte Klein. »Auf Papier unseres Amtes. Es wird darin gebeten, Sie bei Ihrer journalistischen Arbeit zu unterstützen.«

»Moment mal«, sagte Bertie. »Sie schieben uns nicht ab? Sie erstatten keine Anzeige? Sie verbieten uns nicht, weiterzurecherchieren?«

»Dazu haben wir keinerlei gesetzliche Handhabe«, sagte Rogge wieder. »Sie dürfen unsere Behörde nicht immer als Ihren Feind

betrachten, Herr Engelhardt. Wir helfen der Presse, wo wir nur können. Besonders in solchen Fällen.«
»Was für Fällen?« fragte ich.
»In Fällen von öffentlichem Interesse.«
»Und das ist so ein Fall?« fragte Bertie mit dem Blödstellreflex.
»Herr Engelhardt, bitte«, sagte Klein nur.
»Sie müssen Ihrer Sache ja sehr sicher sein«, sagte ich.
Daraufhin schwiegen die beiden Herren. Klein zuckte die Schultern und sah mich wieder an. Nicht die Spur freundlicher.
»Fräulein Indigo hat mir erzählt«, sagte ich, »daß sie im Lager von Ihnen zuerst sehr eingehend verhört wurde und schon dachte, nie mehr freizukommen. Dann läutete das Telefon, und Sie führten ein Gespräch, und danach war alles anders, und Sie ließen sie laufen.«
»In der Tat«, sagte Klein.
»Was in der Tat?«
»In der Tat war nach diesem Telefongespräch alles anders.«
»Aha«, sagte ich.
»Tja«, sagte Klein. »Und vielen Dank, daß Sie gleich, nachdem Sie Concons Leiche im Hotel ›Paris‹ entdeckt hatten, die Davidswache anriefen. So ging alles ruck-zuck.«
»Gern geschehen«, sagte Bertie. Und um ganz sicher von dem Recorder abzulenken: »Ich darf Sie natürlich auch jetzt nicht fotografieren?«
»Nein, Herr Engelhardt, das dürfen Sie nicht«, sagte Rogge. »Sie dürfen auch nicht den Recorder laufen lassen, ohne unsere Zustimmung. Aber lassen Sie nur. Wir haben nichts zu verbergen.«
»Nun, wie ist es?« fragte der große Herr Klein. »Wollen Sie die Erklärung unterschreiben, daß Sie die Bürgschaft übernehmen?«
»Natürlich«, sagte ich und unterschrieb.
»Hier sind Ihre Empfehlungsschreiben«, sagte Rogge und schob uns zwei Blatt hin.
»Danke«, sagte ich. »Sie tun uns einen großen Gefallen.«
»Ach«, sagte Klein, »vergessen Sie's. Den großen Gefallen haben Sie uns getan.«
»Das verstehe ich nicht«, sagte ich.
»Das macht nichts«, sagte Klein.
Nachdem er das gesagt hatte, lächelte er zum erstenmal, seit ich ihn kannte. Ich starrte ihn an. Und dann roch und fühlte ich wieder meinen Schakal. Er umkreiste mich plötzlich. Das kam: Herrn

Kleins Lächeln hatte mich, unlogisch und unerklärlich, zutiefst erschreckt.
Ich stand auf und dankte und nahm den Recorder und verabschiedete mich. Auch Bertie sagte auf Wiedersehen.
»Tut mir leid, Herr Engelhardt«, sagte der Kriminaloberrat Hering seltsam traurig zu Bertie. »Hätte Ihnen gerne selber weitergeholfen. Na, vielleicht das nächste Mal.«
»Sicher«, sagte Bertie.
Dann standen wir wieder draußen auf dem endlosen Gang. Bertie hinkte neben mir her und sagte: »Mensch, diese Geschichte stinkt doch zum Himmel, was?«
»Noch höher hinauf«, sagte ich und stellte den Recorder ab.
»Dieser dämliche Trick mit den Empfehlungsschreiben!« sagte er. »Das sind doch in Wahrheit Steckbriefe. Wenn wir die tatsächlich irgendwo vorzeigen, kriegen wir alles andere als Unterstützung. Da wissen dann alle, die in diese Scheiße verwickelt sind, sofort: Achtung, da zeigen die zwei ihre Hundemarken! Ist es nicht so?«
»Ich weiß nicht. Vielleicht wollen sie uns tatsächlich helfen.«
»Die? Mach dich nicht lächerlich! Warum sollten sie?«
»Aus eigensüchtigen Motiven natürlich. Sie benützen uns, um ...«
Ich brach ab.
»Was hast du? Du bist ganz grün. Ist dir ...«
»Ja«, sagte ich, und dann holte ich schnell den Flacon hervor und trank lange. Ich setzte die Silberflasche ab und rang nach Luft.
Der Schakal war wieder weg.
Wieder einmal und bis auf weiteres.

3

»Los, jetzt fahren Sie vor«, sagte Bertie zu unserem Freund, dem Funktaxi-Chauffeur Wladimir Iwanow, der uns vor ein paar Stunden so geholfen und gebeten hatte, daß wir ihn bei seiner Zentrale verlangten. Das hatten wir getan. Es war 12 Uhr 15. Der Regen fiel mit Graupeln vermischt, und es war ganz dämmrig geworden. Alle Autos fuhren mit Licht. Wir saßen im Fond des Taxis, das bei einem kleinen Rondell mit verfaulten Blumen geparkt hatte. Das Rondell lag in einem Park gegenüber dem Ein-

gang zum Universitätskrankenhaus an der Martinistraße, da beim Eppendorfer Baum. Ein Riesenkomplex, dieses Krankenhaus. Ich sah, zum Teil in Hochhäusern untergebracht, die einzelnen Kliniken. Es war eine richtige kleine Stadt in der Stadt.
Die große blonde Edith Herwag trat eben ins Freie. Chauffeur Iwanow fuhr schon vor. Wir hatten unseren Wagen beim Polizeipräsidium stehenlassen und von der nächsten Telefonzelle unseren Russen angefordert.
Vorher hatte ich noch mit Irina und mit Edith von dieser Telefonzelle aus gesprochen. Irinas Stimme klang unruhig, als sie sagte, wir sollten unbedingt zum Mittagessen kommen, auch wenn es spät würde, das Eingesperrtsein mache sie noch wahnsinnig. Ich antwortete, wir kämen bestimmt. Wir mußten hin. Damit jemand die Tür aufsperrte und die Mädchen saubermachen konnten und wir bei Irina waren, wenn das Essen kam.
Edith sagten wir, sie solle warten, bis vor ihrem Haus ein Taxi hielt und Bertie oder ich zu ihr hinaufwinkten, und dann möge sie selber ein Funktaxi rufen und zum Krankenhaus fahren. Wir würden ihr folgen und sie zurückbringen, es solle uns nur niemand zusammen sehen.
Unser Taxichauffeur, der ältere Russe, Väterchen Iwanow, nickte gleich, als ich mit langen Erklärungen anfing und meinen Presseausweis zeigte, und sagte nur: »Karascho.« Und dann fuhr er wie der liebe Gott durch den stärksten Verkehr und war im Nu in der Adolfstraße. Von dort folgte er dem Taxi mit Edith, ohne es einmal aus den Augen zu verlieren. Es ging alles prima. Edith verschwand im Krankenhaus, aber nach zwanzig Minuten, jetzt, kam sie schon wieder heraus. Unser Taxi glitt direkt vor sie hin und hielt. Sie stieg zu uns ein. Ich öffnete den seitlichen Schlitz in der Trennscheibe und sagte: »Zurück zur Adolfstraße.« Wladimir Iwanow nickte und sauste los, und ich schloß das schmale Fenster wieder. Dann lehnte ich mich zurück, und da erst sah ich, daß Edith, die zwischen uns geschlüpft war, weinte.
»Großer Gott«, sagte ich, »ist . . .«
»Nein«, schluchzte sie und blies in ein Taschentuch, »er wird durchkommen, er wird gesund werden, es geht ihm gut.«
»Herrlich«, sagte Bertie. »Herrlich. Also nur Weinen vor Glück.«
Sie antwortete nicht und weinte stärker denn je. Vor Glück? Die Graupeln schlugen hart auf die Fahrbahn und gegen die Scheiben und auf das Wagendach. Wir redeten leise.

»Er war bei sich?« fragte Bertie.
»Ja.«
»Konnten Sie offen mit ihm reden?«
»Nein. Ein Bewacher war die ganze Zeit im Zimmer. Vor dem Zimmer steht auch einer, und einer steht beim Eingang zur Privatstation. Sie haben ihn aus der Intensivabteilung verlegt, wissen Sie. Er läßt Sie beide grüßen, das hat er gesagt. Und ich habe gesagt, ich werde es ausrichten. Gegen Abend darf ich noch einmal kommen und ab morgen immer zweimal. Und dann wollte er mich küssen, und ich mußte mich tief über ihn neigen, und er wollte, daß ich meine Haare öffnete und ganz über ihn fallen ließ, und das habe ich alles getan, und der Beamte hat zugeschaut, und Conny hat mich geküßt und mir dann ins Ohr geflüstert: ›Die Kerle sind alle vom MAD, sag das Bertie!‹ – Es ging ganz schnell. Hoffentlich hat der Beamte nichts gemerkt. Was ist das, MAD?«
Ich brachte es fertig, völlig ruhig und freundlich zu sagen: »Ah, so – eine Abteilung der Kripo, wissen Sie.«
»Ja, das dachte ich mir. Aber warum soll ich Ihnen das sagen?«
»Es ist eine besondere Abteilung der Kripo«, sagte Bertie, der sich auch erholt hatte. »Mordaufklärungsdienst. MAD ist die Abkürzung. Die beschäftigen sich mit Mordanschlägen.«
»Wirklich? Sagen Sie auch die Wahrheit?« Edith weinte jetzt wieder, und mir fiel ein, warum. Nicht vor Glück. Vor Angst natürlich. Ich dachte an die telefonischen Drohungen. Daß Conny sterben würde, wenn er sprach. Nun hatte er gesprochen ...
»Wirklich«, sagte ich und hoffte, daß Edith niemanden anderen fragte.
»Dann ist es gut ... Dann ... dann kann doch niemand an ihn heran und ihm etwas antun ... wie?«
»Natürlich nicht. Ausgeschlossen«, sagte ich.
»Aber diese Männerstimme heute nacht ...«
»Sie können ihm nichts tun. Garantiert nichts«, sagte ich.
»Mein Gott, mein Gott, wenn ich doch bloß nicht solche Angst hätte ...« Edith schluchzte weiter, und wir ließen sie weinen, lange Zeit. Endlich, als wir in die Adolfstraße kamen, beruhigte sie sich. Wir schärften ihr ein, daheimzubleiben und niemandem zu öffnen, und ich versprach, wieder anzurufen; und wenn sie abends zu Conny fuhr, dann sollte sie dieses Taxi und diesen Chauffeur nehmen, sagte ich. Er arbeite bis 22 Uhr, hatte er uns gesagt. Ich schrieb Edith seinen Namen und die Telefonnummer der

Funkzentrale und die Wagennummer auf. Edith küßte uns beide, bevor sie ausstieg, und dann weinte sie wieder, und weinend lief sie in das Haus, in dem sie wohnte.
»Arme Dame«, sagte Iwanow. »Großen Kummer, ja?«
»Ja«, sagte ich.
»Gott wird helfen.«
»Ja, bitte«, sagte Bertie.
»Wohin jetzt?« fragte Iwanow durch das kleine geöffnete Fenster.
»Mich setzen Sie am Jungfernstieg ab«, sagte ich, »und dann fahren Sie meinen Freund zum Polizeipräsidium.« Bertie mußte ja unseren Wagen holen. Iwanow fuhr los – jetzt lief die Einbahnrichtung der Adolfstraße anders herum als nachts –, und ich sagte leise: »Also der MAD.«
»Ja«, sagte Bertie. »Es ist eine Sache von öffentlichem Interesse, und wir haben hübsche Empfehlungsschreiben, und der MAD bewacht Conny.«
MAD ist die Abkürzung für eine der offiziellen Spionageorganisationen der Bundesrepublik, und diese Abkürzung bedeutet: Militärischer Abschirm-Dienst.
Wir kamen nur langsam voran, denn Wladimir Iwanow sah kaum etwas in dem plötzlichen wilden Graupelschauer, der eingesetzt hatte.

4

Am Jungfernstieg ging ich für Irina einkaufen und ließ mir Zeit dabei. Mit Bertie hatte ich verabredet, daß er, vom Präsidium kommend, hier so lange um den Block fahren sollte, bis er mich sah, denn am Jungfernstieg gab es keinen freien Parkplatz.
Ich ging in fünf Geschäfte und kaufte eine Menge Sachen für Irina ein. Geld hatte ich genug, und ihre Maße hatte ich auch. Ich dachte daran, daß alles zusammenpassen mußte, und so kaufte ich zuerst ein schulterfreies Cocktailkleid aus roter Seide, ein grünes Wollkleid mit schwarzem Lackgürtel und ein ockergelbes Jersey-Kostüm. Danach kam ein schwarzer Wollmantel mit Nerzbesatz und einer Nerzkapuze zum Abknöpfen. Ich stellte mir die ganze Zeit vor, wie Irina in den Kleidern aussehen würde. Die Verkäuferin-

nen, die mich bedienten, waren hingerissen von mir. So einen Mann wünschten sie sich vermutlich alle selber. Ich ging in ein anderes Geschäft und kaufte einen Morgenmantel, Unterwäsche, Nachthemden, BH's und Höschen, Nylons und so weiter, in verschiedenen Ausführungen und Farben. Ich stellte mir Irina auch in Unterwäsche vor ...

Ich kaufte ein goldenes Täschchen, das zu dem Cocktailkleid paßte, und dann dachte ich, was zum Teufel, und kaufte eine schwarze Kroko-Tasche für 1200. Ich konnte mir ja immer neues Geld schicken lassen, wenn ich zu wenig hatte. In dem Taschengeschäft kaufte ich auch einen schwarzen Lederkoffer, in dem ich alles verstaute, und dann zog ich zum nächsten Geschäft und sah Bertie, der um den Block kreiste. Er winkte mir zu, und ich winkte zurück und ging in einen Schuhladen. Da kaufte ich ein Paar schwarze Lackpumps, die konnte Irina zu allem anziehen, und ein Paar Goldlederschuhe für das Cocktailkleid. Und dann ging ich in eine Parfumerie und kaufte Lippenstifte, Puder, Cremes, Wimperntusche und ähnliches Zeug, einen großen Flacon ›Estée Lauder‹-Parfum und einen Flacon Eau de Toilette. Jetzt war der Koffer ganz voll und hübsch schwer, und ich hatte alles und trat in den Graupelregen hinaus und wartete, bis Bertie wieder einmal vorüberkam. Er hielt, und ich stieg ein.

»Zum ›Metropol‹«, sagte ich. Es war 13 Uhr 25.

»Ach, Süßer, du riechst wundervoll«, sagte Bertie.

»Halt's Maul, dämlicher Hund«, sagte ich und schlug ihm auf den Rücken.

»Ich könnte einen kleinen ›Chivas‹ vertragen, als Aperitif«, sagte Bertie. Ich schraubte den Flacon für ihn auf, und er trank, während er mit einer Hand steuerte, und dann trank ich auch. Wenn ich jetzt zurückdenke, so ist mir diese Fahrt durch das Scheißwetter zurück zum Hotel, da wir beide Whisky tranken und ich den Koffer auf den Knien hielt, als der glücklichste Moment unserer ganzen Zeit in Hamburg in Erinnerung geblieben.

5

Der alte Karl Concon weinte.
Er saß in dem Zimmer neben dem Zimmer, in dem man seinen Sohn erstochen hatte, im ersten Stock des Stundenhotels ›Paris‹ an der Kleinen Freiheit. Es wurde nun langsam hell, ein scheußliches, kraftloses Frühlicht kroch durch die dreckigen Scheiben, und überall brannten noch elektrische Birnen. Der alte Mann hatte noch seine weiße Jacke an, die er trug, wenn er im Herrenklo des ›King-Kong‹ Dienst tat, denn aus dem Klo hatte ihn ja die Kripo geholt und hierhergebracht. Er weinte schluchzend, die Tränen rannen über sein bleiches Gesicht. Er saß auf einem unordentlichen, benutzten und noch nicht wieder bezogenen Bett, und eine Menge Leute eilten hin und her und redeten durcheinander. Es waren Beamte von der Mordkommission und vom Erkennungsdienst und Fotografen und Experten für Spurensicherung. Sie machten alle ihre Arbeit, routinemäßig und schnell. Als Fräulein Luise mit ihrem Führer Wilhelm Reimers eintraf, waren sie schon fertig, und aus einem der Wagen, die vor dem Hotel parkten, holten zwei Männer in grauen Kitteln etwas, das wie eine geschlossene Metallwanne aussah. Sie schleppten es in den ersten Stock, öffneten das Ding, legten Karl Concon junior hinein, schlossen das Ding wieder und schleppten es die Treppe hinab, zu dem Wagen zurück. Und Karl Concon senior saß auf dem verhurten Bett und weinte.
Der Leichnam in dem Metallbehälter wurde an Fräulein Luise vorübergetragen, als die sich gerade anschickte, die Treppe hinaufzusteigen. Niemand kümmerte sich um sie, alle Männer waren zu beschäftigt, und der Portier war nun nicht mehr besoffen, sondern unrasiert und blaß und nüchtern, und er stank nach Schnaps. Da plötzlich trat der ukrainische Hausdiener Panas Myrnyi Fräulein Luise in den Weg und sagte: »Sie können jetzt nicht hinauf.«
Fräulein Luise – sie war mit Reimers zu Fuß vom ›King-Kong‹ herübergekommen – sah ihn aufmerksam an. Sie befand sich in einem mächtigen Erregungszustand, und der ließ sie viel von ihren guten Vorsätzen und ihrer Vorsicht vergessen. Sie blinzelte Myrnyi mit einem Auge zu und flüsterte: »Ukrainer, was?«
»Ja«, sagte Myrnyi erstaunt.
»Warst einmal Bauer in deiner Heimat, gelt?« flüsterte das Fräulein.
Er nickte verblüfft, aber das bemerkte sie nicht.

»Also auch hier«, sagte sie. »Ihr seids überall, wie ihr versprochen habts. Was war? Erzähl.«
Der Hausdiener, gewohnt, mit ›du‹ angesprochen zu werden, zögerte.
»Wer sind Sie, bittschön?« fragte er.
»No, das weißt du doch«, sagte das Fräulein, während Reimers gleichzeitig sagte: »Wir haben im ›King-Kong‹ gehört, was passiert ist. Die Dame wollte mit Herrn Concon sprechen. Dringend. Das ist ja nun leider nicht mehr möglich.«
»Die Polizei ist oben«, sagte Myrnyi unsicher. »Ich darf keine Auskünfte geben.«
»Mir schon«, sagte das Fräulein. Sie öffnete ihre schwere Tasche und ließ den Ukrainer die vielen Banknoten sehen. »Dreihundert für dich, wenn du mir alles sagst«, flüsterte sie und nahm drei Scheine, wonach sie die Tasche auf einen Sessel stellte.
Myrnyi wich vor ihr zurück in einen Gang, der zur Kellertreppe führte. Sie folgte ihm. Reimers blieb zurück. »Nun nimm schon«, sagte Fräulein Luise. »Du hast es gesehen, wie?« Plötzlich überfiel sie wieder dieses Gefühl, alles zu wissen, was geschehen war.
»Nicht gesehen direkt ...«
»Natürlich nicht direkt«, sagte Fräulein Luise und steckte dem Hausdiener die drei Scheine in die Tasche seiner Schürze. »Aber drum herum alles, was? Wie ist es passiert?«
»Das haben mich schon zwei Männer gefragt ... Ich meine, außer den Polizisten. Zwei Männer, die in der Nacht da waren und den Toten gesehen haben und auch fotografiert. Ich darf Ihnen nichts erzählen, meine Dame. Ich hab einen Vertrag unterschrieben und von den beiden Männern Geld bekommen dafür, daß ich sonst niemandem was erzähl.«
»Die beiden Männer, die kenn ich«, sagte Fräulein Luise grimmig. »Exklusivvertrag mit BLITZ, was?«
»Ja«, sagte er verblüfft. »Woher wissen Sie ...«
»Ich weiß noch viel mehr«, sagte Fräulein Luise. »Und du und ich, wir wissen, daß ich noch viel mehr weiß.« Sie sah ihn durchdringend an. Panas Myrnyi bekam einen Heidenschreck. Da er keine Ahnung haben konnte, worauf Fräulein Luise in ihrem Wahn anspielte, glaubte er sich ertappt.
Sie sah ihn stumm an.
»Also«, sagte sie endlich. »Du hast den Mörder vom Concon gesehen.«

»Woher ...«
»Egal, woher ich es weiß! Soll ich hinaufgehen zu die Polizisten und ihnen sagen, du hast ihn gesehen?«
»Nein ... Nein, nein, bitte nicht!« flüsterte er atemlos. Er rang die Hände. »Ist doch entkommen ... Wenn ich ihn der Polizei verrat ... Was macht er dann mit mir?«
Von diesem Gespräch erfuhr ich, wie von allem, was Fräulein Luise in Hamburg und auf der Fahrt dorthin erlebte, wie schon gesagt, erst viel später. Aber es war in der Tat so: Der Hausdiener hatte, im Gegensatz zu dem, was er uns erzählte, den Mörder nicht nur mit Karl Concon streiten gehört, er hatte ihn auch gesehen, wie er die Treppe heruntergeschlichen kam. Myrnyi hatte da auch in diesem Gang zum Keller gestanden. Und er hatte sich nicht gerührt vor Angst, und er hatte uns und der Polizei nichts gesagt vor Angst um sein tristes Leben. Jetzt aber drang eine wildfremde, durchnäßte, lächerlich wirkende ältere Frau auf ihn ein mit drohenden Gebärden und sagte ihm auf den Kopf zu, daß er den Mörder gesehen hatte. Panas Myrnyi zitterte vor Entsetzen.
»Wie hat er ausgeschaut?« fragte Fräulein Luise unerbittlich. »Ich muß es wissen. Denn es kann sein, daß der Mörder hier auch der Mörder von meinem kleinen Karel war. Wirst du reden, oder muß ich zur Polizei? Du sollst dich was schämen, ich hab gedacht, wir sind Freund!«
Diese letzte wirre Bemerkung bekam der Ukrainer in seiner Furcht nicht mit. Er sagte flüsternd: »Er wird mich abstechen wie den Concon, wenn ich ihn verrat. Sie dürfen so was nicht von mir verlangen, meine Dame.«
»Ich verlang es aber! Du kannst es dir aussuchen. Entweder du sagst es mir auf der Stelle, oder die Polizei wird es mir sagen. Also?«
Der Ukrainer knickte regelrecht zusammen.
»Also!« zischte das Fräulein.
»Also, bittschön«, stammelte er verzweifelt. »Das war ein großer Mann ... gut angezogen ... hat überhaupt nicht hierher gepaßt ... blauer Mantel ... Schirmmütze ... *da!*« schrie der Hausdiener, stieß Fräulein Luise beiseite und stürzte nach vorne.
»Wie ...«, begann das Fräulein, dann sah sie, was los war. Ihr Führer Wilhelm Reimers hatte ihre Tasche ergriffen, die sie auf den Sessel gestellt hatte, und war gerade im Begriff, eilig die winzige

Hotelhalle zu verlassen. »Nein!« schrie das Fräulein. »Aber Herr Reimers! Herr Reimers!«

Der Ukrainer warf sich von hinten auf den hochgewachsenen alten Mann und hielt ihn fest.

»Du Hund!« schrie er. »Willst du stehlen, was? Willst du Dame beklauen?«

»Hilfe! Hilfe!« schrie auch Reimers mit schriller Stimme. Er war leichenblaß und plötzlich wie von Sinnen. Er begann zu heulen gleich einem Wolf. Der Ukrainer entriß ihm die Tasche.

»Scheißer! Dieb! Schweinekerl!« schrie der Ukrainer.

Die Treppe herab kamen Schritte getrampelt. Plötzlich war die Reception voller Männer in Zivil und in Uniform. Ein älterer Mann im Trenchcoat mit dem Hut im Genick sagte einmal laut: »Ruhe!« Es wurde ruhig. »Was ist hier los?«

»Dieser Mann hat mit der Tasche von der Dame ausreißen wollen, ist gefällig, Herr Kommissar«, sagte der Hausdiener. Der Ex-Standartenführer zitterte derartig, daß er sich gegen eine Wand lehnen mußte. Er weinte jetzt so heftig, wie der alte Karl Concon noch immer weinte, oben im ersten Stock, in einem unappetitlichen Zimmer.

»Ist das wahr?« fragte der Kommissar Fräulein Luise.

Die durchfuhr ein heißer Schreck.

Polizei!

Sie durfte nicht mit der Polizei in Konflikt kommen!

»Nein ... nein ...«, stammelte Fräulein Luise.

»Was heißt nein?« rief Panas Myrnyi. »Ich hab es doch selber gesehen! Und Sie auch! Sie haben doch auch geschrien!« Er hielt dem Kommissar die geöffnete Tasche hin. »Bittschön, ist gefällig, Herr Kommissar, mit dem vielen schönen Geld hat der Lump verschwinden wollen!«

»Wie heißen Sie?« fragte der Kommissar.

»Ich ... ich ... Reimers ... Wilhelm Reimers ... Mein Gott, ist das furchtbar ...« Der alte Mann hielt beide Hände vors Gesicht und schluchzte, daß sein ganzer Körper bebte.

»Und Sie?« fragte der Kommissar das Fräulein.

»Luise Gottschalk«, sagte sie, voller Furcht. Was geschieht jetzt? Was geschieht jetzt? dachte sie.

»Und was machen Sie hier?«

Reimers sagte: »Ich habe die Dame nur begleitet. Sie kommt von auswärts.«

»Von wo?«
Fräulein Luise schwieg.
»Von wo kommen Sie, Frau Gottschalk?«
»Aus Neurode«, antwortete sie.
»Und was wollen Sie hier?«
»Ich will gar nichts hier«, sagte Reimers mit der feigen Behendigkeit der Ratte.
»Nein, nur die Tasche mit dem Geld stehlen«, sagte der Kommissar.
»Ich wollte bloß etwas an die Luft gehen ...«
»Hören Sie auf!«
»Ich bin doch nur hierhergekommen, weil die Dame mich gebeten hat, sie zu begleiten! Ich habe sie schon auf ihren Wunsch nach Sankt Pauli begleitet!«
»Ist das wahr, Frau Gottschalk?«
Fräulein Luise nickte gramvoll.
»Dann sagen Sie mir endlich, was Sie hier suchen?«
Fräulein Gottschalk schüttelte den Kopf.
»Sie wollen es nicht sagen?«
»Ich ... ich ... Bitte, Herr Kommissar, lassens Gnade für Recht ergehen ... Wir verschwinden ... Sie sehen uns nie wieder!«
»Ah nein«, sagte der Kommissar. »Ah nein, Frau Gottschalk. So geht das nun auch wieder nicht. Hier ist ein Mord geschehen, aber das wenigstens dürften Sie doch wissen. Oder wissen Sie das auch nicht?«
»Doch, Herr Kommissar«, sagte Fräulein Luise ergeben, »das weiß ich.«
»Und deshalb sind Sie hier?«
»Ja, deshalb bin ich hier.« Es hat ja doch keinen Zweck, dachte sie. Nichts hat jetzt mehr Zweck.
»Wachtmeister Lütjens!« rief der Kommissar.
»Jawoll!« Ein junger Mann in Uniform kam die Treppe heruntergepoltert.
»Nehmen Sie sich einen zweiten Mann und fahren Sie diese beiden Leute auf die Davidswache. Ich komme in einer halben Stunde nach.«
»Nein!« rief Fräulein Luise unglücklich. »Nicht auf die Wache!«
»Klar auf die Wache«, sagte der Kommissar. »Da werden wir uns in Ruhe über alles unterhalten. Ich bin sicher, Sie haben mir einiges zu erzählen.«

»Sie können mich nicht einfach festnehmen!« rief Fräulein Luise mit letzter Kraft.
»Ich nehme Sie nicht fest. Ich bitte Sie, den Beamten auf die Davidswache zu folgen. Sie sind fast das Opfer eines schweren Diebstahls geworden«, sagte der Kommissar. »Den anderen Mann verhaften wir. Bewiesener Diebstahlsversuch.«
»Herr Kommissar, bei meiner Ehre ...«, begann Reimers, doch der Kommissar unterbrach ihn angewidert: »Bei Ihrer Ehre, Scheiße. Alten Frauen Geld stehlen, das ist Ihre Ehre, was? Los, Lütjens, ab mit den beiden!«
Der junge Wachtmeister ergriff höflich Luises Handgelenk und schob sie vorwärts, während ein anderer Polizist Reimers einen Arm auf den Rücken drehte, die Tasche aus den Händen des Kommissars in Empfang nahm und zu dem Ex-Standartenführer sagte: »Los, ab!«
»Bitte, meine Dame«, sagte Wachtmeister Lütjens. Fräulein Luise sah zu ihm auf. Sie fühlte sich am Ende, absolut am Ende. Während sie willenlos neben ihm her zum Ausgang schritt, mußte sie an eine Stelle aus dem Buch Hiob denken, das sie fast ganz auswendig konnte, und während sie in den Regen hinaustrat und neben Reimers in einen Streifenwagen kletterte, und während der Streifenwagen losfuhr, dachte sie diese Worte: ›Du erneuerst Deine Zeugen wider mich und machst Deines Zornes viel auf mich; es zerplagt mich eins über das andere in Haufen. Warum hast Du mich aus Mutterleib kommen lassen? Ach, daß ich wäre umgekommen und mich nie ein Auge gesehen hätte! So wäre ich, als die nie gewesen sind, von Mutterleibe zum Grabe gebracht. Ist denn mein Leben nicht kurz? So höre Er auf und lasse ab von mir, daß ich ein wenig erquicket werde, ehe denn ich hingehe und komme nicht wieder, ins Land der Finsternis und des Dunkels, ins Land, da es stockfinster ist und da keine Ordnung ist, und wenn's hell wird, so ist es wie Finsternis ...‹
Und die Sirene des Streifenwagens heulte, und der Regen klatschte gegen die Scheiben, und das Fräulein war so verzweifelt, wie sie noch nie in ihrem Leben verzweifelt gewesen war, mit der einzigen Ausnahme jener Zeit, da ihre Mutter starb.

6

So etwas von einem versauten Mittagessen hatte ich noch nicht erlebt. Man soll sich eben auf nichts freuen. Als Bertie und ich im Hotel ankamen, war es schon zwei Uhr. Irina saß im Salon und starrte in den Regen hinaus. Sie war sehr schweigsam. Ich dachte, daß ich ihr die neuen Sachen nach dem Essen geben wollte, und trug den Koffer ins Schlafzimmer. Dann klingelte ich den Zimmermädchen, denn hier mußte nun aufgeräumt werden. Ich hatte, als wir eintrafen, mit meinem alten Freund, dem Chefportier Hanslik, gesprochen, und er hatte gesagt, wir könnten in einem freien Salon auf unserer Etage essen, wenn ich nicht in den Speisesaal kommen wollte. Das wollte ich nicht. Ich hatte Angst davor, daß Irina etwas passieren könnte.
»Sie müssen sich aber ein wenig beeilen, Herr Roland«, sagte Hanslik. »Das Restaurant serviert nur bis halb drei. Und auf der Etage dauert das alles noch länger, nicht wahr ...«
»Ist gut, Herr Hanslik«, sagte ich. Da war aber noch Hem, der auf Nachrichten wartete und den ich anrufen mußte. Zwei Etagenmädchen erschienen mit einem Staubsauger und ihrem Wagen voller Putzsachen und neuen Handtüchern. Ich wurde nervös. Vor allem störte mich Irinas Traurigkeit. Ich dachte, daß ich Idiot jetzt auch noch anfing, auf dieses Schwein Bilka eifersüchtig zu sein. Das hatte mir noch gefehlt. Ich trank einen Schluck aus der Hüftflasche, zündete eine Zigarette an und sagte den beiden Zimmermädchen, sie sollten zuerst das Schlafzimmer und das Bad in Ordnung bringen. Und Bertie sagte ich, er solle mit Irina schon in den Salon gehen und das Essen bestellen, ich käme bald nach.
»Was willst du haben?« fragte Bertie.
»Ganz egal. Was du mir aussuchst«, sagte ich.
Nachdem er mit Irina abgezogen war, setzte ich mich auf die Chaiselongue im Salon, trank noch einen Schluck und verlangte bei der Telefonzentrale meine Redaktion in Frankfurt. Von nebenan hörte ich dumpf das Geräusch des Staubsaugers. Die Stimmen der Mädchen, die sich gewiß unterhielten, hörte ich nicht. Also konnte ich ruhig riskieren zu sprechen, als ich Hem am Apparat hatte. Bevor ich etwas sagen konnte, erklärte er mir: »Herford ist begeistert! Der weiß überhaupt nicht, was er sagen soll! Mutti jubiliert! Lester hat den Schwanz eingezogen und macht auf Freundschaft, Freundschaft. Ihr kriegt vier Seiten. Riesenaufmachung.

Den Leichenmüller hetzen sie mit dem Layout herum, daß dem die Zunge heraushängt.«

»Und mein Name?«

»Ganz groß, sei ruhig, Junge, sei ruhig. Deine Story. Niemand nimmt sie dir weg. Schon im Aufreißer wird es heißen: Der neue Roland.« Er lachte.

»Was ist so komisch?«

»Ach, alles«, sagte Hem. »Die Fortsetzung, die du noch geliefert hast, hat der Frauenkonferenz gefallen. Aber Herford hat Blut geleckt, weil Lester ihm von den Einwänden erzählte – weißt schon, mehr über den Mann, wie man ihn reizt, wie er zu reizen ist –, und so hat Herford eine Blitzanalyse angefordert beim heiligen Stahlhut. Der Computer hat sie gerade geliefert. Halt dich fest. Die Serie, die jetzt läuft, dein ›Vollkommener Sex‹, wird übergeleitet in eine Serie über den Mann und seine Lüste und Eigenarten. Du schreibst nur noch eine Brücke, und dann beginnt die neue Serie. Herford fragte mich vorhin, ob du das auch bestimmt schaffen wirst, zwei Serien gleichzeitig.«

»Klar!« rief ich aufgeregt. »Klar schaffe ich das!«

»Herford geht jetzt ganz groß ran«, sagte Hem. »Will an die Spitze. Mit deinen beiden Serien. Sex und Tränendrüse. Und Linksdrall. Der Computer prophezeit einen Bombenerfolg.«

»War nicht anders zu erwarten.«

»Nein, war es nicht. Der Computer hat auch schon den Titel für die neue Sex-Serie geliefert: ›DER MANN – TOTAL‹.«

»Was?«

»DER MANN – TOTAL«, sagte Hem. »Bereits angenommen, der Titel, wird schon gezeichnet. Heute nachmittag findet eine Titelblattkonferenz statt. Zuerst fängt ja deine Lagerstory an. Wahrscheinlich werden wir diesen kleinen Jungen nehmen, wie er ohnmächtig auf dem Barackenboden liegt, die Trompete neben sich. Prima Aufnahme von Bertie, sag's ihm, es wird ihn freuen. In der folgenden Nummer fängt dann MANN-TOTAL an. Dazu wollen sie sich auch noch was ganz Besonderes als Titelbild ausdenken. Sag mal, pervers bist du doch aber gar nicht.«

»Nein, nicht besonders.«

»Na ja, aber bei MANN-TOTAL mußt du es sein. Das wird eine Chronik sämtlicher Perversitäten, die Männer aufregen. Hast du genügend Literatur? Ich habe schon losgeschickt. Man besorgt, was man kann.«

»Ich habe was Besseres«, sagte ich. »Tutti! Sie wissen doch, des Leichenmüllers große Liebe. Die muß ich ausfragen.«
»Großartig«, sagte Hem.
»Werde ich mir ein paar schöne Stunden machen mit Tutti«, sagte ich. »Und jetzt hören Sie bitte zu, Hem. Statt langer Erzählungen spiele ich Ihnen den Dialog im Präsidium vor.« Ich nahm den Recorder und knipste ihn an und hielt ihn an den Telefonhörer.
So bekam Hem unser ganzes Gespräch mit den Verfassungsschützern Klein und Rogge mit. Ich auch noch einmal. Während ich zuhörte, regte mich das Gespräch von neuem auf. Was kam da noch alles? Ich legte den Recorder fort und erzählte Hem von den Männern des MAD, die Conny Manner bewachten. In Frankfurt schrieb Hems Sekretärin Ruth alles ins Stenogramm, was ich durchgab. Sie kam prima mit.
»Ich esse jetzt, und nach dem Essen fahre ich mit Bertie los«, sagte ich. »Zur Hamburger Außenstelle des MAD. Mal sehen, was da herauszukriegen ist.«
»Wird sehr schwer sein«, sagte Hem.
»Ja«, sagte ich.
»Und ruf wieder an. Und schickt die neuen Filme runter«, sagte Hem.
»Okay«, sagte ich. Die beiden Zimmermädchen hatten an die Schlafzimmertür geklopft und die Köpfe hereingesteckt. Ich hatte genickt. Sie machten nun im Salon sauber. Ich verabschiedete mich von Hem und legte auf.
»Sie brauchen es nicht zu gründlich zu machen«, sagte ich den Mädchen und gab jedem zehn Mark. »Hier ist nicht viel zu putzen. Und das Hotel ist voll. Ich nehme an, Sie haben genug Arbeit.«
»Arbeit zum Verrücktwerden«, sagte das hübschere der beiden Mädchen.
Ich nahm den Recorder und stellte ihn neben meine Schreibmaschine auf eine Stil-Kommode.
In der nächsten Zeit beging ich vier schwere Fehler. Einer von ihnen war nicht zu vermeiden, die anderen wären zu vermeiden gewesen.
Nachdem ich den Recorder hingestellt hatte, fiel mir etwas ein. Das Schränkchen, auf dem das Telefon ruhte, besaß ein eingebautes Radio und drei Tasten. Man konnte damit den NDR empfangen und Musik vom Tonband und Musik aus der Bar. Ich mußte Irina aufheitern, damit sie mir hier am Nachmittag, wenn sie wieder allein

war, nicht durchdrehte. Ich dachte, daß ich einen der Mixer – ich kannte alle – bitten wollte, schöne Langspielplatten von Peter Nero und Ray Conniff und Henry Mancini und ähnliche Musik aufzulegen, die ihm einfiel, während ich fort war, und ich wollte auch, daß Musik erklang, wenn ich Irina nach dem Essen animierte, eines der neuen Kleider anzuziehen, bevor wir sie verließen. Ich drückte auf die Bar-Taste, aber der Lautsprecher blieb still. Ich drückte auf die zwei anderen Tasten. Auch die funktionierten nicht. Ich rief die Zentrale.
»423, Roland. Mein Radio ist kaputt. Bitte schicken Sie mir einen Hauselektriker.«
»Es kommt sofort jemand, Herr Roland.«
»Danke.«
Der Hauselektriker kam nach wenigen Minuten. Ein junger Mann, schlank und blond, in einem blauen Overall und mit einem Werkzeugkasten. Ein freundlicher Mensch.
»Schönen guten Tag«, sagte er. »Ihr Radio ist nicht in Ordnung?«
»Nein. Alle Tasten sind tot.«
Er kniete vor dem Schränkchen nieder und öffnete den Werkzeugkasten.
»Werden wir gleich haben.« Er fing an, die Vorderseite des Kästchens mit dem Bastgitter abzuschrauben. Ich dachte, was ich plötzlich vor mir hatte – zwei Riesenserien, mein Comeback als seriöser Reporter vielleicht! – und trank einen Schluck aus der Flasche.
Die beiden Mädchen beendeten ihre Arbeit und verabschiedeten sich. Sie verschwanden mit Staubsauger, gebrauchten Handtüchern und ihrem Reinigungswägelchen.
»Was ist es denn?« fragte ich.
»Nichts Schlimmes«, sagte der Elektriker. »Eine Lampe. Und ein Kontakt.«
»Wie lange werden Sie brauchen?« fragte ich.
»Halbe Stunde vielleicht.«
»Ich muß essen gehen. Meine Freunde warten auf mich. Wir sind im Salon 436. Schließen Sie ab, wenn Sie fertig sind, und bringen Sie mir den Schlüssel, bitte.« Ich gab ihm zwanzig Mark.
»Danke herzlich«, sagte er. »Ich bringe den Schlüssel hinüber, mein Herr.« Er schraubte eifrig an dem Radio herum. Ich sah ihm noch kurz zu, dann sagte ich ihm guten Tag und ging schnell zu Irina und Bertie, die auf mich warteten. Damit hatte ich von meinen vier Fehlern bereits drei gemacht.

7

Das alles hätte mir nach so vielen Jahren in dieser Industrie niemals passieren dürfen. Niemals. Und es passierte mir doch. Ich war zu aufgeregt und zu überheblich und meiner Sache so verflucht sicher. Ich vertraute trotz all meiner Erfahrungen den falschen Leuten und mißtraute den falschen Leuten und glaubte, der Wahrheit auf der Spur zu sein, und hatte ganz vergessen, was ich in so vielen Jahren so genau erfahren hatte, nämlich, daß jedes Ding und jede Sache immer nur zum Teil wahr sind und zum anderen Teil falsch. und daß Wahrheit und Lüge, Recht und Unrecht ineinander übergehen, und daß diejenigen, denen man traut, einen verraten, und diejenigen, denen man mißtraut, einen retten können.
Das alles wußte ich, wußte es so genau, aber an diesem Tag muß ich es vergessen haben. Ich war einfach nicht mehr ich selber bei dem Gedanken daran, daß ich die Chance hatte, wieder ich selber zu werden.
Fehler Nummer eins: Daß der Radioapparat nicht funktionierte, mußte mich stutzig machen. In meiner Situation hätte ich ihn selber untersuchen und dafür sorgen müssen, daß er nicht mehr funktionieren *konnte,* egal, wie und in welcher Form, anstatt einen Elektriker zu rufen, den ich nicht kannte.
Fehler Nummer zwei: Ich hätte nie das Appartement verlassen dürfen, solange dieser Elektriker da arbeitete. Es hätten zu keiner Zeit Angestellte oder fremde Menschen im Appartement sein dürfen, wenn nicht wenigstens einer von uns dreien, Irina, Bertie oder ich, auf sie aufpaßte.
Fehler Nummer drei: Ich war so aufgeregt wie ein verfluchter Anfänger, und darum passierte es mir, daß ich den Recorder *eingeschaltet* neben meine Schreibmaschine stellte, und zwar, weil ich dauernd an den Knöpfen herumspielte, während das Gespräch mit den beiden Männern vom Verfassungsschutz ablief. Danach schaltete ich es geistesabwesend auch noch auf *Aufnahme.*
Bis hierher war das noch kein Fehler. Doch als ich den Recorder dann wieder zur Hand nahm, sah ich, daß er ausgeschaltet war und hielt das für ganz natürlich. Er hatte sich aber nur selbsttätig ausgeschaltet, nachdem das Band in der Kassette abgelaufen war. Und da beging ich meine Stümperei. Ich war schon wieder so in Eile, daß ich, in der falschen Erinnerung, die Kassette sei voll, diese herausnahm und wegsteckte und eine neue einlegte. Als ich die

abgelaufene Kassette dann endlich einmal abhörte und vernahm, was da noch gesprochen wurde, war es schon zu spät, war das Unglück längst geschehen.

8

Das Geräusch, wie die Knöpfe des Radios gedrückt werden.
Das Summen des Staubsaugers.
Meine Stimme: »423, Roland. Mein Radio ist kaputt. Bitte schikken Sie mir einen Hauselektriker.«
Das war das erste, was nach dem Gespräch im Polizeipräsidium vom Recorder aufgezeichnet wurde.
Es folgten meine Unterhaltung mit dem Elektriker und mein Abgang. Dann folgte eine Pause, in der man Arbeitsgeräusche vernahm.
Dann die Stimme des Elektrikers: »Es liegt am Mikro. Das Mikro hat sich gelöst.«
Eine akzentlose Stimme, wütend: »Trottel! Elender Trottel! Zu blöde, um ein Mikrophon einzubauen! Was hätte ich getan, wenn Roland Sie jetzt nicht gerufen hätte?«
Stimme des Elektrikers: »Ich bitte um Entschuldigung. Es tut mir leid. Ich kann nichts dafür. Da haben sich zwei Schrauben gelockert und ...«
Akzentlose Stimme: »Weil Sie sie nicht ordentlich angezogen haben! Alles wäre zu Ende gewesen, wenn Roland nicht – ich weiß auch nicht, warum – an dem Radio herumgefummelt und bemerkt hätte, daß es nicht geht!«
Stimme des Elektrikers: »Es wird nicht mehr vorkommen. Ich tue ja alles, was Sie von mir verlangen, alles tue ich, wenn Sie nur auch Ihr Wort halten.«
Akzentlose Stimme: »Mein Wort halte ich, wenn alles gutgeht und nichts durch Ihre Schuld passiert. Sonst können Sie mein Wort vergessen, Sie Trottel.«
Stimme des Elektrikers: »Hören Sie, ich riskiere alles für Sie! Meine Stellung! Anzeige! Zuchthaus!«
Akzentlose Stimme: »Für *mich?* Für Ihren *Vater* wollen Sie sagen!«
»Ja. Ja, natürlich ...«

Dazwischen Arbeitsgeräusche, Schrauben, Kratzen, Feilen, leises Klopfen.
»Eins, zwei, drei, vier, fünf, sechs, sieben ... Wie klingt es jetzt?«
»Jetzt klingt es wieder gut. Nicht zu fassen. Ein Mikrophon einbauen – schon zu kompliziert für den Herrn!«
»Ich bitte Sie, mir zu verzeihen!«
»Sie liefern gute Arbeit. Wir liefern gute Ware.« Kurzes Lachen.
»Wir liefern die gute Ware *nicht*, meine ich.«
Arbeitsgeräusche, etwa fünf Minuten.
Dann: »Jetzt ist alles wieder eingebaut.«
»Packen Sie Ihr Zeug zusammen, und bringen Sie Roland seinen Schlüssel.«
»Jawohl. Und noch einmal Dank. Dank ... Danke ...«
Danach lief das Band in der Kassette bis zum Ende, ohne noch anderes aufzuzeichnen als die sich entfernenden Schritte des Elektrikers und das Öffnen und Abschließen der Appartementtür.
Das wäre dies.
Den vierten und größten Fehler machte ich gleich darauf, aber der ließ sich, wie gesagt, als einziger gar nicht vermeiden.

9

Ich kam in den Salon, in dem Irina und Bertie saßen. Sie hatten doch tatsächlich auf mich gewartet. Ich war gerührt.
»Bestellt haben wir schon«, sagte Bertie. »Lady Curzon. Seezunge Walewska. Pêche Melba. Einen Mosel, gute Spätlese, hat uns der Ober empfohlen. Ist dir das recht?«
»Herrlich«, sagte ich und strahlte Irina an. Sie erwiderte meinen Blick ernst. Sie war kaum geschminkt und trug noch immer ihr hellblaues Twin-Set und ihre flachen Halbschuhe. Sie sagte nichts. Bertie hatte nach dem Etagenkellner geläutet. Gleich darauf klopfte es, und die Tür wurde geöffnet. Es war jetzt Nachmittag, und am Nachmittag, so hatte der Frühdienst-Kellner mir gesagt, tat mein Freund Herr Oskar Dienst. Nur daß er nicht Dienst tat. Der Mann, der den großen fahrbaren Tisch mit der Damastdecke und den Heizplatten und dem Wein und den Suppen hereinrollte, war nicht Herr Oskar. Das war ein Kellner, den ich noch nie gesehen hatte.

»Guten Tag, Monsieur«, sagte er zu mir, während er sich ans Servieren machte. Er sprach mit französischem Akzent und trug zu seinem schwarzen Anzug mit dem auf Taille geschnittenen kurzen Jackett, dem weißen Hemd und der schwarzen Krawatte eine große blütenweiße Schürze umgebunden.

»Tag«, sagte ich. »Ich dachte, Herr Oskar hat Dienst heute ab zwei.«

»Hätte er auch gehabt«, sagte der fremde Kellner. Er hatte Schwierigkeiten mit den H's. »Aber morgen ich muß unbedingt etwas erledigen, und so wir haben getauscht.«

»Wie heißen Sie?«

»Jules, Monsieur. Jules Cassin.« Er hatte die Schildkrötensuppen serviert und goß jetzt etwas Weißwein in mein Glas. Ich kostete. Der Wein war hervorragend, und ich sagte es ihm.

»Merci, Monsieur.« Er zog sich zurück, nachdem er alle Weingläser gefüllt hatte.

»Ja, also dann guten Appetit«, sagte ich betont munter. Wir aßen. Keiner sagte etwas – es war, als säßen wir an einem Tisch, an dem drei Leute fehlen. »Was habt ihr denn?« fragte ich endlich.

»Ach, Fräulein Indigo«, sagte Bertie. »Ist die ganze Zeit allein. Macht sich Gedanken. Sorgen. Hat mir davon erzählt. Man kann's gut verstehen.«

»Natürlich kann man's verstehen«, sagte ich.

Und dann fingen wir beide an, tröstlich zu reden, und Bertie machte Witze, aber zarte, und ich dachte, daß ich mich wahrhaftig in Irina verliebt und mir das gerade noch gefehlt hatte. Ich streichelte ihre Hand und sagte, in ein paar Stunden würden wir viel mehr wissen, und Kellner Jules kam mit der Seezunge und einem zweiten Wägelchen und servierte äußerst elegant. Er war ein schon älterer Mann, über fünfzig, und hatte den Charme und die geschmeidige Geschicklichkeit französischer Kellner. Die Seezunge war hervorragend. Meine Laune besserte sich rapide, ich hörte auf, so nervös zu sein, und ich sagte Bertie, daß wir vier Seiten bekommen hatten und alle von seinen Fotos begeistert seien. Irina aß langsam, mit gesenktem Kopf. Sie sprach kein Wort.

Jules Cassin kam wieder mit der Pêche Melba und fragte, ob wir Mokka wünschten.

»Ja«, sagte ich. »Und Cognac. Remy Martin. Aber in unser Appartement, bitte.«

»Sehr wohl, Monsieur. Ich werde drüben servieren. Hier, Ihr

Schlüssel, Monsieur. Der Hauselektriker hat ihn mir gegeben. Radio ist wieder in Ordnung.«
»Danke, Herr Jules«, sagte ich. Im Salon brannte ein Lüster, draußen ließ der Dauerregen das Licht ganz früh an diesem Tag verfallen, es war einfach scheußlich draußen, und wir mußten bald wieder hinaus. Wir aßen das Eis, und ich sagte zu Irina: »Ich habe Ihnen etwas mitgebracht. Sie müssen jetzt drüben in unserem Salon warten, damit wir alles im Schlafzimmer hübsch auspacken können.«
Plötzlich lächelte sie. »O ja«, sagte sie. »Wie schön!«
Und Bertie und ich lächelten uns zu, weil Irina lächelte, und ich freute mich über dieses Lächeln wie über einen Sonnenaufgang, auf den man frierend lange, lange gewartet hat, und ich dachte nicht daran, daß es vielleicht kein fröhliches, echtes Lächeln war, dachte nicht daran, daß Irina Psychologie studierte, dachte nur daran, wie schön sie war, wie schön.
Ich klingelte. Jules, der Chef d'Etage, kam, und ich sagte ihm, daß wir nun in unser Appartement zurückgingen.
»Ausgezeichnet, Monsieur.« Ich bemerkte, wie er mir ein Zeichen machte, gab Bertie den Schlüssel und sagte, während ich so tat, als suche ich in meiner Tasche nach einem Geldschein für das Trinkgeld: »Geht schon voraus, ich komme gleich nach.«
Sie gingen.
Ich sagte: »Was ist los, Herr Jules?« und gab ihm zwanzig Mark.
»Danke, Monsieur.« Er blickte ostentativ auf seine Armbanduhr. »Jetzt ist es neun Minuten vor halb vier. Genau um halb vier wird Ihr Editeur Sie anrufen.«
»Was? Wieso wissen Sie ...«
»Später. Er wird Ihnen alles erklären. Das heißt, nicht er, sondern Monsieur Seerose.«
»Woher kennen Sie den Namen?«
Er lachte.
»Woher ich kenne den Namen!« Er wurde ernst. »Sie werden nicht hier angerufen werden, Monsieur, sondern im ›Club 88‹.«
»Wo ist der?«
»Direkt dem Hotel gegenüber. Der Portier wird Ihnen geben einen Schirm. Sie brauchen nur über die Straße zu gehen.«
»Warum ruft mein Verleger mich nicht im Hotel an?«
»Das wird er Ihnen persönlich sagen. Beziehungsweise Monsieur Seerose. Sehr wichtig für Sie. Bitte, gehen Sie.«

»Hat der Club denn schon geöffnet?«

»Das ist kein Club. Ist eine Bar. Ab drei Uhr geöffnet. Wenn Sie zurückkommen, werden Sie viel mehr viel besser verstehen. Jetzt gehen Sie, Monsieur, bitte. Nur noch fünf Minuten ...«

Ich ging. Und damit begann mein vierter Fehler, der größte von allen. Aber diesen Fehler hätte wohl jeder begangen.

»Oh, Monsieur. Ganz wichtig!« Ich war schon bei der Tür, als Jules das rief. Er kam mir nachgeeilt. »Hier, bitte.« Er drückte mir einen zusammengefalteten Zettel in die Hand.

»Was ist das?«

»Nehmen Sie mit in Bar. Sie werden es brauchen.«

10

Der ›Club 88‹ befand sich tatsächlich direkt dem Hotel gegenüber, in einem alten Patrizierhaus auf der anderen Seite des Harvestehuder Weges. Klein, sehr gemütlich, ganz in Rot gehalten, fast leer. Zwei Liebespaare saßen an Tischchen und flüsterten. Ich gab meinen geliehenen Schirm in der Garderobe ab, setzte mich und bestellte einen doppelten ›Chivas‹, pur. Kaum hatte ich das der Kellnerin, einem hübschen Mädchen mit schwarzem Minikleidchen, rosa Schürze und rosa Häubchen gesagt, da kam sie schon an meinen Tisch zurück.

»Herr Roland?«

»Ja.«

»Sie werden am Telefon verlangt, Herr Roland.«

Ich sah auf die Uhr. Es war genau 15 Uhr 30.

Das Mädchen eilte voraus, an der Theke und am Mixer vorbei, öffnete eine Mahagoniholztür und ließ mich in einen Gang treten, in dem elektrisches Licht brannte. Hier ging es zu den Toiletten. Am Anfang des Korridors befand sich eine Telefonzelle. Der Hörer lag auf dem kleinen Brettchen. Ich trat in die Zelle, nahm den Hörer und meldete mich.

»Hier Verlag BLITZ, Frankfurt. Herr Roland?«

Ich erkannte Marions Stimme.

»Ja«, sagte ich. »Tag, Süße. Was habt ihr denn? Warum ruft ihr mich nicht im Hotel ...«

»Ich verbinde weiter, Herr Roland.«

Klick. Weg war sie.
»Roland? Herford hier.«
»Guten Tag, Herr Herford. Was soll ...«
»Keine Fragen stellen. So geht es schneller. Sie werden gleich alles kapieren. Zunächst ein Bibelwort. Römer zwölf, Vers zwölf: ›Seid fröhlich in Hoffnung, geduldig in Trübsal, haltet an am Gebet.‹ Halten Sie sich immer an am Gebet, Roland.«
»Gewiß, Herr Herford«, sagte ich. »Ich halte mich immer an am Gebet.«
»Sehr gut. Und: Herford gratuliert Ihnen, Roland!«
»Danke.«
»Prachtvoll, was Sie machen. Herford ist begeistert. Frau Herford auch. Das wird das größte Ding, das wir je hatten.«
»Toi, toi, toi.«
»Jetzt spricht Herr Seerose zu Ihnen. Wir sind in meinem Studio.«
Gleich darauf vernahm ich die kultivierte Stimme unseres Verlagsleiters, dieses so hervorragend gekleideten Gentleman mit besten Manieren.
»Hallo, Herr Roland.«
»Hallo«, sagte ich.
»Was ist das für eine Zelle, aus der Sie sprechen? Eine ganz normale?«
»Ja.«
»Gut. Dann hat Jules es richtig angefangen. Da kann niemand mithören.«
»Sind Sie sicher?«
»Ja«, sagte er kurz. »Darum rufe ich Sie ja dort an und nicht im Hotel.«
»Soll das heißen, daß im Hotel ...«
»Jules wird Ihnen alles erklären. Beschreiben Sie mir zur Sicherheit Jules.«
»Vielleicht dreiundfünfzig, so groß wie ich, graues Haar, schlank, grüne Augen, spricht etwas gebrochen deutsch.«
»Was für eine Uhr hat er?«
»Goldene Armbanduhr. Schmal und viereckig.«
»Schwarzes Zifferblatt.«
»Ja, stimmt. Aber ...«
»Er hat die Uhr von mir. Gab er Ihnen den Zettel?«
»Ja, Herr Seerose.«

»Lesen Sie mir die Namen vor.«

Ich zog den Zettel aus der Tasche und las: »Patrick Mezerette. François Tellier. Robert de Bresson. Michel Moreau. Charles Rabaudy. Philippe Fournier. Bernard Apis.«

»Ausgezeichnet. Kein Zweifel. Das ist mein Jules Cassin.«

»*Ihr* Jules Cassin?«

»Er wird es Ihnen erklären. Ich muß Ihnen erklären, was Sie nun zu tun haben und worum es geht bei diesem Jan Bilka.«

»Wieso müssen *Sie* mir das erklären?«

Pause.

Dann: »Weil ich besser Bescheid weiß als Sie. Ich bin ein ... hrm ... sehr inniger Freund gewisser amerikanischer Dienststellen. Habe mich mit einer unterhalten. Einer in Hamburg. Über Herrn Bilka und die ganze Geschichte, der Sie auf die Spur gekommen sind. Sie meinen doch auch, daß Herr Bilka versucht oder versucht hat, etwas zu verkaufen, nicht wahr?«

»Ja, die Idee hatten Engelhardt und ich natürlich.«

»Natürlich. Und haben Sie auch eine Idee, was das ist, das Herr Bilka zu verkaufen hat?«

»Nein«, sagte ich.

»Aber ich«, sagte Oswald Seerose, freundlich, ruhig und mit Würde. »Es sind sämtliche Pläne der Warschauer-Pakt-Staaten für den Fall eines Kriegsausbruchs in Europa.«

»Warschauer-Pakt-Staaten ...« Ich mußte Atem holen. Mir war auf einmal irre heiß in der Zelle. Schweiß brach aus.

»Ja«, erklang Seeroses Stimme. »Und er *hat* diese Pläne schon verkauft ...«

11

Fünf Minuten später stand ich wieder in meinem Appartement.

Bertie war da und der Chef d'Etage Jules Cassin, der mit viel Umständlichkeit den Kaffeetisch deckte – diesmal einen richtigen Tisch im Salon.

»Was war?« fragte Bertie.

»Gleich«, sagte ich. »Wo ist Irina?«

»Nebenan. Feiert Weihnachten.«

Es sah wahrhaftig so aus. Ich blickte ins Schlafzimmer, und da

stand Irina vor dem Bett, auf dem Bertie die Geschenke ausgebreitet hatte. Sie waren alle schön verpackt, und Irina stand ganz still und staunte die Pakete an.
»Na los, los«, sagte ich, »aufmachen! Anschauen!«
»Sie sind ja verrückt«, sagte sie. »Sie müssen verrückt sein, Herr Roland.«
»Natürlich bin ich verrückt«, sagte ich. »Sehen Sie sich alles in Ruhe an und probieren Sie, was da ist, ich kann alles umtauschen, und dann kommen Sie in den Salon hinüber. Aber ich will Sie aufregend geschminkt in einem neuen Kleid sehen, verstanden?«
Sie sah mich lächelnd an und nickte, und ich dachte, wie einfach es doch ist, Menschen glücklich zu machen. Dann dachte ich, daß Irina als Frau sicherlich trotz aller ihrer Sorgen eine Weile zu tun haben würde. Und das war gut so, denn ich brauchte eine Weile.
Ich ging in den Salon zurück und sagte zu Bertie: »Ich habe mit Seerose telefoniert. Er hat einen Draht zu den Amerikanern. Er weiß mehr, als wir wissen. Er weiß, was Bilka verkauft hat, worüber wir uns noch den Kopf zerbrachen.«
»Was?«
»Die ganzen Pläne der Warschauer-Pakt-Staaten für den Kriegsfall in Europa«, sagte ich. »An die Amis.«
Jules sah mich mit ausdruckslosem Gesicht an.
Bertie sagte etwas mühsam: »Die Warschauer-Pakt-Pläne? Sauber, sauber.«
»Ich wußte auch nicht«, sagte Jules. »Aber war es nicht gut, daß Sie befolgten meinen Rat und gingen in den ›Club 88‹?«
»Verdammt gut war es«, sagte ich. »Bloß warum, Herr Jules? Warum haben Sie mich hinübergeschickt? Warum konnte ich nicht von hier aus telefonieren.«
Der französische Kellner hob die Schultern.
»Sie kennen Herrn Hanslik, den Chefportier, nicht wahr. Nun, er ist ein guter Freund von mir. Heute wäre mein freier Tag gewesen, aber Herr Hanslik, er ruft mich an und sagt, ich soll sofort kommen ins Hotel, Sie sind da, und sind Männer erschienen in Telefonzentrale und haben da herumgebastelt, und Telefonistinnen sind überzeugt, daß sie eingerichtet haben Abhöranlage für Ihren Apparat in diesem Appartement. Hotelleitung hat natürlich angerufen Telegrafenamt. Die dort sagen, Arbeit von Männern ganz in Ordnung, Fehler in Zentrale. Herr Hanslik und ich trotzdem nicht glauben. Glauben, Sie sollen abgehört werden.«

»Wäre nicht unlogisch«, sagte Bertie. Ich sah, daß er Jules heimlich fotografierte, während ich zu dem Recorder ging. Ich war zu aufgeregt. Ich dachte nicht daran, daß unser Gespräch im Polizeipräsidium nicht die ganze Bandseite einer Kassette füllte. Ich sah nur das abgelaufene Band und den Apparat, der sich ausgeschaltet hatte. Mechanisch zog ich die Kassette heraus, legte eine neue in das Fach und schaltete den Recorder wieder ein. So einfach war das. Leider.

»Und?« fragte ich Jules.

»Und ich komme also sofort her und rufe Herr Seerose an, aus einer Zelle auf Straße, und er sagt, ich soll mich kümmern um diese Sache. Ist mir unendlich dankbar. Das bin ich ihm auch. Deshalb tue ich das alles. Deshalb ich habe mit Oskar Dienst getauscht. Um heute zu sein hier. Alle Gespräche sollen sofort über mich gehen – das hat Monsieur Seerose doch gesagt, nicht wahr?«

»Ja, das hat er gesagt.«

»Ich telefoniere drüben aus der Bar, wenn etwas ist los. Ich kann immer mal schnell kurz weg. Und ich bin Monsieur Seerose das einfach schuldig, daß ich jetzt helfe. Ihm und Ihnen. Bei eine solche Sache.«

»Woher kennen Sie Herrn Seerose?« fragte Bertie.

»Moment«, sagte ich. »Kann man uns im Schlafzimmer hören?«

»Unmöglich, Monsieur. Wände sehr dick, Türen sehr dick und gepolstert. Das waren einmal separate Zimmer. Sie können hier reden, so laut Sie wollen – nebenan man hört nichts. O lala, viele Damen schon sehr laut im Schlafzimmer, hier, im Zimmer daneben man hat nicht gehört die kleinste Piep. Eher noch am Gang, wenn man gehorcht hat an Tür.«

»Sie horchen alle, was?« fragte Bertie.

»Natürlich, Monsieur«, sagte Jules. »Es ist das halbe Plaisier von unsere Profession.«

»Trotzdem«, sagte ich und ging schnell zur Schlafzimmertür und öffnete sie. Irina, in einem neuen weißen Höschen und einem neuen weißen Büstenhalter, schrie leise auf. Sie war gerade dabei, das grüne Wollkleid mit dem schwarzen Lackgürtel zu probieren.

»Verzeihung«, sagte ich. »Ich wollte nur sehen, ob die Sachen passen.«

»Sie passen wie angegossen«, sagte Irina mit seltsam flackernden Augen. »Ich brauche noch ein wenig Zeit, dann stelle ich mich vor.«

»Ist gut«, sagte ich und schloß die Tür wieder. Ich sah Jules an, der den Tisch liebevoll gedeckt hatte, mit Mokka und Cognac und allem. »Also«, sagte ich, »Herr Seerose hat Ihnen das Leben gerettet. Stimmt das?«

»Ja, Monsieur. Darum ich würde immer alles für ihn tun.«

»Wann hat er Ihr Leben gerettet?« fragte Bertie.

Und der Recorder nahm auf, das wußte ich, und das eingebaute Mikro in dem Radioapparat nahm auf, und das wußte ich nicht. Ich sollte es schon noch erfahren.

Jules Cassin sagte: »Monsieur Seerose war Offizier in Frankreich. Ich bei Maquis. Sprenge große Brücke mit Kameraden. Deutsche erwischen uns – mich und alle die, die ich geschrieben habe auf Zettel. Damals Monsieur Seerose war Standortkommandant. Läßt uns flüchten. Riskiert Kopf dafür. Hat uns allen das Leben gerettet.«

»Ein Menschenfreund«, sagte Bertie.

»Keine Witze, Monsieur, bitte! Monsieur Seerose ist ein wunderbarer Mann. 1945 melde ich mich bei französische Militärregierung und sage, was er getan hat für unsere Gruppe. Daraufhin er bekommt eine der ersten Zeitungslizenzen. Hat sich zusammengetan mit Herr Herford, der hat aufgetrieben Geld, und voilà, BLITZ ist geboren!«

»Ach, so war das. Seerose bekam die Lizenz, nicht Herford.«

»Richtig. Wir waren Freunde, Monsieur Seerose und ich, gute Freunde.«

»Waren?«

»Sind noch immer. In Frankreich ich hatte alles verloren. Also sagt Monsieur Seerose: ›Jules, willst du kommen als Butler zu mir?‹ Er damals hat schon großes Haus geführt, wissen Sie? Acht Jahre ich war bei Herr Seerose. Ich war immer Kellner, das ist meine Profession. In Paris im ›Ritz‹, vor dem Krieg.«

»Und warum sind Sie von Herrn Seerose weggegangen?« fragte Bertie.

»Ach, ich wollte haben eigene Bar. Hat nicht geklappt.«

»Warum nicht?«

Jules machte eine Handbewegung.

»Nicht interessant. Mir geht es sehr gut hier. Ich bin zufrieden. Und immer noch in Schuld bei Monsieur Seerose.«

»Wußten Sie, daß er Beziehungen zu den Amerikanern hat?«

»Ja. Es kamen immer viele in sein Haus.«

»Was waren das für Leute?«
»Von speziellen Stellen. Lange Gespräche in der Bibliothek, über Politik und ...« Er brach ab, denn die Schlafzimmertür öffnete sich und Irina trat ein, in dem neuen grünen Kleid, den neuen Schuhen, den neuen Strümpfen, kräftig geschminkt, sehr verführerisch.
»Wunderbar«, sagte ich.
»Ich bin begeistert, Madame, wenn ich das äußern darf«, sagte Jules. Irina lächelte und drehte sich hin und her.
»Es gefällt Ihnen?«
»Prächtig«, sagte Bertie.
Irina befand sich in einem seltsam euphorischen Zustand.
»Und das Parfum, Walter! Das ist einfach herrlich!«
»Freut mich. Jetzt zieh auch noch das Kostüm an, bitte.«
»Gerne. Was ist denn hier los? Worüber unterhaltet ihr euch?« Sie lächelte, als sie das fragte, und ich schöpfte keinen Argwohn.
»Stell dir vor, Liebling«, sagte ich, »Herr Jules kennt jemanden aus meinem Verlag. Darüber reden wir.«
»Ach so.« (Ganz harmlos und lächelnd.) »Dann will ich nicht stören. Ich probiere das Kostüm. Aber unser Mokka ...«
»Kännchen stehen auf Heizplatten, Madame. Bleibt in Ordnung.«
»Danke, Jules«, sagte sie und lächelte ihm zu, und auch an dieses Lächeln sollte ich noch denken. Sie verschwand wieder. Mir fiel etwas ein; ich ging zum Telefon und ließ mich mit der Bar verbinden. Charlie hatte Dienst, und ich sagte ihm, er solle etwas Musik von Platten für uns machen, den Nachmittag über, und ich sagte ihm auch, was für Platten ich mir wünschte, und er sagte, er würde sie zusammensuchen. Dann drückte ich noch den Radioknopf für die Bar.
»Also, was hat Seerose nun gesagt«, fragte Bertie.
»Moment.« Ich schrie: »Irina!«
Es kam keine Antwort.
»Was ich Ihnen sage«, sagte Jules. »Kein Ton.«
Ich ließ mich in einen Sessel fallen.
»Also«, sagte ich, »nach Seerose sieht die Sache so aus: Dieser Jan Bilka verschafft sich Fotokopien – Mikrofilme – von den Plänen der Warschauer-Pakt-Staaten. Haut ab und fährt zu seinem Freund Michelsen, den er als amerikanischen Agenten seit Jahren kennt. Da glaubt er sich völlig in Sicherheit. Ein großer Irrtum. Denn sein guter Freund Michelsen, sagte Seerose, ist kein amerikanischer, sondern ein Agent in russischen Diensten. Seit vielen Jahren.«

»Bilka ist zu einem *russischen* Agenten geflohen?« fragte Bertie.
»Das ist ja grausig«, sagte Jules.
»Wartet ab«, sagte ich, »was Seerose weiter erzählt hat.«
In diesem Moment setzte die Musik ein, die aus der Bar kam. Es war ›A foggy day in London town‹, gespielt vom Orchester Ray Conniff.

12

»Also«, sagte ich, »ganz kurz. Michelsen ist ein Ostagent. Sehr erfolgreich. Wie man sieht, knüpfte er Kontakte zu möglichen Überläufern lange vor dem kritischen Zeitpunkt an. Bilka ist, das steht jetzt fest, unglaublich geldgierig. Auf Ethik pfeift er. Wie auf Irina. Er hat die ganze Zeit eine andere. Mit der flüchtet er zu Michelsen. Dem bietet er die Pläne an. Michelsen soll mit den Amerikanern verhandeln. Genauso hat Michelsen sich das gewünscht. Er tut auftragsgemäß und ganz im Sinne der Russen so, als wäre er ein Doppelagent, und verhandelt tatsächlich mit den Amerikanern. Dabei verlangt er außer dem Geld noch andere Dinge, auf welche die Amerikaner einfach nicht eingehen können: Freilassung von zwei in Amerika verurteilten Ostagenten; Auslieferung eines Top-Sowjet-Agenten aus Saigon und eines von den Israelis gefangenen sowjetischen Beraters der Ägypter; teilweisen Abbau von NATO-Raketenstellungen in Europa – denn Bilka ist Idealist, erklärt Michelsen ohne Bedenken und ohne daß der davon etwas ahnt; und Moralist ist Bilka auch, darum sollen die USA einen Porno-Skandal in Regierungskreisen, der bisher streng geheimgehalten werden konnte, öffentlich zugeben. Unmögliche Forderungen, wie gesagt. Er muß ja verhindern, daß die Amerikaner kaufen. Er braucht Zeit. Für seine russischen Auftraggeber, die auf diese Weise herausbekommen wollen, wo Bilka die Pläne hat.«
Ich liebe Gershwin. Das sentimentale Lied machte auch mich sentimental. Ich lauschte eine Weile.
»Na, vielleicht erzählst du weiter«, sagte Bertie. »Was heißt: Wo Bilka die Pläne hat?«
»Er hat sie natürlich nicht bei sich«, sagte ich. »Wäre ja schwachsinnig. Da müßte man ihn nur einfach umlegen und die Pläne klauen.«

»Natürlich«, sagte Jules. »Und wo sind also die Pläne?«
»Seerose sagte, die Amerikaner hätten ihm gesagt, Bilka habe den einen Teil der Mikrofilme an einen Freund in Helsinki geschickt, und einen anderen Teil an einen Freund in New York. Niemand weiß, was das für Freunde sind. Bilka verlangt, daß man ihn und seine Freundin zuerst – unter Bewachung natürlich – nach Helsinki fliegt und dann nach New York. Er will in die Staaten. In Helsinki wird er den ersten Teil der Filme übergeben und die erste Rate erhalten, in New York wird er den zweiten Teil übergeben und die zweite Rate empfangen.«
»Sehr schön ausgedacht«, sagte Bertie.
»Ein Mann von Intelligenz und Charakter«, sagte Jules.
»... and suddenly the sun was shining, shining, shining everywhere!« sang jemand. Sinatra war es nicht.
»Nicht schön genug«, sagte ich. »Denn Michelsen zog, wie Seerose mir erzählte, die Verhandlungen in die Länge. Bilka und seine Freundin konnten die Wohnung nicht verlassen. Sie waren ganz auf Michelsen angewiesen. Und der sagte, er stehe ständig in Verhandlungen mit den Amerikanern. Feilschte. Verzögerte. Damit der Osten Zeit hatte, alle Vorbereitungen zu treffen – zur Heimführung Bilkas und zur Rettung der Filme. Denn natürlich berichtete Michelsen zuallererst seinen *wirklichen* Auftraggebern, wo die Filme liegen. Die Russen hätten es geschafft, als angebliche Amerikaner mit Bilka nach Helsinki und auch nach New York zu fliegen und ihm die Filme abzunehmen, wenn nicht ...«
»Irina aufgetaucht wäre und eine so außerordentlich unerwünschte Unruhe in den Ablauf des Geschäfts gebracht hätte«, sagte Bertie.
Jetzt kam aus dem Radio die ›Rhapsody in Blue‹.
»Richtig. Irina gefährdete alles. Sie durfte nicht mit Bilka in Verbindung treten. Also schickte Michelsen oder einer von seiner Seite diesen Karl Concon los, um Irina zu entführen.«
»Und was mit ihr zu tun?« fragte Bertie.
»Was Schönes sicherlich nicht«, sagte ich. »Sie mußte aus dem Weg.«
»Ja«, sagte Bertie, »das leuchtet ein.«
»Weil Concon die Sache mit Irina vermasselt und dadurch uns in diese Geschichte hineingebracht hat, wurde er umgelegt.«
»Von wem?«
»Von seinen eigenen Leuten natürlich«, sagte ich. »Und jetzt paßt auf: Als Michelsen erfuhr, daß die Sache im Lager schief-

gelaufen war, zeigte er sich von der allerbesten Seite seines Charakters. Er wechselte die Front *endgültig*, rief die Amerikaner an, ließ sich so schnell wie möglich von ihnen abholen und in Sicherheit bringen. Er ist also jetzt ein braver amerikanischer Agent, der die Ware geliefert hat. Sagt alles Seerose. So haben es ihm die Amis erzählt. Sie erzählten auch, daß die Russen noch einen Versuch gemacht haben, Irina in ihre Hand zu bekommen, als wir schon in Hamburg waren.«

»Der norwegische Matrose«, sagte Bertie.

»Ja. Die Amerikaner selber wollten Irina ebenfalls ruhigstellen. Denn sie wußten ja nicht, was wir mit ihr vorhatten. Mein Drogist und sein Freund also. Jetzt sind die Amis friedlich, weil wir Irina hier festhalten.«

»Und die Herren vom Verfassungsschutz sind es auch. Niedlich«, sagte Bertie. »Ganz niedlich. Wo steckt Bilka also jetzt? Er und seine Freundin und Michelsen?«

»In Sicherheit. Unter dem Schutz der Amis.«

»Und wo ist das?« fragte Bertie.

»Das weiß ich nicht. Hat Seerose nicht gesagt. Offenbar haben es die Amis Seerose auch nicht gesagt. Die wollen ihre Ruhe haben.«

»Wir müssen es aber herausbekommen«, sagte Bertie.

»Natürlich«, sagte ich. »Komisch.«

»Was ist komisch?«

»Daß sie Seerose nicht gesagt haben, wo sie Bilka und die anderen versteckt halten. Etwas viel Wichtigeres *haben* sie ihm gesagt.«

»Was?«

»Wann die Gesellschaft nach Helsinki abfliegt. Aber das ist vielleicht auch nicht wahr, das ist vielleicht nur ein Ablenkungsmanöver.«

»Oder sie sind jetzt ganz verflucht sicher, daß nichts mehr dazwischenkommen kann und wollten die größtmögliche Publicity. Vergiß nicht, wieviel wir schon herausgekriegt haben und was für Fotos BLITZ hat.«

»So wie ich kenne die Amerikaner, Herr Engelhardt hat recht«, sagte Jules. »Alles für Publicity. Weltsensation. Der jetzt schutzlose Osten. Die unbezwingbaren Amerikaner. So wird es sein.«

»Ja, wird es so sein?« sagte ich. »Ich weiß nicht . . .«

»Darum müssen wir vorher rauskriegen, wo Bilka wirklich steckt. Beschatten tu ich ihn dann schon. Wann wird er mit den anderen also abfliegen?« fragte Bertie.

Ich zog den Zettel heraus, den Jules mir mit den Namen seiner von Seerose geretteten Maquis-Kameraden als Erkennungszeichen mitgegeben und den ich auf der Rückseite vollgeschmiert hatte. »Heute abend soll das sein«, sagte ich, ohne die geringste Ahnung, daß ein Mikrophon in das Radio eingebaut war, ich armer, hohlköpfiger Idiot. »Unter Bewachung natürlich. Bilka, die Freundin, Michelsen. Zuerst die Mikrofilme in Helsinki abholen. Seerose sagte, sie fliegen mit der PANAM. Ab Fuhlsbüttel 19 Uhr 40. Dann landen sie in Helsinki um 22 Uhr 30. Die Maschine nach New York startet Punkt Mitternacht. Sie haben also genügend Zeit. Ich soll unter allen Umständen heute abend bei Irina bleiben, damit der nichts passiert, hat Seerose gesagt. Wenn ich Nachrichten zu geben habe oder Informationen brauche, muß Herr Jules für mich rüber in die Bar gehen und telefonieren. Seerose hat zu niemandem solches Vertrauen wie zu Ihnen, Herr Jules, soll ich Ihnen sagen.«

»Merci, Monsieur. Sehr freundlich von Herr Seerose, ich werde ihn nicht enttäuschen.«

»Und einer muß nach Helsinki mitfliegen, hat der liebe Monsieur Seerose gesagt«, meinte Bertie und erhob sich hinkend. »Und weil nur noch einer von uns dreien übrigbleibt, werden wir dem lieben Monsieur Bertie so schnell wie möglich Tickets kaufen. Nach Helsinki und nach New York. Ein Glück, daß ich einen warmen Mantel mithabe.«

»Du sollst dich natürlich im Hintergrund halten, aber gleichzeitig die Gesellschaft verfolgen und an Fotos schießen, was du nur kannst.«

»Einfachste Sache von der Welt. Wie immer«, sagte Bertie. »Na, ich komme schon zurecht, wenn ich erst weiß, wo Bilka und sein Anhang stecken.«

»Die Pläne der Warschauer-Pakt-Staaten, mon Dieu«, sagte Jules.

»Ja«, sagte Bertie, »da haben wir ein nettes kleines Histörchen zu berichten.« Er wandte sich an mich. »Wenn ich daran denke, daß die Russen jetzt natürlich nicht einfach die Händchen in den Schoß legen werden, dann wäre es mir doch ganz angenehm, eine Waffe zu haben.«

Ich ging in die Garderobe, nahm den Colt aus meinem Kamelhaarmantel und reichte ihn Bertie, der ihn in eine Brusttasche seiner Jacke steckte, wo man ihn als mächtige Ausbeulung erkennen konnte. »Du mußt dir eine andere Stelle aussuchen«, sagte ich.

»Sonst kommst du überhaupt nicht ins Flugzeug.«
»Mein dicker Mantel«, sagte Bertie. Wir hörten ein Geräusch und sahen uns um. Im Rahmen der Schlafzimmertür stand Irina. Sie trug jetzt das gelbe Jersey-Kostüm und die Lacklederpumps, und sie kam wie ein Mannequin näher, eine Hand in die Hüfte gestützt. Sie lächelte, und wir alle sahen sie an. Aus dem Radio ertönte das Ende der ›Rhapsody in Blue‹. Irina blieb stehen und fragte den Kellner: »Sie unterhalten sich noch immer? Ist es nicht wahrscheinlich, daß man anderswo nach Ihnen läutet?«
»Ich habe noch zwei Kollegen, Madame«, sagte Jules und verneigte sich. »Bezaubernd, ganz bezaubernd. Und nun entschuldigen Sie mich bitte.«
Ich sperrte die Appartementtür auf und hinter ihm zu – das tat ich für jeden, der kam oder ging. Ich war ungemein vorsichtig, ach ja, ungemein ...
»Wirklich, Irina, Sie sehen prima aus«, sagte ich, in den Salon zurückkommend.
Bertie pfiff durch die Zähne.
»Frau meiner Träume«, sagte er.
»*Meiner* Träume«, sagte ich. »Irina, würden Sie gestatten, daß ich Ihnen einen ganz kleinen Kuß ...« Den Satz sprach ich nicht zu Ende, denn sie erstarrte plötzlich, ihr Gesicht wurde weiß, das Lächeln war verschwunden. Sie brach in Tränen aus und lief in das Schlafzimmer zurück.
»Was ist?« fragte Bertie verblüfft.
»Die Musik«, sagte ich, während ich das Radio abstellte. »Die verfluchte Musik. Gerade jetzt. Gerade für Irina. Es war doch ihr Lied – ihres und Bilkas.«
Aus dem Radio hatte, süß, traurig und sehnsuchtsvoll, gespielt von vielen Geigen, der ›Reigen‹ eingesetzt ...
»Ach, du liebe Scheiße«, sagte Bertie.
Ich war plötzlich sehr unruhig. Da geschah es wieder. In meinem Leben – ich weiß nicht, wie es Ihnen geht – passiert alles zweimal. Große Lieben, große Enttäuschungen mit Menschen, schwere Unfälle, Rettung aus ausweglos erscheinenden Situationen, Todesgefahr. Nein, in Todesgefahr war ich bisher nur einmal gewesen. Aber sonst passiert es einfach mit allem. Sogar mit Liedern. Zuerst Karel und ›Strangers in the Night‹. Und jetzt Irina und der ›Reigen‹. Unheimlich, schon ein wenig unheimlich.
Bertie sagte: »Was soll ich ...«

»Du gar nichts«, sagte ich. »Bleib hier und warte. Das muß ich versuchen.« Ich ging in das Schlafzimmer und schloß die Tür hinter mir. Irina hatte sich auf das Bett fallen lassen, mit dem Gesicht nach unten, und weinte die goldgelbe Überwurfdecke voll. Auf dem Bett, auf dem Teppich, überall lagen geöffnete Schachteln und aufgerissenes Geschenkpapier. Ich setzte mich an den Bettrand, streichelte Irinas Schultern und begann beruhigend auf sie einzureden.

»So hören Sie doch auf ... Bitte, Irina, hören Sie auf ... Niemand kann etwas dafür, daß gerade dieses Lied gespielt wurde. Ich habe eigens für Sie ein bißchen Musik bestellt ... damit Sie sich fröhlicher fühlen ...«

»Unser ... Lied ...«, schluchzte sie und warf sich, auf dem Gesicht liegend, hin und her. »Unser Lied ...«

»Ja, ich weiß. Aber Sie wissen auch, daß Ihr Verlobter Sie gemein mit einer anderen Frau betrogen hat, und daß ...«

»Na und?« Auf einmal fuhr sie hoch, ganz nahe war ihr Gesicht vor meinem, die Augen funkelten. »Na und? Betrügt er mich! Hasse ich ihn? Bis zu meinem Tode, hören Sie, bis zu meinem Tode werde ich den Mann lieben, der mich betrogen hat!«

»Na schön«, sagte ich und fühlte mich plötzlich krank und alt, die Erregung der letzten Stunde war verflogen, »na schön, tun Sie es. Meinetwegen.«

Sie zerrte an ihrer Kostümjacke, öffnete die Knöpfe, zog sie aus, so daß sie im weißen Büstenhalter vor mir saß, und warf die Jacke zu Boden.

»Alles, was Sie mir geschenkt haben, können Sie zurückhaben! Ich will es nicht! Ich pfeife darauf!« Die letzten Worte hatte sie geschrien. Ich dachte, daß Jules gesagt hatte, in diesen Zimmern könne man schreien, so laut man wollte, aber ich dachte auch, daß ich weg mußte und Irina nicht in diesem Zustand zurücklassen konnte.

Darum sagte ich: »Ich war telefonieren, Irina. Ihr Verlobter hat eine sehr üble Sache getan.«

»Was für eine Sache?«

Mir war es jetzt egal. Sie mußte ruhig werden. Ich sagte: »Er hat Ihr Land verraten. Seines und Ihres. Euer Land. Sagen Sie nichts. Das weiß ich so sicher, wie ich weiß, daß Sie das schönste Mädchen sind, das mir je begegnet ist. Wir müssen ihn finden, Irina. Das ist unser Job. Er ist nicht der Jan, von dem Sie träumen. Er ist ein geldgieriger, mieser, charakterloser und verantwortungsloser Schuft, ein ...«

Sie schlug mir mit aller Kraft ins Gesicht, mein Kopf flog buchstäblich zur Seite. Danach erstarrte sie.

»Verzeihen Sie.«

»Aber natürlich«, sagte ich. Der Schlag brannte. Ich holte meinen Flacon hervor und trank einen Schluck.

»Es tut mir so leid.«

»Schon gut.«

Sie stammelte: »Ich verdanke Ihnen soviel ... meine Sicherheit ... mein Leben wahrscheinlich ... und da tue ich so etwas ... Ich bin nicht normal, Sie sehen, ich bin nicht normal.«

»Sie sind ganz normal«, sagte ich. »An Ihrer Stelle ginge es mir wahrscheinlich auch so. Muß schön sein, so geliebt zu werden wie dieser Herr Bilka. Nur daß dieser Herr Bilka darauf pfeift, daß es ihm lästig ist, so geliebt zu werden – sehen Sie das denn nicht endlich ein?«

»Doch«, sagte sie, sehr leise. »Doch, ich sehe es ein. Sie müssen mir verzeihen.«

»Habe ich schon.«

»... und Geduld mit mir haben. Ich bin wirklich ein bißchen verrückt, wissen Sie.«

»Wissen Sie, ich bin auch ein bißchen verrückt«, sagte ich. »Und nicht nur nach Ihnen. Überhaupt.«

»Walter ...« Das war nur ein Flüstern.

»Ja?«

»Alles tut mir leid, alles, was ich sagte ... Seien Sie nicht böse ... Ich ... ich habe mich so gefreut über die neuen Sachen ... So schöne hatte ich noch nie ... Und so etwas wird auch nie wieder vorkommen ... Ich schwöre es Ihnen.«

»Es darf auch nicht mehr vorkommen«, sagte ich. »Denn wir müssen Sie nun noch einmal allein lassen, und wir müssen sicher sein, daß Sie keine Dummheiten anstellen.«

»Ich sage doch, ich schwöre ...« Irina brach ab. »Sie glauben mir nicht!«

Ich schwieg.

»Sie glauben mir nicht!« rief sie.

Ich schüttelte den Kopf.

Da ergriff sie ihn mit beiden Händen und hielt mein Gesicht gegen das ihre und küßte mich auf den Mund, und vor der Süße dieses

Kusses verschwanden alle meine Angst und meine Sorgen, meine Unruhe und meine Traurigkeit.
»Glaubst du mir jetzt?« flüsterte Irina.
»Ja«, sagte ich und legte beide Arme um sie und küßte sie wieder. Ihr Mund wurde ganz weich, und ihre Zunge drang durch meine Lippen und traf auf meine. Ich dachte, daß ich nach Zigaretten und Whisky riechen mußte, und schämte mich dafür, aber der Kuß hielt an. Der Regen schlug gegen die Scheiben, im Schlafzimmer war es schon sehr dämmrig, und wer uns hätte sehen können, der mochte meinen, ein großes Liebespaar zu sehen.
Ich habe bereits geschrieben, daß ich in jenen Stunden nicht daran dachte, wie alles und jedes im Leben, jede Handlung, jedes Ding, ja selbst jeder Kuß nur zur Hälfte Wahrheit ist und zur Hälfte Lüge. Wir leben allein auf dieser Welt, jeder von uns – mehr als dreieinhalb Milliarden Menschen, in der Nacht ihrer Existenz, im Dschungel des Daseins und nach dem Gesetz des Dschungels.
Während ich Irina in den Armen hielt und leidenschaftlich küßte, fiel mir ein, was Bertie einmal erzählt hatte, als er aus Vietnam zurückkam. Da war ein G. I. gewesen, ein Neger, der im Lazarett in einem Rollstuhl saß und plötzlich zu Boden fiel. Dem Neger hatten sie beide Beine oberhalb der Knie abgenommen. Bertie eilte hinzu, um zu helfen, doch der doppelamputierte Neger schlug nach ihm und schrie: »Take your hands off me, you goddamn son of a bitch! Leave me alone! Everyone has to fight his own battles!«
Laß mich in Ruhe, du verfluchter Hurensohn! Jeder Mensch muß sich durch seine eigenen Schlachten kämpfen!
Bertie hatte gesagt: »But all I want to do is to help you.«
Alles, was ich tun will, ist doch, dir zu helfen.
Und der Neger hatte geantwortet: »Alone! He has to fight his battles alone. Everyone. Always.«
Jeder Mensch. Immer. Und immer allein.

13

Das erste, was Fräulein Luise hörte, als sie erwachte, waren viele Stimmen, männliche und weibliche, das Rattern von Schreibmaschinen und wüstes Gebrüll. Sie fuhr erschrocken hoch und öffnete die Augen. Was war geschehen? Ihr Kopf schmerzte leicht, und sie fühlte sich benommen und schwindlig. Sie sah, daß sie in einem spärlich eingerichteten Zimmer auf einem alten Ledersofa gelegen hatte, zugedeckt mit ihrem Wintermantel. An den Wänden hingen eine Luftaufnahme von Lübeck und eine Tafel voller Fahndungsbilder. Von den vier Fenstern war eines groß und mit einem grünen Vorhang verdeckt.
Eine grelle Frauenstimme ertönte aus der Nähe: »Das alte Schwein hat ja unbedingt hinten rein wollen, und ich hab ihm gesagt, das kostet aber extra, und er hat mir auch extra gegeben! Der war ja so besoffen, daß er nicht mehr wußte, wo hinten und vorne ist! Und jetzt sagt er, ich hab ihn beklaut! Das ist eine Sauerei, eine Sauerei ist das!«
»Ruhig, Susi, ruhig«, ertönte eine andere Frauenstimme. »Hier wird nicht geschrien. Das weißt du doch. Bist ja nicht zum erstenmal hier. Nun komm schön mit.«
»Wohin?«
»Runter in den Keller. Nicht lange. Nur bis wir den Haftbefehl haben für dich.«
»Ich bring euch um! Ich bring euch alle um!«
Heftige, laute Geräusche, ein Stuhl fiel um. Viele Stimmen. Susi wurde offenbar abgeschleppt. Ihr Gebrüll klang noch lange nach. Sie erging sich in unflätigen Ausdrücken.
»Die braucht dringend wieder eine Spritze«, hörte Fräulein Luise eine Männerstimme sagen. »In einer Stunde schlägt sie sich blutig in ihrem Koller.«
»Müssen wir eben sehen, daß wir sie in einer Stunde schon weg haben«, sagte eine andere Stimme. »Was mich diese Fixer ankotzen, Mensch.«
»Alles Gewohnheit«, sagte die erste Männerstimme.
Susi brüllte noch immer, aber schon entfernt. Eine Tür krachte zu. Nun war das Brüllen sehr leise. Schritte kamen wieder näher.
»Hallo!« rief das Fräulein mit belegter Stimme, und dann noch einmal, nachdem sie sich geräuspert hatte: »Hallo! Bitte!«
Ein Polizist kam in den Raum. Fräulein Luise erkannte ihn. Das

war doch dieser Wachtmeister . . . Wachtmeister . . . na, wie hieß er gleich . . . Lütjens, natürlich, der sie aus dem Hotel ›Paris‹ geführt hatte!

»Na«, sagte der große junge Polizist freundlich, »wie geht's? Ausgeschlafen?«

»Wo bin ich hier?« Das Fräulein war noch immer nicht ganz bei sich.

»Auf der Davidswache«, sagte Lütjens. »Wissen Sie das nicht?«

»Keine Ahnung . . . Was ist denn mit mir passiert?« Ein Aufschrei. »Wo ist meine Tasche?«

»Keine Sorge. Die haben wir gut verwahrt, vorne im Abfertigungsraum.«

»Abfertigungsraum? Davidswache? Wie komm ich hierher?«

»Aber Fräulein Gottschalk, Sie müssen sich doch noch daran erinnern, wie Sie herkamen . . .«

»Keine Ahnung.«

». . . und wie sich der Herr Kommissar Sievers von der Mordkommission dann mit Ihnen unterhielt. Im Vernehmungszimmer.«

»Wer hat sich mit mir unterhalten? Ein Kommissar von der Mordkommission?«

»Ja. Wegen Herrn Concon. Der Mord im Hotel ›Paris‹. Fräulein Gottschalk!«

»Jetzt fängt die Erinnerung an«, sagte das Fräulein. »Also er hat sich mit mir unterhalten?«

»Ja.«

»Worüber?«

»Über alles, was Sie wußten. Sie haben auch sehr ausführlich erzählt.«

Was hab ich erzählt? grübelte das Fräulein. Was, lieber Himmel? Plötzlich vernahm sie die Stimme des toten amerikanischen Piloten. Sie kam aus der Richtung, in der Lütjens stand.

»Jetzt ist Luise verwirrt. Sie kann sich nicht erinnern. Sie hat nichts verraten, was unser Geheimnis ist. Sie kann das auch gar nicht, denn wir sind immer mit ihr!«

»Gott sei Dank«, sagte das Fräulein.

»Bitte?« fragte Lütjens.

»Nichts, nichts«, sagte Fräulein Luise hastig. »Der Herr Kommissar war zufrieden?«

»Sehr.«

»Wo ist er jetzt?«

»Längst weg!« Lütjens lachte. »Auf dem Präsidium vermutlich.«

»Längst weg?« Das Fräulein streifte den Mantel ab und erhob sich. Dabei taumelte sie ein wenig. Lütjens sprang herbei, um sie zu stützen. »Wieso längst weg? Wann war ... wie spät ist es?«
Der Wachtmeister sah auf seine Uhr.
»Fünfzehn Uhr vorbei«, sagte er.
»Was?« Fräulein Luise erschrak heftig. »Aber ich bin doch in aller Herrgottsfrüh zu euch gekommen ... Sie, Sie haben mich gebracht ... Das ist so viele Stunden her?«
Lütjens sagte gleichmütig: »Hauptsache, es geht Ihnen wieder halbwegs. Ich habe Tee für Sie gekocht in der Teeküche nebenan.«
Fräulein Luise sank auf das alte Sofa, dessen Spiralfedern quietschten.
»Ich hab hier stundenlang gelegen ...«
»Ja«, sagte Lütjens, der in die kleine Teeküche nebenan ging und mit einem Tablett zurückkam. »Hier, nun trinken Sie erst mal was.«
»Aber wie ist das denn passiert?«
»Am Ende von Ihrer Aussage vor dem Kommissar sind Sie umgekippt. Nur ein Schwächeanfall, sagte der Arzt von der Mordkommission. Er war zum Glück noch da. Hat Ihnen eine Spritze verpaßt und gesagt, daß Sie sehr übermüdet sind und daß wir Sie schlafen lassen sollen, bis Sie aufwachen. Also haben wir Sie hiergelegt, in unsern Aufenthaltsraum. Vorne ist ein solcher Rummel, und in den Zellen ist es nicht sehr gemütlich. Sie haben geschlafen wie ein Murmeltier, ich habe ein paarmal nach Ihnen gesehen.« Lütjens goß Tee in eine alte Tasse. »Nu trinken Sie man, Fräulein Gottschalk!«
Fräulein Luise verspürte Durst. Sie erkundigte sich: »Und Herr Reimers?«
»Der ist unten.«
»Wo unten?«
»Im Keller. Die Zellen sind im Keller.«
»Aber wieso haben Sie ihn eingesperrt?«
»Erlauben Sie mal!« Lütjens lachte wieder. »Was sollten wir denn mit ihm tun? Der Mann wird festgenommen und ins Untersuchungsgefängnis eingeliefert, sobald wir einen Haftrichter haben, dem wir ihn vorführen können. Das war immerhin Diebstahl.«
Fräulein Luise ließ fast die Tasse fallen.
»Nein!« rief sie. »Nein, ich bitt Sie, Herr Wachtmeister! Das will

ich nicht! Ich ... ich will nicht, daß Sie den Herrn Reimers einsperren! Ich erkläre mich für nicht geschädigt! Ich verzeih ihm! Das ist doch nur ein armer Irrender! Und er hat meine Tasche gar nicht gestohlen!«
»Weil es verhindert wurde im letzten Moment. Nein, nein, Fräulein Gottschalk, nun regen Sie sich nicht wieder auf. Das hat gar nichts mehr mit Ihnen zu tun. Nur noch mit dem Gesetz. Wir müssen diesen Reimers einfach festnehmen.«
»Aber das ist ja schrecklich ... der arme Herr Standar ... der arme Herr Reimers!« rief das Fräulein.
»Was heißt arm? Ein alter Ganove ist das«, sagte Lütjens. Von vorne wurde er gerufen. »Nun ruhen Sie sich noch ein wenig aus, das ist das Wichtigste.« Er verschwand, nachdem er dem Fräulein freundlich zugenickt hatte.

14

Etwa eine Viertelstunde später erhob sich das Fräulein. Luise sah, daß es hier verschlossene Türen und offene Durchgänge gab. Durch einen von ihnen gelangte sie in einen Gang. An der rechten Wandseite stand ein Zigarettenautomat, und eine Treppe führte in einen Keller hinab, aus dem gröhlender Gesang ertönte. In einer Zelle sang ein Betrunkener: »Es fiel ein Pup vom Dache, und brach sich das Genick. Da kam die Schutzmannswache, und nahm den Stänker mit. Der Stänker hat gestunken, weit über hundert Jahr, und ...«
»Schnauze!« kreischte eine Frauenstimme.
Fräulein Luise schritt an mehreren Zimmern vorbei. An den Türen waren Schilder: Sie las: WEIBLICHE SCHUTZPOLIZEI. SCHREIBRAUM 3. SCHREIBRAUM 2. SCHREIBRAUM 1. Dann kam ein offener Durchbruch, und auf einmal stand Fräulein Luise in einem sehr großen Zimmer, in dem es von Polizisten, Polizistinnen, Kriminalbeamten und Verhafteten nur so wimmelte. An Schreibtischen saßen Beamte hinter Maschinen. Neben ihnen saßen Männer und Frauen, die sie verhörten. Es gab, sah Fräulein Luise, eine Holzbarriere, die ein Stück des Raums abtrennte, ein Regal mit großen Fächern, in denen Gegenstände lagen, die man wohl den Verhafteten abgenommen hatte. Unter den Fächern befand sich eine

Reihe von Leuchtknöpfen. Über jedem stand die Nummer einer Zelle. Die Bundesfahne hing an einer Ecke schräg in den Raum. An den Wänden sah Fräulein Luise Stadtpläne und zwei schwarzgerahmte Fotografien von Polizeibeamten. Die sind vermutlich im Dienst getötet worden, dachte sie. Ein weiterer Mauerdurchbruch führte in einen zweiten großen Raum, aus dem die Meldungen der Funkwagen erklangen. Ein junger Beamter saß vor dem Apparat, sah Fräulein Luise. Dann erblickte sie ihren ›Führer‹. Er wurde gerade in den Raum gebracht, zwei Beamte geleiteten ihn. Er trug nun keinen Mantel, sein blauer Anzug sah erbarmungswürdig aus wie der ganze Mann – grau im Gesicht, zitternd vor Angst, mit unordentlichem grauem Haar.

»Herr Reimers!« rief das Fräulein.

Er blickte sie an und brach in Tränen aus. Sie wollte zu ihm stürzen, aber ein Polizist hielt sie an.

»Nicht«, sagte er freundlich. »Nicht, Fräulein Gottschalk. Bitte gehen Sie zurück in den Aufenthaltsraum, und ruhen Sie sich noch ein wenig aus.«

»Aber ich will doch nur dem Herrn Reimers helfen ...«

»Das können Sie nicht.«

»Warum ...«

»Bitte«, sagte Wachtmeister Lütjens, der herangekommen war. »Bitte, Fräulein Gottschalk, ich habe Ihnen doch schon alles erklärt. Sie können überhaupt nichts tun. Sie ...«

»Ich will nicht, daß der Herr Reimers eingesperrt wird! Ich will das nicht! Bitte, bitte, lassen Sie ihn laufen! Und ich muß auch gehen. Ich habe noch so viel zu tun. Nur versprechens mir vorher, daß Sie dem Herrn Reimers nichts tun. Ich verzeih ihm, ich verzeih im alles.«

»Nicht so laut«, sagte ein breitschultriger Beamter an einem Schreibtisch. »Bitte, hören Sie auf, Fräulein Gottschalk. Was mit Herrn Reimers geschieht, können nun nicht mehr Sie bestimmen. Und Sie müssen auch noch einen Moment warten.«

»Warum?«

»Wegen dem Amtsarzt«, sagte der große Beamte hinter dem Schreibtisch.

»Was für einem Amtsarzt?«

»Den wir gerufen haben. Er muß jeden Moment da sein. Hat furchtbar viel zu tun.«

»Wozu brauchen Sie einen Amtsarzt?« fragte das Fräulein.

»Na, wir können doch niemanden einfach so in die Psychiatrie einweisen«, sagte Lütjens. »Das geht nicht. Da muß ein Amtsarzt den Betreffenden vorher untersuchen. Und der Amtsarzt weist ein, wenn er zu der Überzeugung gelangt ist, daß Geistesgestörtheit mit Gemein- oder Selbstgefährlichkeit vorliegt. Nun, bitte, gehen Sie zurück in den Aufenthaltsraum, Fräulein Gottschalk.«
Ein Amtsarzt. Einweisung ins Irrenhaus. Allmächtiger Gott im Himmel! dachte Fräulein Luise. Warum werd ich so hart geprüft? Vielleicht soll ich bald zu meinen Freunden gelangen?

15

Eine Viertelstunde später etwa hörte Fräulein Luise, auf dem alten Sofa sitzend, dann Schritte und Stimmen im Flur. Sie erkannte die Stimme von Wilhelm Reimers und die von Wachtmeister Lütjens. Der sagte gerade: »Wenn Sie vielleicht hier hineingehen wollen, Herr Doktor. Schreibzimmer eins ist frei.«
Eine Tür wurde geöffnet und geschlossen, Schritte entfernten sich.
Moment! dachte das Fräulein und griff sich an den Kopf. Einen Moment, was ist denn das? Der Arzt kommt nicht zu mir? Der setzt sich mit Herrn Reimers zusammen? Ja sind denn hier alle verrückt geworden?
Fräulein Luise erhob sich lautlos und schlich durch den nun stillen und verlassenen Gang bis zur Tür des Schreibzimmers 1. Sie legte ein Ohr an das Holz und lauschte atemlos.
Drinnen war eine Unterhaltung in Gang. Reimers sagte gerade: »Strahlen, ja, Herr Doktor.«
»Was für Strahlen?«
»Elektromagnetische«, sagte Reimers. »Sie kommen aus mehreren Zentralen, die über die Stadt verteilt sind.«
»Aha«, sagte der Arzt interessiert. »Und?«
»Und diese Strahlen sind immer direkt auf mich gerichtet, Herr Doktor. Wo ich auch bin, wohin ich auch gehe, Tag und Nacht, immer. So können die Männer in den Zentralen alles hören, was ich sage ... auch wenn ich flüstere.«
»Auch wenn Sie flüstern, aha«, sagte der Amtsarzt.
Grundgütiger Gott im Himmel! dachte Fräulein Luise. Sie mußte kurz die Augen schließen.

»Auch jetzt hören die Männer in den Zentralen alles«, sagte Reimers im Schreibzimmer 1 mit gehetzter, angsterfüllter Stimme. »Ich erzähle Ihnen das, Herr Doktor, weil ich es nicht mehr aushalte. Diese ewige Verfolgung! Diese ewige Angst! Ich kann nicht mehr, nein, ich kann nicht mehr. Darum habe ich ja auch die Tasche der Dame stehlen wollen.«

»Warum?«

»Ist viel Geld drin. Ich habe gedacht, ich flüchte. In ein anderes Land. Weit weg. Aber inzwischen habe ich eingesehen, das wäre ganz sinnlos gewesen. Die Strahlen wären mir gefolgt. Sie hätten mir keinen Frieden gelassen, diese Männer.«

Das gibt es doch nicht! dachte das Fräulein, das gibt es doch nicht! Da vernahm sie wieder die Stimme ihres toten Amerikaners: »Das gibt es. Es gibt noch viel mehr. Und alles hat seinen Sinn. Auch wenn die armen Irdischen ihn nicht erfassen können.«

Fräulein Luise faltete die Hände und schluckte schwer.

Indessen hatte der Amtsarzt hinter der Tür gefragt: »Was sind denn das für Männer, Herr Reimers?«

»Sie gehören zu so einer Organisation, Sie verstehen?«

»Ich verstehe.«

»Und diese Organisation überwacht mich. Überwacht mich seit vielen Jahren.«

»Seit vielen Jahren also, Herr Reimers.«

»Es folgen mir auch immer mehrere Autos der Zentralen«, sagte Reimers. »Nachts geben sie sich Lichtsignale. Ich sehe alles genau. Glauben Sie mir nicht, Herr Doktor?«

»Aber gewiß glaube ich Ihnen, lieber Herr Reimers. Haben Sie ... haben Sie diese Geschichte schon mal anderen Leuten erzählt?«

»Ich werde mich hüten! Man weiß doch nie, wen man vor sich hat. Ihnen erzähle ich sie jetzt. Damit Sie meine Situation richtig verstehen. Damit Sie wissen, warum ich das Geld brauchte. Damit Sie mich vielleicht doch noch retten können.«

»Das werde ich auch tun. Warum verfolgen diese Männer Sie denn?«

»Das ist leider alles, was ich sagen kann«, antwortete Reimers. »Sie müssen verstehen: Weitere Auskünfte wären lebensgefährlich für mich.«

»Verstehe. Verstehe vollkommen«, sagte der Amtsarzt. »Wenn Sie bitte hierbleiben wollen. Ich bin gleich wieder da ...«

Fräulein Luise hörte, wie ein Stuhl gerückt wurde. Ganz schnell

eilte sie nach vorne in den mit Menschen überfüllten, lauten Abfertigungsraum. Sie stellte sich in eine Ecke neben ein Speibecken, das vorsichtshalber für alkoholisierte Verhaftete hier angebracht war.
Der Amtsarzt, ein kleiner, dicker Mann mit nervösem Gesicht, kam hinter ihr her. Ohne sie zu beachten, trat er an den Schreibtisch, an dem der große Beamte saß.
»Nun?« fragte der große Beamte. »Was ist mit ihm?«
»Das haben Sie gut erkannt«, sagte der Arzt. »Verfolgungswahn mit Halluzinationen. Ich schreibe sofort den Einlieferungsschein aus.« Er setzte sich und holte Formulare aus seiner Brieftasche.
Der tote amerikanische Bomberpilot stand jetzt hinter dem Amtsarzt, das wußte Fräulein Luise genau, obwohl sie ihn nicht sah. Fräulein Luise sagte sehr leise zu ihrem Freund: »Ich danke dir. Du hast mir wieder Mut gegeben.«
»Luise muß uns nur vertrauen«, sagte der tote Amerikaner.
Das Fräulein trat mutig vor. Der breitschultrige Beamte am Schreibtisch sah auf.
»Ich habe es eilig«, sagte Fräulein Luise entschlossen. »Ich möchte jetzt meine Tasche haben und gehen, bitte.«
»Fühlen Sie sich bestimmt schon wieder ganz wohl?« fragte der Beamte.
»Vollkommen«, sagte Fräulein Luise. Der Amtsarzt blickte kurz von seinem Formular zu ihr auf, dann schrieb er weiter an der Einweisung für Reimers.
»Ganz wohl«, sagte das Fräulein.
»Auf Ihre Verantwortung«, sagte der breitschultrige Beamte. »Lütjens, gib dem Fräulein ihre Tasche.«
Der junge Wachtmeister holte die schwere Tasche aus dem Regal mit den vielen Fächern.
»Alles drin«, sagte er. »Ich zähle Ihnen das Geld vor ...«
»Das ist nicht nötig«, sagte Fräulein Luise. »Hier verschwindet doch nichts!« Sie zögerte, dann fügte sie hinzu: »Ach, Herr Doktor, bittschön ...«
»Ja?« Der nervöse, überarbeitete Arzt sah sie wieder an.
»Herr Reimers ...«
»Was ist mit dem?«
»Das frag ich Sie, Herr Doktor! Kommt er jetzt auf die Psychiatrie?«
»Natürlich, natürlich.«

»Und die Anzeige wegen Diebstahl?«
»Das hat sich erübrigt. Sicher wird er in der Klinik bleiben.«
»Ja, eben«, sagte Fräulein Luise. »Drum frag ich. Er hat doch überhaupt kein Geld. Und das ist mir einfach ein schrecklicher Gedanke...« Sie kramte in ihrer Tasche. »Ich möcht ihm etwas geben, daß er es besser hat und sich was kaufen kann, wenn's lang dauert... Zigaretten und Waschzeug und was zum Essen und was weiß ich...« Sie legte Scheine auf den Schreibtisch. »Hier«, sagte sie. »Bitte, das möcht ich ihm geben.«
»Was, vierhundert Mark?« fragte der breitschultrige Beamte verblüfft.
»Es ist doch mein Geld! Und er ist ein so armer Kerl! Ich hab gehört, was der Herr Doktor grad gesagt hat. Verfolgungswahn. Wer weiß schon, was das ist?«
»Hören Sie, dieser Mann wollte Ihnen Ihr Geld stehlen...«, begann Lütjens, doch das Fräulein unterbrach ihn: »Und ich will ihm jetzt was schenken, denn er tut mir leid.«
Eine Pause folgte. Die Männer sahen einander an.
»Na schön«, sagte der Breitschultrige endlich. »Verbieten können wir Ihnen nicht, dem Mann was zu schenken. Ich gebe Ihnen eine Bestätigung dafür.«
»Ich brauch keine Bestätigung«, sagte Fräulein Luise.
»Aber wir brauchen den Durchschlag davon«, sagte der Beamte, der schon einen Block herangezogen hatte und schrieb. »Muß schließlich alles seine Ordnung haben. Sonst heißt es am Ende noch, wir hätten das Geld behalten.«
»Das würd ich nie auch nur denken!« rief das Fräulein.
»Sicher ist sicher«, sagte der breitschultrige Beamte und gab Fräulein Luise eine Quittung, auf die er noch einen Stempel gedrückt hatte.
»Danke schön«, sagte das Fräulein. »Und ich kann jetzt also gehen?«
»Natürlich, Fräulein Gottschalk. Ihre Adresse haben wir, wenn etwas sein sollte. Aber Sie fühlen sich bestimmt gut genug?«
»Ich fühl mich prima«, sagte das Fräulein und neigte grüßend den Kopf. »Vielen Dank, meine Herren. Besonders Ihnen, Herr Lütjens. Der Tee war ein Gedicht.«
»Gerne geschehen«, sagte Lütjens.
»Alsdern«, sagte sie, »dann geh ich jetzt. Grüß Gott, die Herren.«
Fräulein Luise gab allen die Hand, auch dem Arzt.

Lütjens brachte sie durch die Schwingtür in der Schranke noch bis zum Treppenabsatz.
»Auf Wiedersehen, Fräulein Gottschalk«, sagte er. »Und alles, alles Gute. Passen Sie auf Ihr Geld auf!«
»Das werd ich bestimmt«, sagte das Fräulein und schritt die neun Steinstufen zum Ausgang hinab. Unten drehte sie sich noch einmal um und winkte Lütjens zu. Er winkte zurück. Fräulein Luise spannte ihren Knirps auf, trat ins Freie, ging ein paar Schritte und erblickte dann ein Taxi. Sie hob einen Arm. Das Taxi hielt.
Fräulein Luise stieg ein und sagte dem Chauffeur: »Bittschön zum Eppendorfer Baum 187.«
»In Ordnung, meine Dame«, sagte der Chauffeur und fuhr los, die Reeperbahn hinauf, durch den Nieselregen. Fräulein Luise saß im Fond, die Tasche auf den Knien, ein friedliches Lächeln um die Lippen.

In der Davidswache trat der Wachhabende der uniformierten Polizei aus seinem Dienstzimmer in den Abfertigungsraum. Er ging zu dem Schreibtisch, an dem der Amtsarzt schrieb, und las über dessen Schulter mit.
»Na ja«, sagte der Wachhabende, ein älterer Mann. »Daß der nicht normal ist, habe ich mir gleich gedacht. Lütjens, sehen Sie mal nach diesem Reimers, der tut sich sonst noch was an.«
»Jawohl!« Lütjens verschwand.
Der junge Beamte, der die Sendeanlage für die Funkwagen bediente, die neben einem Fernschreiber stand, kam in den Bereitschaftsraum. Er hielt ein Papier in der Hand.
»Was ist, Friedrichs?« fragte der Wachhabende.
»Die Frau ... diese Frau ... Fräulein Gottschalk war doch da ...«
»Ja. Die ist gegangen«, sagte der breitschultrige Beamte hinter dem Schreibtisch. »Warum?«
»Gegangen? Sehr gut.« Friedrichs schlug auf das Papier. »Das ist unter andere Fernschreiben gerutscht. Noch solche von der Nachtschicht. Ich habe es eben entdeckt.«
»Na und?« fragte der Wachhabende.
»An alle Reviere«, sagte Friedrichs. »Vom Präsidium ... heute nacht ... Nach der Anzeige eines Psychiaters vom Ludwigskrankenhaus Bremen, eines gewissen Doktor Erkner, ist eine Geisteskranke namens Luise Gottschalk offensichtlich aus einer Anstalt geflüchtet und in einem Zug nach Hamburg gesehen worden ...«

16

An diesem Tag hörte es nicht mehr auf zu regnen.

Ich fuhr mit Bertie in dem Leih-Rekord ein weites Stück gegen Nordwesten. Um 16 Uhr 30 war es an diesem Tage fast schon Nacht, und alle Wagen fuhren mit Licht. Tropfen funkelten auf der Windschutzscheibe. Bertie saß neben mir, und im Fond lagen sein Kleidersack und seine Reisetasche mit Filmen und die Hasselblad und die Nikon-F.

Ich hatte – aus dem Appartement – noch Edith angerufen und ihr gesagt, ich würde wieder vor dem Krankenhaus warten, wenn sie von Conny kam, und dann sah ich nach Irina, der ich zehn Milligramm Valium gegeben hatte. Sie war Valium nicht gewöhnt, und darum wirkte das Zeug entsprechend stark. Sie lag ganz matt auf dem Bett und nickte mir nur schwach zu, als ich mich verabschiedete.

Im Reisebüro des ›Metropol‹ hatten wir einen Flug Hamburg – Helsinki in der Maschine ab Fuhlsbüttel 19 Uhr 40 mit PANAM gebucht und einen Weiterflug nach New York mit PANAM ab Helsinki um Mitternacht. Es hatte noch Platz in beiden Maschinen gegeben, die Karten waren am Schalter der Gesellschaft in Fuhlsbüttel deponiert. Dort konnte Bertie auch bezahlen. Er war diese Herumfliegerei in der Welt von einer Stunde zur anderen so gewöhnt, daß er nicht ein Wort darüber verlor. Er freute sich nicht, er beschwerte sich nicht, er hatte sich nur noch schnell telefonisch von seiner Mutter verabschiedet – aus der Telefonzelle im ›Club 88‹.

Während er seine Sachen zusammenpackte, hatte ich noch einmal alle Ausschnitte unseres Archivs über diesen Karl Concon durchgeblättert. Die Hamburger Dienststelle des MAD befand sich danach in der Von-Hutten-Straße, im Stadtteil Bahrenfeld, ganz im Westen, beim Lutherpark und beim Ottensener Friedhof. Da im Westen gab es einen Friedhof neben dem anderen, auch einen israelitischen. Ich hatte einen Zettel mit der Adresse eingesteckt und auch eine Fotografie Jan Bilkas. Die hatte Irina mir gleich nach unserer Ankunft in Hamburg gegeben, als ich sie darum bat. Leihweise. Bilka trug Zivil auf diesem Foto, und er sah sehr zufrieden aus. Auf der Rückseite des Bildes stand etwas Tschechisches. Es hieß ›In Liebe – Dein Jan‹, hatte Irina mir erklärt.

Nun fuhren wir am Alsterufer hinunter bis zum Alsterglacis, dann

ein Stück die Siemensallee hinauf und an ›Planten und Blomen‹ und dem neuen Kongreß-Zentrum vorbei, das sich im Bau befand, hielten uns links und fuhren die Schröderstift-Straße entlang bis zum Elisabeth-Krankenhaus, und da bog ich in den Kleinen Schäferkamp ein und fuhr über die Altonaer Straße bis zur mächtigen Stresemannstraße und diese westwärts. Das war eine mühselige Reise, und ich dachte, was für eine Riesenstadt dieses Hamburg war, und ließ mich in dem Verkehrsstrom treiben und sah Menschenmassen auf den Gehsteigen dahineilen.
»Wie viele Menschen«, sagte ich zu Bertie, und er sagte: »Ja, furchtbar viele Menschen.«
Die Stresemannstraße fuhr ich immer weiter nach Westen, an Fabriken und Kirchen vorbei, bis zu dem Riesenwerk der DEMAG. Dahinter endete die Stresemannstraße in der Gabelung der Von-Sauer-Straße und der Bahrenfelder Chaussee. Dort bog ich scharf nach Norden ein und kam über die Norburger Straße in die Von-Hutten-Straße. Neben dem Lutherpark gab es hier ganz nahe auch noch den Bonnepark und viele Grünflächen. Hinter der Kreuzung Regerstraße hielt ich an, und wir gingen zu Fuß weiter durch den Regen und die Dunkelheit, vorbei an alten Häusern, alles Villen der Jahrhundertwende. Sie standen tief hinten in Vorgärten. Hier draußen roch es gut nach nassem Laub und Bäumen und Gras.
Bertie hatte sich beide Kameras umgehängt, er trug sie unter seinem Mantel. Es war nun schon ganz finster.
»Hast du den Feldstecher nicht im Wagen gelassen?« fragte Bertie.
»Nein«, sagte ich. Das Ding, ein sehr scharfes Glas, baumelte mir unter meinem Mantel an einem Riemen vor der Brust. Wir hatten es sehr oft verwendet, als wir noch zusammen recherchierten. Man sah über phantastische Entfernungen damit.
Ich bemerkte, daß Berties Kopfverband immer nässer wurde, denn er trug nie einen Hut, aber als ich etwas davon sagte, fluchte er nur und meinte, sein Kopf sei ihm egal, bei diesem Wetter schmerze ihn sein Bein immer besonders. Er hinkte auch sehr.
Wir kamen an ein hohes Gitter und gingen es entlang bis zu einem Einfahrtstor, das in einen großen, kahlen Garten führte. Ein Stück zurückgesetzt erhob sich da ein Backsteinbau. Das also war das Haus des MAD, so stand es in den Unterlagen aus unserem Archiv. Wir wollten ganz doof tun und fragen, warum MAD-Männer Conny Manner im Krankenhaus bewachten. Wenn man uns überhaupt vorließ. Und dann wollten wir ...

»Gott lebt«, sagte eine leise Stimme. Ich fuhr herum.
An das Gitter gepreßt, unter den kahlen, überhängenden Ästen eines alten Baumes, stand ein mageres Männchen, ärmlich gekleidet, mit einem gütigen Gesicht und tiefen Hungerlöchern in den Wangen. Der kleine Mann hielt, in einer Zellophanhülle, etwa ein Dutzend Zeitschriften in die Höhe, und ich las den Titel des obersten Heftes: DER WACHTTURM.
»Was ist los?« fragte Bertie.
»Gott lebt«, sagte der Kleine wieder, still und höflich.
»Klar lebt der«, sagte Bertie.
»Was kostet ein Heft?« fragte ich.
»Eine Mark, mein Herr.«
»Geben Sie mir fünf«, sagte ich. Er holte sie umständlich aus der Hülle und reichte sie mir. Ich gab ihm zehn Mark und sagte, er solle den Rest behalten.
»Ich danke Ihnen, mein Herr! Ich werde es den Armen geben.«
»Kaufen Sie sich lieber selbst ordentlich Brot und Wurst dafür«, sagte Bertie. »Sie sehen aus, als hätten Sie Hunger.«
»Ich habe auch Hunger«, sagte der kleine Mann, dieser Zeuge Jehovas.
Ich erfinde nichts, ich lüge Ihnen nichts vor, genauso war es, sie begegneten mir alle, einer nach dem anderen, Menschen, welche die Nationalitäten oder den Glauben von Fräulein Luises toten Freunden besaßen.
»Na, wenn Sie Hunger haben, warum gehen Sie dann nicht weg von hier und essen was?«
»Ich darf hier erst weggehen, wenn ich alle Hefte verkauft habe.«
»Wer sagt das?« fragte Bertie verblüfft.
»Ich selber sage das. Es ist ein Gelübde.«
»Hören Sie, hier kommen heute abend aber nur wenig Menschen vorüber«, sagte Bertie. »Wie viele Hefte sind Sie denn schon losgeworden?«
»Sie haben mir die ersten abgekauft«, sagte der Zeuge Jehovas. »Ich stehe seit elf Uhr vormittag da. Aber Sie haben gleich fünf Hefte genommen. Nun habe ich nur noch einmal fünf. Das ist mir noch nie passiert.«
»Was?« fragte ich und sah zu dem großen Haus, in dem alle Vorhänge an den Fenstern geschlossen waren. Es mußten dicke Vorhänge sein, ich sah nur zwei Lichtritzen.
»Daß jemand so viele ... Also sehen Sie«, sagte der Zeuge, »ich

bin Rentner. Ich stehe immer hier. In dieser Gegend, meine ich. Auch vor diesem Haus. Gar kein schlechter Platz! Viele, die herauskommen oder hineingehen, kaufen ein Heft. Und ich wohne in der Nähe. Und seit zwei Jahren habe ich mir das Gelübde auferlegt, aber nur sehr selten konnte ich es erfüllen. Meistens wurde ich zuletzt immer schwach und schwindlig und konnte nicht mehr stehen.«

»Gott wird Ihnen vergeben«, sagte Bertie.

»Er vergibt allen Sündern«, sagte der alte Mann. »Ich bin sehr glücklich, daß Sie gekommen sind. Bei Regen kauft mir kein Mensch etwas ab. Bei Regen sind die Menschen nicht gut.«

»Sehen Sie es so an«, sagte ich. »Sie haben zehn Mark statt fünf bekommen, also haben Sie praktisch alle Hefte verkauft. Da können Sie doch heimgehen!«

»O nein, mein Herr! Damit würde ich Gott zu betrügen suchen. Und Gott der Herr läßt sich nicht betrügen.«

»Na ja, wahrscheinlich nicht«, sagte Bertie. »Haben Sie eine Ahnung, wer da wohnt?«

»Viele Herren«, sagte der alte Mann.

»Was für Herren?«

»Ich weiß es nicht. Den ganzen Tag kommen und gehen welche. Manche tragen auch Uniformen. Und es kommen viele Autos. Da wird dann das Gittertor geöffnet, das geht automatisch. Schließt sich auch so.«

»Haben Sie schon mal mit den Herren gesprochen?«

»Oh, gewiß, oft. Wenn sie mir Hefte abkauften. Sehr höfliche Herren, wirklich, unerhört höflich. Ich sage Ihnen ja, es ist ein guter Platz. Ein paarmal haben mir die Herren im Laufe eines Tages alle meine Hefte abgekauft. Es gibt auch junge Mädchen, Sekretärinnen, denke ich. Die kaufen gleichfalls manchmal ein Heft. Guter Platz, ja«, sagte er verloren und nieste, ein hungriger, durchfrorener alter Mann.

»Und was sind das für Autos?« fragte Bertie.

»Ach, alle Arten von Autos. Gestern abend um halb neun etwa, zum Beispiel, also, das war ganz seltsam.«

»Was war da so seltsam?«

»Da stand ich noch hier.«

»Was, um halb neun?« fragte Bertie verblüfft.

»Mein Gelübde. Denken Sie an mein Gelübde! Ich hatte erst ein einziges Heft verkauft...«

»Ja, natürlich, wir verstehen schon«, sagte ich. »Und was war da, etwa um halb neun?«

»Da kamen zwei Autos voller Männer, und zwischen den Autos ein schwarzer geschlossener Wagen, so einer wie die, in denen man Tote transportiert, wissen Sie.«

»Aha«, sagte Bertie.

»Leichenwagen?« sagte ich. Und noch einmal: »Ein Leichenwagen?«

»Ja. Muß jemand da drinnen gestorben sein, dachte ich, und der Leichenwagen holt den Toten ab.«

»Holte es ihn ab?«

»Nun, zuerst fuhren alle Wagen in den Garten und hinter das Haus, ich konnte sie nicht sehen. Und gleich darauf, ein paar Minuten später, kamen die Autos wieder zurück, und der Leichenwagen hielt direkt neben mir, denn der Wagen vor ihm hatte gehalten, und der Chauffeur war ausgestiegen. Er kam zum Chauffeur des Leichenwagens – stand da, wo Sie jetzt stehen –, und er sagte zu ihm: ›Niendorfer Straße 333. Findest du hin?‹ Und der Chauffeur des Leichenwagens sagte etwas Seltsames.«

»Nämlich was?«

»Er sagte: ›Zu den Amis? Klar finde ich hin. Kenne die Straße. Also macht schon, damit wir weiterkommen.‹ Und dann fuhren sie alle wieder fort. Ich verstehe das nicht. Wieso brachten sie die Leiche zu den Amis? Was für eine Leiche? Zu was für Amis?«

»Niendorfer Straße 333?« fragte ich.

»Ja.«

»Sind Sie ganz sicher?«

»Ganz sicher! So eine Nummer merkt man sich doch. Was machen die mit einer Leiche in der Niendorfer Straße?«

»Hören Sie, ich will Ihnen auch noch die anderen fünf Hefte abkaufen. Und da sind noch einmal fünf Mark zusätzlich für die Armen.«

»Oh!« Er reichte mir mit zitternden Händen die restlichen Exemplare des WACHTTURM und sah mich mit verklärtem Gesicht an. »Ich danke Ihnen, mein Herr. Nun ist das Gelübde erfüllt. Seit langer Zeit wieder einmal.« Er schüttelte meine Hand. »Heute werde ich gut schlafen können, denn ich habe einen gesegneten Tag gehabt. Gott der Allmächtige möge Sie behüten und machen, daß auch Ihr Tag gesegnet ist.«

»Ja, das möge er«, sagte ich und sah dem alten Mann nach, der mit großer Würde und auf steifen Beinen davonschritt. Er hatte einen vor Nässe fleckigen Mantel und ganz schiefgetretene Schuhe. Ich sah ihm lange nach.

»Na dann man los«, sagte Bertie schließlich. »Niendorfer Straße 333. Schwein, was man manchmal hat. Nicht zu fassen.«

»Ja«, sagte ich und dachte an Fräulein Luise, »nicht zu fassen«. Und ich dachte an den Antiquitätenhändler Garnot und an den Hauswart Kubitzky, an Fräulein Luises Franzosen und an den Polen, und an den Wagen der Städtischen Leichenbestattung, dessen Nummer Garnot sich aufgeschrieben hatte.

17

Also fuhren wir die Stresemannstraße zurück stadteinwärts bis zur Kieler Straße, und diese nordwärts hinauf bis zum Sportplatzring und an Hagenbecks Tierpark vorbei, über die Julius-Vosseler-Straße bis zu der viertelkreisförmigen Grelckstraße und dann die Niendorfer Straße auch immer weiter nach Norden. Wir passierten einen Bahnübergang, ich roch durch das offene Fenster an meiner Seite wieder Laub und Wald und wußte, daß sich links von uns, nicht weit entfernt, das Niendorfer Gehege befand, ein Naturschutzgebiet. Hinter dem Bahndamm ließen wir den Wagen stehen und gingen zu Fuß.

Auf der rechten Seite standen alte Häuser, in zweien gab es Kneipen. 333 lag auf der anderen Straßenseite, und so überquerten wir den Damm und kamen an einen langen Zaun aus Eisenstäben, oben mit Speerspitzen. Hinter dem Zaun lag ein großer Park mit einer breiten Auffahrt zu einer großen Villa, die von starken Scheinwerfern taghell angestrahlt wurde. Wir erreichten ein Eingangstor, und auf der anderen Zaunseite begannen sofort zwei riesige Schäferhunde wie von Sinnen zu bellen und an den Eisenstäben hochzuspringen. Bertie spuckte sie an. Da wurden sie noch viel lauter.

Die Villa hinten im Park besaß im ersten Stock einen Balkon, der von weißen Säulen getragen wurde. In dem hellen Licht der angestrahlten Fassade (die Scheinwerfer mußten im Gras und an den Bäumen installiert sein) erschienen zwei Männer in dunklen Anzügen auf der Terrasse am Haus. Ich holte schnell das Fernglas hervor, setzte es an die Augen und sah die beiden Männer nun deutlich. Sie waren breitschultrig und schwer und riesengroß, richtige Boxerfiguren. Einer hielt eine Pistole in der Hand. Sie starrten zum Tor. Ich erschrak über die Pistole, und das Glas glitt von selbst hoch. Da sah ich es dann, hinter dem Fenster am linken Ende des Balkons im ersten Stock. Da sah ich es dann ...

»Bertie, dort oben!«

»Schon bemerkt«, sagte er nur. Er hielt bereits die Hasselblad vor das Gesicht und schoß und drehte den Film weiter und schoß wieder, und ich dachte, wenn er Glück und einen sehr guten Film hat, dann können die Aufnahmen etwas werden – die Fassade war schließlich so hell angestrahlt wie eine Filmdekoration, und man konnte das Fenster oder einen Teil des Fensters auf den Fotos vielleicht stark vergrößern, auch wenn das Bild dann sehr grobkörnig wurde, vielleicht sah man doch noch den Mann und die Frau.

Da im Fenster waren nämlich ein Mann und eine Frau zu sehen. Auch sie blickten zum Tor. Der Mann schien viel größer zu sein als die Frau, die jung und hübsch und blond war. Der Mann trug einen braunen Anzug, war etwa dreißig Jahre alt und machte einen kräftigen Eindruck. Das Haar war ebenfalls blond und militärisch kurz geschnitten, das Gesicht länglich. Ich drehte an der Optik des Fernglases, um ihn noch genauer zu bekommen, und da sah ich die Narbe an der rechten Kinnseite des gebräunten Gesichts. Es war der Mann, dessen Gesicht ich von Irinas Foto her kannte. Jan Bilka war es, da gab es keinen Zweifel.

»Ich will verdammt sein«, sagte Bertie, der immer noch Aufnahmen machte.

»Schluß jetzt«, sagte ich. »Komm weg hier. Zur Seite!« Ich mußte schreien, denn die Hunde tobten wie verrückt. »Hier wird es gleich verflucht hell werden.«

Er humpelte schnell seitlich hinter mir her, und tatsächlich flammten gleich darauf zwei starke Scheinwerfer in den Bäumen auf, die den Platz vor dem Eingang erleuchteten. Wir aber waren schon außerhalb ihrer Lichtkegel. Ich sah die Männer ratlos auf der Terrasse stehen.

»Wir haben ihn«, sagte ich. »Mensch, Bertie, wir haben ihn.«

»Ich weiß nicht«, sagte Bertie.

»Was heißt das?«

»Ich weiß nicht«, sagte Bertie. »Das geht alles zu beschissen glatt für meinen Geschmack. Viel zu beschissen glatt.«

»Ach was«, sagte ich. »Komm von der Straße weg. Da rüber in die Stampe. Von dort können wir die Einfahrt genau beobachten.«

Wir gingen wieder über den Damm zurück. Ein Wagen kam schnell näher. Er bespritzte uns mit Dreck, bog dann scharf ein und hielt mit pochendem Motor im gleißenden Scheinwerferlicht vor dem Gittertor.

Ein Mann in Hut und Mantel stieg aus und stellte sich ruhig hin, so daß ihn die Bullen auf der Terrasse gut erkennen konnten. Sie liefen durch den Regen über den Kiesweg zum Tor und öffneten es. Der Mann schüttelte beiden die Hände, setzte sich hinter das Steuer des Citroën, fuhr in den Park hinein und hielt wenige Schritte hinter dem Tor. Die Bullen verschlossen das Tor wieder, kletterten ebenfalls in den Citroën, und der fuhr zu der Villa, wo alle ausstiegen und im Haus verschwanden.

»Das gibt es nicht!« rief ich verblüfft.

»Doch, das gibt es schon«, sagte Bertie.

»Aber ich habe doch noch mit ihm gesprochen!«

»Wann? Vor zwei Stunden! Noch länger ist das her. Wenn er sofort nach eurem Gespräch zum Flughafen raus ist und eine Maschine klar war, dann kann er es leicht geschafft haben. So weit ist der Flughafen nicht weg von hier. Den Wagen hat er gemietet.«

»Also, möglich wäre es schon«, sagte ich. »Blitz hat zwei Privatmaschinen. Eine war sicherlich startbereit.«

»Na siehst du«, sagte Bertie. »Und verstehst du jetzt, wenn ich sage, daß mir diese Sache nicht gefällt? Kannst du mir vielleicht erklären, warum ausgerechnet dieser Mann persönlich hierher zu den Amis und Herrn Bilka kommen muß – und in solcher Eile?«

Dieser Mann, den wir eben gesehen hatten, war der stets untadelig gekleidete, stets nur die besten Manieren zeigende Verlagsleiter von Blitz, Herr Oswald Seerose.

18

»Stampe« hatte ich gesagt – das Lokal auf der anderen Straßenseite erwies sich indessen als ein äußerst gepflegtes, altes Restaurant. Vom Gehsteig mußte man drei Stufen zum Eingang hinuntergehen. Drinnen gab es einen Tresen aus glänzendem, dunklem Holz,

dunkel waren auch Holzboden und Wandpaneele; in den Nischen standen kleine Tische, und in einem Kamin loderte helles Feuer. Auf jedem Tisch brannte ein Lämpchen, auf dem Tresen standen drei. In ein paar Nischen saßen ältere Herren. Vermutlich wohnten sie in der Nachbarschaft. Sie spielten Karten oder Schach und tranken ihren Dämmerschoppen.
Ein Kellner in schwarzer Hose und grüner kurzer Jacke begrüßte uns. Es sei noch still um diese Zeit, sagte er, doch abends kämen viele Leute zum Essen. Er wies eine ziemlich umfangreiche Karte vor. Hier gab es sogar ›Chivas‹. Wirklich ein nettes Lokal. Ich bestellte ›Chivas‹, Bertie ein Bier und einen Korn, und dann hoben wir den schweren Vorhang am Fenster ein wenig, und gegenüber lag die angestrahlte Villa in dem großen Park. Idealer hätten wir es nicht treffen können.
Der Kellner brachte die Getränke und fragte, ob wir später auch essen würden. Ich sagte nein, aber Bertie sagte, er schon.
»Also, ich werde jetzt abhauen«, sagte ich, als wir allein waren. »Ich muß zum Krankenhaus, Edith holen. Dann muß ich ins Hotel. Ich lasse dir meinen Wagen da. Hier sind die Schlüssel. Wenn die Gesellschaft rauskommt, fährst du hinterher. Der Wagen bleibt am Flughafen in einer Garage. Die Schlüssel gibst du dem Wagenmeister dort, zusammen mit dem Kraftfahrzeugschein. In einem Kuvert, das du an mich adressierst. Ich habe den Leihschein vom ›Metropol‹, ich hole den Wagen morgen ab. Wenn du kannst, ruf aus Helsinki an. Im ›Club 88‹.«
»Ist gut.«
»Aus New York rufst du Hem an. In der Redaktion oder daheim. Ich weiß nicht, was morgen mit mir sein wird. Vielleicht bin ich nicht mehr im ›Metropol‹. Kommt darauf an, was heute nacht passiert. Ich will Irina, sobald ich hier fertig bin, schnellstens nach Frankfurt bringen. Da muß sie bleiben. Ich brauche sie in meiner Nähe, wenn ich schreibe.«
»Hast du noch Munition für den Colt?«
»Ja.« Ich hatte in Connys Wohnung zwei volle Ersatzmagazine gesehen und mitgenommen. Nun gab ich sie Bertie. »Wenn du hier noch Schwierigkeiten hast, ruf im ›Club 88‹ an und verlange Jules. In einer Stunde bin ich im Hotel. Und bleibe da. Sprich vorsichtig am Telefon. Jules versteht Andeutungen.«
»Ach ja?« sagte Bertie. »Gib mir mal dreitausend Mark. Ich brauche etwas Geld. Für die Flugscheine. Und überhaupt.«

Ich gab ihm das Geld. Zum Glück hatte ich auch eine Menge eigenes mitgenommen. Die 15 000 vom Verlag reichten nicht, wenn das so weiterging.
Bertie war von einer unwahrscheinlichen Ruhe und Gelassenheit, um nicht zu sagen Gelangweiltheit. Nach Helsinki. Nach New York. Hinter einem Mann her, der die tiefsten Geheimnisse seines Landes gestohlen hatte. Bertie beeindruckte das überhaupt nicht. Er studierte die Speisekarte und sagte: »Sauerbraten mit Klößen wird besonders empfohlen. Spezialität des Tages. Ich habe schon wieder Hunger.«
Der alte Bertie.
Ich ging in den Regen hinaus zum Rekord, holte seinen Kleidersack, brachte ihn in das Lokal und gab ihn Bertie zusammen mit den Wagenschlüsseln und den Wagenpapieren. Das Fernglas gab ich ihm auch. Ich hatte den Rekord ein Stück näher an das Lokal herangefahren, damit Bertie nicht lange mit seinem lahmen Bein laufen mußte, wenn es soweit war.
»Alles Gute«, sagte ich.
»Dir auch«, sagte Bertie. »Tschüß, mein Alter.« Er hatte den Vorhang so weit zurückgeschoben, daß er durch den Spalt ständig die Villa beobachten konnte. »Und viele Grüße an Irina. Das ist ein nettes Mädchen.«
»Ja«, sagte ich, gab Bertie die Hand und bat den Kellner, mir ein Taxi zu bestellen. Als es kam, nickte ich Bertie noch einmal zu, und er lächelte jungenhaft.
»Wohin?« fragte der Taxifahrer.
»Universitätskrankenhaus. Martinistraße.«
»Ist gut, Herr.«
Natürlich gerieten wir in den Abendverkehr, und es dauerte lange, bis wir die Klinik erreichten, der Chauffeur kam nur langsam vorwärts. Es war ein nervöser kleiner Mann, der dauernd fluchte. Er verdammte alle anderen Autofahrer. Aber er fuhr selber sehr schlecht, und ein paarmal hatte ich Angst, denn um ein Haar hätte es Zusammenstöße gegeben. Ich war froh, als der Wagen endlich gegenüber dem riesigen Areal des Krankenhauses hielt, zahlte schnell und stieg aus. Der nervöse Chauffeur fuhr weg. Ich stand einen Moment im Regen und sah und hörte den mächtigen Abendverkehr. Es war sehr laut hier auf der Straße. Die Wagen fuhren in endlosen Schlangen nach beiden Richtungen an mir vorüber. Ich dachte, daß Väterchen Iwanow wieder bei dem Rondell-Parkplatz

und dem großen Beet mit den verfaulten Blumen warten würde, und ging in den Park gegenüber dem Eingang zum Gelände des Universitätskrankenhauses mit seinen vielen Gebäuden und Hochhäusern hinein. Ich wollte mich in Iwanows Wagen setzen und auf Edith warten, so war es besprochen. Ich erreichte den kleinen Rondell-Parkplatz, auf dem sechs Privatwagen standen, und sah Iwanows Taxi. Das war ein schwarzer Mercedes 220, ich hatte mir die Zulassungsnummer gemerkt. Ich merkte mir leicht Nummern. Die Scheinwerfer von Iwanows Taxi waren auf Standlicht geschaltet, der Motor lief. Ich öffnete den Schlag, ließ mich in den Fond fallen und grüßte. Der seitliche Fensterspalt in der Trennwand war geöffnet. Ich hörte eine Mädchenstimme. Sie kam aus dem Lautsprecher von Iwanows Kurzwellenempfänger, durch den er mit der Funkzentrale in Verbindung stand.

Die Mädchenstimme sagte so, als hätte sie es schon ein paarmal gesagt: »Wagen drei-eins-neun, bitte melden Sie sich! Wagen drei-eins-neun, bitte melden!«

Der alte Russe saß hinter dem Steuer, beide Hände auf dem Lenkrad, und sah nach vorn, in den Regen. Er schien aufzupassen, ob Edith kam, um sie nicht zu verpassen.

»Wagen drei-eins-neun, bitte melden Sie sich! Wagen drei-eins-neun!«

Der Regen trommelte aufs Dach, und auch in das Taxi drang der laute Lärm des Abendverkehrs, der vorüberzog, und der Fahrer vom Taxi drei-eins-neun meldete sich nicht, obwohl die Mädchenstimme ihn wieder rief.

»Was ist denn mit dem los?« fragte ich Iwanow laut, indem ich mich zu dem seitlichen Fenster in der Trennscheibe neigte.

Er antwortete nicht. Ich wollte meine Frage gerade wiederholen, da sah ich, am Armaturenbrett, eine kleine gelbe Emailletafel, auf der in schwarzer Schrift stand: FUNKTAXI 319. Mit einem Satz war ich wieder im Freien.

Iwanow hatte das Fenster an seiner Seite herabgekurbelt. Der linke Ärmel und die ganze linke Seite seines schwarzen Lackledermantels glänzten vor Nässe. Er sah noch immer nach vorne. Hier draußen war der Lärm der Autos und Straßenbahnen ohrenbetäubend.

Undeutlich hörte ich die Mädchenstimme der Zentrale aus dem Lautsprecher: »Wagen drei-eins-neun, melden! Drei-eins-neun, melden Sie sich endlich!«

Ich neigte mich zu Iwanow hinab und sah das kleine Loch an seiner linken Schläfe und ein wenig ausgetretenes Blut. Sehr wenig. Die Kugel mußte genau ins Gehirn gedrungen sein, ohne irgendein Blutgefäß zu zerreißen. Das graue Haar um das Loch herum sah versengt aus. Jemand mußte eine kleinkalibrige Waffe direkt an Iwanows Kopf gehalten und abgedrückt haben.

Ich stand am Rande des Lichter- und Lärmmeeres, und der Regen fiel auf mich und auf den linken Mantelärmel und die linke Mantelseite Wladimir Iwanows, und der war noch nicht lange tot, seine Hände am Steuer waren noch warm, als ich sie berührte, und die Blutbahn glitzerte feucht im Licht eines vorbeigleitenden Autos.

»Wagen drei-eins-neun! Bitte, melden Sie sich sofort, Wagen drei-eins-neun . . .«

19

Ich fuhr mit einem Lift zu dem Stockwerk im Hochhaus der Chirurgischen Abteilung empor, in dem Conny Manner lag. Edith hatte mir das Stockwerk genannt und auch die Zimmernummer. Ich rannte einen Gang hinab. Das Zimmer lag an seinem Ende, hinter einer Glastür. Vor der Glastür standen zwei Männer.

»Stop«, sagte der erste.

»Sie können da nicht hinein«, sagte der zweite.

»Unten steht ein Taxi«, sagte ich. »Der Chauffeur ist erschossen worden.« Ich zeigte den beiden meinen Presseausweis.

»Ach, Herr Roland von Blitz«, sagte der zweite Mann.

»Ja«, sagte ich.

»Kommen Sie mal mit zum Taxi«, sagte der zweite Mann. Und zu seinem Kollegen: »Paß auf die Frau auf. Sie darf hier vorläufig nicht raus.«

»In Ordnung.«

Der zweite Mann rannte bereits den Gang entlang, ich hinter ihm her, zum Lift. Wir fuhren hinunter. Der zweite Mann sagte: »Ich heiße Wilke.«

»Freut mich«, sagte ich. »Der Chauffeur hieß Iwanow. Wladimir Iwanow.«

»Sie kannten ihn?«

»Ja«, sagte ich und erzählte ihm, woher ich Iwanow kannte. Das kam jetzt ohnedies alles heraus, dachte ich. Als wir den Lift verließen, hob sich plötzlich mein Magen, und ich konnte den Schakal fühlen. Der Schock hatte Verspätung. Ich holte den Flacon hervor und trank, dann rannte ich hinter Wilke her in die Dunkelheit und den Regen hinaus und über das Klinikgelände und am Portier vorbei und über die Straße zum Rondell und dem Taxi, dessen Motor immer noch pochte und dessen Standlichter immer noch brannten. Der alte Russe war halb zur Seite gesunken, sein Mund hatte sich geöffnet, der Unterkiefer war herabgefallen. Die Augen standen offen. Weil Iwanow nach links, gegen das herabgekurbelte Fenster gesunken war, regnete es in seine offenen, toten Augen.

20

Edith Herwag ging durch den kleinen Vorgarten des Hauses Adolfstraße 22 A zu dem wartenden Taxi, dessen Schlag Wladimir Iwanow für sie aufhielt. Er grüßte. Sie hatte die Funktaxi-Zentrale gerufen, deren Nummer auf der Karte stand, die ich ihr am Mittag gegeben hatte, und sie hatte Wagen 319 verlangt.

»Ich setze mich zu Ihnen nach vorn«, sagte Edith Herwag. Sie trug einen Pelzmantel und ein Kopftuch über dem blonden Haar, keinen Schirm.

»Sehr schön«, sagte Iwanow, während er den vorderen Schlag für Edith öffnete. »Zum Universitätskrankenhaus, nicht wahr?«

»Ja«, sagte Edith.

Iwanow fuhr los. Der Verkehr war schon sehr lebhaft, er mußte achtgeben. Er war ein ausgezeichneter Chauffeur. Aus dem Lautsprecher erklangen von Zeit zu Zeit Mädchenstimmen der Zentrale, die andere Taxis riefen. Iwanow hatte sich gleich gemeldet und bekanntgegeben, daß er zum Universitätskrankenhaus fahre. Er schwieg eine Weile, aber als sie die Lombardsbrücke hinter sich hatten, fragte er vorsichtig: »Sie werden sich nicht aufregen, wenn ich Ihnen etwas erzähle?«

»Aufregen?«

»Das dürfen Sie nämlich nicht tun. Sonst kann ich es nicht erzählen.«

»Ich rege mich schon nicht auf. Was haben Sie?«

Iwanow kurbelte das Fenster an seiner Seite noch ein Stück weiter herab.

»Scheiben beschlagen so«, sagte er. »Macht Ihnen doch nichts, wie?«

»Nein«, sagte Edith.

Der Russe sagte: »Ihr Freund heißt Conrad Manner.«

»Ja. Wieso ...«

»Will ich Ihnen gerade erzählen. Gestern am frühen Abend auf einem Zebrastreifen angefahren worden, nicht wahr? Eppendorfer Baum, stimmt's? Von schwerem Laster, richtig?«

»Richtig.«

»Sehen Sie, nachdem man Ihren Freund zusammengefahren hatte, meldete das einer unserer Chauffeure, der gerade den Eppendorfer Baum entlang kam, der Zentrale. Der Chauffeur hatte die Nummer gesehen und sich gemerkt. Er gab sie durch: HH - CV 541.«

»Ja, und? Und?«

»Und mein Freund, der hat also den Laster verfolgt. Verrückte Fahrt war das, kann ich Ihnen sagen! Weiter und weiter raus aus der City. Bis zum Krupunder See. Sie wissen nicht, wo der liegt? Macht nichts. Da in Rellingen. Mein Freund ist immer mehr zurückgeblieben. War so einsam da draußen. Kriegte es mit der Angst. Verständlich, nicht? Der Fahrer hat nämlich den Laster in den Krupunder See hineinrollen lassen.«

»Was?«

»Ja. Und das war meinem Freund unheimlich. Darum hat er der Zentrale auch gemeldet, daß er den Laster aus den Augen verloren hat. Hat er aber nicht! Hat gesehen, wie da, am Krupunder See, ein großer Ford wartete. In den stieg der Chauffeur ein. Der Ford ist mit ihm losgefahren. Mein Freund jetzt hinter dem Ford her. Zurück in die Stadt. Bis in die Niendorfer Straße. Nummer 333. Riesenvilla, mit Scheinwerfern angestrahlt, hohes Gitter, scharfe Hunde, sagt mein Freund. Durch ein Tor ist der Ford rein in den Park und zur Villa. Hinter die Villa. Mein Freund hat gewartet. Wieder weit weg, aus Angst. Dann, nach einer Stunde, ist anderes Taxi vorgefahren, Chauffeur ist zum Gittertor gekommen, begleitet von zwei Männern. Haben Tor geöffnet und sich verabschiedet. Taxi mit Chauffeur los. Mein Freund hinterher. Zur Wohnung von diesem Chauffeur.«

»Wo liegt die?«

»Anderes Ende von Hamburg. Großer Neubau. Viele Mieter.«

»Die Adresse!« rief Edith.

»Kann ich Ihnen nicht sagen.«

»Warum nicht?«
»Mein Freund. Habe ich ihm versprechen müssen. Niemandem die Adresse sagen. Mein Freund hat scheußliche Angst! Will nichts zu tun haben mit dieser Sache. Hat auch niemandem in der Zentrale oder Kollegen erzählt von allem. Nur mir. Die Polizei ist so komisch in diesem Fall. Ich habe keine Angst. Heute, wenn ich fertig bin, fahre ich dorthin, wo dieser Kerl wohnt. Habe seine Beschreibung von meinem Freund. Ich finde ihn. Und dann rufe ich die Polizei! Dann müssen sie etwas tun!«
»Hat Ihre Zentrale wenigstens die Nummer des Lasters an die Polizei weitergegeben?« fragte Edith.
»Ja, natürlich.«
»Und?«
»Nichts und. Ich sage ja, die Polizei ist komisch.«
»Wie heißt Ihr Freund?«
Iwanow lachte.
»Das kann ich Ihnen auch nicht sagen. Wirklich nicht! Wo der solchen Schiß hat. Der tut nichts, bestimmt nicht. Aber ich ... heute abend ... nach Dienstschluß ... So, da wären wir. Ich warte, wo ich zu Mittag gewartet habe, gut?«
»Gut. Mein Bekannter wird herkommen und mich abholen. Er wird sich in Ihr Taxi setzen, falls ich noch bei Herrn Manner bin ...

21

... und auf mich warten, sagte ich zu Herrn Iwanow«, berichtete Edith Herwag. Sie berichtete es zum zweitenmal: in dem Zimmer eines Bereitschaftsarztes. Der Arzt war nicht da. Aber die zwei Männer vom MAD waren da und ein Kommissar der Mordkommission und zwei Kriminalbeamte, von denen einer mitstenographierte. Das erste Mal hatte Edith mir allein von ihrem Gespräch mit Iwanow erzählt – in dem allgemeinen Durcheinander, das nach dem Eintreffen der Mordkommission, der Kriminalpolizei und der Leute vom Erkennungsdienst entstanden war. Da hatte ich sie vor der Glastür erwischt. Wilke, der zweite MAD-Mann, telefonierte andauernd, er gab nicht auf uns acht. Edith überwand den Schock über Iwanows Tod Gott sei Dank schnell, sie hatte nur große Angst. Sie stammelte: »Am Telefon ... gestern nacht ... diese

Stimme ... Sie hat gesagt, Conny wird sterben, wenn er etwas sagt ... Er hat nichts gesagt ... obwohl er die Lasternummer vielleicht auch weiß ... und noch manches andere ... Aber dieser Russe hat geredet ... Und nun haben sie diesen Russen umgelegt ...«
»Ach, welch angenehme Überraschung, Herr Roland!« ertönte eine Männerstimme. Ich fuhr herum. Hinter mir standen die Herren Klein und Rogge vom Bundesverfassungsschutz auf dem Krankenhausgang. Sie waren sehr leise herangekommen.
»Die angenehme Überraschung ist ganz auf meiner Seite«, sagte ich. »Was für eine Freude, Sie wiederzusehen.«
»Wir haben uns nicht um diese Arbeit gerissen. Sie wurde uns übertragen«, sagte Klein.
»Sie haben den Mord entdeckt?« sagte Rogge.
»Das wissen Sie doch«, sagte ich.
Aus dem Lift stiegen mehrere Männer, die alle auf uns zukamen. Es waren Kriminalbeamte und der Leiter der Mordkommission, ein Kommissar. Wir begrüßten einander.
»Man hat uns ein Arztzimmer zur Verfügung gestellt«, sagte der Kommissar, ein trauriger älterer Mann. »Ich muß Sie routinemäßig befragen, Fräulein Herwag, und auch Sie, Herr Roland. Einen nach dem anderen. Wenn Sie vielleicht solange hier auf dem Gang Platz nehmen wollen, bis wir mit Fräulein Herwag fertig sind.«
»Ich habe Herrn Roland schon alles erzählt, was ich weiß«, sagte Edith. »Ich war so froh, weil es Conny besser geht ... und jetzt ... jetzt ist der arme Russe tot, bloß weil er mir diese Geschichte erzählt hat ...«
»Was für eine Geschichte?« fragte der traurige Kommissar.
»Eine sehr merkwürdige«, sagte ich.
Der Kommissar sah mich brütend an.
Rogge sagte: »Wir können ruhig alle zusammen in das Arztzimmer gehen. Herr Roland arbeitet auch an diesem Fall. Wir wollen ihm nichts vorenthalten.« Nein, das wollt ihr nicht, dachte ich. »Außerdem hören Sie ja, daß Fräulein Herwag ihm schon alles erzählt hat.«
Also waren wir in das schmale, weiße Zimmer des Bereitschaftsarztes gegangen, in dem ein Bett, ein Schrank, ein Schreibtisch und ein paar Stühle standen, und hier erzählte Edith dann ihre Geschichte noch einmal. Die Männer hörten schweigend zu. Ich trat an das Fenster. Wir waren hier sehr hoch oben in dem mächtigen Bau der Chirurgie, und zwischen den Gebäuden der Orthopädi-

schen Klinik und der Verwaltung hindurch sah ich über die Martinistraße hinweg zu dem kleinen Park auf der anderen Seite. Im Licht zahlreicher Autoscheinwerfer von Polizeiwagen stand dort Wladimir Iwanows Taxi. Beamte eilten hin und her. Fotoreporter verschossen ihre Blitze. Menschen drängten sich hinter einer Absperrung. Von hier oben wirkte das alles spielzeughaft klein. Ich sah, wie sie den Toten aus dem Wagen zogen, auf eine Bahre legten und diese in eine Ambulanz rollten. Die Ambulanz fuhr los. Die vielen Neugierigen mußten von einer Kette Polizisten zurückgehalten werden. So viele Menschen. Und auf sie alle fiel der schwere Regen. Diese Sache läßt sich nun nicht mehr vertuschen, die kommt in die Zeitungen, dachte ich. Aber wie? Taxifahrer ermordet. Ja, und? Und nichts ...

»Sie wissen nicht, wie Iwanows Freund heißt?« fragte der Kommissar zuletzt, als Edith mit ihrer Erzählung fertig war.

»Nein! Ich sage doch, er wollte den Namen nicht nennen! Was ist das für eine Adresse, Niendorfer Straße 333? Was ist das für eine Villa im Park? Wer wohnt dort?«

Rogge und Klein sahen mich ebenso an wie der MAD-Mann Wilke. Rogges dicke Brillengläser funkelten. Die Blicke waren eindeutig. Wenn ich jetzt sagte, wer da wohnte und was für eine Villa das war, dann hatte ich ausgespielt. Dann würden die Herren dafür sorgen, daß ich augenblicklich Hamburg verließ. Das wollte ich nicht. Auf keinen Fall wollte ich das.

»Wir wissen es nicht, Fräulein Herwag«, sagte der traurige Kommissar mit unbewegtem Gesicht. »Wir werden es natürlich gleich feststellen. Gleich, ja ...« Er verstummte, sah Edith an und biß sich auf die Lippe.

»Und Sie, Walter?« fragte Edith.

»Ich habe keine Ahnung«, sagte ich. Was blieb mir übrig?

»Unter den Umständen halte ich es für notwendig, daß auch Fräulein Herwag sofort unter Schutz gestellt wird – bis auf weiteres«, sagte Klein. »Viel zu gefährlich für sie, jetzt allein in der Wohnung zu bleiben.«

»Das Zimmer neben Herrn Manner ist frei«, sagte der erste MAD-Mann. »Da könnte das Fräulein übernachten und so lange bleiben, bis sich dieser Fall aufgeklärt hat und keine Gefahr mehr besteht. Und sie wäre praktisch immer in der Nähe ihres Verlobten. Wollen Sie das?«

»Ja«, sagte Edith fröstelnd, »ja, bitte.«

»Dann fährt Sie jetzt ein Polizeiwagen mit zwei Beamten in die Adolfstraße, damit Sie die notwendigsten Sachen packen können, und bringt Sie gleich wieder zurück«, sagte Klein. »Das ist doch in Ordnung, Herr Kommissar?«
Der nickte nur. Er knabberte immer noch an seiner Lippe herum.
»Mir ist das alles so unheimlich ... so rätselhaft ...« Edith sah uns alle an. Wir alle erwiderten ihren Blick ausdruckslos. »Sie können mir nicht sagen, was hier vorgeht? Niemand kann es?«
»Im Moment kann es niemand«, sagte Rogge.
»Die Funktaxi-Zentrale bekam gestern die Nummer des Lasters von diesem Freund Iwanows durchgesagt. Hat die Zentrale die Nummer wenigstens an die Polizei weitergegeben?«
»Natürlich«, sagte der Kommissar.
»Und?«
»Wir konnten den Laster nicht finden. Wie sollten wir ahnen, daß er im Krupunder See liegt?«
»Ja«, sagte ich, »das konnte wahrhaftig niemand ahnen.«
Danach entstand eine Pause, und alle Männer im Raum sahen mich an, und ich wußte: Bei der nächsten frechen Bemerkung war es aus mit meiner Arbeit hier.
»Können wir nun zu Ihnen fahren, mein Fräulein?« fragte der Kriminalbeamte, der stenographiert hatte.
Edith schreckte aus ihren Gedanken auf. »Ja, natürlich. Darf ...«
»Was?«
»Darf Herr Roland mitfahren?« fragte Edith. »Ich ... ich kenne ihn, und ich fühle mich sicherer so.«
»Meinetwegen«, sagte der Kommissar, nachdem er Klein angesehen und dieser genickt hatte.
Ich blickte auf meine Armbanduhr. 19 Uhr 11. Wenn da an der Niendorfer Straße alles planmäßig verlief, mußte Bertie in dem Leih-Rekord schon hinter Bilka, dessen Verlobter, Michelsen und wer weiß wem noch her sein unterwegs zum Flughafen. Schon seit einiger Zeit. Hoffentlich war nichts schiefgegangen, dachte ich und fluchte lautlos, denn wenn etwas schiefgegangen war, dann hätte Kellner Jules mir sofort sagen müssen, was Bertie ihm sagte, falls der im ›Club 88‹ angerufen hatte. Es passierte zu viel auf einmal. Ich konnte nicht im ›Metropol‹ anrufen und bitten, mich mit Jules zu verbinden. Und ich mußte Ediths Wunsch erfüllen, wenn ich ihr, die am Rand der Hysterie balancierte, nicht auch noch einen Zusammenbruch bescheren wollte.

»Klar komme ich mit, Edith«, sagte ich.

Es klopfte, und ein Kriminalbeamter kam herein. Er legte dem Kommissar wortlos etwas in die Hand, das aussah wie ein großer Knopf.

»Wo habt ihr das gefunden?« fragte der Kommissar.

»Unter dem Armaturenbrett. Angeklebt. Direkt neben der Steuersäule des Taxis.«

»Dann ist die Sache klar«, sagte Klein.

»Was ist das?« fragte Edith.

»Eine Wanze.«

»Eine was?«

»Wir nennen das so«, sagte Klein. »Ein winziger Sender mit Mikro. Reichweite tausend bis zweitausend Meter. In einem Wagen, der Iwanow zweifellos dauernd folgte, ohne daß der das bemerkte, gab es einen Empfänger für diesen Sender.«

»Sie meinen . . .« Edith holte mühsam Luft. »Sie meinen, wer immer in diesem Wagen saß, hörte alles mit an, was Iwanow mir erzählt hat?«

»Ja, das meine ich«, sagte Klein.

»Und darum ist Iwanow jetzt tot«, sagte der Kommissar und sah schwermütig zum Fenster, über dessen nachtdunkle Scheibe blitzende Regentropfen flossen, als wären es Tränen.

Umbruch

I

»Bon soir, Monsieur«, sagte der Chef d'Etage Jules Cassin. Es hatte geklopft, und also hatte ich die Appartementtür aufgesperrt, und da stand er, ein silbernes Tablett in den Händen, darauf zwei Sodawasserflaschen, ein silberner Thermos-Kübel mit Eiswürfeln, eine Flasche ›Chivas‹, Gläser.
»Guten Abend, Herr Jules«, sagte ich und ließ ihn eintreten. Im Salon brannten die Stehlampen und die Wandleuchten. Aus der Bar übertrug das Radio in dem kleinen Kästchen gerade das Thema des Films ›Das Appartement‹. Vor einer halben Stunde hatte ich das ›Metropol‹ erreicht. Es war jetzt 20 Uhr 20.
»Nun?« fragte ich.
»Wie geht es der jungen Dame? Alles in Ordnung?« fragte Jules.
»Alles in Ordnung. Zieht sich zum Abendessen um. Ich habe sie dazu überredet.« Ich hatte mich selber umgezogen, als ich heimgekommen war. Im Bad. Ich trug einen dunkelblauen Anzug, ein weißes Hemd, eine schmale rot-blaue Fliege.
»Ah, gut«, sagte Jules. »Und ihre Stimmung?«
»Besser.« Sie war es wirklich. Irina hatte mich ruhig, sogar lächelnd empfangen, als ich kam. Ihre Hysterie schien verflogen. Um weiteren Szenen aus dem Weg zu gehen, hatte ich sie belogen und gesagt, Bertie und ich hätten Bilka noch nicht gefunden, allerdings eine Spur von ihm, und dieser Spur folge Bertie, deshalb sei er nicht da. Er werde später kommen. Später mußte ich Irina dann ja die Wahrheit sagen. Später. Nicht gleich. Ich war müde. Iwanows Tod und meine Bemühungen, Edith wohlbehalten in ihre Wohnung und dann wieder ins Krankenhaus zurückzubringen, hatten mich viel Nervenkraft gekostet. Ging gleich vorüber, ich mußte nur etwas trinken. Ich machte mir einen starken Drink und dann einen etwas schwächeren, zweiten, für Irina.
»In der Halle arbeitet schon Nachtschicht. Portier Heintze hat Portier Hanslik abgelöst«, sagte Jules. »Ich habe mit Monsieur Engelhardt telefoniert, drüben im ›Club 88‹. Er rief da an und hat mich rufen lassen.«
»Wann?«
»19 Uhr 45, Monsieur.«

»Aber die Maschine sollte doch schon um 19 Uhr 40 starten!«

»Kleine Verspätung. Viertelstunde. Jetzt sind sie schon in der Luft. Monsieur Engelhardt hat gesagt, alles geht nach Plan. Bilka und Freundin und Michelsen und sieben Männer sind in zwei Wagen aus dem Haus in der Niendorfer Straße weggefahren. Hat sie deutlich erkannt, Bilka und das Mädchen. Michelsen nach Beschreibung von Hausbewohnern Eppendorfer Baum, sagte er. Waren Scheinwerfer beim Parktor eingeschaltet. Ist ihnen nachgefahren zum Flughafen. Hat seine Tickets geholt. Nicht aus den Augen gelassen die Gesellschaft. Waren alle ganz ruhig und – wie sagt man – nicht wöhnisch?«

»Argwöhnisch.«

»Nicht argwöhnisch, das ist das Wort, Monsieur. Ihr Freund, er hat dann Passagierliste angeschaut bei Schalter – irgendeine Ausrede, Sie verstehen. Bilka fliegt unter fremdem Namen. Alle anderen sicher auch. Falsche Papiere. Kleinigkeit für Amerikaner. Was haben Sie?«

»Es ist heiß hier«, sagte ich und zerrte an meinem Kragen. Es war schon sehr warm im Salon, aber ich war auch wieder sehr aufgeregt, daher kam es.

»Oh, dann ich werde aufmachen eine Fenster einen Spalt.«

»Tun Sie das«, sagte ich.

Jules verschwand hinter den nun zugezogenen schweren blauen Damastvorhängen und öffnete eines der französischen Fenster, die zum Park hinausgingen. Ich hörte das Rauschen des Regens und das Knarren und Ächzen von Ästen und Baumstämmen im Wind.

Er tauchte wieder auf.

»Ich habe auch mit Monsieur Seerose telefoniert.«

Das gab mir einen Ruck. Seerose? Befand sich der schon wieder in Frankfurt? Ich rechnete die Zeit zurück. Möglich war es. Dann hatte er sich aber kaum eine halbe Stunde bei den Amerikanern aufgehalten! Was war in dieser halben Stunde besprochen worden? Etwas so Dringendes, daß unser Verlagsleiter deshalb heraufgeflogen kam ... *Was?* Ich wußte es nicht. Sichtlich hatte Bertie Jules nichts über Seeroses Abfahrt vom Haus Niendorfer Straße 333 erzählt. Also sagte ich auch nichts von seiner Ankunft. Ich fragte:

»Und?«

»Und Monsieur Seerose ist sehr zufrieden. Ist in Redaktion. Bei Ihrem Editeur. Sie sitzen da und warten, was weiter geschieht. Ganzer Verlag wartet darauf.«

Das stimmte. Ich hatte, bevor ich ins Hotel kam, aus dem ›Club 88‹ auch mit Frankfurt telefoniert. Mit Hem. Die Bar war nun voll gewesen, eine Drei-Mann-Kapelle spielte leise Evergreens, es ging sehr vornehm zu. Ich hatte Hem alles erzählt, was seit meinem letzten Anruf geschehen war.
Er hatte gesagt: »Wir leben im Zeitalter der Patente, machen Erfindungen, um Leiber zu töten und Seelen zu retten, und verbreiten sie alle in edelster Absicht.«
»Stimmt genau, Hem.«
»Ist nicht von mir. Hat schon jemand im vorigen Jahrhundert gesagt.«
»Wer?«
»Lord Byron«, antwortete Hem. »Übrigens, ich habe festgestellt: Seerose war heute nachmittag nicht im Verlag. Kam erst vor kurzem zurück.«
»Was kann das bloß bedeuten?«
»Ich weiß es auch nicht. Scheint so weit alles koscher zu sein. Wirklich ein alter Freund von den Amis, das wußte ich. Jetzt sitzt er oben bei Herford und Mutti. Lester und ich müssen auch dableiben. Bis wir wissen, daß Bertie mit Bilka und den anderen in Helsinki nach New York gestartet ist – wenigstens so lange, sagt Herford. Der ist nicht mehr zurechnungsfähig vor Begeisterung ...«
Ich war aus der kleinen Bar in den Regen hinausgetreten und über die Straße ins ›Metropol‹ gegangen. Nun stand ich, umgezogen, im Salon meines Appartements und trug das zweite Glas Whisky zu der Schlafzimmertür, die ich öffnete. Ein Schrei ertönte. Irina stand halb nackt vor einem großen Spiegel. Sie hielt sich den neuen Morgenmantel vor die Brust.
»Pardon, Liebling«, sagte ich und schloß die Tür zu einem Spalt, durch den ich meine Hand mit dem Glas steckte. »Hier, bitte, etwas zu trinken.«
Ich fühlte, wie sie mir das Glas abnahm.
»Danke«, sagte ihre Stimme. Ich steckte die andere Hand mit meinem Glas durch die Tür. Sie stieß ihr Glas dagegen.
»Chinchin«, sagte ich.
»Chinchin«, sagte sie. »Sie sind nett.«
»Ich bin der netteste Mann von der Welt, Liebling«, sagte ich und betonte das letzte Wort. »Herr Jules ist gerade hier. Ich will unser Abendessen bestellen. Hast du Hunger?«
»Ja.« Ich hörte, wie sie einen Schluck trank.

»Das ist gut, Schatz«, sagte ich. »Trink mit Verstand. Bester Whisky der Welt. Wenn erst die Russen kommen, gibt es keinen mehr.«
»Die Russen haben einen sehr guten Wodka«, sagte sie, hinter der Tür.
»Du überschüttest mich mit frohen Nachrichten«, sagte ich. »Nun sehe ich der Weltrevolution voll Enthusiasmus entgegen. Was möchtest du denn gerne essen?«
»Ach, ich weiß nicht... Frag doch Herrn Jules... Er soll uns etwas empfehlen...«
Ich drehte mich um.
»Herr Jules?«
Der Kellner lächelte. Er sagte laut, damit auch Irina ihn verstand: »Wir haben heute delikate kleine Hühnchen. Hier in Hamburg...« So viele H's brachten ihn fast um. »... man nennt sie Hamburger Kücken. Sehr zu empfehlen, Madame.«
»Hast du gehört, Liebling?« fragte ich.
»Ja«, ertönte Irinas Stimme. Aus der Bar kam jetzt über das kleine Radio ›The Wayward Wind‹. »Seltsam.«
»Was ist seltsam?«
»Wie man sich an Whisky gewöhnen kann. Gestern habe ich mich noch davor geekelt. Jetzt schmeckt er wunderbar.«
»Ja«, sagte ich, »das geht schnell. Also zweimal Hamburger Kükken, Herr Jules.«
»Sehr wohl, Monsieur. Und vorher? Vielleicht frischen Hummercocktail?«
»Ausgezeichnet«, sagte ich. »Immer feste auf Spesen.«
»Nachher?«
»Werden wir sehen«, sagte ich.
»Zu trinken?«
»Champagner natürlich«, sagte ich. »Was haben Sie gedacht?«
Jules lachte und sah die Schlafzimmertür an.
»Sehr gut. Dann ich würde empfehlen Pommery Demi-Sec. Nicht zu trocken. Wir haben noch Jahrgang einundfünfzig. Sehr gutes Champagnerjahr.«
»In Ordnung, Schatz?« fragte ich.
»Natürlich!« erklang Irinas Stimme.
»Fein«, sagte ich und schloß die Tür. Bevor Jules gekommen war, hatte ich an dem großen antiken Schreibtisch des Salons gesessen, eine Reihe Bogen Hotelpapier beschrieben, sie zusammengefaltet, in Kuverts gesteckt und diese verklebt. Nun nahm ich die Kuverts

und begann sie zu verstecken – unter der Reiseschreibmaschine, unter der Chaiselongue, hinter einem Vorhang.
Jules sah mir amüsiert zu.
»Was machen Sie, Monsieur?«
»Überraschung«, sagte ich.
»Oh«, sagte er und lächelte, wie nur ein Franzose in einer solchen Situation lächeln kann. »Ich verstehe. Sie müssen trösten die arme kleine Mademoiselle ...«
»Ja.«
»Sehr charmante Mademoiselle! Rührend, wie sie immer tut, als ob sie wäre Ihre Frau. Aber seien Sie vorsichtig, Monsieur. Mademoiselle ist nicht aus Westen. Mademoiselle ist aus Osten. Mädchen aus Osten lassen sich nicht so leicht ...«
»Wird schon funktionieren«, sagte ich und versteckte weiter Kuverts. »Vous ne le savez pas, Jules, mais toutes les femmes sont folles de moi.«
Er lachte. Dann wurde er wieder ernst.
»Trotzdem. Mademoiselle macht einen Eindruck auf mich ... ganz ... ganz unschuldig ...«
»Unschuldig!« sagte ich und trank und nickte grimmig. »Zwei Jahre die Geliebte von diesem Bilka. Er zweiunddreißig, sie achtzehn. Unschuldig!«
Jules sagte: »Letzte Nacht Sie haben geschlafen hier in Salon. Zimmermädchen erzählen es mir. Ihr Bett nebenan nicht benützt.«
»Herrgott, ja!« sagte ich, plötzlich gereizt. »Ich wollte nicht gleich mit der Tür ins Haus fallen! Außerdem kam ich erst früh heim.«
»Ich verstehe«, sagte Jules.
»Ja? Verstehen Sie?«
Er sah mich nur an.
»Was ist?«
»Wenn Sie sich haben verliebt in Mademoiselle, um so besser ...«
»Hören Sie, ich ...«
Aber er sprach weiter: »... denn Monsieur Seerose, er hat gesagt am Telefon, Sie müssen sich kümmern heute nacht um Mademoiselle. Ganz wichtig. Nur um Mademoiselle kümmern! Sie darf nicht stören, was geschieht. Und außerdem ...«
»Außerdem?«
»Wenn Sie erfahren wollen *alles* über Mademoiselle, ihr Leben, ihr Schicksal, dann Sie müssen wirklich, also unbedingt Sie müssen ... faire l'amour ... nicht mehr schlafen auf Chaiselongue.«

»Ich weiß schon, was ich tun muß«, sagte ich.
In diesem Moment öffnete sich die Schlafzimmertür, und Irina trat in den Salon. Mechanisch steckte ich die restlichen Kuverts in eine Jackentasche. Ich starrte Irina an und schluckte, und aus den Augenwinkeln sah ich, daß Jules ebenso verblüfft starrte.
Irina war ein sehr schönes Mädchen, das wußte ich schon. Was ich nicht gewußt hatte, war, wie dieses Mädchen sich verwandeln konnte. Keine flachen Schuhe, kein Twin-Set mehr, kein verstörtes, blasses Gesicht. Es war phantastisch! Es war ein Wunder! Es war Hexerei! Ich hatte schon eine ganze Menge Mädchen gekannt, die ihr Aussehen verwandeln konnten, aber so etwas war mir noch nie vor die Augen gekommen.
In dem schulterfreien Cocktailkleid aus roter Seide stand Irina auf den hochhackigen Goldschuhen vor uns, eine Hand gegen eine Hüfte gestemmt. Sie trug jetzt Nylons, sie trug jetzt Make-up. Ihr Mund war blutrot und sehr groß, ihre Haut glatt und rosig, die Wimpern der riesigen schwarzen Augen waren getuscht. Das schwarze Haar, zu einer Pagenfrisur geschnitten, war glattgekämmt und schwer. Bläulich und samten sahen die Lidschatten aus. Das Kleid modellierte Irinas Körper provokant, man sah den Ansatz der Brüste. Ich trank schnell das Glas aus und fühlte mein Herz schlagen. So schön, so schön war Irina ...
»Oh, Mademoiselle!« sagte Jules.
Ich ging zu ihr und nahm sie in den Arm und roch frische Haut und gute Seife und ›Estée Lauder‹-Parfum, und ich preßte Irina an mich und küßte sie auf den Mund. Dann ließ ich sie wieder los und sagte: »Bezaubernd. Einfach bezaubernd siehst du aus, Liebste!«
Ich bemerkte, wie sie unter der Puderschicht brennend rot wurde. Jules bemerkte es auch. Mit einer Entschuldigung verbeugte er sich und eilte aus dem Salon.
»Walter!« sagte Irina, und ihre Augen leuchteten.
»Ja?«
»Das war ... das war unverschämt von Ihnen. Sie haben die Situation ausgenützt!«
»Stimmt«, sagte ich. »Können Sie mir verzeihen?«
Sie sah mich ernst an, dann nickte sie, und ein sehr kleines Lächeln trat in ihr Gesicht.
»Wunderbar«, sagte ich. »Und jetzt nur, damit Sie nicht sagen können, ich hätte die Situation noch einmal ausgenützt.«
Ich zog sie wieder an mich und preßte meine Lippen auf die ihren.

Zuerst leistete sie Widerstand, dann wurde ihr Körper weich, ihre Lippen öffneten sich, und sie schmiegte sich an mich und erwiderte den Kuß. Lange. Es war, als sollte dieser Kuß niemals enden. Und ich dachte plötzlich, daß es das vielleicht doch gab, worüber so viel in Romanen zu lesen stand, was ich selber so oft beschrieben und billig mißbraucht hatte, das, wonach sich alle Menschen auf dieser Welt sehnten, das, wovon alle Menschen auf dieser Welt träumten.
Liebe.

2

Endlich stieß sie mich weg und rang nach Luft.
Ich machte uns zwei neue Drinks. Ein Glas reichte ich Irina, deren Atem immer noch unruhig ging. Sie sah mich mit diesen funkelnden schwarzen Augen an.
»Schon wieder Whisky?«
»Ja.«
»Nein.«
»Doch«, sagte ich. »Sie müssen! Auf unsere ... unsere Freundschaft.«
»Unsere Freundschaft?« fragte Irina mit einem seltsamen Lachen.
»Ja, bitte«, sagte ich.
Irina hob ihr Glas.
»Also, auf unsere Freundschaft«, sagte sie, trank aus und reichte mir ihr leeres Glas. Ich füllte es wieder. Aus dem Radio ertönte ›I'm gonna take a sentimental journey‹. Irina lehnte sich gegen die Schlafzimmertür, trank wieder und summte den alten Schlager mit. Ich ging an ihr vorbei und versteckte die restlichen Kuverts – unter ihrem Kopfkissen, hinter der Frisiertoilette, im Bad. Dabei unterhielt ich mich mit Irina, die im Salon an einen Vorhang getreten war und ihn etwas gehoben hatte.
»So viele Lichter«, hörte ich sie sagen. »Auf dem Wasser. Und auf der anderen Seite. So viele Lichter, mein Gott. Und ein so wunderbares Hotel.«
»Gefällt es Ihnen?«
»Ja, sehr. Chinchin, Walter.«
»Chinchin, Irina!« Ich kam aus dem Schlafzimmer zurück, trat ne-

ben sie und legte einen Arm um ihre Schulter, und wir sahen beide hinaus in die Nacht mit ihren vielen Lichtern und dem Regen, der, gleich Sternschnuppen, überall aufblinkte, während er fiel.
»Das ist das erste deutsche Hotel, in dem ich je war«, sagte Irina.
»Nein. Stimmt nicht. Das zweite.«
»Was war denn das erste?« fragte ich und trank. Sie trank auch.
»Ach, ich war bei den Jungen Pionieren, vor gut zehn Jahren. Da machten wir eine Reise nach Ost-Berlin. Und da habe ich ein deutsches Hotel besichtigt. Aber das war schrecklich ... armselig, kalt und schmutzig ... eine halbe Ruine ...«
»Wie hieß es denn?«
»Hotel ›Adlon‹«, sagte sie.
Ich lachte.
»Das war einmal das berühmteste Hotel Deutschlands!«
»Sie machen sich lustig über mich.«
»Nein, bestimmt nicht. Ehrenwort! Das ›Adlon‹ war ...« Ich sprach nicht weiter, denn die Musik aus dem Radio hatte gewechselt. Sehnsuchtsvoll, langsam und traurig begann der ›Reigen‹.
»Verflucht noch mal! Ich habe doch extra gesagt ...« Ich wollte zu dem Radio eilen und es abstellen. Irina hielt mich fest.
»Nicht«, flüsterte sie.
»Was nicht?«
»Nicht abstellen.« Ihre Augen flackerten wieder. »Ich habe die Bar angerufen und gebeten, daß der Mixer das Lied spielt. Ich *will* es hören. Ja, ich will! Es macht mir nichts mehr aus. Gar nichts mehr, sehen Sie?« Irina lachte. »Es ist wieder mein Lied, mein schönes Lied, das ich so gern habe. Das konnte doch nicht immer so weitergehen.«
Ich sah sie grübelnd an.
»Ist das auch wirklich wahr?«
Sie nickte und stellte ihr Glas fort, dann nahm sie mir meines aus der Hand und stellte es neben ihres.
»Wollen Sie nicht mit mir tanzen?« fragte Irina sehr leise.
Ich nahm sie in die Arme. Unsere Körper schmiegten sich wieder aneinander, Irina legte den Kopf gegen meine Schulter, meine Wange berührte die ihre, und langsam begannen wir uns zu der zärtlichen Musik zu bewegen, tanzten wir durch den großen Salon. Irina sprach flüsternd die ersten Worte des Textes: »Dreht euch, dreht euch, tanzet den Reigen ... Ich tanz' ihn vor, und ihr tanzt mit ... Laßt mich im Reigen die Liebe euch zeigen ... die Liebe

zu zweit, und die Liebe zu dritt...« Sie verstummte. Sie preßte sich stärker an mich. Ich küßte ihre Wange. Sie lächelte. Und so tanzten wir weiter, langsam, ganz langsam zu der melancholischen Musik, über die kostbaren großen Teppiche des Salons, stumm. Dann, als ich mich einmal etwas drehte, hielt ich an und ließ Irina abrupt los.

»Sie?« sagte ich. »Wie kommen Sie hier herein?«

»Durch die Tür«, sagte Fräulein Luise. »Die war offen.« Verflucht, ich hatte vergessen, hinter Jules abzusperren! Und da stand nun das Fräulein, in einem alten, durchnäßten schwarzen Mantel, einen lächerlichen Hut auf dem weißen Haar, eine große Tasche in den Händen, außer sich vor Erregung. Da stand sie. Fräulein Luise Gottschalk. Die Sohlen ihrer brüchigen Stiefeletten hatten schmutzige Abdrücke auf dem hellen Velours hinterlassen.

3

Fräulein Luise preßte den Finger auf den Klingelknopf am Balken der Wohnungstür, die ein Messingschild mit der Aufschrift MICHELSEN trug. Sie tat es schon ohne jede Hoffnung, denn sie tat es seit zehn Minuten, immer und immer wieder. Niemand öffnete. Es schien niemand in der Wohnung zu sein, oder wenn jemand da war, dann wollte er nicht öffnen. Fräulein Luise fühlte sich recht verzagt. Diese Beklommenheit war schon in dem Taxi über sie gekommen, das sie von der Davidswache hierher brachte, zum Eppendorfer Baum. Nicht einen Schritt bin ich weitergekommen, hatte Fräulein Luise da gedacht. Keine Ahnung hab ich, wer der Mörder von meinem kleinen Karel ist. Diese Geschichte wird immer dunkler und immer verworrener. Was hab ich bloß Schlechtes getan, daß mir alles danebengeht? Hab ich gesündigt, und führen meine Freund mich deshalb so in die Irre? Der junge Klavierspieler, der blinde, der ukrainische Hoteldiener, der Tschech – was sind ihre Pläne wirklich? Warum kann ich sie nicht verstehen? Ich bin nur ein armes irdisches Wesen. Noch bin ich nur ein armes irdisches Wesen – aber ich hab doch nur das Beste tun wollen! Nur das Beste! Und so schaut das jetzt aus. Warum fall ich zu allem auch noch auf Falsche herein? Auf den Arzt im Zug, den ich für meinen toten Zeugen Jehovas gehalten hab, auf den Standartenführer, der dann doch nicht der meinige gewesen ist? Welchen Sinn kann es haben, daß meine Freund mir so wenig helfen? Hab ich Fehler begangen? Oder haben gar böse Mächte sich eingemischt und erreicht, daß mir jetzt die Hilfe von meinen Freunden fehlt?

Zum erstenmal hatte Fräulein Luise da das quälende Gefühl, derzeit nicht eins zu sein mit ihren Freunden. Sie war verwirrt und überwältigt von dem Chaos der großen Stadt, ihre Füße schmerzten, und sie verlor mehr und mehr den Mut. Jetzt meldete sich auch bei diesem Michelsen niemand! Eine richtige Verschwörung war das. Wie soll das weitergehen? dachte das Fräulein unglücklich. Es hat doch keinen Sinn, daß ich hier noch weiter klingel ...

Sie ging über den roten Läufer durch das vornehme Treppenhaus mit seinen Marmorstufen und Marmorwänden wieder hinunter, so wie sie heraufgekommen war. Sie fürchtete sich vor Aufzügen, die in Käfigen hingen. Sonst nicht. Nur vor solchen in Käfigen. Sie trat aus dem Haus in den Regen. Wohin nun? Sie wußte es nicht. Es war schon fast ganz dunkel, die Straßenbeleuchtung brannte, und aus einem Antiquitätengeschäft neben dem Haustor fiel gelbes, warmes Licht auf die nasse Straße. Langsam trat Fräulein Luise an die Auslage. Oh, gab es da wundervolle Dinge! Fräulein Luise lächelte versunken, als sie die Elfenbeinelefanten sah, die Opiumpfeifen, die japanischen Rollbilder mit ihren zarten Aquarellen, die Dämonenmasken, den Korallenschmuck, die Schnitzereien. Sie las den Namen des Ladenbesitzers neben dem Eingang. ANDRÉ GARNOT. Dann erstarrte sie. Denn hinter der Auslage, im großen Verkaufsraum, der angefüllt war mit fernöstlichen Kostbarkeiten, sah sie einen schlanken Mann mit kurzem grauem Haar, der sich in einem Lehnstuhl wand, und neben ihm einen zweiten Mann, älter, mit Brille und einem schütteren Kranz grauer Haare um eine große Glatze. Der ältere Mann hielt dem anderen einen kleinen Gegenstand an den Mund und stützte ihn, der offensichtlich kaum Luft bekam. Das Gesicht des Sitzenden war violett.

Des Fräuleins Herz schlug plötzlich wild. André Garnot – ein französischer Name! Der Mann da drin bekam keine Luft! Der andere hielt ihm eine Spraydose gegen den Mund ... Asthma!

Mein toter Franzos hat auch Asthma gehabt im Leben ... Vielleicht ... Nein, sicher, das ist er! dachte das Fräulein, während sie schon die Ladentür öffnete. Ich bin nicht allein, dachte sie. Nein, ich bin nicht allein!

Fräulein Luise blieb beim Eingang des Ladens stehen und machte den beiden Männern ein Zeichen, daß sie selbstverständlich warten werde, bis dieser Anfall vorüber war. Er war es sehr bald. Die Männer kamen auf Fräulein Luise zu, und alle stellten sich vor.
»Sie müssen entschuldigen, meine Dame«, sagte André Garnot. »Aber ich habe das immer wieder bei diesem Wetter ...«
»No, weiß ich doch«, sagte das Fräulein. Und setzte schnell hinzu: »Ist ja auch das schlimmste Wetter, was es gibt für Asthma.«
»Ich hab Herrn Garnot gerade beim Auspacken von einer Kiste geholfen. Chinesische Bronzen. Da ist es passiert. Ein Glück, daß ich hier gewesen bin. Diesmal war es besonders schlimm«, sagte der zweite Mann.
»Aber jetzt geht es schon wieder«, sagte Garnot. Er war elegant angezogen wie immer, und er sprach und bewegte sich voll Grazie und Würde.
»Und Sie sind Pole«, sagte das Fräulein zu Kubitzky.
»Ja, Fräulein Gottschalk.«
»Soll ich raten, woher?« fragte das Fräulein, dessen Kleinmut wie durch Wunder verschwunden war, fast fröhlich. »Aus Warschau, gelt?«
»Tatsächlich«, sagte Kubitzky verblüfft. »Wie kommen Sie darauf ...«
»Ja, wie!« sagte Fräulein Luise und lächelte ihn an. Er lächelte auch, ein wenig hilflos und verwirrt, aber das bemerkte das Fräulein nicht. Das Fräulein bemerkte nur das Lächeln.
»Und ich komme aus Neurode. Aus dem Jugendlager dort«, sagte sie.
»Ach ja«, sagte Garnot freundlich. »Fürsorgerin sind Sie.«
Das Fräulein nickte selig. Sie fragte gar nicht, woher Garnot das wußte. Irina und ich hatten von dem Lager und von Fräulein Gottschalk erzählt, als wir mit Garnot und Kubitzky sprachen.
»Luise heißen Sie mit dem Vornamen«, sagte Garnot.
Das Fräulein fühlte sich jung und gar nicht mehr müde, und ihre Füße schmerzten nicht mehr.
»Luise, freilich«, sagte sie. »So ein Glück. Danke. Ich danke auch schön.«
»Wofür?«
»No, daß Sie beide da sind«, sagte das Fräulein. »Werdens mir bestimmt helfen können. Ich war oben bei Michelsen, aber hat niemand die Tür aufgemacht.«

»Da ist niemand daheim. Nicht einmal der Diener. Der ging vor zwei Stunden weg«, sagte Kubitzky. »Was wollten Sie denn?«
»Das wissens doch«, sagte Fräulein Luise und zwinkerte. »Ich such doch die Irina Indigo und diesen Reporter, den Herrn Roland. Ganz dringend suche ich die beiden.«
»Ganz dringend?« fragte Kubitzky.
»Natürlich ganz dringend, nach allem, was sich ereignet hat«, sagte Garnot, und das Fräulein sah ihn dankbar an.
»Ja, nach allem, was sich ereignet hat«, sagte sie. »Die beiden waren hier, gelt?«
»Ja.«
»Und sie haben auch mit Ihnen gesprochen«, sagte Fräulein Luise in einem neuerlichen Moment der Klarsicht.
»Ausführlich«, sagte Garnot.
»Worüber?«
»Über Herrn Bilka und seine Verlobte und was da so alles passiert ist.«
»Was ist denn da so alles passiert?« fragte Fräulein Luise.
Garnot und Kubitzky erzählten abwechselnd. Sie waren beide noch immer erregt von dem Unfall her, und es erschien ihnen selbstverständlich, daß sie diese Fürsorgerin, von der ich gesprochen hatte, informierten. Fräulein Luise erschien es auch selbstverständlich, daß ihre toten Freunde sie informierten. So sprachen sie perfekt aneinander vorbei, keiner bemerkte es. Und Fräulein Luise erfuhr alles.
»Wo sind sie denn jetzt, das Fräulein Indigo und der Herr Roland?« fragte sie zuletzt. »Ich muß wirklich ganz, ganz dringend zu ihnen.«
»Herr Roland hat mir eine Adresse genannt«, sagte Garnot. »Für den Fall, daß jemand nach ihm fragt oder daß es etwas Neues gibt. Dort ist er in der nächsten Zeit zu erreichen.«
»Nämlich wo?« fragte Fräulein Luise.
»Im Hotel ›Metropol‹«, antwortete André Garnot.

4

»Ja, meine Dame«, sagte der Chefportier Eugen Hanslik und neigte sich über seinen Desk zu dem kleinen Fräulein Luise herab, die vor ihm stand. »Ja, Herr Roland ist bei uns abgestiegen.«

»Mit einem jungen Mädchen?«

»Mit seiner Frau«, sagte Hanslik und betrachtete die kleine, armselig gekleidete Frau vor sich mit einem Gemisch aus Neugier und Sympathie.

»Natürlich, mit seiner Frau«, sagte Fräulein Luise. »Möchtens mich anmelden, bittschön? Ich muß die Herrschaften sprechen.« Jetzt hab ich sie, dachte sie bei sich, jetzt hab ich sie!

»Leider nicht möglich, meine Dame«, sagte der Chefportier.

»Wieso nicht?«

Hanslik, der ja von mir seine Aufträge erhalten hatte, zog sich elegant aus der Affäre. Er wies zum Schlüsselbord.

»Der Schlüssel hängt da.«

»Das heißt, sie sind weg?«

»Ja.«

»Was, ganz weg?«

»Aber nein ... nur ausgegangen!«

»Wann kommens wieder?«

»Das haben sie nicht gesagt. Thank you, Sir.« Ein Ausländer hatte Hanslik seinen Zimmerschlüssel hingelegt. »Ich habe keine Ahnung, wann die Herrschaften wiederkommen. Es kann sehr lange dauern.«

»Darf ich ... darf ich warten?« Fräulein Luise war sehr beeindruckt und zugleich sehr bedrückt von Glanz und Luxus des ›Metropol‹.

»Selbstverständlich, meine Dame. Wenn Sie vielleicht in der Halle Platz nehmen wollen. Ich werde sofort, wenn Herr Roland zurückkommt ...« Er verbesserte sich: »Herr Roland wird Sie dann bestimmt sofort begrüßen. Sie kennen sich doch?«

»Und wie«, sagte Fräulein Luise. »Ich dank auch schön, Herr.« Sie ging auf die große Halle zu. Du lieber Gott, gab es hier viele Menschen. Und so viele Ausländer! Da! Fräulein Luise blinzelte vor Staunen. Eine junge Inderin in einem kostbaren Sari und ihr Begleiter, der einen Turban trug, gingen an Fräulein Luise vorüber.

»Page!« rief Chefportier Hanslik.

Ein uniformierter Junge kam herangesprungen.

»Nimm der Dame ihren Mantel ab und bringe ihn zur Garderobe.«
»Jawohl, Herr Hanslik.« Der Page trat hinter Fräulein Luise. »Darf ich bitten?« sagte er.
Fräulein Luise knöpfte gedankenlos ihren schäbigen Mantel auf. O Gott, dachte sie jäh, ich trag ja immer noch meinen alten grauen Rock und die braune alte Strickjacke. So kann ich mich hier unmöglich hinsetzen. Ganz unmöglich. Die schmeißen mich ja raus!
»Nein«, sagte Fräulein Luise, »ich dank schön. Aber ich behalt den Mantel lieber an. Mir ist ... ich fröstel ein bissel, wissens?«
»Sehr wohl, meine Dame«, sagte der kleine Page mit einer Verbeugung.
Fräulein Luise ging in die große Halle hinein wie auf Wolken. So etwas hab ich noch nie gesehen, dachte sie überwältigt. Die vielen großen Kristallüster! Die riesigen Teppiche! Da muß ja jeder einzelne ein Vermögen kosten! Die Wände aus rosa Marmor. Die alten Bilder. Die vielen Blumen in den kostbaren Vasen. Die vornehmen Möbel ... Ach, und die eleganten Herren! Die wunderschönen Frauen mit ihren bunten Kleidern und dem vielen Schmuck. Wie das blitzt und leuchtet! Und ich in meinem elendigen Mantel, ich genier mich schrecklich. Am liebsten möcht ich ja weglaufen. Aber ich kann nicht. Ich darf nicht. Ich muß hier warten, bis die Irina und der Roland kommen ...
Zögernd blieb sie beim Eingang zur Halle stehen. Ein Kellner mit Schwalbenschwanz eilte herbei und begrüßte sie.
»Wenn die Dame Platz nehmen wollen ... hier vielleicht ...«
Ein schönes Tischchen mit geschwungenen Beinen, darum drei Sessel mit gedrechselten Armstützen, brokatüberzogen. Der Ober zog einen der Sessel zurück. Dem Fräulein Luise schwamm bereits alles vor den Augen. Sie setzte sich seufzend. Ich mach was mit, dachte sie betrübt und suchte die häßlichen Stiefeletten unter dem Tischchen zu verstecken.
»Wünschen die Dame etwas zu bestellen?« Der Ober verneigte sich wieder. Um Fräulein Luise wurde geredet und gelacht, sie hörte viele Sprachen. Vielleicht bin ich noch auf der Davidswache und schlaf und träum das nur alles, dachte sie benommen ...
»... etwas bestellen?« erklang wieder, von weit her, die Stimme des Obers an ihr Ohr.
Ich muß was trinken, dachte das Fräulein, ja, was trinken, sonst halt ich es nicht aus hier.

»Einen Schnaps hätt ich gern«, sagte sie mutig. Der Ober verzog keine Miene.
»Sehr wohl. Cognac? Whisky? Wodka? Gin-Tonic?«
»Am liebsten was Süßes«, sagte Fräulein Luise.
»Vielleicht einen Bénédictine ... einen Cointreau ... einen Grand Marnier ...«
»Ja«, sagte Fräulein Luise.
»Ja was, bitte, meine Dame?«
»Das, was Sie zuerst gesagt haben.«
»Einen Bénédictine?«
»Bitte.«
»Sofort, meine Dame.« Der Schwalbenschwanz-Ober enteilte lautlos.
Laß mich das hier aushalten, lieber Gott, dachte Fräulein Luise, laß es mich aushalten! Diese Menschen. Alle starren mich alte Vogelscheuche an. Alle flüstern sie über mich ...
Kein Mensch starrte Fräulein Luise an, niemand flüsterte über sie. Sie biß die Zähne aufeinander und saß sehr aufrecht, die große Tasche auf den Knien, und starrte zum Desk des Portiers, um auf keinen Fall meine oder Irinas Ankunft zu versäumen. Ihr wurde sehr warm mit ihrem Mantel in der geheizten Halle, aber sie hielt tapfer aus. Ich kann den Mantel nicht ablegen, dachte sie, ausgeschlossen.
Der Schwalbenschwanz kam mit einem Silbertablett und einem Glas darauf. In dem Glas erblickte Fräulein Luise eine zartbraune Flüssigkeit.
»Bitte sehr, meine Dame, einen Bénédictine.«
Das Tablett wurde vor Fräulein Luise abgestellt. Der Schwalbenschwanz wollte wieder enteilen.
»Moment!« rief das Fräulein. O Gott, ich schrei ja, dachte sie sofort verlegen.
»Gnädige Frau?« Der Schwalbenschwanz trat wieder neben sie.
»Ich möcht gleich zahlen, bittschön.«
»Gerne. Macht sechs Mark fünfzig.«
»Sechs Mark fünf ...« Fräulein Luise verschlug es die Rede. Für dieses bissel Schnaps sechs Mark fünfzig? Das ist ja Irrsinn! Das ist ja gotteslästerlich. Aber sich nur nichts anmerken lassen. Nur nichts anmerken lassen! Fräulein Luise öffnete ihre schwere Handtasche. Der Ober zuckte leicht zusammen, als er die Bündel von Scheinen sah, doch das bemerkte Fräulein Luise nicht. Sie reichte

ihm einen Hunderter und sagte unschuldig: »Kleiner hab ich es leider nicht.«

»Vielen Dank, gnädige Frau«, sagte der Schwalbenschwanz und enteilte. Fräulein Luise sah ihm entsetzt nach. Der reißt aus mit meinem Hunderter! dachte sie, als sie den Ober hinter einem rotseidenen Paravent verschwinden sah. Das ist zuviel! Die können einem doch nicht in einem so feinen Hotel einfach einen Hunderter fladern... Fräulein Luise fühlte Schwindel. Sie hob das Glas und trank schnell. Die hellbraune Flüssigkeit brannte trotz ihrer Süße. Ach was, dachte das Fräulein, ich geh einfach zu dem netten Portier vorn und sag, daß der Lackel hier mit meinen hundert Mark abgehauen ist. Das wär ja noch schöner! Das wär ja...

»So, gnädige Frau, hier bitte.« Der Schwalbenschwanz war wieder da. Lautlos hatte er sich genähert. Auf einem Tellerchen lagen, unter einer Quittung, Scheine und Wechselgeld. Also doch kein Verbrecher, dachte Fräulein Luise. Siehst du, man darf nie gleich schlecht von den Menschen denken.

»Moment«, sagte sie und fischte in dem Wechselgeld, bis sie fünfzig Pfennige gefunden hatte. Sie überreichte sie dem Schwalbenschwanz lächelnd. »Für Sie«, sagte Fräulein Luise.

»Ich danke, meine Dame«, sagte der Schwalbenschwanz und lächelte gleichfalls. Er verbeugte sich und verschwand wieder. Lautlos. Fräulein Luise trank ihr Glas auf einen Schluck leer. Danach wurde ihr brennend heiß und übel. Luft! Luft! Sie brauchte Luft! Ich muß einen Moment hier raus, dachte sie. Sonst übergeb ich mich noch auf den feinen Teppich. Lieber Gott, Du prüfst mich hart. In was für Lagen Du mich bringst... Das halt ich kaum mehr aus...

Sie erhob sich unsicher und eilte trippelnd aus der Halle, an der Reception, an dem Portier-Desk vorbei. Niemand beachtete sie. Ein Page drehte die Schwingtür für sie. Dann stand sie draußen, in der kühlen Abendluft, hörte den Regen auf die Bäume, die Büsche und den Rasen fallen und sah seine silbernen Schlieren im Licht der Kugellampen, die auf hohen Kandelabern thronten. Fräulein Luise atmete tief. Langsam wurde ihr besser. Vom Harvestehuder Weg bog eine Limousine in die Auffahrt ein und hielt unter dem Vorbau. Der Chauffeur war zwei Damen in Nerzmänteln beim Aussteigen behilflich. Fräulein Luise drückte sich in eine Ecke. Sie hörte die eine Dame sagen: »Den Wagen in die Tiefgarage, Emil. Um zehn brauchen wir ihn wieder. Ich rufe an.«

Der Chauffeur verneigte sich, die Mütze in der Hand, stieg wieder ein und fuhr den Wagen von der Einfahrt fort, die Hotelfassade entlang, und bog dann um eine Ecke.
Fräulein Luise kam eine Idee.
Moment. Moment. Es gab hier also eine Tiefgarage. Irina und dieser Roland, die mußten doch fürchten, daß Fräulein Luise hinter ihnen her war, daß sie sie suchte. Was, wenn die also Rolands Wagen auch in die Tiefgarage fuhren? Vielleicht gab es da einen Lift hinauf zu den Zimmern? Den Zimmerschlüssel konnte man sich vielleicht hinunterschicken lassen. War das so, dann wartete Fräulein Luise hier ganz umsonst, dann sah sie die beiden gar nicht, wenn sie endlich zurückkamen.
Die Tiefgarage, dachte sie. Ich muß mir diese Tiefgarage einmal anschauen. Sie spannte ihren alten Knirps auf und eilte auf wieder schmerzenden Füßen die Hotelfassade entlang, der Limousine nach.

5

Sie stand im Regen und in der Finsternis, vielleicht zehn Minuten lang, an die große geschlossene Stahltür des Lastenaufzugs der Tiefgarage gepreßt. Neben der Stahltür befand sich ein Eingang mit Wendeltreppe, aber Fräulein Luise wagte sich noch nicht hinunter. So ganz allein, dachte sie, fällt das mehr auf, als wenn ich mit jemandem komm. Ich will auf den nächsten Wagen warten.
Der nächste Wagen war ein Rekord. Er fuhr sehr dicht an Fräulein Luise heran, seine Scheinwerfer blendeten sie. Ein Mann im Regenmantel und mit Hut stieg aus und klingelte an der großen Rufglocke des Aufzugs. Der Mann war schlank, unter dem Hut lugte weißes Haar hervor, er hatte ein schmales, kultiviertes Gesicht. Während er wartete, daß der Lift heraufkam, stand er neben Luise. Er lüftete seinen Hut und sagte: »Guten Abend.«
»Guten Abend«, sagte Fräulein Luise.
»Ist etwas? Kann ich helfen?«
»Nein, dank schön ...« Fräulein Luise hatte sich schon etwas für die Leute in der Garage ausgedacht. »Sehr lieb von Ihnen ...«
Sekunden später ertönte ein dumpfes Geräusch aus der Tiefe, und eine rote Warnlampe über dem Metalltor leuchtete auf.

»Der Aufzug kommt jetzt«, sagte der Mann und eilte in seinen Wagen.
Das rüttelnde Geräusch wurde lauter und lauter – und verstummte. Hinter Fräulein Luise glitt die Metallwand empor. Sie schrak zusammen, denn sie hatte Angst, rücklings in die Tiefe zu stürzen, doch da gab es keine Tiefe, da war die Liftplattform, und auf ihr stand ein beleibter Mann mit rosigem, freundlichem Gesicht und lustigen Augen. Der Wagenmeister Wim Croft hatte seinen Nachtdienst bereits wieder um halb sieben Uhr angetreten. Er trug seinen grellgelben Overall und winkte dem Mann am Steuer. Zu Fräulein Luise sagte er: »Schönen guten Tag. Sie wollen mit hinunter?«
»Ja«, sagte das Fräulein.
»Gehen Sie in den Lift, stellen Sie sich weit nach hinten. Ich muß den Wagen reinwinken«, sagte Croft. Fräulein Luise nickte und trat auf die Plattform. Sie ging vor dem Rekord her, den der Wagenmeister dirigierte. Dann fuhren sie nach unten. Der Lift machte sehr viel Lärm, man konnte sich schlecht verständigen. Croft lachte dem Fräulein zu. Sie lachte zurück. Ein freundlicher Mann, dachte sie. Der Lift hielt. Croft zwängte sich an dem Rekord vorbei, während sich eine zweite Metalltür hob, und winkte den Wagen, der nun zurückstoßen mußte, in den ersten Stock der Tiefgarage und zu einer Parklücke. Fräulein Luise folgte langsam. Hier rauschte ein Exhaustor, Männer und Frauen in schweren Gummischürzen reinigten in einiger Entfernung Autos, es brannten Neonröhren an der Decke. Eine war schadhaft. Ein junger Mann saß auf einer hohen Leiter und reparierte die Röhre.
Fräulein Luise sah sich um und erblickte den Fahrer des Rekords, der ausgestiegen war und mit dem Wagenmeister herankam. Sie hörte den Herrn sagen: »Ach was, schlechtes Wetter. In Moskau schneit es wie verrückt, habe ich gerade gehört.« Er gab dem Wagenmeister die Autoschlüssel und ging an Fräulein Luise vorbei in das kleine Büro neben dem Aufzug, wo eine kahle Birne brannte und ein Coca-Cola-Kalender neben einem roten Feuerlöscher an der Wand hing. Der Wagenmeister trug die Ankunft des Rekords in sein Buch und hängte den Zündschlüssel an ein Brett.
»Sie sind aus Moskau?« fragte Fräulein Luise stockend den Herrn mit dem Homburg, der eine Aktentasche trug. Plötzlich pochte wild das Blut in ihren Schläfen.
»Aus Moskau, liebe Frau, ja«, sagte der Mann mit dem Silberhaar

ohne jeden Akzent. Er hatte den Hut abgenommen und verbeugte sich. »Jossif Monerow ist mein Name.«

»Luise Gottschalk«, sagte das Fräulein. »Aus Moskau ...« Sie konnte nicht weitersprechen. Der Russ! dachte sie. Der Russ ...

»Herr Professor Monerow ist zu einem Kongreß nach Hamburg gekommen«, sagte Croft. »Er ist ein berühmter Arzt.«

»Ach, hören Sie auf«, sagte Monerow. Er öffnete seinen Mantel, um Trinkgeld für den Wagenmeister zu suchen, und dabei sah Fräulein Luise, daß er einen Smoking trug. »Kongreß! Ein Empfang nach dem anderen. Ich kann schon nichts mehr essen und trinken. Ihr hier im Westen! Und dabei habe ich heute abend noch so viel zu tun. Muß mich ein bißchen hinlegen und ausruhen.«

»Viel zu tun?« fragte Fräulein Luise. Sie glaubte, daß Monerow ihr zugeblinzelt hatte. Der Russ. Der Russ ist da, dachte sie. Sie konnte nichts anderes denken.

»Sehr viel zu tun, liebe Frau, ja«, sagte Monerow. »Wenn mein Freund Wim Croft mir nicht noch einen Wagen vermietet hätte, käme ich überhaupt nicht mit der Arbeit nach.«

»Sie sind Freunde?« fragte Fräulein Luise. Es klang naiv, aber ihr Gesicht war vor Aufregung ganz schmal geworden, für sie bedeutete dieses Gespräch so viel ... so viel ... alles!

Monerow sagte gutmütig: »Und was für dicke Freunde wir sind, nicht wahr, Herr Croft? Herr Croft ist Holländer. Ich liebe Holland. War schon oft dort.«

Du lieber Gott, dachte Fräulein Luise. Der Holländer auch! Also doch, also endlich doch ...

»Ich hab einen russischen und einen holländischen Freund«, sagte Fräulein Luise laut und sah die beiden Männer starr an.

»Das ehrt uns«, sagte der Holländer. »Wir haben gern Freunde.«

»Ja, wir haben es gerne, wenn man uns mag«, sagte der Russe. Er gab Croft zuerst die Hand und dann das Trinkgeld.

»Bis später, Herr Professor«, sagte Croft. Er und Fräulein Luise sahen dem Russen nach, wie der zu einer verschlossenen nahen Milchglastür ging und auf einen Knopf an einer Messingtafel drückte. Ein Hotellift kam herunter. Monerow öffnete die Tür, winkte zurück, stieg ein, und der Lift setzte sich nach oben in Bewegung. Also das mit den Lifts ist genau so, wie ich es mir vorgestellt habe, dachte Fräulein Luise.

»Und was kann ich für Sie tun, liebe Dame?« fragte Croft.

Fräulein Luise gab ihm wieder einen Verschwörerblick.

»Es handelt sich um den Herrn Roland«, sagte sie.
»Aha«, sagte Croft. »Um den Herrn Roland, wie?« Er sah Fräulein Luise lächelnd an. Auch sie lächelte – voll kindlichen Vertrauens.
»Ja«, sagte sie. Jetzt muß ich lügen, dachte sie. Das ist eine Sünde, aber es geht nicht anders. »Nämlich – ich müßte ihn sprechen, den Herrn Roland. Ich hab ein Buch in seinem großen weißen Wagen vergessen, das brauch ich dringend. Der Herr Roland ist nicht im Haus, ich hab schon den Herrn Portier gefragt. Da hab ich gedacht, vielleicht kann ich hier warten, bis er kommt, der Herr Roland. Damit wir uns nicht verfehlen. Ich brauch das Büchel nämlich dringend.«
»Ja, der Herr Roland ist noch nicht zurückgekommen«, sagte Croft. Und dann: »In seinem großen Wagen liegt das Buch?«
»Wieso? Hat er auch noch einen kleinen?«
»Er hat sich einen Leih-Rekord genommen bei mir. Wie der russische Professor. Sein großer Wagen steht da drüben, sehen Sie ihn?«
Er zeigte auf meinen Lamborghini, der zwischen zwei Stützpfeilern stand.
»Ja. Ja, das ist der große!« rief Fräulein Luise, die meinen Wagen vor dem Lagereingang gesehen hatte, als wir einander zum ersten Mal begegnet waren. Sie erschrak. Der Wagen ist da, dachte sie. Wenn dieser Holländer ihn mir jetzt aufmacht und sagt, ich soll das Büchel suchen – was dann?
Der Holländer sagte vorsichtig: »Das ist der Lamborghini von Herrn Roland, ja. Die Wagenschlüssel hat er bei mir abgegeben. Aber Sie müssen verstehen, liebe Dame ... Ich meine ... Natürlich zweifle ich nicht an Ihren Worten ... Aber ich darf den Wagen nicht öffnen, ohne daß er es mir gestattet, und Ihnen erlauben, nach Ihrem Buch zu suchen. Das müssen Sie verstehen ...«
»Freilich versteh ich das«, sagte Fräulein Luise. (Danke, lieber Gott.) »Dann ... dann ... Möcht es Sie stören, wenn ich dann hier herunten wart, bis daß der Herr Roland mit dem Leihwagen kommt?«
»Aber natürlich nicht. Ich weiß allerdings nicht, wann er kommt.«
»Ich hab Zeit«, sagte das Fräulein. »Er bringt den Wagen doch ganz bestimmt herunter, wenn er heimkehrt, gelt?«
»Ganz bestimmt. Sie sehen ja. Wie der Herr Professor.« Croft blickte auf das Schlüsselbrett und dann auf eine Tafel. »Hm«, machte er.

»Hm, was?«
»Ist mir schon letzte Nacht aufgefallen, als Herr Roland kam und den Wagen wollte. Also, er und seine Frau«, sagte Croft, den Zimmerplan konsultierend, den er von der Reception mit den jeweils aktuellen Buchungen erhielt, »die wohnen Appartement 423.«
»Er und seine Frau«, sagte das Fräulein leise.
»Bitte?«
»Nichts, nichts. Und?«
»Und der Herr Professor Monerow, der wohnt Appartement 424, direkt daneben. Und beide haben sie Rekords gemietet!«
»Na, so was!« sagte Fräulein Luise. Jetzt bin ich am Ziel, dachte sie. Wenigstens an einem. Und meine Freund sind da. Lieber Gott, ich hab schon verzweifeln wollen. Jetzt geht es doch vorwärts!
»Setzen Sie sich in das Büro, meine Dame«, sagte Croft.
»Sehr freundlich«, sagte das Fräulein und ging in den kleinen Raum. Sie setzte sich auf einen Stuhl, der unter dem Kalender stand. Croft setzte sich auf den Schreibtisch. Sie unterhielten sich. Es war so viel los im Moment, sagte Croft. Das Haus ganz voll. Und was für ein vornehmer Mann war Professor Monerow ...
»Schon oft bei mir in der Heimat gewesen, sagt er ...«
Croft, der Heimweh hatte, kam auf Holland zu sprechen. Er erzählte Fräulein Luise von der Tulpenblüte in den gewaltigen Gärtnereien rund um Den Haag, und wie wundervoll das Land aussah, wenn die Tulpen blühten, er erzählte, bis die Klingel ihn wieder nach oben rief.
»Vielleicht ist das Herr Roland«, sagte Croft.
Ich war es nicht.
Croft kam wieder, setzte sich auf den Schreibtisch und erzählte weiter.
Der junge Mann, der die Neonröhre repariert hatte, kam in das Büro. Er war jung, schlank und blond, und er trug einen blauen Overall.
»Wieder okay«, sagte er. »Unterschreib mir hier die Arbeitszeit.«
Croft unterschrieb ein Formular. Währenddessen sah der junge Mann Fräulein Luise lächelnd an. Auch sie lächelte. Der junge Mann ist aber nett, dachte sie.
»So, da hast du, Jürgen. Und vielen Dank«, sagte Croft.
»Wiedersehen«, sagte Jürgen. Er nickte dem Fräulein zu. Dann verschwand er.

»Netter Mensch«, sagte das Fräulein.
»Sehr nett, ja. Und so ein schweres Schicksal.« Der Wagenmeister redete sehr gerne sehr viel.
»Schweres Schicksal?«
»Na ja. Jürgen Felmar, so heißt er. Sagt Ihnen Felmar nichts?«
Das Fräulein grübelte.
»Felmar ... Felmar ... Irgendwo hab ich den Namen schon gehört ... aber im Moment ...«
»Ludwig Felmar. Der ganz große Naziverbrecher, den sie jetzt endlich in Brasilien gefaßt haben. Der ehemalige ss-Standartenführer.«
»Der Standartenführer Felmar?« Fräulein Luise hatte Mühe, zu sprechen.
»Ja. Und der junge Mann ist sein Sohn«, sagte Croft. »Der Vater gehört vor Gericht! Wenn der nicht lebenslänglich kriegt ... Hat es tausendfach verdient, nicht wahr? Keine Rede. Aber der Junge. Was kann der Junge dafür? Doch überhaupt nichts! Was glauben Sie, was in dem vorgeht? Er nimmt sich furchtbar zusammen, der arme Kerl ...«
Fräulein Luise hörte die letzten Worte von weit her. Sie dachte: Den Franzosen hab ich also jetzt schon getroffen, den Polen. Den Tschechen. Den Ukrainer. Den Russen. Den Holländer. Jetzt endlich den echten Standartenführer. Sohn vom Standartenführer, aber immerhin. Sie sind da. Sie sind alle da. Hier, dachte sie mit jener plötzlichen Klarheit, die sie so oft überfiel, wird die Entscheidung fallen, hier, in diesem Hotel, heute noch, ja, noch heute!
Wieder ertönte die Aufzugklingel.
Wieder fuhr Croft den Lift nach oben und kehrte mit einem regennassen Wagen zurück. Immer noch war es nicht der Wagen, auf den das Fräulein wartete. Das macht nichts, dachte sie geduldig. Gar nichts macht das. Ich hab Zeit. Ich kann warten.
Sie wartete eine halbe Stunde lang. Eine Stunde. Eineinhalb Stunden. Croft bekam nun viel zu tun, er konnte sich nicht mehr so intensiv um Fräulein Luise kümmern. Wagen wurden geholt oder gebracht, zuletzt einer, mit dem der Mieter einen Unfall gehabt hatte. Croft mußte sich genau das Ausmaß des Schadens besehen. Er rollte eine Holzpritsche heran, legte sich darauf und glitt mit dem Gestell unter den Wagen.
Appartement 423, dachte das Fräulein in jähem Entschluß. Vielleicht ist dieser Roland doch schon da. Und hat seinen Wagen nur

nicht in die Garage gebracht, weil er noch einmal weg will. Ja, dachte sie, bestimmt ist er da. Als sie es dachte, war sie bereits völlig davon überzeugt. Sie verließ das kleine Büro und ging zu der Milchglastür des Lifts, der nach oben führte.
Sie drückte auf den ›Kommen‹-Knopf. Der Aufzug glitt herab. Von niemandem bemerkt, öffnete das Fräulein die Tür und trat in den Aufzug mit den Mahagoniholzwänden. Sie drückte auf die Taste für den vierten Stock. Der Lift glitt schnell empor und hielt bald wieder. Fräulein Luise stieg aus. Auf dem weiten, langen Flur lagen Teppiche, an den Wänden standen antike Kommoden und dunkle Sessel. Es war kein Mensch zu sehen. Neben dem Lift zeigten Pfeile und Zahlen an, wo die Zimmer des vierten Stockwerks lagen. Fräulein Luise fand sich schnell zurecht. Sie ging den Gang hinab, an alten Stichen und großen Ölbildern vorbei. 427 ... 426 ... 425 ... 424 ... (hier wohnt der Russ, dachte sie) ... 423.
423.
Eine cremefarbene Tür mit vergoldeter Klinke. Fräulein Luise holte Luft. Mit Gott, dachte sie. Und drückte die Klinke herunter. Die Tür öffnete sich. Aus dem Innern des Appartements ertönte sanfte, zärtliche Musik ...

6

»Wie kommen Sie hier herauf?«
Ich stand neben Irina im Salon des Appartements und starrte Fräulein Luise an.
»Aus der Autogarage, mit dem Lift. Heimlich«, antwortete sie.
»Und was wollen Sie?«
Fräulein Luise sagte mit Entschlossenheit: »Das Mädel muß sofort mit mir zurück ins Lager. Ich duld das nicht!«
Irina packte meine Hand. Ich drückte sie fest.
»Was?« fragte ich. »Was dulden Sie nicht?«
Das Fräulein marschierte auf Irina zu.
»Durch die ganze Stadt bin ich, eh daß ich Sie gefunden hab. Dann, endlich, haben mir Freund den Weg gewiesen.« Sie sah mich an. »Sie sind ein schlechter Mensch. Sie haben mein Vertrauen mißbraucht.« Das Fräulein packte Irinas rechten Arm und zerrte an ihm. »Kommens jetzt mit!«

Irina riß sich los.
»Nein!« rief sie. »Nein! Ich gehe nicht zurück in dieses dreckige Lager! Nie!«
Ich sagte leise: »Fräulein Luise, das ist mein Appartement. Sie sind hier ohne Recht eingedrungen. Wenn Sie nicht sofort – sofort! – verschwinden, dann, es tut mir leid, lasse ich Sie hinauswerfen!«
Fräulein Luise schob ihr Hütchen zurück.
»Ah ja?« sagte sie erbittert. »Und wissens, was ich dann mach? Ich erstatt dann eine Anzeige gegen Sie! Wegen Entführung! Das Mädel ist noch nicht einundzwanzig! Sie hat noch keine Aufenthaltserlaubnis! Sie ist noch nicht geimpft!«
»Herr Roland bürgt für mich!« schrie Irina los. »Wenn ich einen Bürgen habe, muß ich nicht mehr ins Lager! Das hat Herr Roland schriftlich! Schriftlich, hören Sie?«
Offenbar hatte das Fräulein es nicht gehört, denn sie rief: »Gänse seids ihr! Gänse! Eine dümmer wie die andere! Er bürgt für Sie! Wie lang bürgt er? Bis daß er genug hat von Ihnen und Sie hinausschmeißt!«
»Einen Moment mal ...« begann ich, aber das Fräulein unterbrach mich und sagte, zu Irina gewandt: »Wie Sie ausschauen! Wie eine ... Sie wissen schon! Schämen Sie sich denn gar nicht? Das hat er aus Ihnen gemacht – in einem einzigen Tag!« Und wieder zu mir: »Sie sind nicht besser als wie die Lumpen von der Reeperbahn, die wo sich unsere Mädeln aus dem Lager holen! Ihr Vergnügen wollen Sie haben mit der Kleinen, das ist alles!«
Und noch immer erklang, süß und wehmütig, der ›Reigen‹ ...
Ich sagte, auf Fräulein Luise zugehend: »Ich habe jetzt genug von Ihnen. Ich ...«
Weiter kam ich nicht, denn da läutete das Telefon. Ich rannte zu dem Apparat und hob den Hörer ans Ohr.
»Ja?«
»Was schreien Sie denn so?« fragte eine Stimme, die ich kannte. Mir fiel im Moment nur nicht ein, woher ich sie kannte.
»Wer sind Sie? Was wollen Sie?« fragte ich normal.
»Victor Largent ist hier.« Largent, natürlich. Largent, verdammt. Der hat mir gerade noch gefehlt. »Und was ich will? Sie sprechen. Es ist äußerst wichtig.«
»Wo sind Sie?«
»Im Hotel. Unten in der Halle. Spreche aus einer Zelle. Komme jetzt gleich zu Ihnen rauf. Vierhundertdreiundzwanzig. So long.«

»Sie kommen nicht!« brüllte ich plötzlich los. Ich hatte auch nur Nerven. »Wenn Sie was von mir wollen, rufen Sie mich morgen vormittag an!«
»Morgen vormittag ist es zu spät. Es muß gleich sein.«
»Gar nichts muß gleich sein! Ich habe keine Zeit! Sie bleiben unten! Ende!« Ich warf den Hörer in die Gabel.
Irina und sogar Fräulein Luise waren erschrocken.
»Wer war denn das?« fragte Irina.
»Victor Largent«, sagte ich. »Ein Agent.«
»Was?« rief Irina.
»Ach so.« Ich lachte mit Mühe. »Nicht so einer. Ein literarischer. Vermittelt Autoren. Romane. Filme.« Mein Blick fiel wieder auf Fräulein Luise. Ich wurde blindlings von neuer Wut übermannt. »Sie verschwinden jetzt augenblicklich, verstanden?«
Fräulein Luises Stimme wurde plötzlich leise, fast flüsternd. Sie sagte: »Die Indigo ist doch noch ein Kind! Sehens das denn nicht, Herr Roland? Sinds denn schon so verkommen und verdorben, daß Sie nicht mehr sehen, daß das noch ein Kind ist?«
»Ich bin kein Kind mehr!« rief Irina. »Was wissen Sie denn von mir? Sie kennen mich nicht! Kein kleines bißchen wissen Sie von mir!«
Mit großer Würde antwortete das kleine Fräulein: »Ich weiß alles über dich. Doch bist du noch ein Kind. Mit Kindern, da kenn ich mich aus. Nicht eins hab ich geboren. Nie verheiratet war ich. Und trotzdem hab ich Kinder gehabt – mehr als irgendeine Mutter auf der Welt. Hunderte! Tausende! Behütet hab ich sie und beschützt! Mein Leben, mein ganzes Leben lang. An ihren Betten hab ich gesessen die Nächte durch, wenn sie krank gewesen sind. Verteidigt hab ich sie und bewahrt vor dem Bösen. Genauso wie die wirklichen Mütter. Mehr wie die wirklichen Mütter! Ja, Tausende von Kindern hab ich gehabt ... und sie haben mich lieb gehabt ... alle, alle haben sie mich lieb gehabt ...« Das Fräulein taumelte in einem plötzlichen Schwächeanfall und sank auf einen Sessel. Mir war ihr Zustand egal. Ich ging zu ihr und beugte mich vor. Ich wurde gemein.
»Wenn Sie nicht sofort verschwinden, dann werde ich mal ein kleines Gespräch führen, Fräulein Luise.«
»Gespräch ... mit wem?« Sie sah zu mir auf. Tränen standen in ihren gütigen Augen.
»Ich kenne den Leiter des Fürsorgeamtes in Bremen ...« be-

gann ich. Da wurde ich von einer jovialen, lauten Stimme unterbrochen.
»Hallo, everybody! Ich störe doch nicht. Tür war offen, also kam ich gleich herein. Meine Damen, lieber Freund Roland ...« Der Mann, der nun das Appartement betreten hatte, war groß, stämmig und hatte nicht ein Haar auf dem Kopf. Er trug eine randlose Brille, sah äußerst schlau aus und lieferte geradezu ein Musterbeispiel für Unverschämtheit und schlechte Manieren.
Als ich ihn erblickte, wurde ich so wütend, daß ich für einen Moment sogar Fräulein Luise vergaß.
»Ich habe Ihnen gesagt, ich will Sie nicht sehen!«
»Und ich habe dem Portier erklärt, Sie erwarten mich«, sagte der Kahlkopf grinsend. »Sie haben Besuch. Charmant, charmant. Wollen Sie mich nicht vorstellen?«
»Nein«, sagte ich. »Raus mit Ihnen!«
»Largent«, sagte mein Besucher mit Verbeugungen vor Fräulein Luise und Irina. »Victor Largent. Eine Freude, Sie kennenzulernen, meine Damen. Herr Roland und ich sind alte Freunde.«
»Freunde!« tobte ich, plötzlich rasend vor Wut. »Raus, habe ich gesagt! Sitzen Sie auf den Ohren?«
»Wo ich doch etwas so Dringendes mit Ihnen zu besprechen habe«, sagte Largent. »Seien Sie höflicher. Bieten Sie mir etwas zu trinken an. Lassen Sie. Ich sehe schon, Sie wollen nicht. Mache ich mir selber einen Drink.« Er schlenderte durch den Salon und goß tatsächlich Whisky in ein Glas und gab Wasser und Eis dazu. Er prostete uns allen zu, dann trank er und stöhnte vor Wohlbehagen.
»Sie sind der literarische Agent?« fragte Irina, einigermaßen überwältigt.
»Bin ich, wunderschönes Fräulein, bin ich. Victor Largent.« Er sprach fließend deutsch mit kräftigem amerikanischem Akzent. Ich kannte ihn seit vielen Jahren. Er hatte eine große Agentur in New York, mit Filialen in Hollywood, Paris, London und Rom, und er vermittelte Autoren, Drehbuchschreiber und auch Schauspieler, er verhökerte Serien, Tatsachenberichte und Romane, er war eine legendäre Gestalt in der Branche. Noch keine fünfzig, obwohl er älter aussah. (Die Glatze.) Er trug nur Konfektionsanzüge, die stets zerdrückt waren, Nylonhemden und billige Krawatten, aber alle wußten, daß er ein schwerreicher Junggeselle war. Er besaß eine berühmte riesige Sammlung von alten Uhren und reiste

dauernd durch die Welt. Mit mir war er bisher nur indirekt ins Geschäft gekommen. Er hatte meine Sex-Serien in viele Länder verkauft. Aber das war immer über den Verlag gegangen, ich bekam bloß Prozente.
Largent ließ sich in einen Sessel fallen, seufzte tief und zufrieden, trank, musterte uns alle aus schlauen Schweinsaugen und schien sich grenzenlos wohl zu fühlen. Mein Zorn wuchs von Sekunde zu Sekunde.
»Hören Sie, Largent, ich lasse Sie rausschmeißen, wenn Sie nicht verschwinden!« schrie ich.
Largent grunzte nur.
»Ist er nicht niedlich?« fragte er Irina. »Immer mit dem Kopf durch die Wand. So stürmisch. Dabei kennt er mich. Sie kennen mich noch nicht, meine Damen. Ich habe Herrn Roland einen Vorschlag zu machen. Dringend. Und ich bin nicht der Mann, der Nein als Antwort nimmt.« Er legte die Füße auf ein Tischchen, trank wieder und wandte sich an Irina. »Wie heißen Sie, mein Kind?«
»Irina Indigo«, sagte diese verblüfft.
»Schöner Name. Sehr schöner Name.« Largent nickte wohlgefällig. Ich dachte, daß ich ihn nicht selbst hinauswerfen konnte, dazu war er zu bullig. Aus dem Radio kam immer weiter leise Musik aus der Bar. »Und Sie, meine Dame?« Largent nahm seine Füße nicht vom Tisch.
Fräulein Luise hatte den Amerikaner seit seinem Erscheinen fasziniert betrachtet. Ihr Gesicht war verklärt. Sie stand auf, trat näher und sagte: »Gottschalk. Fräulein Luise Gottschalk. Das weißt du doch ...«
Die seltsame Anrede schien Largent nicht zu irritieren. Er grinste breit.
»Natürlich, natürlich weiß ich. Fräulein Luise Gottschalk. Treffe so viele Menschen. Sie müssen entschuldigen, wenn ich einmal jemanden nicht gleich erkenne.«
Fräulein Luise sah ihn strahlend an.
»Jetzt wird alles gut«, sagte sie.
Largent warf mir einen kurzen Blick zu. Er hatte in seinem Beruf so viel mit Sonderlingen zu tun, daß ihn nichts mehr erstaunte. Er besaß auch ein Faible für Verrückte, wie er immer sagte.
»Alles wird gut. Absolut okay, Fräulein Luise, Sie können beruhigt sein. Largent ist hier. Da kann nichts mehr schiefgehen.«

»Schön«, flüsterte das Fräulein. »Ach, wie schön ... Es geht also doch alles so, wie ich es mir gewünscht hab ...«
»Klar«, sagte Largent, völlig ungerührt. »Nie verzagen, Largent fragen.«
»Mein Amerikaner ...« flüsterte das Fräulein.
»Zu Ihren Diensten, meine Dame. Amerika steht zu Ihren Diensten«, dröhnte Largent.
»Danke, lieber Gott«, flüsterte Fräulein Luise.
Im Irrenhaus konnte es nicht anders zugehen.
Ich sagte zu Largent: »Jetzt ist Schluß mit dem Theater. Sie verschwinden hier, oder ich rufe den Portier an.«
»Nein! Das dürfen Sie nicht!« rief das Fräulein. »Das ist wichtig, daß der Herr Largent jetzt gekommen ist!«
»Und ob das wichtig ist, Fräulein Gottschalk«, sagte dieser widerliche Largent. »Oder darf ich sagen: Luise?«
»Natürlich dürfens!« rief das Fräulein entzückt.
In diesem Moment öffnete sich die Tür des Appartements wiederum, und Kellner Jules kam mit dem Speisewagen hereingefahren. Es war alles schon vorbereitet und gedeckt. Damasttischtuch. Silber. Die Hummercocktails. Der Kübel mit den Champagnerflaschen ...
Jules stutzte. Er hielt an.
»Pardon ... Ich wollte nicht stören ... Das Essen ...« Er musterte Largent aufmerksam. Dieser schenkte ihm ein faules Lächeln.
»Hallo«, sagte Largent.
»Monsieur«, sagte Jules. Und zu mir: »Darf ich den Tisch hereinfahren?«
»Ja, bitte«, sagte ich. »Wir sind sofort wieder unter uns.«
»Glauben Sie«, sagte Largent. Er zwinkerte Fräulein Luise zu. Die betrachtete ihn wie gebannt, dann irrte ihr Blick zu Jules. Fräulein Luise sagte: »Franzose, ja?«
»Ja, Madame.« Jules war mit seinem Tisch beschäftigt.
»Wenn du wüßtest, wie mich das freut«, sagte das Fräulein. »Ach, bin ich glücklich. Du paßt auch auf, gelt?«
Jules sah Fräulein Luise nervös an.
»Ich tue was, Madame?«
»Aufpassen.«
»Ich verstehe wirklich nicht, Madame ...« begann Jules. Hinter dem Rücken des Fräuleins machte Largent, hingelümmelt in den Sessel, Jules und uns allen ein Zeichen. Grinsend tippte er mit

einem Finger gegen eine Schläfe und zuckte die Schultern. Jules hob die Brauen, aber sehr erleichtert sah er nicht aus.

»Darf ich eine Flasche öffnen, Monsieur?« fragte er mich.

»Ja, bitte, Jules. Wir essen jetzt. Und zwar allein. Ich werde hier sehr schnell für Ordnung sorgen«, sagte ich. Jules ergriff eine weiße Damastserviette und fischte eine Champagnerflasche aus dem Kübel. Fräulein Luise trat neben ihn.

»Moment«, sagte sie.

»Ich bitte, Madame?« Er wurde wieder nervös.

Das Fräulein betrachtete ihn sehr ernst.

»Was gibt es, Madame?«

»Du weißt es genau ...«

»Pardon, Madame«, sagte Jules, dem die Szene unendlich peinlich war, »aber ich habe keine Ahnung ...«

»Ah, so ist das!« sagte Fräulein Luise, plötzlich bedrohlich. »Ich hab mir das schon gedacht. Wartens trotzdem einen Moment. Ich hab eine Botschaft für Sie.«

Jules starrte das kleine Fräulein an. Largent lachte. Für ihn war das alles ein Riesenspaß.

»Gehört zu Ihrer Story?« fragte er mich halblaut. »Was für eine Type, großer Gott!«

»Botschaft? Welche Botschaft, Madame?«

Der Blick des Fräuleins glitt wieder in die Ferne. Sie sagte langsam, beschwörend: »Sie müssen sich den Moment Zeit nehmen. Sie müssen hören, was die oben Ihnen zu sagen haben.«

Jules wurde rot vor Verlegenheit.

»Die ... oben ... Madame?«

»Ja ...« Fräulein Luise lauschte. Niemand sprach. Nur aus dem Radio kam Musik – ›Wunderland bei Nacht‹.

Fräulein Luise sprach Jules nun direkt ins Gesicht: »Das, was Sie tun wollen, ist böse. Sie bringen Unheil über die Menschen ...« Fräulein Luises Stimme war flach und monoton. »Und dieses Unheil wird auch Ihres sein ...« Jules wurde plötzlich blaß. Ich sah, daß er erschrak.

»Madame, wirklich, ich ...«

»Ruhig!« sagte Fräulein Luise wieder, während Largent lachte und Irina meinen Arm ergriff. »Sie werden sehr, sehr lange Zeit dafür büßen müssen ...«

»Walter, bitte!« flüsterte Irina.

»Ja«, sagte ich. »Jetzt ist Schluß.« Ich ging an dem immer noch

bleichen Kellner vorüber auf Fräulein Luise zu und schnauzte sie an: »Ich bin vorhin unterbrochen worden!«
»Unterbrochen ... wann?«
»Als ich sagte, daß ich den Leiter des Fürsorgeamtes in Bremen kenne. Wenn Sie uns jetzt nicht augenblicklich in Ruhe lassen ...«
»Aber ich muß doch die Irina ...«
»Sie müssen gar nichts! Nur verschwinden müssen Sie! Auf der Stelle! Ich habe genug von Ihnen«, sagte ich und zwang mich zu Brutalität. »Wenn Sie das nicht sofort tun oder wenn Sie sich hier weiter herumtreiben und noch einmal auftauchen, dann rede ich mit dem Leiter des Fürsorgeamtes!«
Fräulein Luises Blick irrte zwischen dem lächelnden Amerikaner und dem konsternierten Franzosen hin und her. Sie stammelte: »Reden?«
»Ja«, sagte ich böse. »Sie wissen, worüber. Mir scheint, es ist wirklich höchste Zeit, daß man Sie pensioniert.«
»Pensioniert!« schrie das Fräulein auf.
»Nicht pensionieren«, sagte Largent grinsend. »Aber dann müssen Sie jetzt auch brav sein. Ich passe schon auf, daß hier alles seinen richtigen Weg geht. Sie können ganz beruhigt sein.«
»Ganz beruhigt ... wirklich?«
»Wirklich. Ich bin Ihr Freund, Fräulein Luise. Ich sorge für ein gutes Ende. Keine Angst.«
»Das ... das ...« Fräulein Luise rang nach Atem. »Das ist wunderbar ... Sie sind jetzt da ... und die anderen ... so viele von meine Freund ...« Sie sah Jules an. »Nur auf den da müssen Sie achtgeben! Der da, der will das Böse ... der *ist* das Böse!«
»Auf ihn geben wir natürlich acht«, sagte Largent und machte dem entgeisterten Jules wieder ein Zeichen, das Fräulein Luise nicht bemerkte. »Ich kenne Herrn Roland. Großartiger Mensch. Haben Sie Vertrauen zu ihm.«
»Aber die Indigo ...«
»Ist in besten Händen. Alles wird gut, Sie werden es sehen, alles. Aber nun müssen Sie gehen, Fräulein Luise.«
Das Fräulein stand unschlüssig da.
Largent lachte sie an.
»So long, Luise. And good luck to you!«
»Ich hab mich eingemengt«, sagte das Fräulein. »Das hätt ich nicht tun dürfen. Ich hab Vertrauen zu meine Freund«, sagte Fräulein Luise. Plötzlich war sie wieder den Tränen nahe. »Verzeihung ...

Es ist schon in Ordnung ... Nur auf den Franzosen da achten, bittschön ...«
»Auf den achten wir«, sagte Largent unerschütterlich.
Jules stand idiotisch mit der Flasche in der Hand da.
»Das ist nämlich kein Freund«, sagte Fräulein Luise. »Aber das wissens ja, gelt?«
»Klar weiß ich das«, sagte Largent.
»Ja, also dann werd ich jetzt gehen. Und beten, daß es gelingt«, sagte das Fräulein. Sie nickte Largent und mir und Irina zu, den Franzosen sah sie nicht mehr an. Klein, arm und lächerlich ging sie aus dem Appartement. Ein paar Sekunden war es ganz still.
»Gott sei Dank«, sagte Irina endlich.
Jules hatte sich noch nicht beruhigt.
»Wer war das? Wie kam diese Dame hier herein?«
»Vergessen, abzusperren«, sagte ich.
»Ja, aber wie kam sie überhaupt in den vierten Stock?«
»Zerbrechen Sie sich nicht den Kopf«, sagte Largent gemütlich. »Verrückte finden immer einen Weg.«
»Verrückte?«
»Natürlich war die Alte verrückt«, sagte Largent. »Schreiend verrückt. Aber nicht gefährlich. Wenn Sie ein Leben lang beruflich mit Verrückten zu tun haben, kriegen Sie einen Blick für sowas. Nun beruhigen Sie sich endlich und machen Sie die Flasche auf.«
Jules begann an dem Korken zu drehen, nachdem er die Drahtschlaufe entfernt hatte. Er war noch immer so durcheinander, daß der Korken zu schnell herausglitt und etwas Champagner auf den Teppich spritzte.
»Pardon, Madame et Monsieur ... ich ... ich ... diese Person ...«
»Na, jetzt ist sie ja weg«, sagte ich und kostete den Champagner. »Ausgezeichnet!«
Jules füllte die beiden Gläser, nachdem ich Irina zum Tisch geführt und ihr einen Brokatsessel untergeschoben hatte. Ich setzte mich gleichfalls.
»Ich werde sorgen dafür, daß die Person nicht wiederkommt«, sagte Jules. »Wer war das? Bekannte von Ihnen, Monsieur?«
»Ja«, sagte ich. »Bekannte. Mit elf toten Freunden. Die unterhalten sich mit ihr, manchmal sieht sie sie auch.«
»Aber das ist doch wirklich verrückt!« rief Jules, während er aus einem gefütterten Körbchen Toastschnitten anbot.
»Natürlich«, sagte ich.

»Hat auch in mir einen Toten gesehen«, sagte Largent. »Hahaha. Charming old lady. In Hollywood hatte ich einen Autor, der sah immer Elefanten. Nicht die kleinen, bunten, die die Säufer sehen. Nein, Riesendinger! Überall! Und einmal, als ich zu ihm kam ...«
»Largent«, sagte ich, »wir wollen jetzt essen. Sie haben Ihr Glas ausgetrunken. Bitte, verschwinden Sie jetzt auch.«
»Aber ich denke doch nicht daran«, sagte Largent. »Glas ausgetrunken, stimmt. Werde ich mir einen neuen Drink machen. Nein, nein, lassen Sie nur, Jules. Ich erledige das selber.« Er stand schwerfällig auf und machte sich tatsächlich einen zweiten Drink. Zu Jules sagte er: »Sie können gehen. Es ist alles ausgezeichnet, wie ich sehe. Sie können sich um den nächsten Gang kümmern.«
»Sehr wohl, mein Herr«, sagte Jules und zog sich zurück. Er war noch immer blaß vor Schreck. »Die Hühnchen kommen in fünfzehn Minuten, wenn es recht ist, Monsieur Roland.«
»Sehr recht«, antwortete ich, während ich mein Champagnerglas gegen Irina hob und leise »Prosit« sagte. Sie hob gleichfalls ihr Glas. Wir tranken. Jules verschwand. Largent ging hinter ihm her und sperrte die Tür ab. Er ließ sich ächzend auf die Chaiselongue fallen. »So«, sagte er, »und nun zu uns beiden, mein Lieber.«
Ich hatte schon zu essen begonnen, ebenso wie Irina. Ich wußte, daß dieser Largent eine Klette war, nicht abzuschütteln.
»Sie sollen zum Teufel gehen«, sagte ich.
»Werde ich, werden wir alle«, sagte Largent. »Lassen Sie sich nicht beim Essen stören, wunderschönes Fräulein. Rein geschäftliche Angelegenheit. Eilt nur ein wenig. Darum muß es jetzt sein.«
»Sie sollen sich zum Teufel ...«
»Ja, ja«, sagte Victor Largent. »Jetzt hören Sie mir zu, Sie versoffenes Genie.« Er nahm einen Block aus der Tasche, schrieb ein Wort auf das oberste Papier, riß es ab und legte es neben mein Champagnerglas.
Ich sah Largent verständnislos an.
Auf dem Papier stand der Name einer der größten und angesehensten Illustrierten Amerikas.

7

»Da können Sie anfangen«, sagte Largent und drehte die Eiswürfel in seinem Glas und meinem ›Chivas‹. »Die wollen Sie haben. Sind absolut scharf auf Sie. Von denen aus können Sie morgen früh nach New York fliegen und übermorgen anfangen.«
Irina, die nicht mitbekommen hatte, worum es ging, sah mich an. Ich zerkaute ein großes Stück Hummer und ein Stück Toast mit Butter und trank einen Schluck Pommery Demi-Sec, 1951. Das war wirklich ein besonders gutes Champagnerjahr gewesen.
»Der hat Sie ins Herz geschlossen, unser Kellner«, sagte ich dann zu Irina. »Soviel Hummer habe ich noch nie in einem Cocktail bekommen. Nirgends. Gut, was?«
Irina nickte beklommen.
»Hören Sie auf«, sagte Largent. »Dafür kriegen Sie nicht mehr Geld. Sie kriegen auch so schon ein absolutes Wahnsinnshonorar.«
»Nämlich wieviel?« fragte ich. Ich wollte sehen, wie lange er das durchhielt. Er angelte sich den Zettel und schrieb eine Zahl darauf und legte ihn mir hin.
»Garantie pro Monat«, sagte er dazu. »Ob Sie sie erreichen oder nicht. Ist Ihnen doch klar, daß Sie einen solchen Betrag nie erreichen können.« Die Summe, die er hingeschrieben hatte, war mehr als viermal so hoch wie meine Garantie bei BLITZ, und die war die höchste in Deutschland.
»Wirkt schon, was?« sagte Largent, der Mann, der täglich mit Menschen und Millionen jonglierte, riß an seiner billigen Krawatte herum und fingerte am Kragen seines zerdrückten Nylonhemdes. »Meine Prozente bekomme ich von denen. Sie brauchen mir keine Prozente zu geben. Es ist die größte Mezzije, die ich im Zeitungsgeschäft je erlebt habe, und ich habe viele erlebt. Aber das ist die größte. Supermezzije.«
Ich aß meinen Cocktail weiter und trank Pommery und antwortete nicht. Der Name der Zeitschrift war erstklassig. Die Bezahlung war phantastisch. Aber natürlich hatte diese Supermezzije einen Schönheitsfehler. In unserem Gewerbe hatte noch jede solche Mezzije einen gehabt.
»Die schickten mich eigens los Ihretwegen«, sagte Largent. »In Frankfurt haben sie gesagt, Sie sind in Hamburg. Hamburg – ›Metropol‹, habe ich mir gedacht. Bin sofort her. Sie sagen natürlich zu. Ich wohne im ›Atlantic‹. Morgen früh um halb neun bringe

ich Ihnen den Vertrag und einen Barscheck für die ersten sechs Monate.«

»Ich habe einen Exklusiv-Vertrag mit BLITZ«, sagte ich. »Und das wissen Sie.«

»Klar wissen wir das. So einen Vertrag kann man kündigen und ...«

»Brechen, meinen Sie«, sagte ich.

»Oder brechen, meinetwegen. Kommt eine Gerichtsverhandlung. Die da ...« Er wies auf den Zettel »... führen den Prozeß für Sie. Mit den besten Anwälten. Zahlen natürlich auch Ihre Schulden.«

»Was für Schulden?« fragte Irina.

»Ach, er hat bloß 210 000 Mark Vorschuß«, sagte Largent. »Die zahlen meine Leute natürlich. Übrigens: Es wird gar keinen Prozeß geben, wissen Sie. Wird keinen Prozeß geben, habe ich gesagt, Roland.«

»Hab's gehört«, sagte ich. »Das glauben *Sie!* Warum wollen die mich unbedingt? Und unbedingt sofort?« Ich ahnte, warum, aber ich war neugierig, wie er es mir beibringen würde.

»Ihr Name. Die sind verrückt auf Ihren Namen! Dauert lange, bis sich in Amerika ein Name durchsetzt. Ich habe jahrelang gesagt, den Burschen müßt ihr haben. Jetzt ist es soweit. Natürlich den Burschen Walter Roland mit seinen großartigen Reportagen, nicht den miesen Schmierer Curt Corell. Sex-Schnulzen brauchen Sie drüben keine einzige mehr zu schreiben! Im Gegenteil. Seriös! So seriös, wie Sie wollen! Als erstes sollen Sie über die Landung auf dem Mond schreiben. Alles. Von A bis Z. Die schicken Sie sofort nach Houston. Später können Sie in die ganze Welt reisen. Politische Berichte – niemand beeinflußt Sie! Sie schreiben wissenschaftlich, historisch, zeitkritisch. Die besten und größten Themen – alle gehören sie Ihnen.«

»Nur die Geschichte, hinter der ich im Moment her bin, die gerade nicht, was?« fragte ich.

»Nein, die nicht. Roland, Sie müssen lernen, endlich international zu denken! Was ist das hier schon? Können Sie Deutschland damit entzücken. Vielleicht. Die da ...« Wieder wies er auf den Zettel »... werden in der ganzen Welt gelesen. Haben neun verschiedene Ausgaben. Auflage fünf Millionen. Vergessen Sie Ihre Popel-Story.« Na also, dachte ich. »Das ist doch kalter Kaffee.« Das also war der Haken bei der Supermezzije, dachte ich. »Interessiert in Wahrheit kein Schwein.« So brachte er es mir also bei. »Walter

Roland – die wollen Sie zu einem Mann aufbauen, dessen Name die ganze Welt kennt. Ist das nichts?«

Ich antwortete wieder nicht und aß. Irina sah mich jetzt bereits angstvoll an. Ich lächelte ihr zu.

»Und Sie kommen raus aus diesem vermieften Kontinent. Sehen die Welt. Hören sie. Erleben sie.«

»Ja«, sagte ich, »den Duft der großen, weiten Welt.«

Er war nicht zu erschüttern. »Sie sagen es! Also abgemacht, ja? Morgen Vertrag und Scheck. Freut mich, daß wir so schnell ...«

»Largent«, sagte ich, »BLITZ *will* diese Geschichte da. Die lassen mich nicht einfach abhauen.«

»Müssen sie aber. Nach allem, was man Ihnen da angetan hat. Sind Sie vielleicht glücklich gewesen bei BLITZ?«

Ich schwieg.

»War das nicht entwürdigend, was man Ihnen zumutete? Hat man Sie nicht schamlos ausgebeutet? Darum kündigen Sie fristlos. Weil Sie es in diesem Stall nicht mehr aushalten. In diesem Computer-Stall.« Er lachte. Ich glaube nicht, daß Haifische lachen können. Wenn sie es können, dann lachte Largent wie sie. »Falls Sie Lust haben, kleines Fräulein, kommen Sie natürlich mit. Diese Einladung soll ich ebenfalls überbringen. Fast vergessen.«

»Mit nach New York?« sagte Irina.

»Mhm.«

»Aber ... aber ich habe hier etwas zu erledigen ... und Herr Roland auch ...«

»Diese Geschichte«, sagte Largent und schien Ekel zu verspüren, den er mit einem großen Schluck hinunterzuspülen trachtete. »Diese miese Geschichte. Ist doch längst gelaufen. Redet doch morgen kein Mensch mehr davon. Oder, meinetwegen, soll er reden. Darüber schreiben soll keiner.«

»Ich habe einen Vertrag über Persönlichkeitsrechte mit Herrn Roland für BLITZ abgeschlossen«, sagte Irina, die nichts mehr begriff.

»Nein, tatsächlich«, sagte Largent. Er lachte wieder. »Sie wissen doch nicht einmal, was das ist, ein Persönlichkeitsrecht.«

»Noch Toast, Irina?« fragte ich. »Hier ist Butter ... Doch, doch, sie weiß schon, was das ist, Largent. Und ich habe noch Verträge mit einem Haufen anderer Leute.«

»Mit diesen Verträgen kann sich BLITZ den ... Sie wissen schon, was ich meine«, sagte Largent grinsend.

»Ich habe aber auch Tonbandkassetten, und eine Menge Fotos haben wir schon an die Redaktion geschickt.«
»Engelhardt, was?«
»Ja.«
»Ihre Story wird trotzdem nicht erscheinen.«
»Und ob sie erscheinen wird! Die arbeiten schon an den Bildseiten in der Nummer vor der mit dem Beginn meiner Story. Wird bereits angekündigt!«
»Und nie gedruckt werden«, sagte Largent.
»Was?«
»Keine Zeile«, sagte Largent. »Können Sie Gift darauf nehmen. Keine Zeile von Ihrer Story erscheint in BLITZ. Bereits angekündigt, schön. Wird eben wieder abgesagt, Wichtigkeit! Wie oft ist das schon passiert?«
»Wieso sind Sie so sicher, daß meine Story nicht gedruckt wird?« fragte ich. Mir war doch ein wenig seltsam zumute geworden in der Zwischenzeit.
»Der nette alte Herr aus Köln«, sagte Largent.
Ich legte mein Besteck hin.
»Das ist nicht wahr«, sagte ich.
»Ich soll auf der Stelle tot umfallen, wenn es nicht wahr ist«, sagte Largent. »Der nette alte Herr aus Köln wird ein nettes, kleines Telefongespräch mit Ihrem Verleger führen. Das dürfte genügen. Hat noch immer genügt. Oder?«
Ich antwortete nicht. Ja, es hatte noch immer genügt, dachte ich. Verflucht, in was für eine Intrige war ich hier geraten? Um Ihnen das kurz zu erklären: Der ›nette alte Herr aus Köln‹, wie er genannt wurde, war einer der reichsten Männer der Bundesrepublik. Großer Vater der mühsamen und beladenen Geldsäcke unseres Landes. Er sorgte für sie, für sie alle. Das Oberhaupt dieses Clans. Mit seinen Milliarden. Mit seiner Milliarden-Macht. Half Ehen stiften und Scheidungen bewerkstelligen, Rüstungsskandale vertuschen und Industriekonkurse verhindern. Half auch Ausländern – Amerikanern, Franzosen, Engländern, Italienern. Amerikanern vor allem. Vorausgesetzt, daß sie zum Clan gehörten. Zum Clan der Superreichen. Der nette alte Herr aus Köln hatte eine sanfte Stimme. Nie wurde er laut. Er wußte alles. Über alles war er informiert. Und er hatte in all den Jahren schon ein paarmal bei Thomas Herford angerufen. Wenn wir einen Artikel starten wollten oder eine Serie, die dem Clan nicht paßte. Der nette alte Herr

aus Köln hatte dann Herford herzlich gebeten, die Serie, den Artikel nicht zu bringen. Und Herford hatte es ihm stets sofort zugesagt. Niemand in Deutschland hätte gewagt, dem netten alten Herrn aus Köln zu widersprechen. Dann war er nämlich bereits praktisch tot. Karriere, Existenz, alles fort und vorbei. Der nette alte Herr aus Köln konnte ganz andere Unternehmen als BLITZ ruinieren, falls er es für nötig hielt. Sofern bei BLITZ einmal jemand aufmuckte, genügte es schon, wenn plötzlich keine Inserate von der Industrie – der inländischen und ausländischen – und von vielen anderen Kunden kamen. Genügte vollkommen. Dann ging BLITZ pleite. So wurde das gemacht. Ganz mit Sammetpfoten und ganz freundlich. Bisher hatte Herford sich immer sofort gefügt.
Würde er es diesmal tun? überlegte ich nun. Und wenn er es nicht tat, sollte ich dann warten, bis sein Laden ruiniert war und die Amerikaner auf mich pfiffen? Kluge Ratten bleiben nicht lange auf einem sinkenden Schiff.
Eines jedenfalls war nach dem, was Largent mir eröffnet hatte, klar: Die Serie sollte nicht erscheinen.
Aber warum hatten die Amis dann Seerose noch gesagt, wann sie Bilka nach Helsinki und New York bringen wollten? Warum hatten sie uns so viele Informationen gegeben, daß Bertie nun nach Helsinki mitfliegen konnte? Zuerst Freundschaft, Freundschaft – und jetzt auf einmal diese Drohung mit dem netten alten Herrn aus Köln?
Bluffte Largent? Zuzutrauen war es ihm. Zuzutrauen war dem alles.
»Die Tonbandkassetten bringen Sie natürlich mit nach New York«, sagte er gerade. »Das heißt, Sie geben sie morgen früh mir, wenn ich mit dem Vertrag komme.«
»Aber wo«, sagte ich, wie ein Pokerspieler.
»Aber ja«, sagte er.
»Roland, der Charakter«, sagte Largent und lachte wie ein Haifisch, wenn ein Haifisch lachen könnte. Ich sah mir die Zahl auf dem Papier an. Viermal so hohe Garantie wie jetzt. Der nette alte Herr aus Köln. Offenbar doch kein Bluff. Ich blickte da nicht durch. Aber immerhin: Kein Herford mehr. Keine Mutti. Kein Lester. Kein Computer. Keine Sex-Schnulzen. Freiheit. Schreiben, was ich wollte. In einem anderen Land. Mit Irina an meiner Seite ...
Es klopfte.
Ich stand schnell auf und ging zur Tür.

Draußen meldete sich Jules. Er brachte die Hühnchen und die Beilagen. Ich sperrte auf. Jules rollte ein zweites Wägelchen herein, schob das erste beiseite und legte vor.
»Ich mache das schon, Jules«, sagte ich. Er sah Largent grübelnd an, dann nickte er, ganz der vorbildliche diskrete Chef d'Etage.
»Gestatten, Madame?« Er füllte unsere Champagnerschalen wieder und öffnete eine neue Flasche. »Nachspeise? Haben Sie schon gedacht an Dessert?«
»Ich werde nach dem Hühnchen keinen Bissen mehr herunterbringen«, sagte Irina.
»Keine Nachspeise«, sagte ich. »Aber noch eine Flasche, Jules.«
»Sehr wohl, Monsieur. Ich komme in zwanzig Minuten.«
»Ist gut.« Ich ließ ihn mit dem ersten Wägelchen hinaus und sperrte hinter ihm ab.
»Das lebt«, sagte Largent. »Glaubt, daß es weiß Gott schon wie lebt. Was meinen Sie, wie Sie erst leben werden in New York?« Plötzlich klang seine Stimme kalt und hart. »Wachen Sie auf, Mann!« Ich war gerade dabei, die Hühnchen von den Silberplatten auf die Teller zu transportieren und wandte ihm den Rücken. »Wachen Sie auf, Mann, es ist Ihre letzte Chance!«
»Wieso letzte Chance?« fragte Irina erschrocken.
»Sehen Sie sich seine Hände an, mein Fräulein. Kann sie doch nicht mehr stillhalten. Der Suff.«
»Und wenn ich so versoffen bin, warum wollen die dann ausgerechnet mich haben – zu diesem Wahnsinnspreis?«
»Weil sie eben an Sie glauben.«
»Aha«, sagte ich. »Und Sie glauben auch an mich, was, Largent?«
»Und wie! Hätte ich mich sonst jahrelang bemüht für Sie? Also okay, okay, ich gehe schon. Sagen Sie nicht gleich ja. Morgen früh genügt.« Er stand auf. »Das sind die bespielten Kassetten?«
»Hände weg davon, schnell!« sagte ich.
»Machen Sie sich nicht ins Hemd«, sagte er. »Niemand nimmt Ihnen etwas weg. Sie kommen nach New York, das sehe ich Ihnen an. Lügen Sie nicht, erzählen Sie mir nichts von deutscher Treue und so. Ich kenne die Menschen. Morgen früh unterschreiben Sie. Ist auch besser für Ihr Leben. Je früher Sie aus diesem verdammten Europa rauskommen, meine ich. Na, na? Warum senken Sie den Blick? Der gute Onkel Largent hat recht, ganz recht hat er, wie?«
So unrecht hatte er nun tatsächlich nicht...

»Gute Hühnchen, wirklich, was, Irina?« sagte ich. Sie antwortete mit keinem Wort, sondern stocherte nur auf ihrem Teller herum. Ich gab ihr noch Pommes frites und grüne Erbsen, und dabei bemerkte ich, daß meine Hände wirklich zitterten, und die beiden anderen bemerkten es auch. Es war aber nicht der Suff, es war die Aufregung. Plötzlich fiel mir der Schakal ein. Ich spürte ihn gar nicht, ich mußte nur an ihn denken. Ich trank schnell mein Glas aus.

»Das wäre dies«, sagte Largent. »Jetzt können Sie mich rauslassen. Ich kable schon mal, daß Sie einverstanden sind.« Ich schwieg. »Und morgen früh bin ich wieder hier. Mit Kontrakt und Penunse.« Ich schwieg. Schweigend brachte ich ihn zur Tür. Er hatte Irina noch die Hand geküßt. Mir sah er ernst ins Auge. »Also dann, abgemacht, mein Bester«, sagte er.

»Gute Nacht«, sagte ich und hielt die Tür für ihn auf.

»Bis morgen«, sagte er grinsend und verschwand.

Ich ging zu Irina zurück und aß weiter, aber plötzlich hatte, was ich auch aß, überhaupt keinen Geschmack mehr. Das kam: Mir war eben wieder einmal klar geworden, daß ich wirklich sehr leicht zur Ratte zu machen war.

Sehr leicht.

Leider.

8

Zehn Minuten später ...

»Noch ein Beinchen?« fragte ich Irina. Wir hatten nicht gesprochen in den letzten zehn Minuten. Getrunken schon. Besonders ich. Der Schakal war irgendwo, und da blieb er auch, bereit, jeden Moment anzugreifen.

»Nein«, sagte Irina. Ihre dunklen Augen glänzten jetzt. Sie hatte schon einiges getrunken. Aus dem Radio kam immer weiter die ruhige Musik aus der Bar, um die ich gebeten hatte. »Ich bin satt. Ich kriege keinen Bissen mehr hinunter. Walter, das können Sie doch nicht machen!«

»Was?«

»So einfach von BLITZ weggehen.«

»Nein«, sagte ich, »natürlich nicht. Das kann ich nicht machen.«

Die Brüste unter dem roten Kleid hoben sich plötzlich heftig und senkten sich ebenso heftig.
»Aber warum haben Sie das diesem Mister Largent dann nicht gleich eindeutig gesagt?« fragte Irina.
Ich goß wieder Champagner in unsere Gläser.
»Wissen Sie«, sagte ich, »die Amerikaner bieten wirklich unheimlich viel Geld.«
»Und?« sagte Irina. »Und? Dafür könnten Sie BLITZ verlassen, und Ihren Freund Hem dort, mit dem Sie so lange gearbeitet haben? Der so viel für Sie getan hat – Sie haben es mir immer wieder erzählt! Nur für Geld? Eine solche Gemeinheit könnten Sie begehen?«
Ich grinste.
»Nun«, sagte ich, »man müßte es versuchen.« Und ich trank wieder. Bei meinem Schakal, so wie er sich jetzt verhielt, konnte ich nicht vorsichtig genug sein.
»Pfui Teufel!« sagte Irina und hielt sich erschrocken eine Hand vor den Mund. »Entschuldigen Sie!«
»Aber klar doch«, sagte ich.
Nach einer Weile, in der sie mich angestarrt hatte, fragte sie: »Ist es wahr, daß Sie bei BLITZ 210 000 Mark Schulden haben?«
»Ja«, sagte ich. »Warum? Ich hatte schon einmal 300 000.«
»Aber der weiße Wagen, der gehört Ihnen?«
»Gehört mir, ja. Ich ... was ist los? Warum sehen Sie mich so an?«
Sie war beschwipst. Sie lachte beschwipst.
»Ich habe einen Vertrag mit Ihnen! Danach soll ich fünftausend Mark bekommen!«
»Und?«
»Und Sie haben mir eine Menge Sachen gebracht, zum Anziehen und so – doch Geld habe ich noch keines bekommen.«
»Aber ja«, sagte ich.
»Nein!«
»Doch«, sagte ich, während ich kurz an Bertie dachte, der nach Helsinki unterwegs war. »Sie sind einfach zu unaufmerksam. Nicht genug interessiert an mir. Sie konzentrieren sich nicht auf mich. Sehen Sie mal unter der Chaiselongue nach. Beim Kopfende.«
Irina stand auf, schwankte ganz leicht und kniete vor der Chaiselongue nieder. Nach kurzer Angelei mit einer Hand fand sie ein Kuvert. Sie riß es auf, und Scheine fielen heraus.
»Siebenhundert Mark!« rief Irina.

»Seien Sie nicht so materiell, Genossin«, sagte ich. »Ein Brief ist auch noch dabei.« Nun begann also das Spielchen mit den Briefen, die ich versteckt hatte. Es sollte ja jetzt auch beginnen. Das gehörte alles zu meinem Plan. Ich hatte einen so schönen Plan, für die Stunden dieser Nacht, in denen ich auf Irina achten mußte, in denen die Amerikaner Jan Bilka nach New York flogen – mit den Mikrofilmen der Pläne der Warschauer-Pakt-Staaten für einen Kriegsfall ...

Vor der Chaiselongue kniend las Irina, was ich auf das Blatt Papier geschrieben hatte, laut vor: »Hinreißend schöne junge Dame, der Mann, der diese Zeilen schreibt, ist von allen armen Hunden der Welt der ärmste. Wenn es Sie interessiert, weshalb, dann sehen Sie hinter dem Vorhang vor dem breiten Fenster im Salon nach ...«

Irina erhob sich, etwas taumelnd und lachend, lief zum Vorhang und entdeckte dort das zweite Kuvert, das ich versteckt hatte. Als sie es aufriß, fielen zwei große Banknoten heraus.

»Zweitausend Mark!«

»Lesen, den Brief«, sagte ich.

Sie las gehorsam: »Er ist der allerärmste aller armen Hunde, weil er nunmehr bereits fünfzig Stunden in Ihrer Umgebung verbringen, aber immer noch nicht Ihr Haar, Ihre Augen, Ihren Hals, Ihre wunderschönen großen ... nein, also das geht wirklich zu weit, Herr Roland!« Sie war brennend rot geworden.

»Weiter«, sagte ich, »weiter.« Und trank Pommery.

»... wunderschönen großen ... streicheln, küssen und liebkosen darf, weil er – Fortsetzung im Badezimmer, hinter dem Etui des Rasierapparates ...« Irina lachte wieder. Die Umschläge, die Briefe und die Geldscheine in den Händen, so lief sie aus dem Salon ins Schlafzimmer.

Im gleichen Moment klopfte es.

Jules war draußen. Ich sperrte auf. Er brachte einen Sektkübel und eine neue Flasche.

»Geben Sie her«, sagte ich und machte mich daran, die Flasche zu öffnen. In der zweiten war nur noch ein Rest.

Jules schob das Geschirr auf dem Tischchen zusammen, während er sagte: »Alles in bester Ordnung, Monsieur. Habe eben telefoniert mit Monsieur Seerose. Er ist völlig d'accord mit Amerikaner. Sie bekommen von ihnen ganzes Zusatzmaterial exklusiv – als Dank für Unterstützung ...«

Was ist da los? grübelte ich. Versuchte Largent doch zu bluffen?

Versuchten es die Amerikaner? Wollten die uns vielleicht wirklich verschaukeln und betrogen sogar den cleveren Seerose? Wir waren schon sehr weit vorgedrungen gewesen und hatten eine Menge gewußt, bevor sich die Amis so hilfsbereit zeigten. Zeigten sie sich so hilfsbereit, weil sie Angst hatten, daß wir sonst zuletzt noch alles stören und verderben konnten? Und hatten sie die Absicht, uns dann hinterher zu bescheißen? Largent behauptete es indirekt. Aber dann war Largent selber der größte Bescheißer von allen. Doch welchen Grund hätte er haben sollen, mich nach New York zu bringen? Die Provision. Die Provision, natürlich. Und doch ... Ich mußte das vertagen, ich kam da nicht weiter.
»Was ist mit den großen Nachrichtenagenturen?« fragte ich Jules.
»Kommt keine ran«, sagte Jules.
Aus dem Bad ertönte ein kleiner Schrei Irinas.
»Was ist das?« fragte Jules.
»Ein bißchen Geld von meinem Verleger. Ein paar zärtliche Worte von mir. Wie Sie mir geraten haben. Sie sehen, hier ist auch alles in bester Ordnung.«
Jules lachte.
»Bonne chance, Monsieur.« Er hatte ein Tablett mit neuen Sektschalen abgestellt. Nun fuhr er das Tischchen hinaus. Ich winkte ihm zu und sperrte hinter ihm ab. Danach füllte ich wieder zwei Gläser mit Champagner.
Aus dem Schlafzimmer kam Irina. Sie hielt einen weiteren Brief, ein weiteres Kuvert und noch mehr Geld in der Hand und machte einen erhitzten Eindruck. Sie sagte mit flammenden Augen: »Frech sind Sie!«
»Wollen Sie nicht laut vorlesen, was in diesem Brief steht?«
»Sie wissen genau, daß man das nicht laut vorlesen kann!«
Ich trat nahe zu ihr.
»Hat Ihnen das noch niemand gesagt?«
»So etwas ... und so ... nein, niemand!«
»Darf ich es sagen?« fragte ich und legte die Arme um sie.
Sie machte sich ungestüm frei.
»Loslassen! Ich muß unter Ihre Schreibmaschine schauen ... Da liegt die Fortsetzung ...«
»Aber vorher ...« sagte ich und reichte ihr ein Glas.
Sie sah mich mit diesen schwarzen, ruhelosen Augen an.
»Sie wollen mich betrunken machen, wie? Soll ich mich betrinken? Vollkommen betrinken?«

»Ach ja, bitte«, sagte ich und dachte an Bertie und an Largent und sein Angebot, und dann dachte ich, daß ich Irina haben wollte, sehr, gleich.
Sie hob das Glas.
»Also gut, ich betrinke mich. Sinnlos. Warum eigentlich nicht?« Irina leerte die halbe Schale und gab sie mir zurück. Sie lief zur Reiseschreibmaschine und fand auch unter ihr ein Kuvert, das sie aufriß. Wieder glitten Banknoten heraus.
»Aber das ist doch zuviel«, stammelte sie. »Schon wieder zweitausend ... Das sind doch zusammen schon viel mehr als fünftausend Mark ...« Sie las den Brief laut: »... so viel Geld, wie ich Dir schenken möchte, haben nicht einmal alle Banken von der Welt. Genauso, wie alle Männer von der Welt zusammen Dich nicht so süß ...« Sie brach ab. »O Gott, wenn das wer liest! Den Brief muß ich sofort zerreißen und verbrennen!« Aber sie zerriß und verbrannte ihn nicht, sondern las: »Fortsetzung unter dem Kissen Deines Bettes ...« Sie lachte mir zu, nun schon, wie es schien, sehr beschwipst, lief davon und verschwand wieder im Schlafzimmer. Ich nahm schnell den Telefonhörer ab und verlangte die Bar. Charlie meldete sich, und ich sagte ihm etwas.
»Ist gut, Herr Roland«, sagte der Mixer Charlie.
Ich legte den Hörer hin und ging ins Schlafzimmer. Zwei volle Champagnerschalen nahm ich mit. Im Schlafzimmer war auch ein Radio bei einem der Nachtkästchen eingebaut und eingeschaltet. Die Musik aus der Bar erklang, ›I'm always chasing rainbows‹, dieses alte Ding ...
Irina stand fassungslos vor dem Bett. Sie hatte Kuverts und Geldscheine und Briefe auf die Decke fallen lassen, die zurückgeschlagen war, und starrte mich an.
»Sie haben ja den Verstand verloren!«
»Natürlich«, sagte ich. »Und Sie sind schuld daran.«
»210 000 Mark Schulden – und dann so etwas ... Lieber Gott, in meinem ganzen Leben habe ich nicht so viel Geld gesehen! Warum machen Sie das alles?«
»Es steht in diesem Brief«, sagte ich. »Weil ... na?«
Sie las folgsam: »Weil ich Dich liebe ... So ein Unsinn!«
Ich reichte ihr ein Glas, und wir tranken beide. Dann nahm ich ihr das Glas weg, stellte es neben meines auf einen Tisch und umarmte Irina.
»Kein Unsinn«, sagte ich. »Die Wahrheit.« Und da ich es sagte,

war es die Wahrheit, wirklich. Ich hatte schon so viele Sauereien begangen in meinem Leben, aber dies war nun die Wahrheit. Natürlich waren wir auch beschwipst. Aber trotzdem blieb es die Wahrheit, ja.

»Wir kennen uns doch überhaupt nicht«, sagte Irina, in meinen Armen. Jetzt wehrte sie sich nicht mehr. »Wir wissen überhaupt nichts voneinander.«

»Ich weiß genug von dir«, sagte ich und preßte sie an mich. »Ich habe mich in dich verliebt, als du im Lager zur Tür hereinkamst ... In deine Augen habe ich mich verliebt und in dein schwarzes Haar, das eigentlich blauschwarz ist wie deine Augen ... und in deine Stimme ...«

Na also, und in diesem Moment setzte die Musik der Platte ein, um die ich Charlie gebeten hatte – der ›Reigen‹. Ich ließ Irina einen Moment los und fegte Geld und Papier vom Bett auf den Teppich, und dann umarmte ich sie wieder und versuchte, sie dazu zu bringen, sich hinzulegen.

»Nicht«, sagte sie, »nicht ... bitte nicht ...«

»Doch«, sagte ich. »Doch. Bitte, Liebling, bitte ja ...«

Ihre Knie gaben nach. Sie sank auf das Bett, und ich sank über sie und küßte ihre Lippen und ihre Stirn und ihren Hals und nestelte am Reißverschluß des Kleides.

»Wenn jemand kommt ...« stöhnte Irina.

»Abgesperrt«, sagte ich und löschte durch einen Schalter neben dem Bett das große Licht. Nun brannte nur noch eine Nachttischlampe, rot-seidenbeschirmt.

Wir sprachen nicht mehr. Sie wand sich unter meinen Armen hin und her, und ich zog ihr das Kleid aus, und dann zog ich ihren Büstenhalter fort und das weiße Höschen herab, und sie bewegte sich wie eine Schlange und stöhnte wieder leise, und ihre goldenen Schuhe fielen zu Boden, und sie lag nackt vor mir, nur mit schmalem Hüftgürtel und den Strümpfen, und sie war schön, so wunderschön.

Ich richtete mich auf und zog mich ganz schnell aus. Die Kleider warf ich auf den Boden. Dann legte ich mich wieder neben Irina und streichelte sie und küßte ihren ganzen Körper, überall, den Nacken, die Ohren, die Augen, die Brüste, den Bauch. Meine Lippen glitten tiefer. Sie stöhnte lauter und bewegte sich nun nicht mehr, und ihre Schenkel öffneten sich, als ich die Stelle erreichte, und ich preßte mein Gesicht dagegen und war so behutsam und zärtlich, wie ich nur sein konnte. Irinas Finger krallten sich in mein

Haar, ich fühlte, daß sie erregt wurde, mehr und mehr, und ich war selber maßlos erregt, so sehr wie noch nie. Aber ich küßte sie weiter und wartete, bis sie genug hatte und mich rief.

Sie tat es plötzlich, mit einem kleinen Schluchzen.

»Komm . . . komm zu mir . . . schnell . . . jetzt . . . jetzt . . . komm . . .«

Ich richtete mich auf und legte mich über sie. Und es schien mir, als würde die Musik des ›Reigen‹ lauter und lauter, als schwemme die liebliche Melodie alles hinweg: alle Unrast und Unsicherheit, Trauer, Spannung, Zweifel, Grübelei, Sorge, Müdigkeit, den Schakal.

Ja, auch den.

9

Der ›Reigen‹ war verklungen. Ich saß nackt auf dem Bettrand. Aus dem Lautsprecher des Radios ertönte jetzt ›Laura‹, die Thema-Musik.

Irina saß nackt auf dem Bett, die Beine an den Leib gezogen, das Haar verwirrt, über ihr Gesicht rannen Tränen. Sie war sehr unglücklich, und ich war sehr wütend. Ich suchte in der Jacke, die vor mir auf dem Teppich lag, Zigaretten und das Feuerzeug und fand beides, aber das Feuerzeug funktionierte nicht, und ich schleuderte die Zigarette, die ich schon im Mund gehabt hatte, mit einem halben Fluch weg und ließ das Feuerzeug fallen.

»Jetzt sind Sie wütend«, sagte Irina.

»Aber woher denn«, sagte ich und zog mich wieder an.

»Doch«, sagte Irina. »Und ich kann es auch verstehen. Gut kann ich es verstehen. Es ist alles meine Schuld . . .«

Ich trank einen Schluck Champagner und schüttelte mich. Das Zeug war lauwarm.

Ich schloß meine Hose, schlüpfte in die Slipper und zog die Jacke an. Die Krawatte hielt ich in der Hand. Ich ging zur Salontür.

»Wohin wollen Sie?«

»Whisky«, sagte ich. »Whisky trinken. Ich habe genug von diesem Champagner. Bleiben Sie gleich liegen. Ich nehme meine Decke und mein Kissen mit hinüber.«

»Walter!« Das klang ehrlich verzweifelt.

»Jaja«, sagte ich.
»Gehen Sie nicht ... nicht gleich ... Setzen Sie sich noch einmal zu mir ...«
»Wozu?«
»Bitte!«
Also setzte ich mich auf den Bettrand, sah sie an und fragte, nicht besonders freundlich: »Na und?«
»Es tut mir so leid«, sagte sie und weinte richtig, aber diesmal gab ich ihr kein Taschentuch.
»Braucht Ihnen nicht leid zu tun«, sagte ich. »Ich bin eben nicht Ihr Typ.«
»Nein!« rief sie. »Damit hat es gar nichts zu tun ... Ich finde Sie nett ... und so charmant ...«
»Ja«, sagte ich. »Ja, natürlich.«
»Wirklich! Und ich hatte auch wirklich die feste Absicht ... darum habe ich mich doch betrunken!«
»Aha.«
»Ich habe mir gesagt, ich tue es! Ich tue es! Und ich wollte es auch tun, wirklich, Walter ... aber dann ...«
»Mhm.«
»... habe ich mich so furchtbar geschämt, und es ging nicht ... es ging einfach nicht ...«
Das hielt ich nun doch nicht aus. Ich stand auf und lief hin und her. Ich sagte böse: »Feste Absicht. Was heißt, feste Absicht gehabt? Warum? Aus Dankbarkeit, ja?«
»Nein«, flüsterte sie, aber das überhörte ich.
»Und wenn aus Dankbarkeit, warum regen Sie sich und mich zuerst auf, daß es kaum noch weitergeht, und stoßen mich dann weg und betragen sich wie eine Irre?« Das hatte sie nämlich getan. So etwas war mir noch nie passiert.
»Es war nicht Dankbarkeit«, sagte Irina, die Knie gegen die Brüste gepreßt. »Es hatte überhaupt nichts zu tun mit Dankbarkeit.«
»Sondern womit?«
»Mit Jan.«
Das hatte mir eben noch gefehlt.
»Was?«
»Mit Jan, ja. Ich war ... ich war betrunken. Ich habe mich da in eine Wahnsinnsidee hineingeredet.«
»Was für eine Wahnsinnsidee?« Ich zerrte und zog an meiner Krawatte.

»Ich ... ich habe gedacht, wenn ich es tue, dann ... dann ... dann sagen Sie mir die ganze Wahrheit.«

»Wahrheit?«

»Über Jan!«

»Ach so«, sagte ich. »Angewandte Psychologie, ich verstehe. Psychologiestudentin, erstes Semester. Daran hätte ich denken müssen. Natürlich noch nicht sehr erfahren im ersten Semester, natürlich noch nicht ...«

»Bitte! Bitte, Walter! Sie lügen mich doch an! Alle lügen mich an! Sogar Bertie! Dieses Geflüster ... dieser französische Kellner ... dieser Mister Largent ... Wo ist Bertie jetzt? Warum sind Sie so nervös?«

»Nervös?« Ich bekam nicht einmal den Krawattenknoten richtig hin, so sehr zitterten meine Hände. Wenn ich nicht bald ein großes Glas ›Chivas‹ trank, war der Schakal da. »Bin in meinem Leben nie weniger nervös gewesen«, sagte ich und fummelte an der Krawatte.

»Ich habe so furchtbar Angst um Jan ... Walter! Walter, bitte sagen Sie mir, was mit ihm wirklich los ist! Wo er steckt! Was man mit ihm macht! Nehmen Sie das Geld wieder! Alles! Ich will nichts davon haben! Sie können trotzdem über mich schreiben! Aber sagen Sie mir die Wahrheit!«

Ich sagte überwältigt: »So sehr lieben Sie ihn immer noch?«

Sie erwiderte nichts. Unsere Blicke trafen sich. Einige Sekunden verstrichen. Dann läutete das Telefon auf dem Nachttisch an der Bettseite, die eigentlich ich benützen sollte. Ich ging hin und dachte dabei blödsinnig, daß auch der Apparat im Salon und der kleine, an der Wand des Badezimmers, nun läutete, und setzte mich auf das Bett und hob ab. Der Nachtportier Heintze meldete sich. Er sprach nur kurz. Mir drehte es fast den Magen um. Ich konnte kein Wort herausbringen.

»Ja«, sagte ich mühsam. »Ja, gut ... Wir lassen bitten ...« Ich legte den Hörer hin. Ich wandte Irina den Rücken. Ich sah auf meine Schuhe und verstand überhaupt nichts mehr und sagte: »Er ist da.«

»Wer?«

Ich bin soweit wie Fräulein Luise, dachte ich. Was für eine Falle ist das? Und Bertie hat den Colt. In meinem Kopf drehte sich alles.

»Wer?« hörte ich Irina fragen.

Ich wandte mich zu ihr um. »Bilka«, sagte ich.

»Jan?« schrie Irina auf. Ich konnte nur nicken. »Er ist hier im Hotel?«
»Hier im Hotel«, sagte ich und preßte beide Hände gegen den Schädel. »Wie kann Bilka hier sein? Das gibt es nicht. Das ist unmöglich. Und er ist doch da. Und kommt herauf ...«
Irina sprang aus dem Bett, schlüpfte in den Morgenmantel und die Pantoffeln, die ich ihr gekauft hatte, fuhr sich durch das Haar und rannte so schnell sie konnte zu der Salontür, die sie aufriß. Ich hatte mich erhoben und war ihr gefolgt.
In der geöffneten Tür blieb Irina jäh stehen. Sie schrie: »Walter!«
Ich hatte ihn schon gesehen. Er saß in einem tiefen Lehnstuhl, ein Bein über das andere geschlagen, ein Mann von etwa fünfzig Jahren, mit edel geformtem Schädel, glänzendem Silberhaar und bleichem Gesicht. Er trug einen hervorragend geschneiderten Smoking und jene eleganten Smokingschuhe, die ich schon einmal bewundert hatte – vor der Tür des Nebenappartements.

10

Irinas Worte kamen fast unhörbar: »Wer ... sind ... Sie?«
»Nennen Sie mich Monerow«, sagte der Russe, der ohne Akzent deutsch sprach. »Jossif Monerow. Ein falscher Name ist so unwichtig wie der andere.«
»Und ob man Neurochirurg ist oder nicht, auch«, sagte ich.
Er lächelte.
»Richtig, Herr Roland.« Er bemerkte meinen Blick und erklärte ungefragt: »Ich kam durch das Fenster. Es ist angelehnt. Die Balkone draußen laufen um die ganze Front. Und wir sind Nachbarn, nicht wahr?«
»Was wollen Sie hier?« fragte ich und mußte an Fräulein Luise denken. Wo die wohl war? Ob die wohl wirklich ahnte ... wußte ... gewußt hatte, was geschehen würde heute nacht?
»Ich warte auf Herrn Bilka«, sagte Monerow. »Schon ziemlich lange übrigens. Aber jetzt kommt er ja wohl.«
»Woher wissen Sie das?« Irina schwankte und hielt sich an mir fest.
»Nun«, sagte Monerow freundlich, »Ihre Aufregung. Wie Sie hereingestürzt kamen. Das Telefon vorher. Ich nehme an, Herr

Bilka hat sich anmelden lassen. Wir sind hier verabredet, wissen Sie?«
»Sie sind *was*?« stammelte Irina.
»Verabredet«, sagte Monerow. Ich hatte inzwischen zwei Schritte in Richtung zum Telefon gemacht. Monerow – oder wie immer der Mann hieß – hielt plötzlich eine Pistole in der Hand. Keine sehr große. Sie glänzte im Licht des Lüsters. Er winkte mit ihr.
»Weg vom Telefon, Herr Roland. Zur Tür. Wenn es klopft, öffnen Sie und lassen Herrn Bilka herein. Wenn Sie sonst noch was tun, drücke ich ab. Es tut mir leid, daß ich mich so benehmen muß, aber Sie haben uns schon sehr viele Unannehmlichkeiten bereitet.« Er bewegte wieder die Waffe.
Ich bin kein Held und will keiner sein. Ich trat zur Tür. Monerow erhob sich und stellte sich so neben mich, daß jemand, der hereinkam, ihn nicht gleich sehen konnte, solange er durch den kurzen Vorraum ging. »Und Sie sperren nicht wieder ab«, sagte Monerow.
Ich nickte.
Danach sagte keiner von uns etwas. Aus dem Radio erklang ›Night and Day‹. Es verstrichen vielleicht zwanzig Sekunden. Mir kamen sie wie zwanzig Stunden vor. Dann klopfte es an der Gangtür. Ich trat in den Vorraum. Monerow zielte jetzt auf meinen Rücken.
»Wer ist da?« fragte ich.
»Bilka«, sagte eine Stimme.
Ich sperrte auf.
Ein Mann von mindestens vierzig Jahren kam herein. Er sah bleich und sehr verzweifelt aus, trug einen durchweichten Regenmantel und war betrunken. Gehetzt blickte er mich an.
»Kommen Sie weiter«, sagte ich. Nun begriff ich absolut nichts mehr. Der Mann, der sich als Bilka angemeldet hatte, trat in den Salon. Hier blieb er stehen. Von seinem Mantel tropfte Regenwasser. Er trug keinen Hut. Sein Haar war schütter. Er erblickte den Russen und verneigte sich demütig. Dabei fiel er fast um. Sehr betrunken.
Irina schrie hysterisch: »Sie sind nicht Jan Bilka! Ich habe Sie noch nie gesehen! Noch nie im Leben!«
Der Russe winkte sie mit der Pistole zur Ruhe. Er wandte sich an den Betrunkenen.
»Sagen Sie, wie Sie heißen!«

»Bilka«, erklärte der Mann unglücklich. Regentropfen rannen über sein Gesicht.
»Das ist nicht wahr!« schrie Irina.
»Vaclav Bilka«, sagte der Mann. »Ich bin der Bruder. Bruder von Jan.«
Irina trat zu mir, sie ergriff hilflos meinen Arm.
»Bruder? Jan hat nie etwas von einem Bruder erzählt ...«
»Jan hat eine Menge Dinge nicht erzählt«, sagte ich. Und zu dem Betrunkenen: »Wo kommen Sie her?«
»Aus München.«
»Was?«
»Aus München, ja. Lebe schon seit zwanzig Jahren dort. Frau tot. Ganz allein. Habe ein Rahmengeschäft. Ging einmal sehr gut. Jetzt geht es elend.« Er dachte angestrengt nach, dann sagte er: »Dabei habe ich besonders schöne Rahmen. Immer gehabt. Aber vielleicht will die niemand mehr. Ich mache sie selber.«
»Wo ist Jan?« rief Irina. »Was wissen Sie von ihm? Sagen Sie es mir! Bitte!«
»Einen Moment«, sagte Monerow energisch. Er sah Bilka an. »Warum kommen Sie so spät?«
»Mein Zug ist mit Verspätung eingetroffen.«
»Ihr Zug ist vor einer Stunde eingetroffen«, sagte Monerow scharf. »Sie stinken nach Schnaps.«
Der Bilka-Bruder schlug mit einer Faust in die Luft.
»Jawohl, ich habe getrunken!« rief er. »Ich hasse Sie!«
»Das«, sagte Monerow, »bricht mir das Herz.«
»Herr Bilka«, sagte ich, »warum kommen Sie hierher?«
Er sah mich mit schwimmenden Augen an.
»Heute ganz zeitig früh«, sagte er dann, ziemlich mühsam, »sind zwei Männer bei mir erschienen. In meiner Münchner Wohnung. Männer von dem da.« Er wies auf Monerow. »Die haben es mir befohlen.«
»Befohlen, herzukommen?«
Vaclav nickte.
»Wie kann man Ihnen so etwas befehlen?« fragte ich.
Bilka wollte antworten, schwankte, erblickte die ›Chivas‹-Flasche.
»Was ist das? Egal.« Er redete jetzt schnell. »Geben Sie mir was.«
Ich goß ein Glas halb voll und reichte es Bilka. Er trank es auf einen Schluck leer. Danach ließ er sich keuchend in einen Sessel fallen. Wir sahen ihn alle an.

»Ja, wie kann man mir sowas befehlen?« fragte er. Langsam wurde er ruhiger. »Sehen Sie, ich liebe meinen Bruder. Einziger lebender Verwandter. Auch meine Frau hat ihn geliebt. Jan hat uns besucht in Wien. Oder wir ihn in Prag. Er hat meine Frau verführt, der verfluchte Hund. Aber was soll ich machen, ich liebe ihn. Er ist ein dreckiges Schwein.«
»Sagen Sie nicht dreckiges Schwein!« rief Irina.
Bilka sah betrunken zu ihr auf.
»Na, war das vielleicht nicht schweinisch, was Jan gemacht hat?«
»Er ist geflüchtet, weil er flüchten mußte!« rief Irina. »Wenigstens Sie als Bruder sollten das verstehen! Aber niemand versteht das hier in diesem vollgefressenen Westen!«
»Geflüchtet«, sagte der Bruder und lachte böse. »Geflüchtet. Jahrelang hat er sich vom Staat drüben erziehen lassen, ausbilden, fördern, bezahlen, in eine geheime Dienststelle bringen ...« Bilka rülpste laut. »... dann fotografiert er die Pläne der Warschauer-Pakt-Staaten für einen Kriegsfall und haut ab in den Westen und verkauft die Pläne den Amis.«
»Das ist nicht wahr!« rief Irina. Sie sah mich an: »Oder ja? *Ist* es wahr?«
Ich nickte. Nun war es also heraus. Na schön. Ich versuchte bereits die ganze Zeit, in die Nähe des Recorders zu kommen, um ihn einzuschalten. Jetzt streckte ich eine Hand aus.
»Weg dort«, sagte Monerow. »Das Ding wird nicht eingeschaltet. Hören Sie gut zu, junges Fräulein. Nun erfahren Sie alles über Ihren Verlobten.«
»Ja«, sagte ich bitter, »nun erfahren Sie alles. Wir hätten uns das ersparen können ...« Ich sah kurz zum Schlafzimmer.
Der Betrunkene blickte Irina an und fragte: »Ihre Meinung, meine Dame, bitte: Ist mein Bruder also nicht ein Schwein?«
Irina schwieg. Ihre Unterlippe zitterte. Die kleinen Hände hatten sich zu Fäusten geballt.
»Diese beiden Männer heute früh in München, sie haben mir alles erzählt. Beweise gezeigt. Nicht zu bezweifeln. Die Männer sagten: Fahr nach Hamburg, Hotel ›Metropol‹, rede mit Herrn Roland. Dann werden wir deinen Bruder nur zwanzig, dreißig Jahre einsperren. Einsperren. Aber nicht töten, wie er es verdient.«
Ich öffnete den Mund und schloß ihn wieder.
»Sie wollten sagen: Erst einmal müssen wir Jan Bilka haben«, sagte Monerow. »Richtig, Herr Roland?«

Ich schwieg.
»Sie schweigen.« Ich sah kurz auf meine Uhr. »Sie sehen auf Ihre Uhr. Halb zwölf. Sie denken: Bilka ist längst gelandet in Helsinki. In einer halben Stunde fliegt er weiter nach New York. Amerikaner beschützen ihn und seine zweite Verlobte. Entschuldigen Sie, Fräulein Indigo.«
»Was heißt Helsinki? Was heißt New York? Sagen Sie mir jetzt endlich, was das alles bedeutet! Bitte!« flehte Irina.
Monerow nickte ihr freundlich zu.
»Gleich.« Er sagte zu mir: »Woher weiß ich das, denken Sie, wie?«
»Ja«, sagte ich.
Er sah zu dem Kästchen, in welches das Radio eingebaut war. Ich rannte hin. Mit einem Brieföffner riß ich den Bastrahmen vor dem Gerät herab. Ich sah das Innere des Radios, das immer weiter Musik sendete. Dann sah ich noch etwas.
»Ein Mikro«, sagte ich idiotisch. »Sie wissen also alles.«
»Alles, Herr Roland.« Monerow nickte ernst. »Ich war natürlich nicht immer im Appartement nebenan. Hatte sehr viel zu tun in der Stadt, wie Sie sich denken können. Wir dürfen doch nicht einfach zulassen, daß Herr Jan Bilka unsere wichtigsten Verteidigungspläne stiehlt und die Amerikaner sie bekommen, nicht wahr? Ich meine: Das ist doch begreiflich. Aber wenn ich nicht da war, war jemand anderer da, der zuhörte, was hier gesprochen wurde. Und es auf Band aufnahm. Immer war jemand da. Wir sind keine Idioten, Herr Roland. Und auch keine Schufte. Wie Herr Jan Bilka. Wir können die Amerikaner gut verstehen. Sie würden uns auch gut verstehen in der umgekehrten Situation. Ich denke, sogar Sie verstehen uns gut, nicht wahr, Herr Roland?«
»Ja«, sagte ich heiser.
»Das ist schön«, sagte Monerow.
»O Gott«, sagte Irina. Sie sank in einen Sessel. Ihr Schlafrock fiel über den Schenkeln auf. Sie bemerkte es nicht. Sie weinte still vor sich hin. Ich hatte jetzt keine Zeit, mich um sie zu kümmern.
»Wer hat dieses Mikro einge ...« Ich unterbrach mich: »Der junge Hauselektriker!«
»Der junge Hauselektriker, ja, Herr Roland. Das Mikro war kaputt. Zum Glück war auch das Radio kaputt. Sie selber riefen den jungen Elektriker. Es ist ein Witz. Einen Moment glaubten wir nebenan schon, alles wäre verloren. Aber dann brachte Felmar das Mikro wieder in Ordnung.«

»Felmar?« sagte ich. Der Schakal. Auf einmal war er da. Ich griff nach der ›Chivas‹-Flasche und trank aus ihr, viel und lange.
»Schock?« fragte Monerow.
»Herr Roland, ich soll ...« begann der zusammengesunkene Vaclav Bilka, sich aufrichtend, aber Monerow herrschte ihn an: »Ruhig jetzt! Später.«
Bilka senkte demütig den Kopf.
»Wer ist Felmar?« rief Irina.
»Fragen Sie Herrn Roland«, sagte Monerow. »Ich glaube, er hat schon kapiert.«
Ja, das hatte ich.
»Felmar«, sagte ich und bemerkte, daß meine Stimme überhaupt keinen Klang hatte. »Ludwig Felmar. Hauptkriegsverbrecher. Verantwortlich für die Ausrottung der Bevölkerung ganzer Städte in Rußland. Hielt sich in Brasilien versteckt. Wurde jetzt aufgespürt. Das ist doch der richtige Felmar, oder?«
»Das ist der Vater Felmar«, sagte Monerow. »Weiter. Erzählen Sie weiter, Herr Roland. Was Sie noch wissen.«
»Dieser Felmar soll ausgeliefert werden. Die Bundesregierung verlangt es. Brasilien liefert aus. Wenn genügend Belastungsmaterial vorhanden ist. Im Moment kann die Bundesregierung den Brasilianern noch nicht genügend Belastungsmaterial gegen Felmar vorlegen. Also bleibt er drüben. Ich wußte, daß er einen Sohn hat. Jürgen heißt der. Die Frau ist tot. Selbstmord. Vor vielen Jahren.«
»Jürgen wuchs in Heimen auf«, sagte Monerow. »Ein guter Junge.« Das sagte er herzlich, ohne jeden Zynismus. »Hatte es schwer. Denn er liebt seinen Vater so sehr, wie Herr Vaclav Bilka seinen Bruder Jan liebt. Es ist etwas Furchtbares mit der Liebe. Dostojewski schreibt ...«
»Und Sie haben gewußt, daß Jürgen Felmar hier im ›Metropol‹ arbeitet?« unterbrach ich.
»Ja. Ein glücklicher Zufall. Wäre auch noch auf anderem Weg gegangen. Aber so war es natürlich besonders günstig. Sehen Sie, das Belastungsmaterial, das der Bundesregierung noch fehlt, damit Brasilien Papa Felmar ausliefert, das besitzen wir in Moskau. Man hat uns schon dringend darum gebeten. Wir haben es nicht hergegeben. Man bittet uns oft, und wir geben nichts. Man kann nie wissen, nicht wahr? Nun, wir haben Jürgen gesagt, daß wir alles Material behalten und nichts hergeben werden, wenn er uns hilft. Wenn er uns nicht hilft, ist es aus mit seinem Vater ...«

»Der Hauselektriker«, sagte ich benommen. »Herr Vaclav Bilka. Können Sie denn alle Menschen erpressen?«
Monerow lächelte traurig.
»So, wie die Menschen handeln und fühlen, kann man immer die meisten von ihnen erpressen, Herr Roland.«
Der betrunkene Rahmenmacher aus München fuhr plötzlich auf und stürzte sich auf mich. Er hielt meine beiden Arme gepackt, und ich roch seinen schlechten Atem.
»Schreiben Sie nicht über diese Geschichte!« schrie er. »Das soll ich Ihnen sagen! Das muß ich erreichen! Wenn Sie Ihre Geschichte schreiben, ist mein Bruder ein toter Mann! Wenn Sie diese Geschichte nicht schreiben ...«
»Und uns alle Tonbänder übergeben«, sagte Monerow.
»... wird Jan nur eingesperrt. Aber er bleibt leben! Er bleibt leben!«
Ich stieß Bilka von mir, denn ich hielt seinen Atem nicht aus.
Er fiel wieder in den Sessel.
Ich sagte: »Sie sind schon der zweite, der unbedingt will, daß ich meine Geschichte nicht schreibe. Sie wissen das natürlich, Professor Monerow.«
»Natürlich«, sagte der Russe, immer freundlich, immer freundlich. »Ich habe gehört, was Mister Largent Ihnen erzählte. Und was er Ihnen bot. Sie glauben doch nicht im Ernst – Herr Roland, Sie sind ein intelligenter Mensch! –, daß Largent nur im Namen dieser New Yorker Illustrierten sprach. Bei dem, worum es geht ... Ich bitte Sie!«
Was die Amerikaner wirklich wollen, das weißt du so wenig wie ich, dachte ich.
Monerow sagte zu Irina und Bilka, die ihn anstarrten: »Alles liegt bei Herrn Roland. Die Amerikaner bieten ihm eine unerhörte Position, wenn er nicht schreibt. Wir bieten nichts. Wir versprechen nur, Jan Bilka nicht zu töten. Bei uns läuft es also auf eine menschliche Entscheidung hinaus.« Ich lachte. »Lachen Sie nicht, Herr Roland. Lachen ist sehr dumm in diesem Moment. Amüsierte Sie der Ausdruck ›menschlich‹?«
»Ja«, sagte ich. »Sehr.«
»Das zeigt, wie wenig Sie es noch sind«, sagte der Russe.
»Um Gottes willen!« Bilka sprang wieder auf. Ich hielt ihn mir vom Leib, denn er wollte mich neuerlich an den Armen packen. »Ich flehe Sie an, ich bitte Sie, ich knie vor Ihnen ...« Er fiel tat-

sächlich auf dem Teppich in die Knie und rang die Hände. »... Schreiben Sie nicht! Sonst haben Sie ein Menschenleben auf dem Gewissen! Herr Roland ... Herr Roland ...« Jetzt umklammerte er meine Knie. Ich bückte mich und riß seine Hände weg, und er kippte hintenüber und blieb betrunken auf dem Teppich liegen. Aus seinem Mund floß Speichel. Im Radio, dessen Bastvorderteil herabhing, erklang ›Blue skies‹.

»Herr Roland, ich flehe Sie an, denken Sie an meinen armen Bruder!« stöhnte Vaclav Bilka.

»Warum liegt allen so viel daran, daß nichts über diese Geschichte geschrieben wird?« fragte Irina verstört.

»Nun«, sagte Monerow, »es gibt Dinge, die beunruhigen die Menschen, nicht wahr? Das ist nicht gut. Schlecht für den Frieden. Diese Geschichte, wenn sie den Menschen bekannt wird, die noch nichts von ihr wissen ...« Er unterbrach, denn das Telefon läutete.

Ich starrte es an und rührte mich nicht.

Das Telefon läutete wieder.

»Heben Sie schon ab«, sagte Monerow.

Wie eine Marionette, wie ein Roboter, so ging ich zu dem Apparat und hob den Hörer. Klar, als stünde er neben mir, erklang Berties Stimme: »Walter, bist du das?«

»Ja«, sagte ich. »Wieso rufst du hier an? Du sollst doch nicht ... Wo bist du?«

»Helsinki.« Er war außer Atem.

»Na und?«

»So warte doch! Ich rufe ja an, um es dir zu erzählen. Hör zu ...«

Ich hörte zu. Nach seinem ersten Satz hatte ich das Gefühl, von Cassius Clay einen linken Schwinger in die Magengrube bekommen zu haben. Ich konnte nicht mehr stehen, ich knickte richtig in der Körpermitte ein und sank auf die Chaiselongue. Der Hörer entglitt mir und fiel auf den Teppich. Ich hörte Berties Stimme quaken. Langsam und mühevoll hob ich den Hörer wieder auf und ans Ohr.

»Was war das? Was ist passiert? Bist du noch da, Walter?«

»Ja«, sagte ich. »Ich bin noch da. Erzähl weiter, Bertie.«

Er erzählte weiter.

11

Weiß lag die Stadt am Meer.
Bertie konnte in der hellen Nacht, als die Maschine Helsinki überflog und zur Landung tiefer und tiefer ging, mit dem Fernglas sogar einzelne breite Straßenzüge und große Gebäude erkennen. Er kannte Helsinki gut. Er sah den Zoo auf der Insel Korkeasaari/Högholmen, sah den Senatsplatz, den Zentralbahnhof neben dem schnurgeraden Mannerheimvägen, immer wieder Wasserflächen mitten in der Stadt, das Nationalmuseum und das Nationaltheater. All das war im Licht des Mondes aus der geringen Höhe, die das Flugzeug nun im Landeanflug erreichte, deutlich zu erkennen.
Die PANAM-Maschine hatte die Verspätung eingeholt und landete pünktlich um 22 Uhr 30. Bertie saß in der Ersten Klasse, und fünf Sitzreihen vor ihm saßen Jan Bilka, seine blonde Freundin und Michelsen. Neben ihnen und in den Reihen vor und hinter ihnen saßen sieben Männer. Diese sieben Männer hatten Bilka und Freundin in Hamburg zum Flughafen gebracht. Die Leibwächter waren groß und sehr kräftig. Sie gingen in Fuhlsbüttel dicht neben Bilka und seiner Freundin, sie bildeten einen richtigen Kreis um sie. Manche hatten die rechte Hand in den Jackenausschnitt gesteckt. Bertie dachte, daß sie gewiß alle Schulterhalfter mit Pistolen trugen und sofort bereit waren, zu schießen, wenn es den geringsten Zwischenfall gab.
Es gab nicht den geringsten Zwischenfall, weder in Fuhlsbüttel noch während des Fluges. Die Männer sprachen nicht mit Bilka und seiner Freundin oder mit Michelsen, und auch die drei waren recht schweigsam. Das Abendessen lehnten alle ab. Die Bewacher sahen sich immer wieder in der Maschine um, einer nach dem anderen stand auf und ging langsam durch das ganze Flugzeug, auch in die Touristenklasse. Die Maschine war zu drei Vierteln belegt. Ehepaare. Junge Leute. Verschiedene Nationen. Niemand darunter, den Bertie kannte ...
Das Flugzeug setzte nun auf, rollte aus und kam genau vor dem Flughafengebäude zum Stehen. Gangways wurden herangerollt, beide Ausstiegstüren geöffnet. Die Passagiere verließen die Maschine. Bertie sah, daß Bilka, das Mädchen, Michelsen und die sieben Männer sitzen blieben. Er begriff: Sie wollten als letzte das Flugzeug verlassen. Bertie ging zum Ausgang der Ersten Klasse und über die Gangway hinunter. Hier draußen wehte starker, kal-

ter Nordwind. Neben der Maschine stand ein sehr großer schwarzer Wagen. Zwei Männer saßen darin, der eine am Steuer, der andere neben ihm.
Was ich jetzt niederschreibe, erzählte mir Bertie in jener Nacht am Telefon, natürlich nicht so ausführlich, das kam später, und was er erzählte, hatte er nicht alles miterlebt, sondern zum Teil von Dritten erfahren. So wußte er zum Beispiel, als er mich anrief, daß die große Limousine gepanzert war und Fenster aus Panzerglas besaß. Außerdem hatte sie Trittbretter – wie die Wagen von Staatsoberhäuptern sie für die Sicherheitsbeamten besitzen.
Bertie ging langsam auf das Flughafengebäude zu, wobei er sich dauernd umsah. Aber noch immer kamen Bilka und Begleitung nicht aus der Maschine. Es standen einige Flugzeuge auf dem Vorplatz des Gebäudes und vor den Hangars und entfernt, am Anfang der Taxi-Ways, die zu den Startpisten führten. Bertie sah einen riesigen Transporter, der gerade entladen worden war. Schwere Landwirtschaftsmaschinen standen um ihn herum. Sie hatten in seinem Bauch Platz gefunden und waren aus dem Leib der Maschine über eine breite Metallrampe gerollt worden. Bertie sah, daß es sich um eine Transportmaschine der staatlichen polnischen Luftfahrtgesellschaft handelte. Eine jugoslawische Boeing rollte gerade zu einer Startbahn hinaus.
Bertie drehte sich wieder um und sah, wie Bilka, seine Freundin und Michelsen nun im Ausgang der Maschine erschienen, um die Gangway herabzusteigen. Vor und hinter ihnen gingen die sieben Männer. Sie hielten nun alle die rechte Hand in ihren Jackenausschnitten und blickten sich andauernd um. Nichts ereignete sich.
Bertie, der diesen Flughafen kannte, wußte, daß sich die Ausfahrt für Autos mit einer Genehmigung, bis an die Maschinen heranzufahren, neben den Lagern der Frachtabteilungen befand. Er rannte humpelnd in das Flughafengebäude hinein, drängte sich rücksichtslos vor, zeigte seinen Paß, ließ seinen Kleidersack zurück – den konnte er später immer noch suchen und holen – und lief auf den Platz vor dem Flughafen hinaus, wo er ein Taxi heranwinkte. Ein Wagen kam. Bertie setzte sich neben den Chauffeur.
»Sprechen Sie deutsch?«
»Ja«, sagte der Chauffeur, ein Hüne von Mann mit blondem Haar und sehr heller Gesichtshaut. Er trug eine Lederjacke. Bertie steckte ihm zwei Hundertmarkscheine zu.
»Was soll das?«

»Fahren Sie rüber zur Frachtabteilung, dem Gittertor dort. Da wird gleich ein sehr großer schwarzer Wagen herauskommen. Den will ich verfolgen. Sie müssen es aber vorsichtig machen. Ganz unauffällig.«

»Polizei?« fragte der Chauffeur.

»Presse«, sagte Bertie und zeigte seinen Ausweis.

»Ich stelle sonst nie Fragen«, sagte der Chauffeur. »Wenn ich ordentlich dafür bezahlt werde, tue ich alles, was man von mir verlangt. Sofern es nicht ungesetzlich ist.«

»Völlig gesetzlich«, sagte Bertie und gratulierte sich zu diesem Chauffeur. Ich möchte mal wissen, was für den ungesetzlich ist und was er ablehnt, dachte Bertie.

Der Chauffeur war ein großartiger Fahrer. Er parkte so neben dem Gitter zum Flugfeld, daß er hinter einem Lastwagen versteckt stand, und löschte die Lichter. Gleich darauf hörte Bertie, wie das große Tor zum Frachthof auf Rollen zurücklief und sich öffnete. Der Lärm der Rollen übertönte den Sturm. Der gepanzerte Wagen kam heraus. Auf seinen Trittbrettern standen fünf Mann. Zwei hatten sich mit Bilka und seiner Freundin und Michelsen zu den beiden anderen Männern in die Limousine gesetzt. Die Limousine hielt.

Aus einem offenen Lagerschuppen glitten zwei kleinere dunkle Wagen. Die Männer von den Trittbrettern sprangen hinein, drei in den ersten, zwei in den zweiten. Danach setzte sich die Kolonne in Bewegung, die Panzerlimousine fuhr nun in der Mitte zwischen den beiden anderen Wagen.

»Warten Sie noch einen Moment«, sagte Bertie zu seinem Chauffeur.

»Natürlich. Halten Sie mich für einen Idioten?« fragte der.

Bertie schoß die Wagenkolonne, die um das Rondell vor dem Flughafengebäude kreiste und danach in die Straße einbog, die zur Stadt führte.

»Los jetzt«, sagte Bertie. Eine Reihe anderer Taxis und Privatwagen, die vor dem Gebäude geparkt hatten, fuhren nun auch, es gab ziemlich viel Verkehr. Der Taxifahrer war ein Genie. Er holte den kleinen Konvoi, der auf der Chaussee zur Stadt die Geschwindigkeit mächtig erhöhte, sehr schnell wieder ein, sorgte aber dafür, daß immer ein oder zwei andere Wagen zwischen ihm und dem Taxi blieben. Er stellte wirklich nicht eine einzige Frage.

Die Fahrt ging an Wasserflächen, in denen sich der Mond spiegelte,

und an kleinen Wäldern vorbei. Es war die Chaussee zum Stadtzentrum. Bertie kannte sie. Doch der Konvoi wollte offenbar nicht zum Zentrum. Er bog von der Einfallstraße plötzlich scharf rechts in die Eläintarhantie ein. Rechts lag Wald, links ein See. Die Nacht war so hell, daß der Chauffeur die Scheinwerfer ausschaltete.
»Bißchen einsam hier«, sagte er. »Bemerken uns am Ende sonst noch.«
»Hm«, machte Bertie und schob dem Taxifahrer noch einen Hundertmarkschein zu. Sie erreichten die große Mannerheimintie-Straße und überquerten sie. Bertie sah rechts, in der Entfernung, angestrahlt, die Statue des berühmten finnischen Läufers Paovo Nurmi und dahinter die Tennisplätze des Olympiastadions, das 1952 erbaut worden war. Er sah auch Schwimmbecken, sah das Riesenrund des Stadions und dahinter den Anfang endloser Birkenwälder, die es überall gab in diesem Land der sechzigtausend Seen.
Sie fuhren jetzt die Runeberginkatu entlang. Zu Berties Überraschung bog die Kolonne vor ihnen jäh in eine Straße ein, die zum Hietaranta-Strand führte, der sich bis zum Meer hinab erstreckte. Hier hatten sehr reiche Leute Bungalows oder auch Häuser, die weit voneinander entfernt lagen.
»Bleiben Sie stehen«, sagte Bertie zu seinem Fahrer. »Das wird mir zu einsam. Warten Sie. Ich muß allein weitergehen.«
»In Ordnung«, sagte der Chauffeur, der die ganze Zeit über Kaugummi kaute und die Ruhe selber war. Er tat so, als bekomme er solche Aufträge jeden Tag.
Bertie stieg aus. Der Nordwind fauchte ihm entgegen, als er die Eteläinen Hesperiankatu, die Straße, die zum Strand hinablief, entlanghumpelte. Er sah die drei Autos des Konvois über schmale Wege zwischen den Dünen auf die Reihe der Luxus-Bungalows zurollen und warf sich hinter einem großen, windgepeitschten Gebüsch auf den Boden. Er nahm wieder das Fernglas.
Der Konvoi hielt vor einem Bungalow aus dunklem Holz, der in einem eingezäunten Grundstück lag. Danach geschah eine Weile gar nichts. Bertie wurde ein wenig unruhig und sah sich um. Nichts außer den drei Autos war zu erblicken. Südlich des Strandes lag der große Soldatenfriedhof. Bertie sah unzählige weiße Kreuze und das Grab des Feldmarschalls Mannerheim durch das Fernglas. Er stützte sich auf den anderen Arm und blickte wieder zu den drei Autos hinüber. Hier war inzwischen etwas geschehen.

Alle Insassen, mit Ausnahme des Mädchens und Michelsens, hatten die Wagen verlassen. Die Männer, die Bilka bewachten, umstanden ihn. Bertie sah, daß sie Maschinenpistolen in den Händen hielten, auch jene beiden, die am Flughafen in der Panzerlimousine gewartet hatten. Sie nahmen Bilka nun zwischen sich. Das sind in Helsinki stationierte amerikanische Kollegen der Männer aus Hamburg, dachte Bertie. Sie kennen sich hier am besten aus ...

Über dem Eingang des Bungalows flammte eine Lampe auf. Das Gartentor der Einzäunung öffnete sich automatisch. Bilka, die beiden aus der Limousine und noch zwei Männer, die aus Hamburg mitgeflogen waren, gingen über den Sand und die Steine des Grundstücks hinweg auf den Bungalow zu. Die anderen Männer standen reglos im Mondlicht. Sie sahen nach allen Seiten, wandten einander die Rücken und hielten die Maschinenpistolen im Anschlag.

Bertie schoß ein paar Aufnahmen mit der Hasselblad, aber er glaubte selber nicht, daß er trotz größter Blende und bestem Film brauchbare Bilder bekommen würde.

Die Tür des Bungalows öffnete sich. In ihrem Rahmen stand ein Mann, der Cordsamthosen und einen quergestreiften blau-weißen Pullover trug. Der Mann hatte Haare wie ein Hippie, das fiel Bertie auf. Die ganze Gesellschaft verschwand in dem Bungalow, die Tür schloß sich. Nun war, weil der Wind sich plötzlich drehte, auf einmal laut das Rauschen der Brandung zu vernehmen.

Bertie wartete etwa fünf Minuten.

Was während dieser fünf Minuten in dem Bungalow vor sich ging, wußte er natürlich nicht. Er erfuhr es aber unmittelbar, bevor er mich anrief, und so kann ich es hier aufschreiben.

Der Mann im Pullover mit den überlangen Haaren begrüßte Bilka. Das also war sein Freund in Helsinki. Ein Maler. Durch einen Wohnraum, in dem ein Kaminfeuer brannte, führte der Maler seine Besucher in ein sehr großes Atelier. Er kniete nieder und zog die unterste Lade einer Kommode auf, in der Drucke, Lithographien und Aquarelle lagen. Der Anblick war grotesk – Staffeleien überall, fertige und halbfertige Bilder, die an den Wänden lehnten, Paletten, Farbtuben, Pinsel, Terpentinflaschen und aufgespannte Leinwandstücke, eine gewaltige Unordnung und inmitten dieser Unordnung vier schweigende Männer mit Maschinenpistolen, ein bleicher Bilka, ein nervöser Maler, der in der Kommode kramte. Nun hatte er gefunden, was er versteckt hatte – zwei Aluminiumhülsen der Art, in der man Mikrofilme verwahrt. Die Hülsen waren etwa so lang wie ein kleiner Finger und hatten einen Durchmesser von drei Zentimetern.

Der Maler gab die Hülsen Bilka. Der gab sie einem der Männer aus der Panzerlimousine. Dieser trat mit den anderen unter eine starke Lampe, die von der Decke herabhing, öffnete die Hülsen, entnahm ihnen nacheinander Teile einer Filmrolle und hielt sie gegen das Licht. Er hatte eine Lupe hervorgeholt. Die Amerikaner prüften die Filme. Was sie sahen, schien sie zu befriedigen. Der Fahrer des gepanzerten Wagens, der die Operation offenbar leitete, setzte sich für einen Augenblick und schob die Mikrofilme vorsichtig wieder in die Hülsen zurück. Danach gab er sie einem der anderen Amerikaner. Bilka schüttelte dem Maler die Hand. Der Maler begleitete seine Besucher wieder zur Tür. Es waren keine zwanzig Worte gesprochen worden ...

Bertie, hinter dem wild schlagenden Gebüsch liegend, sah, wie sich die Bungalowtür öffnete und ein Mann mit Maschinenpistole ins Freie trat. Ein zweiter folgte. Der dritte. Der vierte. Dann kam Bilka. Die Männer umringten ihn und gingen durch den Garten wieder zu ihren Autos.

Bertie sprang auf und rannte, so schnell er konnte, den Weg, den er gekommen war, wieder zu dem parkenden Taxi zurück. Er sprang auf den Sitz neben dem Chauffeur.

»Die werden jetzt gleich auftauchen«, sagte Bertie.

Der Taxifahrer nickte bloß, startete, stieß zurück in eine dunkle Toreinfahrt und wartete hier. Tatsächlich glitten, in sehr schnellem Tempo, wenig später die drei Wagen des Konvois an ihnen vorbei. Der Chauffeur wartete noch einen Moment, dann nahm er die Verfolgung auf – ohne Licht.

Sie fuhren denselben Weg zum Flughafen zurück, den sie gekommen waren. Bald begegneten ihnen wieder andere Autos, und sie gerieten in einen noch sehr regen Verkehr. Der Fahrer schaltete die Beleuchtung ein. Als sie das Rondell des Flughafens erreichten, schaltete er sie wieder aus. Die drei Wagen vor ihnen fuhren auf das hohe Gittertor des Frachthofes zu. Das Tor rollte laut quietschend zur Seite wie schon einmal, die drei Wagen glitten in das Flughafengebäude hinein. Das Tor schloß sich sofort hinter ihnen.

»Halt«, sagte Bertie. Der Chauffeur hielt. Bertie rannte humpelnd durch den Sturm zum Gittertor und starrte auf das Flugfeld hinaus. Was wollten die jetzt? Draußen warten, bis die Mitternachts-

maschine nach New York ging? Offenbar, dachte Bertie, und dann dachte er alarmiert: Offenbar doch nicht!
Was nun geschah, passierte mit aberwitziger Geschwindigkeit: Die gepanzerte Limousine, die zwischen den beiden anderen Wagen gefahren war, brach plötzlich aus und raste mit höchster Beschleunigung über einen Taxi-Way hinaus zu einer Startpiste. Bertie sah, wie die Männer in den kleineren Wagen ihr nachschossen. Immer wieder blitzte das Mündungsfeuer von Maschinenpistolen. Es ist ziemlich sinnlos, auf einen gepanzerten Wagen zu schießen, dachte Bertie. Die Limousine raste auch weiter, ohne daß aus ihr zurückgeschossen wurde.
Die beiden verfolgenden Wagen brausten über den Taxi-Way. Nun stießen sie zusammen. Der Tank des einen Autos explodierte. Eine riesige orangefarbene Stichflamme schoß empor. Bertie sah, wie Männer aus beiden Autos taumelten und davonrannten, um sich in Sicherheit zu bringen.
Sofort nach der Explosion waren alle Scheinwerfer an der Außenwand des Flughafengebäudes aufgeflammt. Sirenen begannen zu heulen. Feuerwehren brausten heran. Alles war nun in grelles Licht getaucht. Bertie hatte die Hasselblad hochgerissen und schoß und schoß.
Die Panzerlimousine war inzwischen weitergerast. Wohin wollte ihr Fahrer? Dann sah Bertie, wohin er wollte, und er biß sich auf die Lippe.
Am Ende der Startpiste, am Take-off-point, stand die große Transportmaschine der polnischen Luftverkehrsgesellschaft. Sie war startklar, bunte Lichter zuckten an ihrem Rumpf und an den Flügeln, die Düsen arbeiteten. Während die Limousine noch auf sie zujagte, senkte sich die Entladerampe des Flugzeugbauches zur Erde herab. Die Limousine erreichte den Transporter und glitt die schräge Bahn in sein Inneres empor. Die Rampe schwenkte hoch und schloß sich. Kurze Zeit verstrich. Da sind Männer im Rumpf, die zurren den Wagen fest, dachte Bertie, als die Düsen des Transporters schon donnernd aufheulten.
Langsam, dann schneller und schneller, jagte der schwere Transporter über die Startbahn. Jetzt hob er ab. Jetzt zog der Pilot die Maschine nach oben. Die Düsen hinterließen dunkle Verbrennungsgase, die in breiten Bahnen dem Flugzeug nachwehten.
Höher und höher stieg der Transporter. Nun war er schon sehr klein geworden. Er ging in eine mächtige Linkskurve ...

Die ersten Feuerwehren hatten das brennende Auto erreicht. Löschschaumkanonen begannen zu arbeiten. Die Männer, die aus dem Wagen gesprungen waren, schrien wild durcheinander, gestikulierten und rannten dann alle auf den Kontrollturm zu.

12

Heftig hinkend kam Bertie, von einem Lift her, den Gang herab, der zum Hauptraum des Kontrollturms führte. Es war für Unbefugte verboten, sich hier aufzuhalten. Aber in der allgemeinen Panik war es Bertie gelungen, die Absperrung am Fuß des Turms zu umgehen. Er war über ein hohes Gitter geklettert und mit dem Lift heraufgefahren. Nach so vielen Jahren in diesem Gewerbe kannte er alle Tricks.
Der Gang war leer. Es gab eine Reihe von Türen. Bertie hörte ein Geräusch. Er sah sich blitzschnell um. Da war eine Toilette! Er riß die Tür auf, sprang in den kleinen Raum und riegelte sich ein. Gleich darauf hörte er zwei Männer, aufgeregt finnisch redend, an der Tür vorübergehen. Und danach – Bertie war ein Masselmolch, an ihm klebe Glück, wenn er arbeite, sagte er immer –, und danach vernahm Bertie leise, aber deutlich Stimmen durch die eine Wand der Toilette. Er preßte ein Ohr gegen die Wand. Da, im Nebenraum, war ein lautes Gespräch im Gang. Mehrere Männer – Bertie unterschied fünf Stimmen insgesamt – unterhielten sich auf englisch. Das ist amerikanisches Englisch, dachte Bertie. Das sind vier von den Amis, denen ich nachgefahren bin. Und noch einer, der mit der tiefen Stimme, der muß hier geblieben sein, denn er läßt sich berichten. Schweineglück, was ich habe ...
»... Jim draußen im Kontrollraum, also der beträgt sich wie ein Wahnsinniger! Telefoniert mit Gott und der Welt! Verlangt, daß sofort Düsenjäger aufsteigen und den Transporter abfangen ...«
Die tiefe Stimme: »Ich weiß, beruhige dich. Ich habe ihn selber losgeschickt.«
»Dazu braucht er aber die Einwilligung des Verteidigungsministers, Pete ...«
Pete hieß also der mit der tiefen Stimme. Er sagte: »Ja, und?«
»Und der Minister wird sich hüten! Ein Ostblock-Flugzeug! In Finnland!«

»Wir müssen *alles* versuchen«, sagte Pete.

»Bis zur russischen Grenze sind's hundertfünfzig Kilometer! Mensch, Pete, selbst wenn wirklich ein Einsatzbefehl kommt, ist es doch längst zu spät!«

»Außerdem kommt der Befehl nie! Was glaubt ihr, was da schon MIGS als Geleitschutz warten!«

»Was mich völlig wahnsinnig macht, Pete: Haben wir tatsächlich Verräter unter uns?«

»Wieso?«

»Na, Mensch, in dem Panzerauto sitzen doch nicht nur Bilka, Michelsen und die Pische. Da sitzen vier Jungs von uns! Zwei von hier und zwei aus Hamburg! Sind das alle vier Schweinehunde? Was haben die wohl dafür bezahlt bekommen? Was ...«

»Idiot!« dröhnte Petes Stimme. Dann wurde sie freundlicher: »Entschuldige, Wally, aber du warst vorhin nicht da, als die Meldung kam.«

»Was für eine Meldung?«

»Da haben finnische Autofahrer hinter einer Hecke an der Chaussee zwei gefesselte Männer gefunden. Leukoplast vor dem Mund, was du willst ... das waren deine zwei Kollegen aus Helsinki!«

»Scheiße nochmal!«

»Ja, Scheiße nochmal! Das waren die ursprünglichen Fahrer der Panzer-Limousine!«

»Aber wieso ...«

Die beiden sagten, sie sahen plötzlich ein Kind auf der Chaussee liegen, als sie herauskamen zum Flughafen ... Sie sind eigens allein losgeschickt worden, damit euer Konvoi nicht zu früh Aufsehen erregte ... Na ja, sahen das Kind und hielten an und stiegen aus ...«

»Unverzeihlicher Leichtsinn!«

»Was willst du? Die dachten wirklich an einen Unfall! Na, die Russen hatten nur darauf gewartet, natürlich.«

»Russen?«

»Die beiden sagen, es waren Russen. Blendend als amerikanische Beamte ausgesucht. Sprache akzentfrei. Kleidung tipptopp amerikanisch. Völlig informiert. Schlugen unsere Kollegen bewußtlos und nahmen ihnen Papiere und Waffen und die Erkennungszeichen aus Metall weg. Verstauten die beiden hinter der Hecke und kamen aufs Flugfeld ... als Fahrer der Limousine!«

»Und das Kind? Das Kind, Pete?«

»Das stand einfach wieder auf. Hatte sich da nur hingelegt. Ein Wagen brachte es fort ...«
»Diese gottverfluchten Hurensöhne!«
»Es ist phantastisch! Und wir haben nichts bemerkt! Überhaupt nichts! Nicht eine Sekunde Zweifel! Ich habe doch mit den beiden geredet!«
»Ich auch!«
»Ich auch!«
»Na seht ihr!« dröhnte Pete. »Ihr habt euch ja nicht persönlich gekannt ... Das war unser Fehler ... Jemand muß den Russen alles verraten haben – mit welcher Maschine ihr kommt, wie viele ihr seid, daß Bilka euch zu dem Versteck dirigiert, einfach alles.«
»Also das waren zwei *Russen*, die den Wagen in den Transporter fuhren ...«
»Groschen schon gefallen, ja?«
»Moment! Außer den beiden Russen und Bilka und seiner Pische und diesem Michelsen waren aber noch zwei Leute von uns aus Hamburg im Wagen! Was ist mit denen?«
Petes Stimme: »Der Kapitän der Transportmaschine hat gleich nach dem Start durchgegeben, daß ihnen nichts passiert ist. Sie sind von den Russen überwältigt worden. Und von Männern der Flugzeugbesatzung. Fliegen als Geiseln mit.«
»Na, dann ist das doch Quatsch, was Jim versucht – Zwingen zur Landung durch Abfangjäger!«
»Er *muß* es versuchen. Du weißt, worum es geht.«
»Dann legen die unsere Kameraden um!«
»Angekündigt hat der Kapitän es. Sobald der erste Jäger auftaucht, hat er gesagt. Ansonsten kommen die beiden zurück, wenn die Maschine drüben gelandet ist. Voraussetzung: Keinerlei Belästigung. Ich weiß, das ist eine Scheiß-Situation. Aber die Zentrale hat befohlen, daß wir wenigstens versuchen, Jäger aufzutreiben und ...«
Türgeräusche.
Eine neue Stimme, tobend: »Aus! Aus! Jetzt ist alles aus!«
»Reg dich ab, Joe. Was hast du?«
»Hier! Schaut euch die Filme aus den Kapseln an! Da! Und da! Und da! Dieser eine Russe nahm doch die Kapseln bei dem Maler im Bungalow in Empfang. Und gab sie mir. Nahm sie noch mal zurück, um die Filme wieder reinzutun. Da muß er sie ausgewechselt haben.«

»Herrgott!«
»Ich will verdammt sein!«
»In den Kapseln sind jetzt Mikrofilme vom Bericht über das letzte NATO-Manöver! Nicht zu fassen!«
»Und Bilkas Filme?«
»Bei dem Russen natürlich! Im Transporter!«
»Allmächtiger Vater, ist das eine versaute Geschichte!«
»Mal langsam«, sagte Pete. »Wie war das in dem Bungalow? Wie wurden die Filme vertauscht? Langsam. Und im Detail, bitte ...«

13

»... na ja, und da haben sie diesem Pete auch das noch im Detail erzählt, und ich habe es mitangehört, und darum konnte ich es dir erzählen«, klang Berties Stimme an mein Ohr. Ich saß auf der Chaiselongue und lauschte seinem Bericht. Monerow, Bilkas Bruder und Irina standen reglos um mich herum, erstarrt wie Puppen aus dem Etablissement der Madame Tussaud. Der Mann, der sich Monerow nannte, lächelte. Und hielt die Pistole in der Hand.
»Und?« fragte ich. Ich hatte ein paarmal aus der Flasche getrunken, während ich zuhörte, jetzt trank ich wieder.
»Na, ich habe gemacht, daß ich wieder abhaue, da oben. Weg vom Flughafen zunächst einmal. Ich telefoniere aus ... Ist ja egal, von wo. Habe noch immer denselben Fahrer. Der tut alles für mich. Sagt, er bringt mich zur ersten Frühmaschine nach Hamburg. Übrigens, damit du was zu lachen hast: Der Chauffeur ist kein Finne. Der ist Norweger. Norwegischer Kommunist, hat er mir eröffnet. Dein liebes Fräulein Luise ...«
»Hör auf«, sagte ich. Ein Norweger. Ein norwegischer Kommunist. In Helsinki. Der Bertie half. Ich mußte mich zwingen, nicht daran zu denken. »Komm zurück, so schnell du kannst. Ende«, sagte ich. Der Hörer entglitt mir fast noch einmal, so schweißnaß war meine Hand. Ich legte ihn in die Gabel.
»Die Russen haben Jan?« flüsterte Irina, die das Gespräch verfolgt hatte.
»Ja«, sagte ich. »Und die Freundin. Und Michelsen.«
Bilkas Bruder stöhnte laut.
»Sie sehen ...« begann Monerow, da wurde die Tür aufgerissen,

und Jules Cassin, der Chef d'Etage, stürzte herein. Er trug Mantel und Hut über seiner Dienstkleidung. Uns sah er überhaupt nicht an, nur Monerow.

»Alles in Ordnung, Jossif«, sagte er. »Die Maschine ist sicher über sowjetischem Gebiet. Landet in ein paar Minuten. Wir sind hier fertig. Mach schon.«

Monerow gab ihm die Pistole.

»Ich hole nur ein paar Sachen. Bin gleich wieder da!« Er rannte aus dem Appartement.

Ich erhob mich und trat auf den Franzosen zu.

»Sie Lump«, sagte ich. »Sie verfluchter Hund, Sie arbeiten für die Russen! Sie haben mich betrogen!«

»Ah, schon gemerkt? Ging aber schnell«, sagte Jules Cassin. Er hob die Waffe. »Stehenbleiben. Glaub nicht, daß es mir etwas macht, dir ein Loch in den Bauch zu schießen!«

»Sie ... Sie ...« Ich blieb aber stehen. »Sie hatten die Aufgabe, mich auszuhorchen für das da ...« Ich wies auf das Mikro in dem Radioapparat, aus dem immer weiter sanfte Musik ertönte. »Sie hatten die Aufgabe, mich hier festzuhalten ...«

»Kluger Bursche. Meine Glückwünsche«, sagte Jules.

»Und Seerose? Der Mann, der Ihnen das Leben gerettet hat? Oder ist das auch nicht wahr?«

»Leben gerettet!« Jules spuckte auf einen Teppich und fluchte obszön französisch. »Leben gerettet, merde! Rückversicherung, sonst nichts! Dafür habe ich ihn 1945 geholt aus Lager und ausgesagt für ihn! Und Lizenz verschafft! Aber meine ganze Familie, alle, alle, sind umgekommen in diesem Scheißkrieg! Bomben! Oder beim Maquis. Oder im KZ! Ich hasse alle Deutschen!«

»Immer und ewig, ja?« fragte ich.

»Immer und ewig, ja!« sagte er.

»Aber warum, Jules?«

»Warum? Du hast mich gefragt, warum ich noch Kellner bin in mein Alter! Warum ich nicht habe Bar, die ich mir wünsche, he?«

»Ja ...«

»Alors, ich habe deutsche Frau geheiratet, verstehst du? Habe gedacht: Muß einmal Schluß sein mit Haß. Was hat sie getan, meine süße kleine deutsche Frau? Betrogen hat sie mich! Belogen! Ich war ihr zu alt! Und dann, als ich hatte genug Geld für Bar, sie hat mir gestohlen alles Geld und ist weggelaufen mit anderem Mann ... mit Amerikaner ... Große Freunde heute, Amerikaner und

Deutsche! *Meine* nicht!« Er sah mich an, seine Augen glühten. »Jetzt gehe ich raus aus diese Land! Arbeite in andere Land! Komme nie, nie, nie wieder! Glücklich bin ich! Glücklich! Verstehst du?«

»Ich verstehe«, sagte ich.

Monerow trat mit einem kleinen Koffer in das Appartement. Auch er trug nun Hut und Mantel.

»Sie kommen nicht weit«, sagte ich zu ihm. »Man wird Sie verhaften.«

»O nein«, sagte Monerow. »In fünf Minuten sind wir so untergetaucht, daß uns keiner mehr findet...« Er nahm einen schweren Leuchter, zerschmetterte den Telefonapparat und schlug die Tafel mit den Knöpfen für die Rufanlage nach Kellner, Zimmermädchen und Hausdiener entzwei. Dann rannte er in das Schlafzimmer und in das Badezimmer. Wir hörten, wie er dort wütete. Endlich kam er zurück.

Bilka sprang ihm in den Weg. Er hatte während der ganzen Zeit, die ich telefonierte, Whisky in sich hineingegossen wie ein Irrer, er war volltrunken, der Schnaps kam ihm bei den Ohren heraus, er war nicht mehr bei Trost. Er lallte schwankend: »Mein Bruder ... Was ... geschieht jetzt ... mit ihm? Ich glaube Ihnen ... nicht, daß Sie meinen Bruder leben lassen, wenn ... wenn Herr Roland ... nicht ... schreibt!«

»Sollen Sie auch nicht glauben«, sagte Monerow.

»Wa.. wa.. was?«

»Jetzt, wo wir Jan Bilka haben, kann Herr Roland tun, was er lustig ist. Schreiben, nicht schreiben, uns egal! Das war nur eine kleine Vorsichtsmaßnahme für den Fall, daß die Entführung mißlingt. Sie ist nicht mißlungen.«

»Also ... werden Sie ... Jan ... töten?«

»Wir brauchen ihn noch. Für die anderen Filme. Die in New York ...«

»Und wenn er ... verraten hat, wo die ... sind? Wenn Sie die ... auch noch haben ... was werden Sie dann ... mit ... Jan ... tun?«

»Nun, was glauben Sie wohl?« fragte Monerow.

Bilka sprang ihn an. Jules Cassin schlug ihm den Kolben der Pistole über den Schädel. Bilka ging stöhnend zu Boden.

»So«, sagte Monerow. »Tut mir leid, wenn ich Sie hier einsperren muß. Man wird Sie sicher bald finden. Klopfen Sie. Schreien Sie. Wir müssen nur raus aus dem Hotel vorher. Und das geht ganz

schnell.« Er lief aus dem Appartement. Jules Cassin folgte ihm, rückwärts gehend. Wir hörten, wie von draußen zweimal abgesperrt wurde.
Danach rührte sich niemand im Salon. Es war, als seien wir alle gestorben. Und da, leise zuerst, verhalten, aber lauter und lauter werdend, setzte, aus dem beschädigten Radio kommend, noch einmal die Melodie des ›Reigen‹ ein. Irina ächzte. Ich trat zu ihr, um sie zu stützen. In diesem Moment stieß Vaclav Bilka einen irren Schrei aus und stürzte stolpernd zu dem Vorhang, der das große französische Balkonfenster verdeckte. Es ging so schnell, daß ich nichts mehr tun konnte. Vaclav Bilka riß den Vorhang beiseite. Die Glastür dahinter war nur angelehnt. Bilka öffnete sie ganz. Ich sah, wie er auf den Balkon glitt, sah ihn auf der Balustrade balancieren. Dann hörte ich ihn schreien: »Jan!«
Und dann ließ er sich fallen von meinem Balkon im vierten Stock, fallen, fallen, hinab in die Tiefe. Irina fuhr herum, verbarg den Kopf an meiner Schulter und hielt mich mit beiden Händen umklammert.
Deutlich hörten wir, wie Bilkas Körper unten aufschlug. Es war ein grausiges Geräusch. Irinas Fingernägel gruben sich in meinen Jackenstoff, durchdrangen ihn, ich spürte sie, schmerzhaft und spitz, auf der Haut.
Trist und schön ertönte der ›Reigen‹.

Imprimatur

I

»Sie ist eine Verräterin ... Verräterin ...«
»Sie ist eine Sünderin ... Sünderin ...«
»Sie hat uns verraten ... verraten ...«
Von allen Seiten des großen, nächtlichen Alsterparks her schienen die Stimmen zu kommen. Böse Stimmen, laute, drohende. Stimmen, deren Worte sich wiederholten und nachhallten wie Echos. Stimmen, die Fräulein Luise nicht kannte, männliche und auch weibliche, ja, auch weibliche! Was war das bloß? Was geschah mit ihr? In Panikstimmung blickte sie um sich, eilte auf dem nassen, sterbenden Rasen zwischen den Wegen hin und her, den kleinen Schirm aufgespannt, keuchend.
»Unheil ... Unheil ...«
»Unglück ... noch mehr Unglück ... Unglück ...«
»Sie ist schuld! Sie ist schuld! Schuld ... schuld ...«
»Weil sie uns verraten hat ... verraten hat ...«
»Weil sie hochmütig war ... hochmütig ...«
»Verderbt ... verderbt ...«
»Weil sie die Liebe nicht kennt ... Liebe nicht kennt ...«
»Weil sie die Menschen nicht liebt ... niemanden liebt ... niemanden liebt ...«
»Weil sie sich eingemischt hat ... eingemischt ...«
Fräulein Luise rief laut: »Wer seids ihr? Ich kenn euch nicht! Ich hab eure Stimmen noch nie gehört! Gehts weg! Kommts zu mir, meine Freund!«
Doch die schrecklichen Stimmen wurden nur lauter und lauter. Aus jedem Baumwipfel, hinter jedem Strauch hervor schienen sie zu kommen, drohender und drohender.
»Falsche Freunde!« gellte eine Frauenstimme.
»Falsche Freunde ... falsche Freunde ...« tönte ein Chor von Männerstimmen.
Frauenstimmen, Männerstimmen, durcheinander, schrecklich, ganz schrecklich.
»Rache!« brüllte eine Männerstimme so gräßlich, daß das Fräulein zu zittern begann.
»Vergeltung!« dröhnte eine andere.

»Tod!« kreischte eine Frauenstimme.
»Verdammnis ... Verdammnis ...«
Das Fräulein lehnte sich gegen einen Baumstamm. Sie war vollkommen erschöpft. Regen und Tränentropfen rannen über ihr Gesicht. Die Stiefeletten versanken in dem nassen Rasen.
Sie hatte, voller Angst vor mir, das Appartement verlassen, war schnell zu einem Lift geeilt und in die Halle hinabgefahren. Sie mußte weg aus dem Hotel, dachte sie. Schnell weg. Sonst kam ich ihr noch nach. Ich oder dieser elende Kellner, dieses Böse an sich, wie sie gleich erkannt hatte. O, war das Fräulein unglücklich! Sie schlich aus der Halle hinaus in den Regen. Alles war schiefgegangen. Sie hatte den Mörder des kleinen Karel nicht gefunden. Sie hatte Irina nicht bewegen können, mit ihr zu gehen. Sie hatte versagt. Versagtversagtversagt. Das furchtbar dünne Netz von Hoffnung auf ihre Freunde, das sie noch trug, das sie vor dem Zusammenbruch bewahrte seit Jahren, nun riß es ein, hier, hier und hier ...
Fräulein Luise zögerte vor dem Hoteleingang, dann eilte sie in den Park hinein. Sie wußte, daß die Zimmer meines Appartements zur Alster gingen. Sie wollte da hinaufstarren und beten, beten, daß noch ein Wunder geschah und ihre Freunde ihr halfen, wenigstens Irina zu ihr zu bringen. Sie stolperte über einen Weg ins Dunkel. Sie blickte an der Hotelfassade mit ihren vielen Fenstern und Balkonen empor. Wo war mein Fenster? Wo war mein Balkon? Sie hatte keine Ahnung. Die meisten Vorhänge waren zugezogen, nur in ein paar Fenstern brannte Licht. Das Fräulein stand im Regen und starrte die Fassade an, und sie war verzweifelt, so verzweifelt. Und dann begannen die bösen, fremden Stimmen allüberall um sie her zu ertönen.
»Da steht sie jetzt ...«
»Am Ende ... Ende ...«
»Weiß nicht mehr, was tun ... was tun ...«
»Hinausgeschmissen ... hinausgeschmissen ...«
Höhnisch klangen die Stimmen, schadenfroh. O, waren diese Stimmen gemein! Und sie wurden es immer mehr. Sie wurden beleidigend, bedrohend, sie beschimpften das Fräulein.
»Lügnerin! Lügnerin!«
Und als sie verzweifelt nach ihren Freunden rief, zum zweiten Mal, da klang ein neuer Chor auf, weibliche und männliche Stimmen.

»Sind nicht deine Freunde! ... Nicht deine Freunde ...«
»Weil du gefrevelt hast ... gefrevelt hast ...«
Das Fräulein nahm kaum wahr, daß diese Stimmen nicht nur in der dritten Person zu ihr sprachen, sondern auch in der zweiten. Es ging alles durcheinander. Das Gebäude der Gedanken, das ihr Gehirn errichtet hatte, nun stürzte es ein, Stück um Stück.
»Vergeltung!« sagte eine Frauenstimme. »Zahlt es ihr heim, der Verbrecherin ... Verbrecherin ...«
»Jagt sie, die Gottlose!«
»Gottlose ... Gottlose ...«, antwortete der dumpfe Chor von Männerstimmen.
Und wie in einer Alliteration klang plötzlich eine gütige Stimme auf, die erste: »Gottes Lohn ... Gottes Lohn ...«
»Ergreift sie!!!« kreischte eine Frauenstimme überlaut dazwischen.
Fräulein Luise zitterte am ganzen Körper.
»Weg!« schrie eine Männerstimme. »Weg von hier!«
Das klang so gefährlich, daß das Fräulein zur Straße hin zu laufen begann, über die nächtlichen, nassen Wiesen bei dem kleinen See.
Die Stimmen begleiteten jede ihrer Handlungen.
»Jetzt rennt sie ... rennt sie ...«
»Jagt sie! Jagt sie ...«
»Wir sind hinter dir her!«
»Mach, daß du wegkommst ... wegkommst ...«
»Seht, wie sie renntrenntrennt ... gleich wird sie stürzen ...«
»Stürzen ... stürzen ...«
»Gleich wird sie fallen ... fallen ...«
»Sie ist eine Gefallene ... Gefallene ...«
Das Fräulein stolperte über eine Baumwurzel und schlug schmerzhaft zu Boden.
»Da liegt sie! Da liegt sie ...«
»Im Dreck ... im Dreck ...«
»Wo sie hingehört ... hingehört ...«
»Auf!« brüllte eine Männerstimme.
Fräulein Luise sprang auf.
Sie flüchtete.
»Jetzt flüchtet sie ... flüchtet sie ...«
»Aber wir kriegen sie ... kriegen sie ...«
»Vernichten sie ... vernichten sie ...«
Und da, aus dem Himmel herab schoß wie ein Blitz eine ungeheuerlich tönende Stimme, welche sprach: »Mein ist die Rache!«

Das Fräulein keuchte, fiel in die Knie und faltete die Hände. Sie flüsterte: »Der liebe Gott! Der liebe Gott spricht zu mir!«
»Nein!« kreischte eine Frauenstimme. »Ist nicht der liebe Gott! ... Gott spricht nicht zu einer Sünderin ...«
»Weg!« brüllte eine Männerstimme.
Es klang so grauenhaft, daß Fräulein Luise aufsprang und weiterhastete, den Schirm hinter sich herschleifend, die schwere Tasche am Handgelenk, nun völlig durchnäßt schon, beschmutzt.
Eine wundermilde Stimme klang auf: »Gottes Segen ist überall ...«
Ach, dachte das Fräulein, aber da brüllten drei Stimmen auf einmal: »Jetzt haben wir sie!«
O Gott, dachte das Fräulein, o Gott, o Gott. Sie rannte, so schnell sie konnte, auf die Lichter der Straße zu.
Die Stimmen hetzten.
»Wir werden dich verfolgen ... verfolgen ...«
»Du entkommst uns nicht ... entkommst uns nicht ...«
»Wir werden dich bestrafen ... bestrafen ...«
»Weg! Weg! Weg von hier!«
»Aus der Stadt fort ... zurück ins Moor ... ins Moor ...«
»Du bist schuld ... schuld ...«
»Du hast eingegriffen in unsere Pläne ...«
»Unsere Pläne ... Pläne, die wir hatten ... unsere Pläne ... eingegriffen ...«
Ich habe meine Freund verraten, ich habe falschen Freunden getraut, ich habe gesündigt ...
Diese Gedanken jagten einander in Fräulein Luises gequältem Gehirn. Und die Stimmen jagten sie weiter, unermüdlich, unbarmherzig, auch, als sie den Harvestehuder Weg erreicht hatte. Hier gingen noch Menschen, hier fuhren Autos. Hier gab es viele Stimmen und Geräusche. Sie brachten dem Fräulein zusätzliche Qual, denn sie mischten sich mit den Stimmen des Parks, es war ein furchtbares Dröhnen, aus dem immer wieder einzelne Stimmen herausgellten.
»Jetzt!«
»Jetzt ist es gleich soweit!«
Fräulein Luise fuhr zurück. Sie war, ohne es zu merken, über den Fahrdamm gelaufen. Mit heulender Hupe jagte haarscharf ein Wagen an ihr vorbei.
Die Autos! dachte sie, furchtgeschüttelt. Sie jagen mich mit Autos!

Die Autos sind hinter mir her. So merkwürdige Blinkzeichen geben sie. Die gelten mir! Die gelten mir, die Blinkzeichen ...
Die Autos rasten auf singenden Pneus über den Damm. Fräulein Luise rannte stolpernd weiter, stieß gegen Passanten, fiel fast, kam wieder auf die Beine.
Da rief eine Stimme, und diese Stimme erkannte das Fräulein wieder: »Ich schütze dich!«
Es war die Stimme des ehemaligen Standartenführers Wilhelm Reimers.
Unwillkürlich riß sie einen Arm hoch.
Ein Wagen hielt mit kreischenden Bremsen neben ihr.
»Wohin, meine Dame?« fragte ein Mann, der aus dem Fenster sah.
Es war ein Taxi.
»Haupt ... Haupt ... Hauptbahnhof«, stammelte das Fräulein, riß die Fondtür auf und ließ sich auf die Polsterbank fallen. Das Taxi fuhr wieder an.

2

Im Taxi ging die Qual weiter ...
»Sie glaubt, sie entkommt uns ...«
»Hahaha! Hahaha! Hahaha!«
»Sie entkommt uns nie ... nie ...«
»Wer seids ihr?« stöhnte das Fräulein. Der Wagen hatte eine Trennscheibe, der Fahrer merkte nichts. »Wer seids ihr? Ich kenn euch doch nicht!«
»Du kennst uns schon ...«
»Aber wir wollen dich nicht mehr ...«
»Wir verlassen sie ... verlassen sie ...«
Im Lärm der Stadt klangen viele Geräusche und Stimmen durcheinander, es wurde immer noch ärger.
»Hölle!«
»Strafe!«
»Weg!«
Das Taxi erreichte den Hauptbahnhof. Fräulein Luise steckte dem Chauffeur eine Banknote durch den Trennschlitz hin und sprang aus dem Wagen.

»Moment, das ist ja viel zu viel! Sie kriegen noch zurück!« schrie der Fahrer, doch das Fräulein hörte ihn nicht. Sie hastete bereits in den Bahnhof hinein, in den langen Gang, in dem sie dem ehemaligen Standartenführer begegnet war. Noch viele Menschen standen hier oder gingen hin und her.
Eine Lautsprecherstimme klang verweht an ihr Ohr, sie verstand nur Brocken: »... Zug ... aus ... Weiterfahrt nach ... Bremen ... wenigen Minuten ... Gleis vier ...«
Und da waren sie wieder, die furchtbaren Stimmen!
Und das waren jetzt die Stimmen der Menschen in der Halle! Alle starrten sie an, sprachen über sie, riefen ihr Schimpfworte nach.
»Da geht sie, die Alte!«
»Die geirrt hat!«
»Die gesündigt hat!«
»Schaut sie an ... schaut sie an ...«
Das Fräulein hielt sich eine Hand halb vor das Gesicht, sie drehte den Kopf hin und her. Tatsächlich schauten ihr Menschen nach, wie sie so dahinlief, verdreckt, verstört, gehetzt, mit verwehtem weißem Haar, ihr Hütchen hatte sie verloren.
»Wie sie rennt ... rennt ...«
»Weil sie nicht geliebt hat ... nicht geliebt hat ...«
»Weil sie egoistisch ist ...«
»Weil sie alles allein machen wollte ... allein machen wollte ...«
»Weil sie Gott verraten hat ... Gott verraten hat ...«
»Sie hat den bösen Blick ...«
»Sie ist eine Ausgestoßene ... Ausgestoßene ...«
»Dreht euch nicht um ... Hütet euch vor ihr ...«
Fräulein Luise hatte eine Rückfahrkarte gelöst. Wie durch ein Wunder fanden ihre irrenden Augen, ihre zitternden Finger diese Karte in der Handtasche. Sie reichte sie dem Beamten an der Sperre und hastete die große Treppe hinab. Unten sah sie einen Zug einfahren. Und da erklangen noch einmal Stimmen, Stimmen, die das Fräulein – o, welche Seligkeit, welche unendliche Erleichterung – erkannte!
Die Stimme des Russen: »Luise komme zu uns ins Moor ...«
Die Stimme des Polen: »Wir erwarten Luise ...«
Die Stimme des Zeugen Jehovas: »Sie komme schnell ... schnell ... ehe es zu spät ist ...«
Und dann gellte wieder eine fremde Frauenstimme auf: »Da! Da rennt sie die Stufen hinunter! Hinter ihr her!«

Luise lief, so schnell sie konnte. Sie war jetzt am Ende, am Ende, ja.
»Sie hat sich Gottes Rolle angemaßt ... angemaßt ...«
»Sie muß gedemütigt werden ... gedemütigt werden ...«
»Aber ihr habts mir doch selber gesagt, daß ich es tun soll!« schrie das Fräulein, den Bahnsteig erreichend.
Menschen sahen sich erschrocken nach ihr um.
Die Stimmen antworteten höhnisch.
»Wir nicht ... wir nicht ...«
»Das waren die Falschen ... die Falschen ...«
Fräulein Luise wußte nicht mehr, wie sie in den Wagen des eingelaufenen Zuges nach Bremen hineingeraten war. Ein Stück Erinnerung fehlte ihr. Sie kam erst wieder zu sich, als der Zug bereits fuhr, an vielen Lichtern vorbei, über Brücken und leuchtendes Wasser, auf das der Regen fiel. Sie kam langsam zu sich. Die Stimmen, diese furchtbaren Stimmen schwiegen. Im Augenblick. Im Augenblick schwiegen sie. Fräulein Luise gegenüber saß eine hübsche, sehr geschminkte und etwas vulgär aussehende junge Frau in einem Pelzmantel und betrachtete sie neugierig. Voll Angst erwiderte Fräulein Luise den Blick.

3

»Warum zittern Sie denn so?« fragte die Hübsche im Pelz. Sie hatte eine ständig verwunderte, hohe Stimme, war gutmütig und grenzenlos einfältig. »Ist Ihnen kalt?«
»Nein«, sagte Fräulein Luise. Sie war zu Tode erschöpft, ihre Füße schmerzten, sie fühlte sich wie ein Mensch nach einem schweren Herzanfall. Diese Stimmen, diese schrecklichen Stimmen – wenigstens schwiegen sie jetzt. Jetzt! Jeden Moment konnten sie wieder ...
Fräulein Luise schauderte.
»Was haben Sie denn?« fragte die Hübsche im Pelz mit ihrer Babystimme.
»Ich hab gar nichts«, murmelte das Fräulein.
»Aber Sie sind doch so aufgeregt!«
Der Zug fuhr nun schon schnell, die Lichter waren zurückgeblieben, Regen klatschte gegen das Abteilfenster.

Fräulein Luise wischte mit der Hand über die Stirn, bemerkte, daß ihr Gesicht schmutzverschmiert war und öffnete mit bebenden Fingern die schwere Handtasche, um ein Taschentuch hervorzuziehen. Die Hübsche starrte in die Tasche. Sie sah die Notenbündel. Sie sah, wie Luise sich ihr Gesicht säuberte und mit einem Kamm durch das Haar strich.

»Aufgeregt«, sagte Fräulein Luise. »Ja, das bin ich.«

»Aber warum?«

»Ach, wissens, ich hab so viel erlebt. Ich hab so Schauerliches erlebt. Und es ist noch nicht aus ...«

»Was ist denn noch nicht aus?« fragte die Hübsche. »Übrigens, ich heiße Flaxenberg. Inge Flaxenberg. Aber alle nennen mich Häschen. Sie wollen nicht sagen, wie Sie heißen?«

»Doch«, sagte das Fräulein. »Gottschalk heiß ich. Luise. Alle nennen mich Fräulein Luise.«

»Was ist noch nicht aus, Fräulein Luise?« fragte Häschen Flaxenberg.

»Sie sind hinter mir her«, sagte das Fräulein ganz naiv und noch ganz benommen, »sie verfolgen mich, wissen Sie?«

Häschen kniff die Augen zusammen. Sie sagte: »Polente, was?«

Das Fräulein gab keine Antwort. Häschen nahm das als Zustimmung. Mit einem Blick in die offene Handtasche des Fräuleins sagte sie: »Hunde verfluchte. Bloß weil man ein kleines Geschäft macht, was?«

»Ich muß zu meine Freund«, murmelte das Fräulein.

Die beiden sprachen mehr und mehr aneinander vorbei.

»Bei uns waren sie heute auch«, sagte Häschen. »Razzia. Großes Tamtam. Die Schweine.«

»Da find ich einen Schutz ...«, murmelte das Fräulein.

»Kommen hereingestürmt in das Casino und benehmen sich wie die Baumaffen«, sagte Häschen. »Ich habe in einem Casino gearbeitet. Kleiner Ort, ungefähr dreißig Kilometer vor Hamburg.« Sie nannte den Namen. »Ein Kaff. Aber Herr Olbers hat da ein ganzes Wirtshaus gemietet, verstehen Sie, und es umgebaut, und einen Autobuszubringerdienst eingerichtet. Sind die Leute aus Hamburg gekommen. Auch mit eigenen Autos. Roulette.«

»Wenn ich bloß nach Haus komm, dann hab ich noch eine Chance ...«

»Ganz normales Roulette. Ging prima. Zwei Jahre lang. Ich war da Barfrau. Habe gut verdient. In dem Gasthof gewohnt. Daheim bin ich ja in Zeven. Manchmal zu Besuch gefahren, wissen Sie. Oder mein Verlobter hat mich besucht . . .«

»Da lassen sie mich vielleicht in Frieden, und meine Freund helfen mir . . .« murmelte das Fräulein.

»Kommen die Bullen. Angeblich Falschspiel. Magnete an einem Tisch.«

»Was?« fragte Fräulein Luise, aufschreckend.

»Magnete. Unter dem Kessel. Damit die Kugel abgelenkt werden kann . . . Sie verstehen doch . . .«

»Nein.«

»Alles beschlagnahmt. Herr Olbers verhaftet. Casino geschlossen. Hunde verfluchte, diese Polypen. Bloß weil sie unter einem Kessel Magnete gefunden haben. Und obwohl der Herr Olbers ihnen geschworen hat beim Augenlicht von seiner Mutter, daß er nichts gewußt hat davon. Wie finden Sie denn das?«

»Sie sind hinter mir her . . .«, murmelte das Fräulein, das im Begriff war, vor Erschöpfung einzuschlafen.

»Mein Verlobter wartet in Bremen mit dem Wagen auf mich. Wo wollen Sie denn hin?«

»Nach Neurode.«

»*Dort* haben Sie Freunde?«

»Ja . . .«

»Wissen Sie, was? Mein Verlobter fährt Sie hin. Von Zeven ist das nicht mehr weit. Und Sie müssen jetzt ja schnell verschwinden, was?«

»Ja. Ich muß . . . schnell . . . verschwinden . . .«, murmelte das Fräulein, halb im Schlaf.

»Ist gut. Wir bringen Sie. Müssen doch zusammenhalten, was?« sagte Häschen Flaxenberg. »Gegen diese verfluchten Polypen. Der andere Kessel war ganz in Ordnung. Und die Magnete muß ein Feind vom Herrn Olbers eingebaut haben. Einer, der ihn kaputtmachen will. So eine Gemeinheit! Das habe ich den Polypen auch gesagt. Glauben Sie, die haben mir geglaubt? Ausgelacht haben sie mich. Das Geschäft ist *so* gegangen! Da wird der Herr Olbers verrückt sein und Magnete einbauen! Aber diesen Polypen war doch einfach nichts klarzumachen. Die sind nicht nur Hunde, die sind auch doof . . .«

Sie bemerkte, daß Fräulein Luises Kopf nach vorne sank und daß die alte Dame schlief. Vorsichtig schloß Häschen Flaxenberg die Tasche mit dem vielen Geld. »Jetzt kann ich mir einen neuen Job suchen«, sagte sie. Fräulein Luise hörte ihre Worte im Schlaf. Der Zug fuhr nun sehr schnell.

4

»Niemand weiß, wo ich ...« Fräulein Luise stockte. Wie ging das schöne Gedicht weiter? Wie nur? Sie konnte sich nicht erinnern.
»... der Wind geht ... das Meer weht ...«
Nein, das stimmte nicht. Sie versuchte krampfhaft, sich zu konzentrieren, aber es half nichts. Die Worte fielen ihr nicht ein. Das machte sie traurig. Fuß um Fuß setzte sie auf den schmalen Pfad, der ins Moor hinausführte, zwischen Schwingrasen und Wasserlöchern, auf die sanfte Erhebung zu, die weit draußen lag, umbraut von Nebeln. Sie fühlte sich elend und schwach. Ihre Füße brannten. Sie war kurzatmig und sehr unsicher auf den Beinen. Oft schwankte sie. Noch nie war es ihr so schwergefallen, den schmalen Pfad entlangzugehen. Aber sie mußte ihn gehen! Sie mußte zu dem kleinen Hügel! Sie mußte zu ihren Freunden! Nur dort war sie sicher, nur dort noch ...
Sie war doch tatsächlich eingeschlafen im Zug! Knapp vor Bremen hatte diese nette junge Frau, die sagte, daß alle sie Häschen nannten, sie geweckt. Auf dem Bahnsteig hatte Häschens Verlobter gewartet — ein schweigsamer, großer und sehr gut aussehender Mann, der Häschens Koffer nahm, sich als Armin Kienholz vorstellte und sehr höflich war, nachdem Häschen ihm des Fräuleins triste Lage geschildert hatte und die Gefahr, in der sie sich befand.
»Klar nehmen wir Sie mit«, hatte Kienholz gesagt. »Und bei uns können Sie sicher sein. Wir halten dicht. Wir haben Sie nie gesehen. Keine Ahnung, wer Sie sind, wenn uns wer fragt.«
»Ich dank euch herzlich«, hatte das Fräulein erwidert.
Kienholz fuhr einen amerikanischen Wagen. Er fuhr schnell und gut. Fräulein Luise saß im Fond und döste vor sich hin, während Häschen vorne, neben ihrem Verlobten, immer wieder empört von der dreckigen Polizei erzählte, die den Spielsalon gesperrt hatte. Und andauernd war von Magneten die Rede, das Fräulein hörte es, ohne zu begreifen. Was für Magnete waren das? Egal, ach, zwei freundlichen Menschen war sie hier begegnet, und die furcht-

baren Stimmen, die sie so gepeinigt und gejagt hatten, sie schwiegen noch immer. Fräulein Luise fühlte sich matt und sehr benommen. Nur ein Gedanke beseelte sie: Ins Moor, auf den Hügel muß ich, zu meine Freund, ja, zu meine Freund ...
Kienholz lenkte den Wagen hinter Zeven über die elende Straße. Knapp vor dem Ortseingang von Neurode bat Fräulein Luise ihn, zu halten.
»Hier steig ich aus, bittschön.«
»Wie Sie wollen, Fräulein Luise«, sagte er höflich und hielt. Häschen und er schüttelten dem Fräulein die Hand und wünschten ihr alles Gute.
»Sind das wirklich zuverlässige Freunde, die Sie hier haben?« fragte Häschen.
»Die besten«, sagte das Fräulein.
»Also dann toi, toi, toi«, sagte der so schöne Kienholz. Er fuhr bis ins Dorf, um zu wenden, und sein Wagen kam gleich darauf wieder zurück. Kienholz hupte dreimal kurz. Fräulein Luise winkte. Sie sah dem Wagen nach, bis dessen rote Lichter verschwunden waren. Dann ging sie vorsichtig ins Schilf hinein, zum Anfang des schmalen Weges, des Weges, auf dem sie nun balancierte ...
Der Mond schien jetzt hell, die Wolkendecke war aufgerissen, es regnete nicht mehr. Silbern leuchteten die kahlen Birkenstämme, und eine einsame Sumpfeule rief von fernher.
»Bu-bu-bu-bu ...«
Fräulein Luise glitt aus. Fast wäre sie in den Sumpf gefallen. Im letzten Moment fing sie sich. Sie hastete weiter, ja, auf ihren geschwollenen Füßen hastete sie, denn sie konnte es nicht mehr erwarten, den Hügel zu erreichen, den sie da, in Nebeln schwimmend, vor sich sah. Dort war ihre Rettung. Die letzte Rettung, die es für sie gab vor den grausamen, entsetzlichen Stimmen. Ihre Freunde mußten ihr nun helfen, sie schützen, ihr alles erklären, denn sie begriff nichts mehr, sie war vollkommen verwirrt, verzweifelt und mutlos.
Näher kam der sanfte Hügel, immer näher.
Ein paar Enten stoben vom Wasser auf.
»Ich komm!« rief das Fräulein. »Ich komm zu euch!«
Im nächsten Moment stockte sie, denn sie sah für Sekunden, als der Wind die Nebelschwaden vertrieb, den Hügel deutlich. Und da standen nicht, wie stets in der Vergangenheit, ihre elf Freunde

und warteten auf sie, da standen elf häßliche, verkrüppelte Korbweiden.
Fräulein Luise rieb sich die Augen. Das gibt es nicht, dachte sie. Das ist unmöglich. Ich seh schlecht. Sie blickte wieder zu dem Hügel. Sie sah wieder die elf Korbweiden.
»O Heiland«, sagte das Fräulein. »Was ist das jetzt wieder?« Sie eilte weiter, sie strauchelte nun immer wieder, sie schwankte bedrohlich, wie durch ein Wunder rutschte sie nicht von dem Pfad ab. Jetzt war der Hügel wieder von Nebeln verhüllt.
»Lieber Gott, lieber Gott«, flüsterte das Fräulein. »Laß sie dasein, laß meine Freund dasein ... Sie haben mich doch gerufen ... Ich soll kommen ... Ich hab es deutlich gehört ... Bitte, bitte, bitte, allmächtiger Gott, laß meine Freund auf dem Hügel sein ...«
Allein Gott der Allmächtige erhörte nicht das Gebet des Fräuleins, und als sie den letzten Schritt getan hatte und auf dem kleinen Hügel stand, da sah sie sich inmitten von elf Korbweiden und eingesponnen in Nebelschwaden, die nun wieder dichter wogten.
»Wo seids ihr?« rief das Fräulein, zwischen den verkrüppelten Weiden hin und her stolpernd. »Wo seids ihr? Kommts doch! Ich bitt euch, kommts zu mir!«
Doch die Freunde kamen nicht.
Das Fräulein fühlte, wie neue Panik sie packte.
Sie rief sehr laut: »Um der Liebe Christi willen, ich fleh euch an, kommts zu mir! Ich brauch euch! Ich brauch euch so!«
Doch nur der Wind wehte, und die Nebel brauten, und die Sumpfeule schrie wieder. Und die Freunde kamen nicht, nicht ein einziger von ihnen. Das Fräulein stand nun ganz still am Rand des Hügels, der hier abfiel ins Moor. Ich versteh das nicht, dachte sie. Ich versteh nichts mehr. Wieso kommen sie nicht? Wieso nicht? Was ist geschehen?
Und in diesem Moment ertönte, aus dem Moor, aus dem Nebel, wieder eine grelle Frauenstimme: »Da steht sie jetzt, die Verfluchte!«
Und ein Gemurmel von Männerstimmen erwiderte: »Jetzt haben wir sie ...«
»Nein!« schrie das Fräulein auf. Sie wich vor Entsetzen zurück, glitt aus, verlor den Halt, und im nächsten Moment stürzte sie in ein tiefes, dunkles Wasserloch neben dem Hügel. Ihre Tasche versank. Das Fräulein ruderte verzweifelt mit beiden Armen, bekam eine Wurzel zu fassen, verlor sie wieder, geriet mit dem Kopf

unter die Oberfläche, tauchte auf, schluckte Moorwasser, hustete, würgte, spie es aus, und während sie fühlte, wie unheimliche Kräfte sie nach unten, in die Tiefe, hinab, hinab ziehen wollten, während sie um ihr Leben kämpfend mit den Armen ruderte und die rettende Wurzel wieder zu erreichen suchte, begann sie laut, so laut sie nur konnte, zu schreien: »Hilfe! Hilfe! Wo seids ihr! Kommts doch und helfts mir! Hilfe!«

Und da waren sie wieder, die unerträglichen Stimmen. Aus den Nebeln, aus dem Moor dröhnten sie in Fräulein Luises Ohren wie Explosionen, nicht zu ertragen, über alle Maßen grauenhaft ...

»Rache!«

»Tod!«

»Vernichtung!«

»Hilfe!« schrie das Fräulein und spie einen Mund voll Moorwasser aus. »Hilfe! Zu Hilfe! Zu Hilfe!«

5

Der Lagerchauffeur Kuschke fuhr in seinem Bett hoch. Er hatte einen sehr leichten Schlaf. Wieder einmal war er mitten in seinem Standardtraum gewesen, dem Traum, der immer, immer wiederkam. Anfang 1948 war es in seinem Traum, er lebte in Berlin und spielte mit seinem winzig kleinen Kind, der Helga, und seine Frau, die Frieda, saß daneben im Hof der Mietskaserne in der Sonne und strickte. Und Kuschke machte mit Helgachen ein Riesentheater, so daß seine Frieda schrecklich lachen mußte, und Helgachen krähte auch vor Vergnügen, und sie waren alle drei so glücklich in dem trostlosen, zerbombten Trümmer-Berlin, so glücklich, wie Kuschke es nie mehr in seinem Leben sein sollte ...

»Helfts mir!«

»Det is doch ...« Kuschke sprang aus dem Bett und glitt in seine Klamotten. Er hatte die Stimme sofort erkannt. Jetzt ist es endlich passiert, dachte er. Verflucht, so eine Scheiße. Er knöpfte seinen Overall zu, während er schon zur Tür des Barackenzimmers rannte. Vom anderen Ende des schwach beleuchteten Ganges her kam ihm, in einem Trainingsanzug, der Lagerarzt Dr. Schiemann entgegen.

»Die Schreie ...«

»Det is unsa Frollein, jawoll, Herr Dokta ...«
»Los, kommen Sie.«
Die beiden Männer stürzten ins Freie. Gerade, als sie ein paar Schritte getan hatten, flammten alle Scheinwerfer des Lagers auf. Aus der Baracke am Tor kamen zwei Wachmänner gelaufen. In einzelnen Baracken erhellten sich die Fenster. Kinder in Schlafanzügen oder Morgenmänteln, Jugendliche, Mädchen und Jungen, erschienen, furchtsam, neugierig.
»Helfts mir! Hilfe! Hilfe!« ertönte Fräulein Luises Stimme aus dem Moor. Laut brachte der Wind sie herüber ins Lager.
Aus seiner Baracke kam der schlanke Pastor Demel gestürzt. Er trug einen schwarzen Anzug, keine Krawatte, das Hemd stand offen.
»Unser Fräulein«, keuchte Demel.
»Ja. Aber wo ...«
»Ich weiß, wo! Auf dem kleinen Hügel mit den elf Weiden!« schrie Demel.
Der Lagerleiter Dr. Horst Schall, in Hose und Hemd, die Jacke noch im Arm, kam angelaufen.
»Wir müssen zu ihr!«
»Wie? Da geht's doch nicht raus!«
»Leitern! Bretter! Lange Stöcke! Schnell!« rief Demel.
Vom Moor her kam wieder ein Hilferuf.
Die Männer rannten auseinander. Sofort darauf schleppten sie bereits lange Leitern und Bretter sowie Stangen zur nordöstlichen Begrenzung des Lagers. Sie liefen und kamen außer Atem.
»Jlück, det det Jitta noch nich wieda oben is!« schrie Kuschke dem Pastor zu, mit dem zusammen er eine Leiter trug. Nun liefen schon Jugendliche in übergeworfenen Mänteln durcheinander, schrien aufgeregt, alle stürzten zu der zerstörten Gitterecke, dorthin, wo der Betonpfeiler nach außen gerissen worden war in der vergangenen Nacht.
»Wir kommen!« dröhnte die Stimme des Lagerleiters durch die Nacht. »Halten Sie aus, Fräulein Luise! Wir kommen!«
»Hilfe!« erklang die Antwort, schwächer diesmal und kraftloser. »Hilfe! Hilfe!«
Kuschke und der Pastor hatten den geborstenen Pfeiler erreicht. Sie warfen die lange Leiter über den schiefhängenden Zaun und kletterten nach. Das Mondlicht erhellte die Nacht. Im diffusen Licht, das die Nebel hervorriefen, erblickte man plötzlich für

Augenblicke deutlich die kleine Erhöhung und einen Schatten, der sich verzweifelt im Wasser neben dem Hügel hin und her bewegte.
»Da isse! Rinjefalln int Moor. Ach du jutes Jottchen!«
Andere Männer kamen angerannt.
»Stange! Los! Eine Stange!« schrie Demel. Er bekam sie.
Als erster ging er in den Sumpf. Er versank schnell. Die lange Leiter schob er vor sich her. Jetzt schwang er sich darauf und begann mit der Stange zu staken. Die Leiter und der liegende Mann darauf glitten in das Moor hinaus, auf den Hügel zu. Kuschke folgte als zweiter auf einem langen Brett. Auch er stakte. Dazwischen fluchte und betete er laut.
»Scheiße vafluchte vadammta Scheißdreck behüte det arme Frollein Allmächtija ...«
Nun waren schon fünf Männer im Sumpf. Nun sechs. Nun acht. Nun zehn. Sie alle bewegten sich ausgestreckt auf Brettern oder Leitern, zwischen den Schwingrasen, den Wasserlöchern, weiter, weiter. Die Leitern und Bretter versanken nicht. Es war die einzige Möglichkeit, hier vorwärtszukommen.
»Hilfe ...« Das klang schon ganz leise.
Kuschke fiel etwas ein. Er wandte sich um und sah viele Menschen, Fürsorgerinnen und Jugendliche, beim Zaun stehen und den Männern im Moor nachstarren.
»Telefoniert mal eena nach 'ne Ambulanz!« brüllte Kuschke. »Soll sofort 'ne Ambulanz kommen aus Zeven. Schnell! Uff alle Fälle. Ick hab so'n Jefühl ...«
Eine Fürsorgerin rannte los.
Kuschke stakte weiter. Sein Brett schwankte, es war ein ungemütliches Gefühl. Er merkte, wie er mit den Beinen unter Wasser geriet und fluchte. Dann fing er wieder laut an zu beten.
Er kam fast gleichzeitig mit dem Pastor bei dem kleinen Hügel an, und er erschrak, als er das Fräulein sah. Ihr Gesicht war verzerrt und leichenblaß. Sie hielt sich an einer Wurzel fest, aber ihre Finger begannen sich schon zu lösen, sie rutschte tiefer und tiefer ...
Kuschke sprang auf den Hügel. Der Pastor sprang ihm nach, rutschte aus, fiel in das braune Moorwasser und schluckte eine gehörige Portion davon. Er triefte, als der bärenstarke Kuschke ihn herauszog. Sie hoben das Brett und die Leiter hoch und legten sie halb auf den Hügel, die Stöcke daneben. Schon erschienen, rasch näherkommend, der Lagerleiter und der Arzt. Kuschke rannte mit dem Pa-

stor zu dem Wasserloch, in das Fräulein Luise gefallen war. Er kniete nieder und bat den Pastor: »Haltense mal meine Füße!« Der Pastor tat es. Kuschke, nun auch durchnäßt, legte sich auf den Bauch und packte Fräulein Luises Hände. »Imma ruhig, scheen ruhig, Frollein Luise. Nu sin wa ja da.«
Er erschrak mächtig, als sie daraufhin gellend schrie: »Hier sind sie, die Häscher! Hier sind sie! Hilfe! Hilfe! Hilfe!« Sie versuchte, sich seinem Zugriff zu entwinden. Neben Kuschke fiel der Lagerleiter zu Boden. Seine Füße hielt Dr. Schiemann fest. Gemeinsam zogen und zerrten sie an Fräulein Luises Händen. Sie schrie wie eine Rasende. »Laßts mich! Laßts mich! Gehts weg! Ihr seids auch die Falschen! Wieder die Falschen!«
»Aba Frollein Luise . . .«
»Hat keinen Sinn«, ächzte Schiemann. »Die erkennt uns nicht mehr.«
»Die akennt mir nich mehr?«
»Keinen von uns«, sagte Schiemann.
»Herrje«, sagte Kuschke. »Nu isse richtich hinüba.«
»Los, bei drei ziehen wir sie gemeinsam hoch«, sagte Schiemann zwischen den Zähnen. Er zählte. Als er ›drei‹ gesagt hatte, setzten die Männer alle Kräfte ein. Es gelang ihnen, das Fräulein, das wie von Sinnen schrie und sich wehrte, hochzureißen. Sie zogen die Tobende den Hügel herauf. Fräulein Luises Kleider, ihr Haar, alles war tropfnaß. Wasser floß von ihr herab. Und sie kämpfte, kaum an Land, mit Zähnen und Nägeln und Füßen. Sie trat und biß und kratzte und schrie: »Ihr Verbrecher! Ihr Mörder! Mörder! Mörder! Mörder! Weg! Weg, ihr Mörder! Hilfe! Hilfe!«
Kuschke packte ihre Arme und drehte sie auf den Rücken, wo er sie eisern festhielt. Der Pastor trat dicht vor das Fräulein. Er begann: »Seien Sie vernünftig, Fräulein Luise. Seien Sie . . .« Mit einem Gesicht, das einer Dämonenmaske glich, blickte sie ihn aus irren Augen an, trat ihn gegen das Schienbein und spuckte ihm, den sie einst so gern gehabt hatte und den sie nun nicht mehr erkannte, mitten ins Gesicht. Dann kreischte sie: »Schweinehund! Elender Menschenhetzer!«
»Fräulein Luise . . .«, stammelte Demel, dem ihr Speichel über das Gesicht rann.
Das Fräulein hob die Stimme noch mehr und schrie: »Die, die in meinem Namen sündigen, die werden als erste gerichtet werden!«

»Gloobt, sie is Jesus«, sagte Kuschke erschüttert. Er hielt dem Fräulein eine Hand vor den Mund. Dazu mußte er einen ihrer Arme loslassen. Sofort schlug sie blindwütig hinter sich und traf ihn in den Leib. Sie biß auch seine Hand.

»Aua!« stöhnte Kuschke.

Im nächsten Moment sank das Fräulein lautlos zu Boden. Sie war ohnmächtig geworden. Keuchend standen die Männer um sie herum.

6

Fräulein Luise hörte ein ungeheures Heulen.

Sie wußte nicht, daß es die Sirene der Ambulanz war, in der sie lag. Sie schlug die Augen auf. In der schwachen Beleuchtung des Wagens erblickte sie schemenhaft zwei große Männer. Das sind sie! Jetzt haben sie mich wirklich! In die Hölle! In die Hölle mit mir jetzt!

»Nein!« kreischte das Fräulein. »Nicht! Ich will nicht in die Hölle!«

»Sinnlos«, sagte Dr. Schiemann zu dem Pastor Demel. »Völlig sinnlos. Sie ist jetzt in einem katatonen Zustand. Nichts zu machen.«

»Kann man ihr nicht etwas geben ... Ich meine ...«

»Erst in der Klinik ... Wir dürfen nichts falsch machen«, sagte ein Sanitäter, der hinter dem Fräulein saß.

Fräulein Luise mißverstand auch diese Worte, für sie klangen sie ganz anders, völlig anders.

So:

»Da liegt sie jetzt ...«

»Nun entkommt sie uns nicht mehr ...«

»Jetzt werden wir sie richten ...«

»Weg! Weg! Ich will weg!« schrie das Fräulein und versuchte, aufzuspringen. Dabei bemerkte sie, daß das unmöglich war. Man hatte sie mit Ledergurten an Händen und Füßen auf eine Trage geschnallt – zu ihrer eigenen Sicherheit.

»Verloren! Ich bin verloren! Ich bin verdammt!« heulte das Fräulein.

Die Sirene sang weiter ihr Lied, und die Ambulanz raste weiter durch die Nacht. Sie verließ die Autobahn und war kurze Zeit später beim Ludwigskrankenhaus in Bremen. Fräulein Luise schrie und zerrte an den Gurten. Sie schrie so lange, bis die Kräfte sie verließen, dann verstummte sie kurz, dann begann sie wieder zu kreischen. Verwünschungen, Flüche und Blasphemien drangen aus ihrem Mund. Sie sah aus wie eine Megäre ...

Die Ambulanz hielt im Hof der Psychiatrischen Abteilung. Wagenschläge flogen auf. Zwei Sanitäter rollten die Trage vor, hoben sie aus dem Wagen und schleppten sie über den Hof zur Aufnahme. Hier, in einem hell erleuchteten Raum, in dem zwei Nachtschwestern und ein Assistenzarzt Dienst taten, stellten sie die Trage nieder. Pastor Demel und Dr. Schiemann kamen gleichfalls in den Raum.

»Laßts mich gehen! Ihr Schweine! Ihr Hunde! Laßts mich los! Hilfe! Hilfe! Mörder! Verbrecher! Lumpengesindel!« schrie Fräulein Luise mit einer Stimme, die gar nicht mehr die ihre war.

Der junge Assistenzarzt kniete nieder und versuchte, sie anzurühren. Fräulein Luise begann durchdringend zu brüllen. Der Arzt zögerte ängstlich. Er war erst seit ein paar Wochen hier. Eine Schwester telefonierte. Pastor Demel kniete gleichfalls neben Fräulein Luise nieder. Er versuchte es noch einmal.

»Alles wird gut, liebes Fräulein Luise, alles ...«

»Weiche!« schrie das Fräulein ihn mit sich überschlagender Stimme an. »Weiche, Satan! Satan! Satan!« Und sie spie ihm wieder ins Gesicht. »Machts mich los! Laßts mich gehen!«

»Wir können sie nicht losschnallen«, sagte der junge Arzt. »Das ist unmöglich. Die schlägt uns hier alles zusammen. Die ...«

»Mörder! Mörder! Mörder!« kreischte das Fräulein.

»Schnallen Sie sie los«, sagte eine tiefe, ruhige Männerstimme.

»Mör ...« Das Fräulein verstummte und sah den Mann in dem weißen Kittel an, der den Raum betreten hatte. Er war groß und kräftig und hatte dunkle Augen, schwarzes, kurzgeschnittenes, gewelltes Haar und ein breites Gesicht. Er lächelte.

»Nun«, sagte er, »endlich, Fräulein Luise. Guten Abend.« Er machte dem jungen Arzt ein Zeichen. Der löste die Riemen. Fräulein Luise setzte sich langsam auf. Plötzlich war es totenstill in dem Raum. Langsam, unheimlich langsam, erhob sich das Fräulein in ihren nassen Kleidern. Die Decken, die man über sie gebreitet hatte, fielen auf den Steinboden. Sie ging, Schritt für Schritt, auf den großen Mann zu, der sie immer noch lächelnd betrachtete.

Der Pastor hielt den Atem an.
»Du«, sagte das Fräulein mit normaler Stimme. »Du ... dich kenne ich ...«
Der Mann in dem weißen Kittel schloß kurz die Augen und sah dann wieder das Fräulein an.
»Natürlich kenne ich dich«, sagte das Fräulein. Sie stand jetzt dicht vor dem Mann. »Du ...«, begann sie und setzte ab. Er nickte ihr zu. »Du ... du bringst mir Segen«, sagte das Fräulein.
Wieder nickte der Psychiater Dr. Wolfgang Erkner.
Das Fräulein umarmte ihn plötzlich und klammerte sich an ihn, und endlich, endlich begann sie schluchzend zu weinen.

7

»Das Los ist mir gefallen aufs Liebliche; mir ist ein schön Erbteil geworden«, las Thomas Herford bewegt vor dem Stehpult mit der aufgeschlagenen großen Bibel. Die behaarten Hände hielt er gefaltet, der Brillantring an seinem Finger blitzte im Licht der starken indirekten Deckenbeleuchtung. Er sah auf und fügte hinzu: »Aus dem sechzehnten Psalm. Ein gülden Kleinod Davids.«
»Amen«, sagten Mutti, Justitiar Rotaug, Verlagsleiter Seerose, Chefredakteur Lester, Bildredaktions-Chef Kurt Ziller (endlich aus den USA heimgekehrt) und Heinrich Leidenmüller, unser Chef-Layouter. Hem, Bertie, Irina und ich sagten nichts. Irina war völlig überwältigt von Herfords Prunkbüro – wie jeder, der es zum ersten Mal betrat. Erschöpft war sie auch – nach allem, was geschehen war und nach der Fahrt von Hamburg herunter. Ich hatte die 495 Kilometer Autobahn in einem Selbstmördertempo hinter uns gebracht, mit einer einzigen kurzen Rast. Durch den langen Regen und den Sturm war es sehr kalt und vorwinterlich geworden, die tiefen Wälder und die Felder zu beiden Seiten der Autobahn hatten so trostlos ausgesehen wie die unzähligen schwarzen Krähen, die wir an manchen Stellen in mächtigen Scharen erblickten.
Ich war direkt in den Verlag gefahren, und wir waren sofort zu Herford gebeten worden, zusammen mit Lester und Hem und diesmal auch mit dem Leichenmüller, denn der spielte nun eine wichtige Rolle. Das brave, verhurte Gerippe stotterte ob der Ehre

und Aufregung ein wenig und hatte Schweißperlen auf der Stirn und die Seitenspiegel unter dem Arm – große Bögen aus einer Art dickem Butterbrotpapier.
Nachdem Mutti »Amen« gesagt hatte, stürzte sie mit einem kleinen Aufschrei auf Irina los, die erschrocken zurücktrat, packte sie um die Hüfte, drückte sie an sich, zog Irinas Kopf zu sich herab und verpaßte ihr einen Kuß auf die Wange.
»Ach, Kindchen, mein Kindchen«, rief Mutti, »wir sind ja alle so glücklich, Sie bei uns zu haben. Nicht wahr, Herford?«
»Außerordentlich glücklich«, sagte ihr Mann und verneigte sich lächelnd, gemeinsam mit den lächelnden Herren Seerose, Rotaug, Ziller und Lester. Mutti war wieder mal so angezogen, daß man es nicht glauben wollte. Sie trug ein blaues Strickkostüm mit einer ärmellosen Strickjacke, die ihr bis weit über den Hintern hing (blau zu ihrem krachviolett gefärbten Haar), einen Haufen lange Perlenschnüre und einen braunen Trapperhut mit enormer Krempe. Oben in der Mitte hatte der Hut einen mächtigen Knick.
»Nun«, dröhnte Herford, »wir sind hier auch nicht untätig gewesen. Zeigen Sie mal her, Leidenmüller!«
Der kadaverhafte Lüstling breitete die Seitenspiegel auf dem Konferenztisch aus. Er wurde immer noch aufgeregter. Seine große Stunde – nun hatte sie geschlagen! Er beeilte sich, zu erklären, wie er die vier ausgewechselten Seiten ausgespiegelt hatte. Alle traten um den Tisch. Der Leichenmüller gab katzbuckelnd bekannt: »Diediese Spiegel wurden bereits von der Ververlagsleitung und Herrn Lester und Herrn Ziller gegenehmigt. Nanatürlich kann ich noch keine Probeandrucke zeigen. Weil das ja Farbseiten sind. Ich habe ...«
»Ja, wir sehen schon, was Sie haben«, sagte Lester knapp und scharf. Lester, unser kleiner Napoleon. Wir sahen es wirklich: Der Leichenmüller hatte, nachdem die Filme, die Bertie geschickt hatte, entwickelt worden waren, Abzüge in der Größe, die ihm vorschwebte, herstellen lassen und diese dann auf die Seiten geklebt. Überschriften und Unterschriften waren auch schon da. Die hatte der Leichenmüller fotokopiert und dorthin geklebt, wo er sie haben wollte.
Das, was hier lag, waren Duplikate. An der Herstellung der Seiten für das Heft wurde seit gestern fieberhaft gearbeitet. Farbseiten drucken ist am kompliziertesten und dauert am längsten. Die Art der Ätzung ist eine andere, drei Zylinder mit verschiedenen Farben

und einer mit Schwarz müssen gleichzeitig laufen, und immer wieder muß man Probedrucke machen, bis die Farben auch stimmen. So etwas dauert vier Tage oder fünf. Aber Herford hatte sich dazu angesichts dieser Story, dieser meiner Story, entschlossen. Sogar dazu: »Die Nummer soll nächsten Donnerstag erscheinen. Geht nicht, sagt man Herford bei der Technik. Erst einen Tag später. Mit Versand und allem. Nimmt Herford in Kauf. Verblüffung, wenn BLITZ am Donnerstag nicht an den Kiosken ist! Großes Geheimnis! Extra keine Inserate deswegen! Einen Tag später dann – wumm, die Bombe.«

»Die Atombombe«, sagte Mutti.

»Die Wasserstoffbombe«, sagte Lester.

»Toi, toi, toi«, sagte der Dr. Helmut Rotaug und zerrte an seinem Hjalmar-Schacht-Kragen.

Nächsten Donnerstag – das war genau in einer Woche. Sie werden sich wundern, daß es so lange dauert, bis Sie eine Illustrierte in der Hand halten – von dem Zeitpunkt an, wo die Redaktion dead-line hat. Das liegt an der verflucht schwierigen Herstellung, dann an der Zeit, die vergeht, bis so eine Millionenauflage ausgedruckt ist, und endlich am Versand. Praktisch liegt die neue Nummer einer Illustrierten schon vier oder fünf Tage fertig im Verlag herum, bevor sie zum Kiosk kommt: Sie muß ja mit Bahn und Flugzeug und Auto zu allen Verkaufsstellen gebracht werden. Das dauert am längsten.

Ich gebe zu, ich war aufgeregt, als ich mich über die Seitenspiegel beugte. Und auch Bertie war aufgeregt. Diesmal war es unsere, war es meine Geschichte, die da angekündigt wurde ...

In diesem Heft sollte es tatsächlich allerlei geben: Auch noch den Neun-Seiten-Bericht über den TOD DES SCHWARZEN JESUS und die Rassenunruhen in den USA, dazu den großen Modebericht, beides in Farbe, dachte ich. Dann sah ich nach der Paginierung auf den Seitenspiegeln und wußte, welchen Beitrag sie ausgewechselt hatten. Da war wieder mal eine Expedition – eine deutsche – zum Sturm auf den Nanga Parbat im Himalaja angetreten und vom Pech verfolgt gewesen. Sie hatte den Gipfel nicht geschafft, weil fünf Mitglieder der Expedition kurz davor abgestürzt und tödlich verunglückt waren. Im Auftrag von BLITZ hatten zwei Bergsteiger die ganze Geschichte fotografiert, von der Ankunft bis zum Abbruch, und die tollsten Bilder in Farben hatte man ausgesucht. Auf einer Doppelseite, erinnerte ich mich, hatte gestanden: DER THRON DER

Götter war ihr Grab. Nun stand etwas anderes auf der Doppelseite. In einer wilden, zerfetzten, knallgelben Schrift, die der Leichenmüller entworfen und gezeichnet hatte, las ich links oben ein einziges Wort:

VERRAT!

Ganz oben, an der Randleiste, lief ein Band in großer knallgelber Schreibmaschinentypenschrift:

klusiv - weltexklusiv - weltexklusiv - weltexk

Rechts las ich, in der gleichen Schrift und Farbe wie VERRAT:

DER NEUE ROLAND:
DIE GESCHICHTE EINES
INTERNATIONALEN SKANDALS
OHNEGLEICHEN –
DER ERREGENDSTE TATSACHENBERICHT
UNSERER VERLAGSGESCHICHTE BEGINNT
IM NÄCHSTEN HEFT!

Unten rechts stand:

FOTOS: BERT ENGELHARDT

Über die ganze Doppelseite hinweg hatte der Leichenmüller nun jenes von Bertie aufgenommene Foto montiert, bei dem ich so sehr gehofft hatte, daß es gelingen möge – den Augenblick, in welchem der kleine Karel, von der Maschinenpistolensalve getroffen, durch die Luft flog. Es war ein phantastisches Foto geworden. Man hatte das Gefühl, den Jungen tatsächlich über die Doppelseite fliegen zu sehen, scharf, ganz scharf das Gesicht im Augenblick des Todes, vorbeiwischend der Körper, überdeutlich die goldene, blinkende Trompete, die, Karels Händen entglitten, noch neben ihm flog; schwarz die Bäume und Sträucher vor dem gloriosen Sonnenuntergang, der roten Feuerwand unter dem schwarzen Sturmhimmel; und dazu die vielen Menschen, Erwachsene und Kinder, hingeworfen auf den Sandboden, ins Gras, Panik, Panik in den Gesichtern. Noch nie hatte ich ein solches Pressefoto gesehen.
»Herford gratuliert Ihnen zu diesem Bild«, sagte Herford und schüttelte Bertie die Hand. »Herford gratuliert Ihnen zu allen Bildern, Engelhardt. Das Beste, was Sie je geliefert haben.«
»Na ja, 'n bißchen Glück gehabt«, sagte Bertie, verlegen lächelnd.

»Und Ihnen gratuliert Herford zu Ihren Recherchen«, sagte Herford und schüttelte mir die Hand. »Meine Herren!« Darauf schüttelten mir Mutti und die anderen Männer, mit Ausnahme von Hem und Bertie, die Hand. Die Hand Rotaugs fühlte sich an wie Gummi, die Lesters wie kalter Fisch, die Seeroses schmerzte, als sie zudrückte. Der Mann war eleganter denn je gekleidet und sah mich aus blitzenden Augen strahlend an.
»Das wird der Superknüller aller Zeiten«, sagte Herford. »Herford spürt's im Urin. Entschuldige, Mutti. Bringt die Auflage um hunderttausend in die Höhe.«
»Zweihunderttausend!« rief Lester kriecherisch.
»Amen«, sagte Mutti genauso wie zuvor, beim 16. Psalm Davids.
»Nicht zu sehr in die Höhe«, sagte Herford. »Hundertfünfzigtausend höchstens. Denkt an die Inserate!« Er grunzte. »Aber an die Spitze kommen will ich damit und mit MANN-TOTAL! Es den Hunden einmal zeigen, was Herford kann!«
Bertie und ich sahen uns die beiden anderen ausgewechselten Seiten an. Hier war Platz für Unterschriften und einen ganz kurzen Schlagwort-Aufreißer. (Fortsetzung Seite 96, da hatten sie auch noch etwas rausgeschmissen.) Es war mein Text, der, den ich durchdiktiert hatte. Die Fotos – sie waren einfach großartig – zeigten den toten Karl Concon auf dem Bett im Zimmer des Hotels ›Paris‹; Irina (groß); Irina, wie sie und Fräulein Luise sich in dem Barackenbüro anschrien; ganz grobkörnig, aber trotz der starken Vergrößerung noch sehr gut zu erkennen das Fenster in der angestrahlten Fassade des Hauses 333 Niendorfer Straße, und hinter dem Fenster die Gesichter von Jan Bilka und seiner Freundin; die davonrasenden Autos vor dem Lagertor (Fräulein Luise mit anklagend zum Himmel gereckten Armen im Vordergrund und von hinten); die beiden zusammengeschlagenen Amerikaner auf der Straße vor dem Haus am Eppendorfer Baum (mir war gar nicht aufgefallen, daß Bertie auch da noch nach der Prügelei geblitzt hatte) – na und so weiter. Es waren tolle vier Seiten.
»Hast du prima gemacht«, sagte ich zum Leichenmüller.
Bertie schlug ihm auf die Schulter und grinste ihn an.
»Dadanke«, stotterte der Leichenmüller.
»Ihre Aufmerksamkeit, bitte!« Herford war vor eine große Tafel mit Terminen getreten, die auf dem Tisch lag. Wir sahen zu ihm. Er wies mit einem Stöckchen – der Feldherr am Kartentisch vor Beginn der Schlacht. »So sieht das also aus: Heute, eben,

kam Nummer 46 dieses Jahrgangs raus. Nächsten Mittwoch, am 20. November, ist Buß- und Bettag. Herford erscheint mit Nummer 47 nicht am 21., sondern, wie gesagt, erst am 22., am Freitag. In Nummer 47 hat Herford die Rassenunruhen und diese vier Austauschseiten. Eine Woche später, am 28. November, in Nummer 48, erscheint dann der erste Teil von VERRAT – Sie müssen sich am Riemen reißen, Roland! Wir alle müssen es. Herford macht Sie persönlich verantwortlich, daß der Farbtitel mit dem bewußtlosen Jungen in der Baracke rechtzeitig fertig wird, Leidenmüller!«
»Jawohl, Herr Herford, selbstverständlich, gewiß ...«
»In Nummer 48 baut Roland die Brücke von der laufenden Sex-Serie zu MANN-TOTAL.« Ich nickte. »Diese Serie beginnt in Nummer 49, wieder eine Woche später, am 5. Dezember. Auch hier muß schnellstens der Titel produziert werden. Herr Ziller hat eine ausgezeichnete Idee, über die wir aber noch ausführlich sprechen müssen. Das wird eine lange Nacht werden heute, meine Herren!«
Ich sah plötzlich, daß Irina, müde und blaß, sich gesetzt hatte und vor sich hinstarrte. Kein Mensch kümmerte sich um sie. Wir alle hatten jetzt nur das Blatt im Kopf. Auf Herfords großem Schreibtisch läutete schon ein paarmal eines der vier Telefone, bevor wir es merkten. Herford eilte über die mächtigen Teppiche und nahm den Hörer jenes Apparates ab, von dem es hieß, er sei aus Gold. Der Verleger meldete sich und winkte dann mich herbei.
»Für Sie.«
»Wer will mich denn sprechen?«
»Weiß Herford nicht. Hat den Namen nicht verstanden. Jemand aus Neurode.«
Ich rannte durch diesen Museumsraum zu Herford und nahm den Hörer. Unter mir lag das abendliche Frankfurt, ein funkelndes, buntes, bewegtes Lichtermeer. Der Himmel war schwarz.
»Roland!«
»Hier ist Pastor Demel«, erklang eine ruhige Stimme. »Ich wußte nicht, wo ich Sie in Hamburg hätte erreichen können. Ich habe schon ein paarmal im Verlag angerufen heute. Man sagte mir, Sie würden gegen Abend eintreffen.«
»Was gibt es, Herr Pastor?«
»Fräulein Luise ...«
»Was ist mit ihr los?«
Er sagte, was mit ihr los war. Nun war seine Stimme nicht mehr so ruhig.

Ich sah auf meine Armbanduhr.
19 Uhr 26.
14. November 1968.
Donnerstag.
Am nächsten Donnerstag, dem 21., waren wir mit Nummer 47 an den Kiosken, mit der Nummer, welche die phantastischen ersten Fotos enthielt. Oder nein, wir kamen ja einen Tag später, erst am Freitag, dem 22. Aber dann, am übernächsten Donnerstag ...
Der Pastor redete schnell und gehetzt, er hatte viel zu erzählen. Vorn, beim Konferenztisch, dozierte Herford. Ich hörte ihn, und ich hörte den Pastor.
»Was ist los, Roland? Was quatschen Sie da? Was passiert?«
»Fräulein Luise«, sagte ich, die Sprechmuschel zuhaltend. »Auf der Psychiatrie. Ludwigskrankenhaus Bremen.«
»Wer?«
»Fräulein Luise Gottschalk.«
»Wer ist das denn?«
»Die Fürsorgerin, die ...«
»Ach so. Verdammt, Irrenhaus. Endlich passiert, was?«
»Ja, Herr Herford.«
»Scheiße! Gerade jetzt. Erster Klasse natürlich, auf unsere Kosten. Lester, Sie veranlassen das sofort. Rufen Sie das Ludwigskrankenhaus an.«
»Jawohl, Herr Herford!«
»Kann man sie besuchen, ja? Sie noch ausfragen und fotografieren, wie?«
Der Pastor redete noch immer.
Ich legte eine Hand auf den Hörer.
»Nicht sofort, Herr Herford.«
»Herr Roland? Herr Roland? Sind Sie noch da?«
Ich nahm die Hand von der Muschel.
»Natürlich, Herr Pastor. Erzählen Sie weiter. Ich höre jedes Wort.«
Ich legte wieder die Hand auf die Muschel.
»Wieso nicht sofort, Roland?«
»Weil der Arzt – ein gewisser Doktor Erkner – sie durch Injektionen ruhiggestellt hat. Sie macht jetzt eine kurze Dämmerschlafkur. Später soll angeblich Elektroschockbehandlung kommen.«
»Himmelarschundzwirn!«
»Herford, bitte ...«

»Ich kann auch so anfangen, Herr Herford. Ich habe genug Material, bis Fräulein Luise Besuchserlaubnis bekommt.«
Die Stimme des Pastors klang an mein Ohr: »... das gute, unglückliche Fräulein Luise. Ist es nicht erschreckend zu sehen, wie hart Gott der Allmächtige die prüft, welche Ihm die liebsten unter Seinen Geschöpfen sein müssen?«
Die Stimme des Verlegers klang an mein Ohr: »Mist, elender, gottverdammter! Genug Material für die ersten Teile! Und wenn sie wochenlang geschockt wird und man keine Besuchserlaubnis bekommt? Was dann, Roland? Ist das nicht eine himmelschreiende Schande, daß die alte Schachtel gerade jetzt noch den Rest von ihrem Verstand verliert?«
Ich nahm die Hand von der Muschel.
»Ja«, antwortete ich.
Meinem Verleger und dem Pastor Demel zugleich.

8

Vaclav Bilka knallte auf dem steinernen Terrassenboden unter meinem Appartement auf. Er war aus dem Fenster des Salons im vierten Stock gesprungen, mit dem Schädel voran gelandet und gleich tot.
Auf dieser Terrasse stehen im Sommer Tische, die Gäste sitzen lange draußen in der lauen Nacht, eine Kapelle spielt, und es ist eine erleuchtete Tanzfläche da. Nun, im November, war die Terrasse leergeräumt und bedeckt mit nassem Laub. Die großen Glastüren, die in das Innere der Bar führten, waren geschlossen, die Vorhänge zugezogen. In einer Ecke der Bar befand sich ein großer hufeisenförmiger Tresen, hinter dem Mixer Charlie mit drei Gehilfen arbeitete. In die Flaschenwand eingebaut stand hier die Anlage für die Übertragung von Plattenmusik aus der Bar. Gegenüber dem Tresen, auf einem Podest, spielte eine Band von fünf Mann. (Die Schallplattenmusik hörte man nicht in der Bar.) Einige Paare tanzten. Mixer Charlie vernahm den lauten Aufschlag draußen im Freien. Er ließ sich nicht das geringste anmerken und wartete ein paar Sekunden, um zu sehen, ob noch jemand anderer das Klatschen vernommen hatte. Die Bar war ziemlich voll, die Kapelle spielte ›Blue Velvet‹, und Charlie zog sich zurück.

Durch einen Vorratsraum und eine kleine Tür ging er auf die Terrasse hinaus, sah, was passiert war, und verständigte sofort den Nachtportier Heintze. Höchstens zehn Minuten später war die Kripo da. Die Beamten betrugen sich sehr taktvoll und leise. Ich stand oben auf dem Balkon meines Appartements im Regen und rief laut zu den Männern hinunter um Hilfe. Sie richteten den schwenkbaren Scheinwerfer eines Autos auf mich, dann kamen ganz schnell drei von ihnen mit Heintze zu uns herauf und öffneten die Tür, und ich erzählte, was geschehen war und wie es geschehen war. Das Verschwinden Monerows und Jules Cassins wurde festgestellt. Die Beamten wollten wissen, worum es sich bei dieser ganzen Sache gedreht hatte, und gerade noch, bevor ich zu lügen beginnen konnte, trafen die beiden ein, auf die ich schon lange gewartet hatte – der große Herr Klein und Herr Rogge mit den scharfen Brillengläsern vom Verfassungsschutz. Sie sahen sehr müde und angewidert aus. Ich konnte mir denken, daß diese Aufgabe, mit der man sie betraut hatte und die eigentlich gar nicht in ihren Kompetenzbereich gehörte, sie ankotzte.

In der Zwischenzeit hatte Heintze den eisig-höflichen Hoteldirektor herbeigerufen. Irina lag erschöpft im Schlafzimmer und döste vor sich hin. Wir sprachen alle im Salon, und als ich einmal aus dem Fenster blickte, sah ich, daß die Beamten auf der Terrasse mit Fotografieren und Spurensicherung fertig waren und Bilkas Leichnam schon in einen geschlossenen Wagen geschoben wurde. Die Besucher der Bar hatten nichts bemerkt, da drinnen ging alles fröhlich weiter, Charlies Platten liefen. Aus dem kleinen Radio im Salon ertönte ›Stranger in Paradise‹, als Klein und Rogge sich mir zuwandten.

»Also, wie war das, Herr Roland?« fragte Klein mit einem Gesichtsausdruck, als wolle er sich gleich übergeben.

»Ich bin genauso entzückt wie Sie über unser Wiedersehen«, sagte ich.

»Nur nicht frech werden, ja?« sagte Rogge.

»Wer wird frech?« fragte ich.

»Sie. Und Sie haben weiß Gott keinen Anlaß dazu«, sagte Klein.

»Das verstehe ich nicht. Was geht mich an, ob ...«

»Halten Sie den Mund!« sagte Rogge grob. Dann wurde er freundlicher, behauptete, er habe eben auch nur Nerven, und ließ mich nun alles der Reihe nach erzählen. Ich sagte dazwischen: »Sie wissen doch schon, was da in Helsinki passiert ist!«

»Gewiß, gewiß«, sagte Rogge. »Bloß was hier passiert ist, das wissen wir noch nicht.«
»Natürlich nicht«, sagte ich. »Sie konnten ja nur das Ferngespräch mit Engelhardt in Helsinki abhören, sonst habe ich ja nicht telefoniert. Sie haben doch das Telefon angezapft – oder?«
»Ja, ja«, sagte Klein freundlich.
»Wenn Sie ein Mikrophon eingebaut hätten, wie es die Russen taten, wüßten Sie mehr.«
»Ein Fehler von uns«, sagte Rogge. »Übrigens: Der junge Felmar hat sich freiwillig gestellt und alles gestanden.«
»Was werden Sie mit ihm tun?«
»Weiß ich noch nicht. Vorläufig haben wir ihn festgenommen. Das Weitere muß ein Richter bestimmen. Felmar wird morgen – heute früh – einem vorgeführt.«
»Das arme Schwein«, sagte ich.
»Wir sind alle arme Schweine«, sagte Klein. »Jetzt erzählen Sie weiter.«
Also erzählte ich weiter.
Sie hörten zu, ebenso wie die drei Kriminalbeamten, denen Klein zuvor erklärt hatte, dies sei eine Geheimsache, von der in den üblichen Mitteilungen an Presse und Agenturen nichts auftauchen dürfe. Klein und Rogge verlangten, daß das Ganze unterdrückt wurde. Selbstmord durch Sprung aus dem Fenster. Genügte für die Öffentlichkeit. Die müden Beamten zuckten die Schultern.
Übrigens: Die Zeitungen und Rundfunkstationen und das Fernsehen brachten kein Wort, am nächsten Tag nicht und überhaupt nie, und die großen Nachrichtenagenturen fanden die Meldung vom Fenstersturz eines Hotelgastes uninteressant. Soweit herrschte noch Ordnung in unserem Vaterland.
Nachdem sie mich ausgequetscht hatten, fragten Klein und Rogge, was ich nun vorhätte.
»Ich werde warten, bis Engelhardt aus Helsinki zurückkommt, dann will ich nach Frankfurt fahren und zu arbeiten beginnen. Sie sind dagegen, nicht wahr?« fragte ich und war davon überzeugt, daß sie mir verbieten würden, etwas über diese Affäre zu schreiben, und ich war auch davon überzeugt, daß sie die Tonbänder und Berties Fotos aus Helsinki verlangten. Nichts von all dem. Sie nickten beide und lächelten mich an und sagten, sie täten nur ihre Pflicht – abkommandiert auf einen Posten, der ihnen nicht zustand. Und ich hätte durchaus ihre Sympathie.

»Ich darf also fahren? Das Mädchen mitnehmen? Schreiben?«
»Von uns aus«, sagte Klein. »Wir haben Ihnen doch schon einmal erklärt, daß wir nicht Ihre Feinde sind und Ihre Arbeit behindern wollen. Es geht hier um eine Sache von öffentlichem Interesse. Also berichten Sie, berichten Sie, Herr Roland. Es darf nur keine offizielle Erklärung erfolgen«, sagte Klein. Das verstand ich nicht.
»Sie haben ja so mächtige Freunde«, sagte Rogge. Jetzt verstand ich es. Trotzdem war das alles ein wenig unheimlich, und ich mußte daran denken, daß Victor Largent gesagt hatte, von diesem Bericht werde keine einzige Zeile erscheinen, und er wolle mir am Morgen Vertrag und Scheck der amerikanischen Illustrierten bringen. An den netten alten Herrn aus Köln dachte ich auch. Und dann dachte ich, daß ich dringend telefonieren mußte, ganz dringend, mit meinem Verlag.
Aber es dauerte noch eine ganze Stunde, bis ich die Brüder endlich alle los war. Ich sah in das Schlafzimmer. Irina war bei Licht eingeschlafen. Sie sah sehr friedlich aus und atmete tief. Ich deckte sie gut zu, löschte das Licht und nahm meinen Mantel, verließ das Appartement, dessen Teppich nun den Dreck von vielen schmutzigen Schuhen trug, sperrte ab und fuhr in die Halle hinunter. Aus der Bar erklang die Musik der Band bis hin zum Desk des Nachtportiers Heintze.
In diesem ›Club 88‹ wollte ich mich nun nicht mehr sehen lassen. Ich bat Heintze, mir ein Taxi zu rufen. Er war von einer geradezu feindseligen Förmlichkeit gegen mich, er, ein Mann, den ich so lange und so gut kannte.
»Was ist los?« fragte ich. »Was haben Sie, Herr Heintze?«
Er sah auf seine Papiere, als er antwortete, und seine Stimme klang flach: »Es tut mir leid, Herr Roland, aber nach allem, was vorgefallen ist, ersucht die Direktion Sie, bis morgen mittag das Appartement freizugeben und abzureisen mit . . . Ihrer Frau.«
»Das wollte ich sowieso«, sagte ich. »Hören Sie, Herr Heintze, ich kann doch wirklich nichts dafür, wenn bei mir einer aus dem Fenster springt!«
Er zuckte die Achseln.
»Dazu möchte ich mich nicht äußern, Herr Roland. Ich bedaure sehr, daß ich es bin, der Ihnen das zu sagen hat: Die Direktion bittet Sie, von jetzt an und in aller Zukunft nicht mehr im ›Metropol‹ abzusteigen. Sollten Sie trotzdem herkommen, wird kein Zimmer für Sie frei sein.«

»Ich verstehe schon«, sagte ich. »Und ich kann auch Ihren Direktor verstehen. Aber wir – wir bleiben doch Freunde, wie?« Und ich schob einen Hundertmarkschein über den Desk. Er schob ihn zurück und sagte mit ausdruckslosem Blick: »Das möchte ich nicht annehmen, Herr Roland.«
»Na schön, dann nicht«, sagte ich, steckte das Geld ein und ging ins Freie. Hier bog gerade ein Taxi in die Auffahrt ein. Ich ließ mich in den Fond fallen. Ein Hoteldiener schloß den Schlag.
»Hauptbahnhof und zurück«, sagte ich.
»In Ordnung, mein Herr«, sagte der Chauffeur.
Es regnete jetzt wieder sehr stark.

9

Im Hauptbahnhof lagen die Süffel wie immer zusammengerollt auf den Bänken. Ich wechselte zwei Zwanzigmarkscheine in Hartgeld und ging in dieselbe Telefonzelle, aus der ich – es schien mir eine Ewigkeit her zu sein – Hem angerufen hatte. Diesmal rief ich den Verlag an und ließ mich gleich mit Herford verbinden – Hem konnte im Hause nun doch nicht offen sprechen, und ich brauchte jetzt den Verleger. Er meldete sich sofort: »Guten Abend, Roland, Herford begrüßt Sie.«
»Guten Tag, Herr Herford«, sagte ich. »Es hat sich ...«
»Von wo sprechen Sie?«
»Bahnhof. Zelle. Es hat sich sehr viel ereignet in den letzten Stunden und ...«
»Herford weiß«, dröhnte seine selbstgefällige Stimme.
»Sie wissen ...«
»Alles!« Er lachte. »Da staunen Sie, was?«
»Ach so«, sagte ich. »Herr Seerose hat Nachricht von seinen Freunden erhalten.«
»Schlauer Junge. Hat er, hat er. Schöne Scheiße, wie? Aber prima für die Story, ganz prima. Seerose sagt auch prima. Alle sagen prima. Sind alle hier oben bei mir. Auch Ihr Freund Kramer. Herford hat die Lautsprecheranlage angeknipst, alle können Ihre Stimme hören.«
»Daß Bilka aus dem Fenster meines Appartements gesprungen ist und sich den Schädel eingeschlagen hat, das wissen Sie aber

noch nicht«, sagte ich, verärgert und boshaft zugleich. Ich hörte, wie Herford nach Luft schnappte.
»Besoffen, Roland?«
»Nein, Herr Herford.«
»Aber wie kann Bilka aus Ihrem Fenster...« Er brachte kein Wort mehr heraus. Ich warf eine Münze nach und sagte: »Ich erkläre es Ihnen. Und auch noch einiges dazu, was Herrn Seeroses Freunde wohl nicht berichtet haben.« Danach ließ er mich reden, und ich erzählte und warf dazwischen Münzen nach, und in dieser Zelle roch es noch immer nach Urin und Parfum. Der Urin roch noch immer stärker, mir wurde übel, und ich mußte einen Schluck aus dem Flacon trinken. Ich erzählte alles, was sich bei mir im Appartement ereignet hatte, auch den Besuch Victor Largents vergaß ich nicht, nur seine Prophezeiung, daß wir diese Story nie drucken würden, verschwieg ich. Zum Schluß, als Clou, fragte ich: »Wie ist das also nun, Herr Herford – werden wir die Story drucken?«
»Natürlich werden wir sie drucken!« polterte er. »Sind Sie wahnsinnig geworden? So eine Story haben wir noch nie gehabt! Was soll die dämliche Frage? Wollen Sie abhauen und alles woanders verhökern? Ich warne Sie, Roland! Versuchen Sie keine krummen Touren! Ich schleppe Sie vor alle Gerichte des Landes! Das ist Herfords Fressen! Das gehört Herford! Natürlich druckt Herford! Darauf können Sie sein Ehrenwort haben. Herford schwört Ihnen, daß – ach so, Sie dachten an den netten alten Herrn aus Köln, wie?«
»Ja«, sagte ich.
»Der hat nichts dagegen. Das wissen nun wir bereits wieder, haha.«
»Haben Sie mit ihm gesprochen?«
»Warten Sie mal, das soll Ihnen Oswald erklären. Oswald, komm her!«
Oswald kam. Ich vernahm die sonore, so beeindruckende Stimme des Verlagsleiters.
»Hallo, Herr Roland.«
»Ja, hallo, Herr Seerose«, sagte ich. Ich warf immer wieder Münzen ein, wenn es an der Zeit war.
»Es verhält sich genauso, wie Herr Herford sagt, mein Freund. Wir drucken. Keinerlei Proteste des netten alten Herrn aus Köln oder der Amerikaner. Im Gegenteil.«
»Was heißt im Gegenteil?«

»Die Amerikaner *wollen*, daß die Story erscheint! Das haben sie auch bereits dem Herrn aus Köln mitgeteilt, wie er mir sagte – ich telefonierte mit beiden mehrere Male.«

»Die Amerikaner wollen ... Na, Herr Seerose, sehr gut kommen sie dabei aber nicht weg, die Amerikaner!«

»Eben deshalb. Und außerdem ist erst Halbzeit.«

»Das verstehe ich nicht.«

»Diese Zelle da am Hauptbahnhof, die ist koscher, ja?«

»Ja, sicherlich«, sagte ich und zündete eine Gauloise an, weil ich den Gestank nicht ertrug und die Tür nicht öffnen konnte. Es war in jener Nacht sehr still in der Bahnhofshalle. »Was heißt Halbzeit?«

»Na, die andere Hälfte der Filme ist noch immer in New York, nicht wahr?«

»Wenn die Russen Bilka ordentlich in die Mangel nehmen, wird sie nicht mehr lange da sein.«

»Niemand kann wissen, was noch geschieht«, sagte Seerose. »Die Amerikaner werden uns weiter stets sofort informieren, das haben sie versprochen. Sie sind keine blinden Optimisten. Aber Diplomaten. Sehen Sie, nehmen wir mal an, der Osten bekommt auch die zweite Hälfte der Pläne – möglich ist alles. Dann *muß* unsere Serie geradezu erscheinen.«

»Das kapiere ich nicht. Eine Serie, die eine Niederlage der Amis schildert?«

»Ja. Mit einer kleinen Retusche. Einer einzigen.«

»Nämlich welcher?«

»Nämlich der, daß die Amerikaner von Bilka, als er in der Niendorfer Straße war, *Kopien* der Mikrofilme erhielten und den Flug nach Helsinki und alles Weitere nur starteten, um den Osten irrezuführen«, sagte Oswald Seerose.

»Das ist doch nicht wahr«, sagte ich. »Oder ist das wahr?«

»Was glauben Sie?« fragte er.

»Na, daß es nicht wahr ist natürlich!«

»Hm. Glauben *Sie!* Aber wenn Sie schreiben – und wir veröffentlichen es so schön verspätet, daß es wie eine Bombe einschlagen muß –, die Amerikaner *hätten* die Kopien der Filme, und – ganz zart angedeutet natürlich nur – und *eben deshalb* würden wir diese Story veröffentlichen können, dann werden Millionen Ihnen glauben, nicht wahr? Und die Russen werden zumindest die gleichen Zweifel haben wie Sie jetzt, mein Freund. Sie werden

den Bilka fragen, wenn er dann noch lebt. Und was kann der antworten?«
»Daß er keine Kopien übergeben hat.«
»Richtig. Und genau das werden die Russen ihm nie glauben. Deshalb ist es eine so glückliche Lösung, daß wir erst in einigen Wochen mit unserer Behauptung auf den Markt kommen. Wir haben überhaupt nur Glück.«
»Wieso?«
»Nun«, sagte Seerose gemütvoll, »der Bilka-Bruder ist tot, sagen Sie. Da müssen Sie keine Gewissensbisse mehr haben, zu schreiben und damit einen Menschen unglücklich zu machen. Vaclav Bilka, er ruhe in Frieden.«
»Hören Sie«, sagte ich. »Und das ist die reine Wahrheit? Wirklich und tatsächlich? Ihr legt mich da nicht rein?«
»Mein lieber junger Freund, was für ein Mißtrauen!«
»Ich habe Sie in Hamburg gesehen, als Sie in der Niendorfer Straße 333 eintrafen«, sagte ich. Jetzt brauchte ich unter allen Umständen Gewißheit. Und Herford hatte die Lautsprecheranlage eingeschaltet, in seinem Prunksaal hörten das jetzt also alle mit.
»Ja, gewiß«, sagte Seerose unerschütterlich freundlich. »Ich wurde von den Amerikanern eingeladen, schnellstens zu kommen.«
»Warum?«
»Um all das zu besprechen, was jetzt akut geworden ist«, kam seine leicht hochmütige Antwort. »Hören Sie, die Amerikaner *brauchen* Ihre Story jetzt! Dringend! Wollen Sie in der Niendorfer Straße anrufen? Ich gebe Ihnen die Telefonnummer. Sie ist natürlich geheim.«
»Natürlich. Also?«
Er nannte tatsächlich eine Nummer. Ich schrieb sie auf ein Stück Papier.
»Da meldet sich einer der leitenden Herren. Das heißt, er meldet sich erst, wenn Sie das Code-Wort für diese Operation genannt haben.«
»Wie heißt das Code-Wort?«
»›Satisfaction‹ – Befriedigung. Wenn Sie das sagen, wird er ›Red Mountain‹ sagen. Ein Apparat steht neben seinem Bett. Er hat Bereitschaftsdienst. Ronald Patterson heißt er. Fragen Sie ihn, ob er mir gesagt hat, daß er um eine Veröffentlichung bittet.«
»Sofort«, sagte ich. »Dann rufe ich zurück.«

Ich hängte ein, wählte die Nummer und sagte, als abgehoben wurde: »Satisfaction«.
»Red Mountain«, sagte eine Männerstimme. Das Gespräch wurde weiter englisch geführt. In amerikanischem Englisch.
»Mister Patterson?«
»Wer ist da?«
»Der Reporter von BLITZ. Wie heiße ich?«
»Walter Roland. Habe schon auf Ihren Anruf gewartet.«
Ich fragte ihn noch, ob er vier oder drei Hunde besäße und ob es alles Terrier wären, und er sagte, es seien zwei Schäferhunde, und dann fragte ich ihn danach, wie Bilka aussah und wie seine Freundin aussah und wo die beiden in Helsinki hingebracht worden seien – und noch ein paar Dinge mehr. Ich mußte ganz sicher sein, daß Seerose mir da nicht irgendeine Nummer gegeben hatte. Aber er hatte mir offenbar wirklich die Nummer der Amerikaner gegeben. Endlich war ich zufrieden.
»Und Sie sind einverstanden mit einer Publikation?«
»Unter der Bedingung, die Ihnen Mister Seerose genannt hat.«
»Stimmt das, was Sie da behaupten?«
»Das ist eine Idiotenfrage, Mister Roland. Erwarten Sie, daß ich antworte, wir haben gelogen?«
Na ja, und so weiter. Es schien wirklich alles okay zu sein. Ich war fast sicher, daß die Amerikaner keine Kopien der Filme besaßen, aber es war ein hübscher Einfall, um die Russen zu verunsichern.
»Und der nette alte Herr aus Köln ...«
»Ist informiert von mir. Wird nicht das geringste unternehmen, Mister Roland. Das heißt: Er wird, aber nur, wenn ihr die Story *nicht* bringt!«
Ich überlegte, doch da war offenbar wirklich nichts mehr anzuzweifeln. Ich sagte Patterson gute Nacht, rief wieder Frankfurt, verlangte noch einmal Seerose und sagte, ich sei nun beruhigt.
»Das freut uns aber«, sagte Seerose. Ich hörte Herford dröhnend lachen. »Ohne beruhigt zu sein, hätten Sie ... was hätten Sie denn da getan, Herr Roland?«
»Was hätten Sie denn an meiner Stelle getan?«
»Ich hätte ein Angebot von Victor Largent akzeptiert und es auf einen Prozeß ankommen lassen«, sagte er fröhlich. »Jeder muß sehen, wo er bleibt. Dafür habe ich vollstes Verständnis. Nehmen Sie Herrn Notung.«
»Notung ...«

»Olaf Notung. Den Diener Michelsens.«
»Ach ja.« War mein Gehirn doch schon weichgesoffen? Einen Moment hatte ich nicht gewußt, wer Notung war. »Was ist mit dem?«
»Der hat auch gesehen, wo er bleibt.«
»Was heißt das?«
»Der wäre nun doch automatisch zum Ziel östlicher Angriffe geworden, nachdem bekannt war, daß Michelsen die Seite gewechselt hatte, nicht wahr?«
»Ja und?«
»Und deshalb hat er schon am Nachmittag die Wohnung am Eppendorfer Baum verlassen und ist in die Niendorfer Straße gefahren und hat die Amerikaner um Asyl gebeten. Da sitzt er jetzt auch – bei den Amerikanern. In Sicherheit. Sie kommen wann herunter?«
»Morgen, sobald Bertie da ist und ich hier alles mit der Polizei erledigt und mich um Conny Manner und seine Freundin gekümmert habe.«
»Sehr schön, Herr Roland ... Wie? Ach so. Herr Kramer läßt Sie herzlich grüßen.«
»Ich lasse Herrn Kramer ebenfalls herzlich grüßen«, sagte ich. »Gute Nacht allerseits.«
»Gute Nacht, lieber Freund«, sagte Seerose. »Oh, einen Moment, Herr Herford will Ihnen noch etwas sagen.«
»Ich habe aber nur noch zwei Mark ...«
»Es dauert nicht lange. Moment.«
Dann war Herford wieder am Apparat.
»Ein Wort aus dem Buch der Bücher zum Ausklang, Roland«, sagte er. »Herford zitiert aus dem Gedächtnis. Eine seiner liebsten Stellen. Aus dem sechsundfünfzigsten Psalm: ›Ich will Gottes Wort rühmen; auf Gott will ich hoffen und mich nicht fürchten; was sollte mir Fleisch tun?‹ Wunderbar, nicht wahr, Roland?«
»Ja, Herr Herford.«
»Rühmen Sie Gottes Wort, Roland.«
»Ich werde Gottes Wort rühmen, Herr Herford«, sagte ich.
»Und denken Sie daran: Rotaug bringt Sie hinter Gitter, wenn Sie versuchen, mit dieser Story jetzt woanders unterzukommen. Haben Sie Herford verstanden?«
»Ich habe Sie verstanden, Herr Herford«, sagte ich. Die Leuchtschrift am Apparat flammte auf. SPRECHZEIT BEENDET. Ich hatte

kein Geld zum Nachwerfen mehr. Also hängte ich den Hörer ein und trat aus der Zelle.
»Guten Abend, Herr Roland«, sagte ein älterer Mann, der neben der Zelle gewartet hatte. Er war groß, trug einen durchnäßten Trenchcoat und tippte an die Krempe seines Hutes, den er ins Genick geschoben hatte.

10

»Kriminalkommissar Sievers«, sagte der ältere Mann ruhig und freundlich. »Von der Mordkommission.«
»Was wünschen Sie?«
Er zögerte. Sein Gesicht wurde ernst.
»Na!«
»Eigentlich wollte ich Sie nur einmal kurz sehen und Verschiedenes fragen. Hier ist mein Ausweis.« Er zeigte ihn.
»Was fragen? Woher wußten Sie, daß ich hier sein würde?«
»Ich kam gerade ins ›Metropol‹, als Sie mit einem Taxi abfuhren. Ein Hausdiener hatte gehört, daß Sie dem Taxichauffeur sagten, Sie wollten zum Hauptbahnhof. Der Taxichauffeur wartet draußen. Er hat mir gesagt, Sie wären nur mal in die Halle gegangen und wollten mit ihm ins Hotel zurück. Na, also ging ich mal in die Halle. Mein Wagen parkt auch draußen.« Er hakte sich leicht bei mir unter, und wir wanderten den breiten Gang entlang.
»Sehen Sie«, sagte Sievers, »ich bearbeite den Fall Concon – Sie wissen doch, daß er erstochen wurde.«
»Ja«, sagte ich. »Schon eine Spur?«
»Nicht den Schatten einer Spur«, sagte er kopfschüttelnd, ließ meinen Arm los und holte eine Zigarre hervor, an der er schnupperte, während wir so dahinschlenderten.
»Haben Sie etwas von meinem Gespräch eben gehört?«
»Ja«, sagte er. »Keine Angst, ich rede mit niemandem darüber. Ich dachte mir, daß Sie jetzt sehr bald abreisen werden. Deshalb bin ich hierhergekommen. Um Sie noch zu sehen. Um Sie noch etwas zu fragen.« Er setzte die Zigarre in Brand und blies Tabakrauchwolken aus. Dabei blieb er vor einem der vielen geschlossenen Geschäfte stehen, lehnte die Schulter gegen die Glasscheibe und stützte einen Ellbogen auf einen Mauervorsprung unter der

Scheibe. Einer der armen Süffel schrie im Schlaf »Eva! Eva! Bleib bei mir!« und war dann wieder still.
»Was wollen Sie mich fragen, Herr Kommissar?«
»Sehen Sie«, sagte er, »ich habe herumgehört im Präsidium. Ich weiß alles, was im Lager Neurode geschehen ist. Ich weiß, daß da dieser kleine Karel erschossen wurde. Ich weiß, daß der Taxichauffeur Wladimir Iwanow erschossen wurde – vor den Universitätskliniken. Ich habe mich über den Tod dieses Vaclav Bilka und alles, was in Ihrem Appartement passierte, informieren lassen. Soweit Sie es bekanntgaben.«
»Warum haben Sie das getan?«
Er sagte ernst: »Weil ich davon überzeugt bin, daß alle diese Dinge zusammenhängen. Ich soll nur den Mörder Concons finden. Ich glaube jedoch, daß Concon bloß ein Glied in einer Kette war. Man muß diese ganze Geschichte als Einheit sehen – vom Tod des kleinen Karel an.«
Plötzlich dachte ich an Fräulein Luise. Wo sie jetzt wohl war?
»Sie wissen nicht, wo Fräulein Gottschalk jetzt ist?« fragte er prompt. Ein bißchen unheimlich.
»Keine Ahnung. Warum?«
»Ich denke, sie hätte mir weiterhelfen können«, sagte Sievers. »Ich habe sie auf der Davidswache vernommen. Aber da wußte ich noch nicht ...« Er brach ab.
»Was wußten Sie da noch nicht?«
»Daß sie geisteskrank ist.«
»Und seit Sie das wissen, meinen Sie, sie könnte Ihnen weiterhelfen?«
»Ja, unbedingt«, sagte dieser seltsame Kommissar.
»Eine Geisteskranke ... wie?«
»Sie kannte Karel. Sie liebte ihn sehr. Das sagte sie mir. Alles fängt mit dem kleinen Karel an. Sie hätte mir viel über ihn erzählen können.«
»Sie wird wieder auftauchen«, sagte ich. »Dann können Sie sie fragen.«
»Hoffentlich«, sagte Sievers.
»Bestimmt taucht sie wieder auf«, sagte ich.
»Das meine ich nicht«, sagte Sievers und sog an seiner Zigarre.
»Was denn?«
»Hoffentlich kann ich sie noch fragen, wenn sie wieder auftaucht.«

Mir wurde das Ganze ungemütlich. Sievers bemerkte es.
»*Ich* bin nicht geistesgestört«, sagte er lächelnd, »keine Angst. Ich hätte jetzt nur dringend das Fräulein gebraucht. Sie ist geistesgestört. Aber sie weiß viele Geheimnisse. Sie wäre mir die wertvollste Hilfe gewesen. Naja. Ich komme auch so weiter. Nun, nachdem ich Sie gesprochen habe, bin ich ganz sicher, daß ich den Mörder Concons finde ...« Er näherte sein Gesicht dem meinen und senkte die Stimme. »Und ich glaube bestimmt, daß Concons Mörder und der Mörder des kleinen Karel ein und dieselbe Person sind.«
»Wie kommen Sie zu einer solchen Annahme?« fragte ich verblüfft.
»Ich habe viel nachgedacht über diesen Fall«, sagte er. »Und ich weiß jetzt auch schon, was ich machen muß, um diese Person zu finden.«
»Was müssen Sie machen?«
»Das ist mein Geheimnis! Werde ich immer mit Ihrer Hilfe rechnen können, Herr Roland?«
Etwas, das ich nicht nennen konnte, bewegte mich sehr an diesem alternden, durchnäßten Kommissar mit der gelblichen Gesichtsfarbe.
»Immer«, sagte ich.
»Das ist schön. Ich danke Ihnen.« Er tippte wieder an die Hutkrempe, nickte und ging schnell davon. Ich sah ihm verblüfft nach. Sogar sein Davongehen war unheimlich. Eben erblickte ich ihn noch beim Ausgang – im nächsten Moment war er verschwunden, keine Spur von ihm mehr zu entdecken!
Ich richtete mich auf, nahm den Ellbogen von dem Mauervorsprung und ging langsam hinter dem seltsamen Kommissar Sievers her zum Ausgang und zu meinem Taxi. Damals wußte ich noch nicht, daß wir uns vor jenem Delikatessengeschäft unterhalten hatten, vor welchem Fräulein Luise dem ehemaligen SS-Standartenführer Wilhelm Reimers begegnet war.
Ich dachte, plötzlich sehr verwirrt und benommen, daß sich hier ein Kreis geschlossen hatte. Und jetzt, da ich diese Zeilen schreibe, erinnere ich mich an das, was mir Fräulein Luise später sagte, als ich sie einmal besuchte. Sie sagte dies: »Wenn es nun wirklich kein End gibt und keinen Anfang? Oder wenn beide eins sind? Dann ist unser End immer unser Anfang, und das ist er ja auch, wenn wir sterben, gelt? Das End ist der Beginn ...« Und danach hatte

das Fräulein mit einem Finger einen großen Kreis in der Luft beschrieben ...

11

Bertie kehrte aus Helsinki mit einer Maschine zurück, die um 8 Uhr 35 in Fuhlsbüttel landete. Als er um halb zehn ins ›Metropol‹ kam, waren Irina und ich schon mit dem Frühstück fertig. (Ich hatte wieder auf der Chaiselongue geschlafen.) Wir gingen in Berties Zimmer und tranken ihm zur Gesellschaft noch einmal Kaffee. Dabei entwickelte er einen Bärenhunger. Vor dem Abflug der Maschine hatte er im Taxi seines norwegischen Chauffeur-Freundes geschlafen und dann im Flugzeug, vom Start weg bis zur Landung. Der Junge konnte einfach überall pennen. Ich erzählte ihm, was sich ereignet hatte. Er grinste und sagte: »Es ist mir schon aufgefallen, daß ich in diesem Hotel nicht mehr so höflich behandelt werde wie früher. Ach, scheiß doch drauf! Wenn ihr die Bilder seht, die ich mitgebracht habe – Kinder, Kinder!« Dann ging er mit einer Kaffeetasse in der Hand und Eidotter im Mundwinkel zum Telefon, rief seine Mutter in Frankfurt an und sagte ihr guten Morgen und daß er sie lieb habe. Ich war nachts sehr nervös gewesen, aber nun, da Bertie zurückgekehrt war, hatte ich meine Ruhe wieder. Bertie wirkte immer großartig auf mich.
»Wißt ihr, was«, sagte er nach dem Telefongespräch. »Nach allem, was so passiert ist, wird es allmählich Zeit, daß wir uns Du sagen, findet ihr nicht?« Er strahlte Irina entwaffnend an. Das Lächeln wirkte ansteckend. Auch Irina lächelte. Sie nickte, und dann stand sie auf, und Bertie umarmte sie und bekam einen Kuß auf die Wange, und dann bekam ich von Irina einen Kuß auf die Wange, und dann sagte sie: »Also gut, Du. Wurde wirklich langsam Zeit, du hast ganz recht, Bertie.«
»Ich habe immer recht«, sagte Bertie. Der gute, alte Bertie.
»Da hast du deine Kanone wieder«, sagte er und schleppte den Colt 45 an. »Mensch, hat das Ding ein Gewicht. Aber ich war doch ganz froh, daß ich es dabei hatte.«
Der Anblick der Waffe brachte mich auf eine Idee.
»Largent!« sagte ich.
»Was ist mit dem?«

»Der wollte herkommen mit Vertrag und Scheck.« Irina sah mich erschrocken an. »Keine Angst, ich akzeptiere nicht. Ich möchte bloß wissen, wie es Largent heute morgen geht.« Ich ließ mich mit dem Hotel ›Atlantic‹ verbinden. Das Telefonfräulein dort sagte »Einen Moment, bitte«, dann meldete sich ein Mann von der Reception, ich verstand den Namen nicht.

»Sie wollten Mister Largent?«

»Ja.«

»Bedaure, Mister Largent wohnt nicht mehr bei uns.«

»Nanu. Ich war aber mit ihm verabredet. Wann ist er denn ausgezogen?«

»Sehr früh. Er mußte zum Flughafen. Die erste Maschine nach New York.«

Also schien doch alles zu stimmen, was Seerose und Patterson mir gesagt hatten. Ein Scheißspiel war das.

»Ich heiße Roland«, sagte ich noch. »Walter Roland. Hat Mister Largent nichts für mich hinterlassen?«

»Nein, Herr Roland, Mister Largent hat für niemanden etwas hinterlassen.«

»Danke.« Ich legte auf. »Na ja, Sportsfreunde«, sagte ich, »das wäre also dies.«

»Die möchten uns gerne möglichst schnell aus dem Haus haben, was?« fragte Bertie grinsend. »Sogar der Wagenmeister war widerlich.«

»Ja, so schnell wie möglich«, sagte ich. »Laßt uns packen. Irina und ich müssen noch einmal ins Präsidium, unsere Aussagen von heute nacht unterschreiben, und dann will ich noch Conny und Edith sehen.«

»Ich brauche nicht zu packen, ich habe gar nicht erst ausgepackt«, sagte Bertie. »Geht schon und verstaut eure Klamotten, ich lasse deinen Wagen auftanken und nachsehen, Walter.«

Also fuhren Irina und ich in unser verdrecktes Appartement mit den zerstörten Telefonapparaten und machten uns reisefertig. Irina trug das ockerfarbene Jersey-Kostüm und den schwarzen Wollmantel mit dem Nerzbesatz und der Kapuze.

»Du siehst wunderschön aus, Irina«, sagte ich.

»Ach, Walter«, sagte Irina.

Dann wurden unsere Sachen geholt, und ich bezahlte bei der Reception, wo alle eisig-höflich zu mir waren. Schließlich ging ich zu meinem alten Freund, dem Portier Hanslik, der Heintze abge-

löst hatte. An der Reception hatten sie jedes Trinkgeld zurückgewiesen. Auch Hanslik wollte nichts nehmen. Er war bedrückt.
»Es tut mir leid, Herr Roland, aber ich soll ... ich darf nichts nehmen. Es tut mir wirklich leid. Sie werden nun nicht mehr bei uns wohnen.«
»Nein, das wird nicht gehen.«
»Ich wünsche Ihnen alles Gute«, sagte Hanslik. Er war der einzige, der mir die Hand gab. Ich sah mich noch einmal um. Es war traurig, daß sie mich nun hier rausschmissen. Ich hatte das ›Metropol‹ immer besonders gerne gehabt. But such is life.
Der Hoteldirektor, der nachts aufgetaucht war, ging vorbei, ohne mich eines Blickes zu würdigen, worauf ich sehr laut sagte: »Ich werde dieses Hotel, in dem Etagenkellner und Gäste Agenten sind, jedermann bestens empfehlen.« Eine traurige Rache. Der Direktor schien mich überhaupt nicht gehört zu haben.
Dann fuhr ich mit Irina in die Tiefgarage, wo Bertie bei dem Lamborghini stand und das Einladen unseres Gepäcks überwachte. Ich bezahlte die Miete für den Rekord und das Benzin für den Lamborghini und das Öl, das gefehlt hatte, und der Holländer schaute mich nicht ein einziges Mal an dabei. Er bekam keinen Pfennig Trinkgeld. Ich hatte die Nase jetzt voll.
Wir fuhren – Irina zwischen uns – durch den trüben, kalten, aber trockenen Vormittag mit seinem winterlichen Himmel zum Polizeipräsidium, und Bertie wartete, bis Irina und ich da fertig waren – es dauerte eine ganze Weile. Dann fuhren wir zu Conny und Edith ins Krankenhaus. Wir durften noch immer nicht zu Conny, zwei MAD-Männer standen vor seiner Tür, aber Edith kam aus dem Nebenzimmer und strahlte.
»Es geht ihm besser, viel besser!«
»Das ist fein, Edith«, sagte ich. »Wir bleiben in ständiger Verbindung. Über BLITZ. Haben Sie keine Angst. Jetzt passiert Ihnen nichts mehr.«
»Wir passen schon auf«, sagte der eine MAD-Mann.
Ja, und dann fuhren wir endlich aus der Stadt hinaus und erreichten die Neue Elbbrücke, die ich so liebte, und ich sah das Wasser und die Schiffe und Kähne, die Werften und Kräne, und das Licht war trüb, und alles schien grau, eine graue Welt. Zum ersten Mal empfand ich keine frohe Erregung beim Anblick der Elbe und ihrer Arme, ich wollte nur schnell weg hier, so schnell wie möglich. Als ich bei Veddel die Autobahn erreichte, schaltete ich die

Heizung ein, denn der Wind war eiskalt, und dann trat ich auf den Stempel. Ich fuhr etwa zehn Minuten, da hörte ich Irina leise sagen: »Ach, ihr beiden ...«
»Was ist?« fragte ich.
»Ich ... ich bin so froh, daß ihr beide bei mir seid«, sagte Irina. Bertie hörte das nicht. Der war schon wieder friedlich eingeschlafen.

12

Tschaikowskis ›Pathétique‹ lag noch immer auf dem Teller des Plattenspielers, als ich mit Irina vom Verlag in mein Penthaus am Lerchesberg kam und sie durch die Räume führte. Die Putzfrau hatte saubergemacht, die Wohnung war tipptopp, nichts erinnerte mehr an jene beiden Nutten, die noch am Montag früh hiergewesen waren. Ich zeigte Irina alle Zimmer, auch das Gästezimmer, in dem sie nun wohnen sollte, und sie betrachtete abwesend die kostbaren Schleiflackmöbel in den verschiedenen Farben, die Bücherwände, die Terrasse vor den großen Glasfenstern.
Wir hatten die Konferenz bei Herford kurz unterbrochen, damit ich Irina, die sehr erschöpft wirkte, fortbringen konnte. Jetzt, wo ich mit dem Schreiben beginnen sollte, brauchte ich sie in meiner Nähe. Bereits auf der Fahrt von Hamburg herunter hatte sie gesagt, daß sie damit einverstanden sei, bei mir zu wohnen. Diesen Entschluß Irinas telefonierte ich Hem durch, als wir die Rast einlegten, und in Herfords Palast im elften Stock hatte dann der Verleger gesagt: »Bringen Sie das junge Fräulein heim, Roland. Essen Sie mit ihr. Wir machen jetzt auch eine Pause und gehen alle essen. Mutti wird nach Hause fahren. Nachher treffen wir uns wieder bei mir. DER MANN – TOTAL: das muß ja heute auch noch geklärt werden. Sie können ganz ohne Sorge sein, Fräulein Indigo. Da bei Roland sind Sie gut bewacht.«
»Bewacht?«
»Zwei Kriminalbeamte parken ständig vor dem Eingang. Werden abgelöst. Hat Oswald arrangiert.«
»Die Amerikaner wünschen es so«, sagte Oswald Seerose. »Es ist wirklich auch besser. Wir sind alle beruhigter, mein Fräulein.«
»Ja, ja«, sagte Irina verloren.

»Und morgen schicke ich Ihnen Leo«, sagte Mutti. »Leo ist der beste Verkäufer in dem Salon, in dem ich arbeiten lasse. Sie brauchen doch neue Sachen. Leo wird alles besorgen, auf den können Sie sich verlassen. Phantastischen Geschmack, der Mann, liebes Kind.«
O Gott, dachte ich und sah Hem an, und der erwiderte meinen Blick stier. Ich kann nur hoffen, dachte ich, daß Leo wirklich einen phantastischen Geschmack hat. So wie Mutti sich kleidete, sah es nicht danach aus.
»Ich lasse mich natürlich nie von ihm beeinflussen«, sagte Mutti.
Jetzt war ich schon beruhigter.
Als ich das Hochhaus erreichte, in dem ich wohnte, sah ich den Wagen mit den beiden Kriminalbeamten. Ich erkenne Polypen sofort. Sie nickten mir zu, und ich winkte, während ich schon unsere Sachen aus dem Lamborghini nahm.
Oben, im Penthaus, packte ich aus und trug die Maschine und die Tonbandkassetten und meine Blocks auf den Schreibtisch des Arbeitszimmers. Der Recorder war unten im Wagen geblieben, bemerkte ich. Den konnte ich später heraufholen.
Ich hatte keinen Hunger, aber ich fragte Irina, was sie essen wollte, der Eisschrank war gefüllt, und auch Irina sagte: »Ich habe überhaupt keinen Appetit. Ich bin so müde, und dabei so überdreht – kennst du das?«
»Und wie«, sagte ich. Ich machte uns zwei Whiskys und ging mit Irina in mein großes Schlafzimmer, weil da der Plattenspieler stand und Irina gesagt hatte, auch sie liebe Tschaikowski. Wir saßen auf meinem Riesenbett, hörten die ›Pathétique‹, und es war alles sehr friedlich.
»In meinem Arbeitszimmer ist ein Plattenschrank. Noch eine Masse Tschaikowski«, sagte ich. »Wenn du nach dem Bad nicht schlafen kannst und Lust hast, spiel dir noch ein paar Platten vor. Und trink noch etwas. Du weißt ja jetzt, wo alles steht.«
»Ja, Walter«, sagte sie.
»Und dann geh schön ins Bett. Bei mir wird es spät werden. Ich schließe dich ein, aber du hast noch ein zweites Paar Schlüssel. Öffne niemandem. Geh nur ans Telefon, wenn ich anrufen sollte und du es noch hörst. Ich lasse dreimal kurz läuten und lege auf, das vierte Mal warte ich dann. Okay?«
Sie nickte. Auf einmal sah ich, daß Tränen in ihren schönen Augen standen.

»Was ist los, Irina?«
Sie ergriff meine rechte Hand, preßte sie an die feuchte Wange und flüsterte: »Ich ... ich danke dir ... für alles ...«
»Ach, hör schon auf«, sagte ich.
»Nein, wirklich ... Ohne dich ... Was wäre aus mir geworden?«
»Ohne mich!« sagte ich. »Du weißt doch, daß ich das alles nur getan habe, weil ich deine Story wollte!«
»Und das ist eine Lüge«, sagte Irina und lächelte schwach.
»Ja«, sagte ich, »und das ist eine Lüge, meine Schöne, meine Gute.«
Sie küßte die Innenfläche meiner Hand. Plötzlich ließ sie die Hand los und trank einen großen Schluck.
»Was ist jetzt?«
»Ich ... ich ... ich habe an ihn denken müssen ... Entschuldige ...«
»Aber klar«, sagte ich. »Das wird vorübergehen, paß auf. Ganz vorüber wird es gehen.«
»Ja«, sagte Irina. »Ganz vorübergehen soll es. Nichts soll zurückbleiben. Nichts.«
Ich verstand sie falsch in diesem Moment. Aber bald sollte ich sie richtig verstehen, bald schon, ja.
Eine Düsenmaschine überflog das Haus, knapp nach dem Start. Der Lärm der Aggregate war sehr laut. Wir sprachen nicht, denn wir hätten uns nicht verstanden. So sahen wir uns an, lange. Ich lächelte, aber Irinas große dunkle Augen blieben ernst, traurig und verschleiert. Der Lärm der Düsen ließ nach. Tschaikowskis Musik wurde wieder hörbar, diese wunderbare ›Pathétique‹ mit ihrem dunklen Moll-Charakter und der östlichen Mystik ewigen Leides, in die immer wieder die süßen Kantilenen westlichen Sentiments einbrechen.
Wir sahen uns an, Irina und ich. Die Musik tönte fort, und ich ging zu dem Tischchen, auf dem die ›Chivas‹-Flasche stand, und machte mir noch einen Großen.
Und das hatte überhaupt nichts mit meinem Schakal zu tun ...

13

»Nun hör mal zu, Max«, sagte ich. »Du hast doch einen Rüssel wie ein Elefant, sagt Tutti.«
»Hatta, ja«, sagte Tutti, »Mensch, Walta, det is det jrößte Ding, wat ick in mein Leben jesehn habe, und ick habe wahrhaftich 'ne Menge jesehn. Beruflich.«
»Na ja, also der kleenste issa wirklich jerade nich«, sagte Max und lächelte mit Besitzerstolz. »Warum interessiert dir det denn so, Walta? Du bist doch keen warma Bruda. Hehehe.«
»Hehehe, du Idiot«, sagte ich. »Ich interessiere mich für dein Ding, weil wir es auf dem Titelblatt von BLITZ haben wollen.«
»Herrje, Walta, det kann doch nich dein werta Ernst sind!« rief Tutti.
»Mir laust der Affe«, sprach Max. »Wieviel haste denn jesoffen?«
»Ich bin ganz nüchtern. Und ich sage die Wahrheit. Die wollen dein Ding, Max. Ich komme direkt aus der Redaktion, habe ich euch ja am Telefon gesagt. Wir hatten da eine Konferenz.«
»Mitten in de Nacht?«
»Geht immer noch weiter. Wir bereiten zwei Riesenserien vor. Ich muß euch beide dringend sprechen ...«
»Max, deine Rübe uffn Titelblatt! Du wirst berühmt! Dir nehmense noch zum Fülm!« rief Tutti.
Da war es 22 Uhr 30, und ich saß im modern eingerichteten Wohnzimmer von Tutti und Max in der Herbartstraße, in einem Neubau, erster Stock, Tür 3. Beim Fenster stand ein zugedeckter großer Vogelbauer. Darin schlief friedlich Tuttis Liebling, Maxens Feind, der ›Kanalljenvogel‹ Hänschen. Ich kannte die Wohnung, ich war schon ein paarmal hiergewesen. Die achtundzwanzigjährige Tutti Reibeisen, die eigentlich Gertrude hieß, aber diesen Namen so häßlich fand, hatte strahlend blaue Augen und einen Riesenmund, dessen rechter Winkel immer etwas emporgezogen blieb. Sie trug hochhackige Schuhe und ein lachsrotes Minikleidchen, und sie saß so, daß man genau sehen konnte, welcher Art die schwarze Unterwäsche war. Ihr Zuhälter, diese Seele von einem Menschen, Max Knipper mit Namen, war groß, schlank und muskulös gewachsen wie ein griechischer Gott. Hatte auch das Antlitz eines griechischen Gottes. Edel, richtig edel. Also, das Weib, das Max sah und nicht gleich Herzklopfen bekam, das gab es nicht. Nur seine Hände waren um drei Nummern zu groß geraten.

»Seht ihr, seht ihr«, sagte ich. »Ich wußte ja, daß ich hier richtig bin. Es muß nur alles ganz schnell gehen. Ich muß mit meiner ersten Nummer bis Mitte nächster Woche fertig sein.«
»Max«, sagte Tutti erschrocken, »der arme Walta is übajeschnappt. Allmächtija! Ick habe dir ja immer selba injeladen in mein Heiabettchen, Walta, aber jetzt willste ne Numma machen bis Mitte nächste Woche, und heute ham wa erst Donnerstach? Du hast wohl nich mehr alle Tassen in 'n Schrank. Da war ja der Leichenmülla noch Jold jejen dir!«
»Nicht doch«, sagte ich zu meiner Freundin Tutti mit dem großen Herzen und dem kleinen Hirn, »nicht doch so eine Nummer. Eine für BLITZ. Für die eine Serie. Und für die andere brauche ich von dir Informationen und Auskünfte und Hinweise. Aber noch dringender brauche ich den Max und seinen Wons.«
»Mensch, is die Welt vakommen«, sagte Max erschüttert. »Da müssen wa zuerst noch eenen zwitschern, det regt ma richtich uff.«
Vor uns standen Gläser, Bierflaschen und zwei Flaschen Korn. Ausnahmsweise verzichtete ich hier auf meinen ›Chivas‹, ich wollte keine sozialen Konflikte aufkommen lassen. Max hatte einen blauen Anzug mit breiten weißen Streifen an, ein gelbes Hemd und eine sehr bunte Krawatte. Er saß vor einer Wand, an der viele gerahmte Fotos hingen. Sie zeigten zum Teil vergilbte Familienbilder – etwas deplaciert in der modernen Umgebung, aber Tutti war sentimental. Man konnte sie auf allen Fotos sehen. Klein-Tutti an der Hand ihrer Mutter im Berliner Zoo, neben dem Eisbären. Klein-Tutti an der Hand ihres Vaters auf einem Jahrmarkt. Klein-Tutti mit Mutter im Bade, auf einem Pony, unter dem Weihnachtsbaum – immer mit Eltern, Tanten, Onkeln, Großeltern. Die waren alle längst tot, hatte Tutti mir gesagt. Tutti hatte nur ihren Max. Von dem hingen keine Bilder an der Wand.
Ich hatte aus Herfords Gigantenbüro bei Tutti angerufen und gebeten, noch zu Besuch kommen zu dürfen. Max war am Telefon gewesen.
»Jetzt jeht et nich«, hatte er gesagt. »In 'ne Stunde. Tutti hat'n Freia. Jeldsack. Will nich hier jesehn wern. Hat sein' Schlitten 'n Stück von't Haus wech jeparkt. Kannst'n aba nich übersehn. Rota Alfa. Wenn de in 'ne Stunde kommst und der Alfa is noch da, mußte eben warten, bissa wegfährt, nüch?«
»Okay, Max.«
Ich hängte ein.

Die anderen Männer im Raum sahen mich erwartungsvoll an.
»Na?« fragte Herford.
»In Ordnung. Ich spreche noch heute nacht mit ihm. Der ideale Mann dafür. Können wir gleich morgen die Aufnahmen machen.«
»Sie, Engelhardt«, sagte Herford.
Bertie lachte.
»Was ist daran komisch?« fragte Lester scharf. Lester, diese Kröte.
Bertie sah ihn nur an, ohne zu antworten.
»Kein Streit, Jungens, ja?« sagte Herford. »Das duldet Herford nicht!«
Die Luft war blau in dem großen Raum. Alle rauchten. Herford hatte seine Jacke ausgezogen. Wir anderen durften das nicht, es war des Verlegers Privileg. Aber rauchen durften wir. Und auf dem großen Konferenztisch standen auch Bierflaschen. Ein Herrenabend. Mutti war längst heimgebracht worden.
In dieser Konferenz erlebte ich noch einmal die Schönheit meines Berufes in ihrer ganzen Herrlichkeit und Größe. Über das Titelblatt mit dem bewußtlosen Karel waren die Herren sich in einer Viertelstunde einig gewesen. Wie ich die Serie anfing, überließen sie völlig mir. Der Mann – total hingegen beschäftigte sie ohne Ende. Sie hatten Einfälle, Ideen, immer neue, sie redeten durcheinander, überschrien sich, bewunderten sich selbst und wechselseitig und waren völlig verrückt mit dieser Scheiß-Porno-Serie.
»Im Profil der Mann, natürlich! Ganzer Körper im Profil!«
»Na, ich weiß nicht. Doch nicht lieber en face?«
»Sind Sie wahnsinnig? Man muß das Glied vor einem dunklen Hintergrund frei sehen können!«
»Und selbstverständlich in erigiertem Zustand!«
»Klar! Die ganze Pracht!«
»*So* ein Ding muß das sein!«
»Wird es sein, mein Lieber!«
»Wenn das die Frauen nicht umhaut!« krähte Ziller.
»Reden Sie nicht so, meine Herren! Was unsere Frauen hier bekommen, das ist Lebenshilfe, echte Lebenshilfe.«
»Natürlich, gewiß, Herr Herford!«
»Selbstverständlich, Herr Herford!«
Echte Lebenshilfe – das sagte mein Verleger tatsächlich.
»Diese Serie ist ein ernstes Anliegen«, erklärte Hem. Es war einfach stärker als er.
»Sie sagen es, Kramer!« Herford war für Ironie unempfindlich,

er wußte nicht einmal, was das war: Ironie. »Gleich *zwei* Serien mit ernstem Anliegen! Auch bei DER MANN – TOTAL werden Sie nie das Menschliche vergessen, Roland.«
»Nein, Herr Herford, ich werde nie das Menschliche vergessen.«
»Dann können Sie so deutlich werden, wie Sie wollen. Sie verstehen doch, was ich meine, wie?«
»Ich verstehe, was Sie meinen, Herr Herford. Ich werde *sehr* deutlich werden.«
»Nur keine Hemmungen! Uns ist es wahrlich ernst mit unserem Anliegen. Ich bin sicher, daß sogar die Kirchen uns ihren Segen erteilen. Und schreiben Sie auch ein bißchen sozialkritisch, Roland«, sagte Herford. »Rückständigkeit und Unterdrückung der Frau im Zeitalter des Spätkapitalismus. Denken Sie an unseren neuen Kurs.«
»Jawohl, Herr Herford, ich werde an unseren neuen Kurs denken.«
Der wollte auch noch den Segen der Gewerkschaften für diese Sch & V-Serie!
Bildchef Ziller sagte: »Im Atelier muß alles vorbereitet werden.« BLITZ besaß natürlich ein großes Fotoatelier mit allen Schikanen – in einem Haus an der Zeil.
»Was vorbereitet?« fragte Lester.
»Mädchen brauchen wir. Nackte Mädchen.«
»Wieso?« Lester war prüde, trotz allem. Und er hatte keine Phantasie.
»Na, wenn der Mann einen Ständer haben soll, müssen wir ihm doch ein paar nackte Mädchen hinlegen«, sagte Ziller ungeduldig. »Wo kriegen wir die her auf die Schnelle?«
»Ich bin sicher, Herr Roland kann uns da helfen«, sagte Lester gehässig. Der kaute noch an dem Skandal herum, den ich ihm am Montag gemacht hatte.
»Aber ganz bestimmt, lieber Herr Lester«, sagte ich. »Alles eine Frage des Geldes. Wenn ich anständig bezahle, bekomme ich die schönsten Mädchen von Frankfurt dafür.«
»Geld spielt keine Rolle bei der Sache, das wissen Sie«, erklärte Herford. Er war sehr aufgeregt und nahm wieder das goldene Döschen aus der Westentasche und schluckte fünf Pillen, rote, gelbe und blaue. Er spülte sie mit Bier hinunter. »Das wird *die* Sensation der Branche, wenn sie gelingt! Das und Ihre Serie, Roland – und wir sind on the top! Prophezeit Herford!«

»Oder wir werden verboten«, sagte der elegante Verlagsleiter Seerose.

»Wir werden nicht verboten, Oswald«, sagte Herford. »Du und Ziller, ihr wart vorhin nicht dabei, als Rotaug sein Gutachten abgab. Bitte, Doktor, erklären Sie es den beiden Herren noch einmal.«

Die menschliche Schildkröte blinzelte. Herr Dr. Rotaug zerrte an seinem Kragen, betupfte die Perle in der silbernen Krawatte und sprach also: »Wir werden nicht verboten, wir werden nicht konfisziert, wir bekommen nicht einmal eine Rüge der Selbstkontrolle. Alles, was wir tun müssen, ist, um das Heft eine Banderole zu legen, von der die entsprechende Stelle verdeckt wird.«

»Was für eine Stelle?« fragte der arme Ziller.

»Na, das Glied!« schrie Herford gereizt.

»Ach so, ja, natürlich«, sagte Ziller.

»Was haben denn Sie gedacht? Die Nase?« Lester konnte auch Ziller nicht leiden.

»Halten Sie den Mund, Lester! Der Doktor spricht!«

»Pardon, Herr Herford. Ich bitte um Verzeihung ...«

Ach ja, das war eine schöne Debatte.

»Natürlich ist die Banderole abnehmbar«, sagte Rotaug.

»Na klar!«

»Na selbstverständlich!«

»Werden die kleinen Mädchen dann aber Augen machen!«

»Hohoho!«

»Hihihi!«

»Ruhe!« schrie Herford. »Sind wir hier im Puff oder im Arbeitszimmer eines Großverlegers?«

Es wurde still.

Rotaug zerrte wieder an seinem Kragen.

»Diese Banderole ist ausreichend, um jede Klage wegen Erregung öffentlichen Ärgernisses oder Unzucht oder Pornographie scheitern zu lassen. Ich stütze mich bei meiner Behauptung auf Grundsatzurteile der Landgerichte Münster und Lübeck von 1964 beziehungsweise 1967. Danach ...« Danach erklärte Rotaug den Tenor der Grundsatzurteile und gab zehn Minuten lang juristische Erläuterungen.

»Das ist allerdings eine Idee«, sagte Seerose zuletzt beeindruckt.

»Toller Einfall, was, Oswald, das mit der Banderole?«

»Ja, Tommy.«

»Von Herford«, sagte Herford stolz. »Rotaug hat nur etwas von einem Streifen über das Heft gesagt – schon hatte Herford die Idee.«
»Grandios, Herr Herford!« Lester himmelte ihn an.
»Und auf der Banderole steht – auch ein Vorschlag von mir, also ganz ins Unreine gesprochen, etwa: ›Was sich unter dieser Schleife verbirgt, ist so heiß, daß wir es verdecken müssen!‹«
»Hervorragend«, sagte Seerose.
»Sie sagen ja gar nichts, Herr Kramer«, ärgerte sich Herford. »Paßt Ihnen was nicht? Finden Sie Herfords Einfall nicht großartig?«
»Ich finde Ihren Einfall ganz großartig«, sagte Hem freundlich und sog an seiner Pfeife. »Ich stehe nicht an, zu behaupten, daß etwas Derartiges nur Ihnen einfallen konnte.«
Herford strahlte.
»Ja, Herford hat Köppchen! Wüßte gerne mal, was ihr ohne Herford machen würdet, ihr Flaschen!«
Lester, Rotaug, der Leichenmüller und Ziller lachten pflichtschuldig. Seerose sah Hem scharf an, aber der erwiderte den Blick voll Unschuld.
Anschließend begann die Debatte darüber, wie DER MANN – TOTAL graphisch aufgebaut werden sollte, und das war wieder eine von Leichenmüllers großen Stunden. Er legte Seitenspiegel-Entwürfe vor, dozierte über Layout und Überschriften – und alle lauschten ihm, lauschten dem tristen Hurenbock, weil er eben der Fachmann war.
Nach einer Dreiviertelstunde verabschiedete ich mich und fuhr durch die nächtliche Stadt zur Herbartstraße. Fünf Häuser von Tuttis Haus entfernt parkte ein roter Alfa Romeo. Ich hielt, schaltete Motor und Scheinwerfer aus und wartete. Ich wartete zwanzig Minuten. Dann kam ein Mann die Straße herab, blickte sich scheu immer wieder um, stieg schnell in den Wagen und raste davon. Ich kletterte aus meinem Lamborghini, ging auf Tuttis Haus zu und dachte, ich hätte ein Gespenst gesehen.

14

»Nee, nee, det war schon der junge Herford«, sagte Max Knipper. »Haste janz richtich jesehn, Walta. Aba du hältst die Klappe, ja?«
»Bob war hier?« fragte ich, immer noch fassungslos.
»Bei Tuttilein, ja. Zwee Stunden – vierhundert Mark. Hatse einfach mal so verlangt. Hatta prompt jeblecht! Sagt, det is noch imma een Pappenstiel jejen sonst. Ihm bleibt keene andre Wahl.«
»Keine andere Wahl?«
»Hat wieda mal eene angebufft. Bufft dauernd Meechens an, sagt er«, erklärte Tutti. Da saßen wir schon im Wohnzimmer. »Und die letzte, die will 'ne halbe Milljon. Weil, neemlich, er sollse verjewaltich ham. Mindajährich isse ooch. Und det Kind willse sich nich nehmen lassen. Ick kann bloß sagen, det mit Verjewaltijen, det gloobe ick ihm sojar. Bei mir hat der sich uffjeführt wie'n Hengst, Mensch, Walta.«
»Woher hatte er denn deine Adresse?«
»Hat den Leichenmüller ausjeholt. Jeld jejeben und so lange jelöchert, bis der weich wurde.«
»Donnerwetter«, sagte ich, »der Leichenmüller.«
»War eins-a zufrieden, der junge Herr Herford«, sagte Max. »Ick hab'n noch jefragt, als er jing. Ham wa 'n neuen Stammjast. Ooch nich schlecht, wa? Wir könnense brauchen, die Penunse.« Er kam auf sein ewiges Thema. »Die Eijentumswohnung hier, wat gloobste, wat wa for die imma noch abzahln bei die Bank! Und dazu die Zinsen! Det mußte aba einfach sind, nüch? Brauchten 'ne feste Bleibe. Jroß jenuch. Ick een Zimma, Tutti ihr Arbeitszimma, jemeinsamet Schlafzimma, den Salong hier. Küche, Bad, Ölheizung. Und allet neue Möbel! Die Einbauküche is'n kleenet Schmuckstück! Tuttis janza Stolz. Det war een uralta Wunsch von uns, weeßte doch, Walta. Hat sich Tutti mächtich ranhalten müssen, schon in unse Heimat.«
Treuherzig sagte Tutti: »War 'ne Sauarbeet. Aba jetzt sind wa endlich jeschützt vor den Mietwucha übaall. Und wa sind unse eijenen Herren! Eijentum is eben Eijentum.«
Die beiden waren vor drei Jahren aus Berlin nach Frankfurt gekommen. So lange kannte ich sie schon. Zuerst hatten sie in einem Stundenhotel gehaust. Damals, als ich meine Reportage über Prostitution in Frankfurt machte, fragte ich sie auch, warum sie Berlin verlassen hatten.

»Weil wa da nich mehr anständich leben konnten«, hatte Tutti geantwortet. »Sehnse…« Wir sagten uns damals noch Sie. »…sehnse, Berlin, det is so'n Ei. Entweda sind da jetzt die jungen Leute – Studenten und so, die bloß hinjezogen sind, weilse sich drücken wolln vor die Bundeswehr. Also, die ham kaum richtich zu fressen. Mit die is keen Jeschäft nich zu machen. Uff de andre Seite – die ollen Leute? Die Rentna? Traurich, sehr traurich for 'ne richtije Berlinerin, det sagen zu müssen, aba die Stadt is übaaltert, und sie wird et imma mehr. So'n Rentna, der hat doch erst recht keen Jeld. Und von die Touristen und die Jeschäftsreisenden, also von die kann ick nich existiean. Die rücken nich richtich raus mit die Piepen, und denn ist die Konkurrenz viel zu jroß. Die is in Frankfurt ooch, aba hier wimmelt et bloß so von Jeldsäcke, und die zahln alle jroßartich. Naja, und denn kam noch det mit Maxen dazu.«

»Was denn mit Max?« hatte ich gefragt.

»Maxe war bei de Müllabfuhr«, hatte Tutti erklärt.

»Müllabfuhr, ja«, hatte der wunderschöne Max gesagt. »Tonnenmann. Een schweret Brot, Herr Roland, da müssense schuften, det Ihnen die Rippen krachen!«

»Kann ich mir vorstellen.«

»Aba gloobense, det wird jewürdicht«, hatte Max zornrot gefragt, »wennse den Dreck von andre Leute wegräumen? Scheiße wird det! Herabsehn tunse alle uff 'n Tonnenmann! Und die Bezahlung hat mehr zum Himmel jestunken wie der janze Mist zusammen!« In seiner Erregung hatte Max mit der mächtigen Faust auf den Tisch geschlagen. »Dabei ist det een Mangelberuf. Die kriegen kaum noch Leute. Und *richtich* so! Sehnse mal…« Er hatte sich für das Thema erwärmt. »…wenn die Arschpauka in die Schulen ihre schlechten Schüla imma wieda drohn: ›Aus dir wird höchstens een Straßenkehrer oda een Tonnenmann!‹ – ick sage bloß, wenn *det* Pedajogik is, denn sollense sich nich wundan, wenn keena mehr Tonnenmann oda Müllkutscha werdn will. Ha'ck recht?«

»Vollkommen recht, Herr Knipper«, hatte ich gesagt.

»Werfense bloß een Ooge uff Nju Jork«, hatte Max ernst gesagt. »Da hamse jetzt die Scheiße uff de Straße. Streik der Müllabfuhr! Und bei die Hitze! Bravo, sage ick! Sehr richtich, sage ick! Alle Räda stehen still, wenn unsa starker Arm et will. In Nju Jork, da könnense jetzt die Ratten üba die Fifs Ewenju loofn sehn, ha'ck jelesen. Sollense man schön rübaloofn in de Wall Striet und in de

Börse und de Aktien uffressen! Nee, Herr Roland, nee, wer weeß, wat aus meine jute Tutti und mir jewordn wäre, wenn wa uns nich per Zufall kennenjelernt und zusammenjeschmissen hätten!«
»Was machen Sie denn jetzt in Frankfurt?« hatte ich gefragt.
»Ick habe hier meine Jeschäfte zu loofn. Loofn im Moment leida nich so prima. Flaute, vastehnse ...«

15

Seine Geschäfte liefen drei Jahre später offenbar leider immer noch nicht so prima, denn Max stürzte sich in eine Redeschlacht um sein Honorar für dieses Titelblatt. Er verlangte fünftausend. Das war hirnrissig, und es gelang mir, ihn auf zweitausend herunterzuhandeln.
»Na schön, na schön, bescheißt mir nur, ihr Kapitalisten! Du bist een Kapitalistenknecht, Walta. Und ick dachte, du bist mein Freund!«
»Ich bin dein Freund, Max. Sei vernünftig.«
»Issa ja, issa ja«, besänftigte Tutti. »Det hatta nich so jemeint mit Kapitalistenknecht, nich wahr, Maxe, haste nich so jemeint ...«
»Schon jut«, knurrte der.
»Siehste. Det wiss'n wa doch, dette een sozial denkender Mensch bist, Walta, und wennde sagst, da is nich mehr drin, denn is eben nich mehr drin. Trotzdem muß ick dir sagen: zwootausend Piepen, det is'n Pup für den Max seinen Luxuskörpa. Der Scheißa, dein Verleja, verdient sich dumm und dämlich an Maxens Rüssel. Und darum muß ooch der Kommunismus kommen! Det jeht ja nich so weita, wie diese Aasgeia und Ausbeuta wüten! Also wann muß Max in't Foto-Atelje sein?«
»Morgen um elf«, sagte ich.
»In Ordnung«, sagte Max.
»Wird alles da sein. Mädchen und so, meine ich.«
Max winkte nur ab.
»Jeht ooch ohne Meechens. Aba nu weita. Informationen willste, haste jesagt. Üba die bessern Sachen, haste jesagt. Über Perversitäten und so. Wat 'ne Frau tun muß, damit der Kerl hochgeht. Det soll dir Tutti aus ihre Praxis verraten. Wat is denn da drin für sie?«

»Zweihundert Mark pro Fortsetzung.«
»Zwoohundat?« Max lachte Hohn. »Haste det jehört, Tuttilein? Walta, wenn alle Kerls so jroßzüjich wärn wie dein Verleja, denn könnte meine Tutti sie sich ja gleich zunähen lassen!«
»Max, sei vernünftig! Das wird eine Serie mit vielen, vielen Fortsetzungen. Das mußt du alles zusammenrechnen.«
»Keine Informationen, wenn nich fümfhundat pro Numma«, sagte Max. Er sagte es sehr laut, wir waren alle sehr laut, und das hatte zur Folge, daß Kanarienvogel Hänschen, der in seinem zugedeckten Bauer längst schlafen sollte, jäh mit fröhlichem Gesang einsetzte.
Max fuhr hoch und brüllte: »Jetzt singste, Kanallje vadammte? Herrjott noch mal, dieser Kanalljenvogel bringt ma noch zum Wahnsinn! Halt die Klappe, hörste?« Er war an den Bauer getreten und schrie das Tuch an. Hänschen hörte nicht auf ihn. »Dir elendet Luda bringe ick doch noch um!« tobte Max. Eine Zornesader schwoll auf seiner Stirn.
»Det wage mal!« rief Tutti empört, gleichfalls aufspringend. »Denn ist bei mia aba der Ofen aus!« Sie nahm ein Salatblatt aus einer kleinen Schale, die am Käfig hing, schob es zwischen die Gitterstäbe und redete auf den Vogel ein: »So, mein Herzeken, mein Süßa, mein Besta, komm, friß schön det Blättchen, ja, so isset fein ... Mama hat dir doch so lieb ...«
Zornbebend verfolgte Max diese Prozedur des Fütterns, aber er schwieg. Tutti hatte ihm einen zu furchtbaren Blick gegeben. Endlich war sie fertig, Hänschen verstummte, und die beiden kehrten zu mir zurück.
»Wir müssen leisa sein«, sagte Tutti. »Hänschen hat 'n so leichten Schlaf, weeßte, Walta.« Max wollte etwas sagen, Tutti sah ihn wieder an. Max brummte nur etwas Unverständliches. Anschließend einigten wir uns auf dreihundert Mark Informationshonorar pro Fortsetzung. Max schüttelte mir die Hand zum Zeichen, daß der finanzielle Teil geregelt sei. Er zerquetschte mir fast die Finger dabei.
»Darf ick also jetzt, Stierchen?« fragte Tutti.
»Jetzt darfste«, sagte der schöne Max.
Tutti holte tief Atem. Und dann begann sie aus dem reichen Schatz ihrer Erfahrung zu berichten.

16

Erst nach Mitternacht kam ich heim.
Vor dem Hochhaus saßen nun zwei andere Beamte in einem anderen parkenden Wagen – ich erkannte wieder sofort, daß es Polypen waren, und sie machten auch kein Geheimnis daraus. Ich nickte ihnen zu. Sie grüßten. Ich fuhr mit dem Recorder zu meinem Penthaus hinauf, und als ich es betrat, hörte ich Musik. Orchester mit einem führenden Piano. Das Zweite Klavierkonzert in G-Dur von Tschaikowski, dachte ich gleich. Die Tür zum Schlafzimmer war nur angelehnt. Licht fiel durch den Türspalt. Ich warf meinen Mantel über einen Stuhl in der kleinen Halle und eilte in das Schlafzimmer. Hier saß Irina neben dem Plattenspieler auf dem Teppich. Man sah sofort, daß sie gebadet hatte. Ihre Haare verbarg ein Turban aus einem Handtuch, und sie trug einen meiner viel zu großen Pyjamas und einen meiner Morgenröcke. Um sie herum auf dem Teppich lagen viele Platten in Umschlägen oder auch ohne – Tschaikowski, Rachmaninoff und Smetana. Ein Aschenbecher, eine ›Chivas‹-Flasche und eine Sodaflasche standen da. Irina rauchte und hielt ein Glas in der Hand. Den Kopf hatte sie gegen die Tapete gestützt. Sie nickte mir zu, wies auf die Platte, die sie eben aufgelegt hatte, und sagte: »Schön, nicht?«
»Wieso schläfst du noch nicht? Es ist schon ...«
»Ich weiß. Ich kann nicht schlafen. Ich wollte hier sitzen und rauchen und etwas trinken und Musik hören. Bist du böse?«
»Nein, natürlich nicht.«
Irina machte eine weite Handbewegung. »Nimm dir ein Glas. Setz dich zu mir.« Sie schien doch viel mehr getrunken zu haben, als ich dachte. Ich holte ein Glas und Eiswürfel aus der Küche, ging zurück ins Schlafzimmer und setzte mich neben sie auf den Teppich.
»Ich weiß, in Schlafzimmern soll man nicht rauchen«, sagte Irina.
»Stimmt«, sagte ich und zündete eine Gauloise an. Ich machte mir einen Drink und hob mein Glas. »Chinchin«, sagte ich.
»Chinchin«, sagte Irina.
Wir tranken beide.
»Wo warst du?« fragte sie.
»In der Redaktion und dann bei einer Nutte und ihrem Zuhälter. Ich habe dir von den beiden schon erzählt.«
»Deine Freunde«, sagte sie.

»Meine Freunde, ja«, sagte ich. »Wegen der anderen Serie, weißt du.«
»Ging alles gut?«
»Prima.«
Pause. Das Klavierkonzert ertönte.
Dann: »Walter?«
»Ja.«
»Es ist sehr gemütlich bei dir hier oben.«
»Nicht wahr«, sagte ich. »Warte, ich mache dir einen neuen Drink.« Ich nahm ihr Glas. Wieder folgte eine Pause, in der nur die Musik und das Klirren der Eiswürfel zu hören waren.
»Danke«, sagte Irina, als ich ihr das Glas reichte. Sie trank einen großen Schluck. »Walter?«
»Ja.«
»Ich habe mir lange überlegt, ob ich es dir sagen soll. Ob ich es nicht allein schaffen kann. Aber ich kann es nicht allein schaffen. Ich kenne niemanden in Deutschland. Und strafbar ist es auch. Ich möchte nicht ins Gefängnis.«
»Wovon redest du eigentlich?« fragte ich.
»Ich habe dir doch gesagt, daß ich aus Prag geflüchtet bin, weil die Polizei mich immer wieder vorgeladen und verhört hat und ich das nicht mehr aushielt, nicht wahr?«
»Ja«, sagte ich. »Und?«
»Und das war nicht die Wahrheit. Nicht die ganze Wahrheit. Sie haben mich schon verhört, immer wieder, nur nicht so schlimm, wie ich es behauptete. Deshalb hätte ich nicht fliehen müssen. Die Freunde von Jan wurden schon viel früher verhaftet, als ich sagte. Nicht erst knapp vor meiner Flucht. Die Verhaftungen gaben nicht den Ausschlag. Mich hätten sie gewiß nicht verhaftet. Sie sahen ein, daß ich nichts wußte.«
»Aber warum bist du dann geflüchtet?« fragte ich.
Sie sah mich lange an. Das Klavier ertönte jetzt allein, ohne Orchester.
»Weil ich schwanger bin, Walter«, sagte Irina. »Schwanger von Jan. Im dritten Monat.«

17

Danach trank sie ihr Glas aus, und ich trank meines aus, und dann machte ich sehr langsam zwei neue Drinks, und Irina schaltete den Plattenspieler ab, und so vergingen bestimmt zwei Minuten, in denen wir uns nicht ansahen.

Endlich, als wir jeder wieder ein Glas in der Hand hatten und tranken, blickte ich in ihre traurigen großen Augen und fragte: »Du wolltest zu Jan und ihm sagen, daß du ein Kind bekommst?«

»Natürlich«, sagte sie. »Und bei ihm bleiben. Und mit ihm gehen, wo immer er hinging. Und ihn heiraten. Und das Kind haben.« Sie lachte.

»Lach nicht«, sagte ich. Sie hörte auf zu lachen.

»Jetzt ist natürlich alles anders«, sagte sie. »Vollkommen anders. Alles. Hast du etwas gesagt?«

»Nein.«

»Ich dachte, du hättest ...«

»Kein Wort.«

»Ich will es nicht«, sagte Irina. »Ich will es unter keinen Umständen. Nicht mehr jetzt. Ich will kein Kind von diesem ... von Jan. Kannst du das verstehen?«

»Ja«, sagte ich.

»Und ... und wirst du mir helfen?«

Ich schwieg.

»Du kennst dich aus in Frankfurt. Hast du noch nie einem Mädchen geholfen?«

»Doch«, sagte ich.

Ich hatte schon drei Mädchen geholfen.

»Siehst du«, sagte Irina. »Also kennst du doch auch einen Arzt.«

Ich schwieg.

»Bitte«, sagte Irina. »Kennst du einen Arzt?«

Ich nickte.

»Einen guten?«

Wieder nickte ich.

»Der es machen würde?«

»Ja.«

»Und man kann sich auf ihn verlassen?«

»Unbedingt«, sagte ich. »Wer in Frankfurt Geld und solche Sorgen hat wie du, der geht zu ihm.«

»Und ... und wirst du mich zu ihm bringen, Walter? Es ist gerade noch Zeit! Dritter Monat! Ich bin ganz gesund, Herz und so. Keine Gefahr. Also wirst du?«

»In der Story darf ich das aber nicht aufschreiben«, sagte ich.

»Das heißt, du wirst?«

»Wenn du es ganz bestimmt und wirklich wünschst.«

Sie trank.

»Ich wünsche es ganz bestimmt und wirklich.«

»Na ja«, sagte ich.

»Was heißt na ja? Es ist die einzige vernünftige Lösung. Und wir müssen jetzt doch vernünftig sein, nicht wahr?«

»Ja«, sagte ich, »vernünftig, das müssen wir sein. Morgen setze ich mich mit diesem Arzt in Verbindung. Damit wir so schnell wie möglich einen Termin bekommen. Der ist sehr beschäftigt, dieser Arzt.«

Auf einmal begann sie zu weinen, lautlos. Die Tränen rollten über ihre Wangen und tropften auf den Morgenrock.

»Aber ... aber du hast es doch so gewollt«, sagte ich erschrocken.

»Ich will es ja auch«, schluchzte sie. »Ich weine nur vor ... vor Glück und Erleichterung ... und weil ich dir so dankbar bin, Walter ... so furchtbar dankbar ... das vergesse ich dir nie!«

Ich gab ihr, wieder einmal, mein Taschentuch. Sie trocknete die Tränen.

»So«, sagte ich, »und jetzt ist alles gut?«

Sie nickte.

»Jetzt werden wir schlafen können?«

Sie nickte wieder.

»Na, dann komm«, sagte ich und hob sie auf und hielt sie in den Armen. Sie schrie leise. Aber ich hielt sie fest. Sie war erstaunlich leicht. Als ich sie in das Gästezimmer trug, schmiegte sie ihre Wange an die meine. Ich brachte sie zu Bett wie ein kleines Kind und stellte noch ein Glas Wasser auf den Nachttisch und legte zwei Schlaftabletten daneben.

»Nimm eine, wenn es doch nicht geht mit dem Einschlafen«, sagte ich. »Und dann eine zweite – aber erst warten, ja?«

»Ich brauche überhaupt nichts«, sagte sie. »Jetzt werde ich schlafen wie ein Murmeltier. Jetzt, wo ich weiß, daß du den Arzt anrufst. Du tust es schon morgen, bestimmt?«

»Bestimmt. Wir werden ein bißchen aufpassen müssen, weil du doch von der Kripo beschützt wirst.«

»O Gott!«

»Halb so wild. Es gibt hier drei Ausgänge. Und einen durch den Keller. Die ganze Bewachung ist dummes Theater. Keine Angst. Die sehen uns nie gehen und nie zurückkehren. Und nun schlaf endlich.« Ich deckte sie zu, wie man ein kleines Kind zudeckt, obwohl ich dachte, daß ich es nun, wo die Gelegenheit so günstig war, doch noch einmal hätte versuchen können. Aber ich versuchte es nicht.
»Komm mit dem Kopf herunter«, flüsterte Irina.
Ich senkte den Kopf.
Sie küßte mich auf den Mund.
»Danke, Walter ...«
»Hör schon auf.«
»Gehst du auch schlafen?«
»Ja«, sagte ich und erhob mich vom Bettrand.
Aber ich ging nicht schlafen.
Ich verließ Irina und holte die ›Chivas‹-Flasche und mein Glas und das Sodawasser und die Eiswürfel und trug alles in mein Arbeitszimmer. Dort stellte ich es auf den Schreibtisch. Ich schloß die Tür, um Irina nicht zu stören, dann suchte ich in der kleinen Ledertasche eine Weile nach der Kassette, die ich nun haben wollte, und fand sie und legte sie in den Recorder ein.
Obwohl ich seit so langer Zeit nicht ausreichend geschlafen hatte, fühlte ich mich hellwach und übermunter. Ich zog die Jacke aus, lockerte die Krawatte und krempelte die Hemdärmel hoch. Dann spannte ich Manuskriptpapier von Blitz samt Kohlepapier und Durchschlag in die Maschine und tippte:

ROLAND / VERRAT / TEIL I

Danach ließ ich den Recorder eine Weile laufen und hörte mir das aufgezeichnete Gespräch an. Endlich schaltete ich ab. Ich saß ganz still. Es war ruhig, wundervoll ruhig in meinem schönen Penthaus, und ich dachte darüber nach, wie ich beginnen sollte. Wenn ich das einmal wußte, schrieb sich die ganze Story von selbst. Ich dachte nicht lange nach. Ich wußte schon bald, wo ich anfangen mußte. Zu jener Zeit hatte ich Fräulein Luise natürlich noch nicht im Ludwigskrankenhaus in Bremen besucht und mit ihr gesprochen, das kam erst später. Und so fing ich nicht so an, wie dieser Bericht in seiner zweiten Niederschrift beginnt, nämlich mit einem Dialog zwischen Fräulein Luise und mir. Von diesem Gespräch ahnte ich in jener Nacht noch nichts.

Ich trank einen Schluck, zündete eine neue Gauloise an, kniff die Augen zusammen und hämmerte los. Das waren die ersten Sätze, die ich schrieb:
›Er hörte sieben Schüsse. Danach hörte er die Stimme seines Vaters. Sie schien von weither zu kommen. Die Schüsse erschreckten ihn nicht, er hatte schon zu viele gehört, seit er hier war, und außerdem wurde in seinem Traum auch gerade geschossen, aber die Stimme des Vaters weckte ihn.
»Was ist?« fragte er und rieb sich die Augen. Sein Herz klopfte stürmisch, und seine Lippen waren trocken.
»Du mußt aufstehen, Karel«, sagte der Vater . . .‹

18

Das dritte Mädchen hatte Brüste zum Verrücktwerden und einen Popo zum Hineinbeißen, und es legte einen Strip-tease hin, der war noch schärfer als das, was die beiden anderen Mädchen vor ihr geliefert hatten. Ein Rotkopf. Echte rote Haare, man sah es. Und allen Herren im Fotoatelier von BLITZ an der Zeil wurde ganz anders. Bertie wischte sich den Schweiß von der Stirn. Die beiden Assistenten, die einleuchteten, murmelten vor sich hin und hatten dunkelrote Gesichter. Der kleine, sanfte Bildchef Kurt Ziller beleckte dauernd seine Lippen. Und mir fiel die Zigarette aus dem Mund, als der Rotkopf anfing, seine Dinger kreisen zu lassen. Nur mit Max war noch immer nichts los. Er stand da auf einem kleinen Podest vor einem dunkelblauen Hintergrund, total nackt, und er sah sich seit einer halben Stunde nackte Weiber an, die schönsten, die ich hatte auftreiben können, und nichts rührte sich.
Bertie begann zu fluchen. Max entschuldigte sich zum zwanzigsten Mal. Es war ihm wahnsinnig peinlich.
Der Rotkopf, der jetzt nackt war und sich hin und her verrenkte, gab es auf und sagte: »Ich bin schließlich nicht engagiert worden, um einen total Impotenten zu heilen.«
»Halt den Mund«, sagte ich zu dem Rotkopf.
»Na ist doch wahr«, maulte das Mädchen. »So was habe ich noch nicht erlebt. Den hätte ja die Monroe nicht hochgebracht. Bei dem helfen auch keine Pillen und keine Medizin. Was soll der Quatsch? Ich habe genug.«

»Mach noch mal die Brücke rückwärts«, sagte Bertie mit letzter Hoffnung. »Bitte. Mir zuliebe. Und die Beine gegrätscht.«
»Dir zuliebe«, sagte der Rotkopf und machte die Brücke rückwärts, gegrätscht.
Es war ganz still in dem großen Atelier, das die vielen grellen Scheinwerfer erhitzten, und alles sah Max an. Umsonst.
»Nix«, sagte Max. »Einfach tot. Völlig tot.«
»Jetzt habe ich aber die Schnauze voll«, sagte der Rotkopf.
»Und so was bringen Sie uns an, so einen Versager«, sagte Bildchef Ziller zu mir. Er war klein und bescheiden und nett, und er sagte es gramvoll, nicht anklagend. Im Krieg war Ziller PK-Berichter auf U-Booten gewesen. Er hatte auch sehr viele Bilder gezeichnet – von U-Booten und vom wilden Ozean und von Geleitschiffen, die in die Luft flogen –, und die Bilder waren in den Illustrierten des Dritten Reiches veröffentlicht worden. U-Boote waren Zillers Lieblinge. Er verlor völlig den Kopf, wenn er welche sah oder nur über sie sprechen durfte. Bei jeder Gelegenheit versuchte er, Fotos von U-Booten ins Heft zu schmuggeln. Er hatte dauernd Krach mit Lester deswegen. Sein Himmel auf Erden war die Zeit gewesen, in der ich die großen Seekriegs-Serien schrieb. Da hatte mich Ziller einmal umarmt und mich auf die Wange geküßt. Bei ›U-Boote westwärts!‹ war das gewesen.
»Wenn ich noch zweihundert drauf kriege, kann ich ja versuchen, ihm einen zu blasen«, sagte der Rotkopf. »Vielleicht hilft das.«
»Nee, nee«, sagte Max betreten. »Vielen Dank ooch, Frollein. Aba ick kenne mir. Bei meinem Dschonni is jetzt 'ne Blockierung einjetreten. Da hilft ooch Tuten und Blasen nischt. Scheiße vadammte.«
»Zieh dich wieder an«, sagte ich zu dem Rotkopf.
Die drei anderen Mädchen im Atelier saßen auf Hockern und waren fassungslos. Zwei hatten sich bereits ausgezogen und ihre Show abgezogen – ohne Erfolg. Jetzt sollte die vierte drankommen. Es war eine Blonde. Die Mädchen waren wirkliche Schönheiten, ich hatte sie ausgesucht. Bis fünf Uhr früh hatte ich geschrieben, dann hatte ich bis neun geschlafen, danach gebadet, gefrühstückt, mich schnell von Irina verabschiedet, der ich ein Tablett ans Bett brachte und versprach, mit dem Arzt zu reden, und dann war ich losgefahren zu einer Nachwuchsagentur für Film, Bühne und Mannequins. Das war ein reines Call-Girl-Unternehmen, sündteuer, ich kannte die Besitzerin. Die war auch nicht ohne.

Knapp dreißig und im Bett ein Senkrechtstarter. Ich hatte sie ausprobiert. Daher kannte ich den Laden. Die Mädchen kosteten ein Schweinegeld, aber man bekam nur erstklassige Ware. Ich suchte nach Bildern in einem großen Katalog vier der schönsten aus und bestellte sie in die Zeil, pünktlich um elf. Sie waren auch pünktlich da. Und drei hatten nun also schon getan, was sie nur tun konnten. Ohne jede Wirkung.
»Los«, sagte ich zu der vierten, »jetzt du.«
Das Mädchen stand auf.
»Nee«, sagte Max verzweifelt auf seinem Podest. »Nee, Walta, laß man. Det hat keen Zweck. Die Kleene braucht sich jar nich erst auszuziehen. Wird doch wieda nischt.«
Die Blonde begann prompt bitterlich zu heulen.
»Und mein Geld?« schluchzte sie. »Mein Honorar? Die andern kriegen? Ich nicht? Das ist eine Gemeinheit! Das lasse ich mir nicht bieten! Das sage ich der Frau Direktor!«
»Um Gotteswillen!« Der sanfte Ziller holte eine dicke Brieftasche hervor. »Natürlich erhalten Sie Ihr Honorar wie alle anderen Damen. Das konnte ja niemand ahnen.« Er öffnete die Brieftasche, und eine Menge Banknoten wurden sichtbar. Max sah jetzt zu Ziller. Ich sah zu Max. Ich sah es gleichzeitig mit Bertie.
»Mmmm ... mmm ...«, machte der aufgeregt und wies mit dem Kinn. Ich nickte. Wir hatten es beide deutlich bemerkt. Maxens Jonny hatte gezuckt beim Anblick der Banknoten.
Der brave U-Boot-Ziller zählte den Mädchen je fünfhundert Mark vor. Maxens Ding zuckte wieder, heftiger diesmal.
»Herr Ziller!« rief ich. Er sah auf. Zu den Mädchen sagte ich: »Geht mal zur Seite!« Und zu Ziller: »Stellen Sie sich so vor Herrn Knipper, daß er Sie gut sehen kann. Ins Licht. Und halten Sie fünf Hundertmarkscheine in die Luft.«
»Ich soll ... aber warum ...«
»Nun tun Sie es schon!« sagte Bertie.
Ziller tat es verständnislos. Gleich darauf verstand er.
»Ach so«, sagte Herr Ziller.
Bei Max kam etwas in Bewegung – noch nicht sehr, noch lange nicht genug, aber immerhin, tot war da durchaus nicht alles!
»Fünfhundert dazu!« rief Bertie – er stand hinter einer großen Linhof-Kamera, die auf einem Stativ befestigt war. Hier mußte er mit einer schweren Kamera und mit Planfilm in Kassetten arbeiten.

Jetzt hatte Ziller zehn Hunderter in der Hand.
Max stand auf Halbmast.
Die Mädchen waren verblüfft.
Sie redeten durcheinander.
»Da hättet ihr uns sparen können!«
»Sowas habe ich noch nicht erlebt!«
»Viola, schau doch, wie der steigt!«
»Ruhe im Stall!« sagte Bertie. »Gut so, Herr Knipper. Gut. Geben Sie sich Mühe. Schauen Sie das Geld an. Konzentrieren Sie sich auf das Geld!«
»Tue ick ja«, stöhnte Max. »Hamse nich noch tausend?«
»Doch«, sagte Ziller.
»Denn haltense mal zwootausend in die Höhe, bitte!«
Ziller hielt zweitausend Mark in Scheinen über den Kopf.
Hoch schnellte Maxens kostbares Gut!
»Oohh!« machte der Rotkopf erschüttert. Es war aber auch ein imposanter Anblick, wahrhaftig.
Bertie stöhnte vor Wonne.
»So, ja so... Halten!... Können Sie das halten, Herr Knipper, weiter so halten?«
»Solange der Herr da die Zwootausend halten kann!«
Bertie machte Aufnahme um Aufnahme. Ein griechischer Gott war ein Dreck gegen Max Knipper. Es wurde wieder ganz still im Atelier. Alles war verblüfft. Bertie arbeitete rasend schnell. Ein Assistent hatte einen Spot auf den sanften Bildchef gerichtet, und Ziller stand Max gegenüber, in gleißendes Licht getaucht, die zweitausend Mark über dem Kopf. Max hielt Wort. Er schwankte und wankte nicht. Als Bertie endlich fertig war, brachen die Versammelten in lauten Beifall aus, und Max verneigte sich geschmeichelt nach allen Seiten. Dann stieg er von dem Podest und schlüpfte in einen Slip.
»Donnerwetter, Max«, sagte ich.
»Ja«, sagte er. »Da hast'et. Mein Dschonni is eben eijensinnich.«
Bertie gähnte plötzlich.
»Nanu, müde?« fragte ich.
»Wie ein Hund. Heute gehe ich früh schlafen und penn mich mal richtig aus.«
»Ja«, sagte ich. »Ich auch.«
Wir pennten in dieser Nacht tief und traumlos, alle beide. Zehntausend Meter über dem Atlantik.

19

Es war eine Menge Flugzeuge vor uns zur Landung angemeldet. Wir mußten eine Dreiviertelstunde über dem Kennedy-Flughafen im Warteraum kreisen, und die Fluglotsen holten uns Stockwerk um Stockwerk herunter. Ich war erst dreimal in New York gewesen, Bertie mindestens ein dutzendmal, und er erläuterte die 8-Millionen-Stadt liebevoll und zeigte mir die fünf Bezirke des Stadtgebiets – Manhattan, Bronx, Brooklyn, Richmond und Queens. Ich sah die regelmäßigen Avenues im Geflecht mit den Querstraßen auf Manhattan und die Wolkenkratzer und die großen Brücken. In New York schien eine kraftlose Sonne, und ich war tatsächlich wieder muntergeschlafen nach diesen verrückten Nächten.

Wir hatten unsere Maschine eben noch erreicht, nachdem Alarmanrufe Herfords mich beim Tippen meiner Story (ich tippte wie ein Besessener jede freie Minute, es konnte mir nicht schnell genug gehen) und Bertie beim Entwickeln der Fotos von Max erreicht hatten. Ich telefonierte aus meinem Arbeitszimmer. Im Wohnzimmer war, wie angekündigt, der so wundervolle Leo erschienen und präsentierte Irina eine Kollektion von Kleidern, Kostümen, Mänteln und Schuhen.

Den Arzt hatte ich auf der Rückfahrt vom Fotoatelier aus einer Zelle angerufen und gesagt, meine Frau würde gerne zu einer Routineuntersuchung kommen. Das war die Bezeichnung dafür. Er erkannte meine Stimme und sagte, er habe wahnsinnig viel zu tun, aber ginge es vielleicht so um halb zwei, in der Mittagspause? Er müsse Irina sehen und sie untersuchen, bevor er den Eingriff mache, und das wollte er also in der Mittagspause tun. Ich sagte ja, fuhr heim, ließ den Lamborghini vor der Haustür stehen und winkte den Kriminalbeamten in ihrem Mercedes auf der anderen Straßenseite zu. Sie winkten zurück. Es war die dritte Schicht, schon wieder neue Gesichter.

Als Irina sich angezogen hatte, glitt ich mit ihr im Lift ins Erdgeschoß des Hochhauses und ging nach hinten, in den Garten hinaus – von da kamen wir in eine andere Straße, in der keine Kriminalbeamten parkten. Wir legten ein Stück des Weges zu Fuß zurück, dann hielt ich ein Taxi an, und wir fuhren weit nach Nordwesten hinauf, in die Straße, an welcher der Arzt seine Praxis hatte. Dort ließ ich den Chauffeur halten und bezahlte. Das letzte

Stück gingen wir wieder zu Fuß. Nur kein Risiko. Im Wartezimmer der großen Praxis saß niemand, die Tür öffnete uns die Frau des Arztes. Sie war sehr jung und hübsch und einmal seine Schwester gewesen. Jetzt assistierte sie ihm immer bei den Abtreibungen. Er sah aus wie ein richtiger Filmarzt, war aber trotzdem ungeheuer tüchtig. Und geldgierig. Irina hatte während der Fahrt kaum gesprochen, sie war ernst, aber ruhig, und so ging sie mit dem Arzt in das Untersuchungszimmer, während ich mich in den leeren Warteraum setzte, in dem es nach Puder und Schminke und einem zarten Desinfektionsmittel roch.
Zeitschriften lagen herum, und weil ich daran denken mußte, wie Irina nun nebenan auf dem Stuhl lag und der Arzt an ihr herumfummelte auf diese widerliche, entwürdigende Weise, nahm ich eines der vielen Magazine, die auf einem Tischchen lagen. Es hieß ›Das Tier und Du‹, und ich las einen Artikel über Ameisen. Es gibt etwa fünftausend verschiedene Arten, das hatte ich nicht gewußt. Mittelhochdeutsch hieß die Ameise ameize, bei Martin Luther emmeis. Sie ist ein zu den Hautflüglern gehöriges Kerbtier, bekannt als Sinnbild des Fleißes. Die Ameisen leben in staatenähnlichen Gemeinschaften, die aus Arbeitern (überwiegend), Männchen und Weibchen gebildet werden. Weibchen und Männchen besitzen hinfällige Flügel, das heißt, die Flügel gehen ihnen verloren, und die Arbeiter und die Weibchen haben eine Spritzdrüse voll einer ameisensäurereichen Giftflüssigkeit, zum Teil mit Stachel. Die Arbeiter sind geschlechtslos gewordene Weibchen. Sie besorgen Nestbau, Ernährung und Brutpflege. Ich erfuhr noch eine Menge über Ameisen, bevor Irina mit dem Arzt ins Wartezimmer kam. Sie sah ernst aus wie immer, der Arzt rieb sich die Hände.
»Großartig, großartig«, sagte er. »Alles zum besten mit Ihrer lieben Frau Gemahlin, Herr Roland. Es wird keine Komplikationen geben, ich habe die Frau Gemahlin ganz beruhigen können. Wir wollen keine Zeit verlieren bei der kleinen Sache. Wie ist es, würde es Ihnen am Dienstag um achtzehn Uhr passen?«
Ich sah Irina an. Sie nickte ernst, und ich sagte, es würde passen.
»Fein, fein«, sagte der fröhliche Doktor, immer weiter seine Hände mit unsichtbarer Seife waschend. »Sie bringen die Frau Gemahlin her, aber Sie können hier nicht warten, verstehen Sie?«
»Ja, Doktor.«
»Meine Frau wird assistieren. Danach kann die Frau Gemahlin

sich noch zwei oder drei Stunden ausruhen, aber spätestens um zehn Uhr müssen Sie sie abholen. Das ist der letzte Termin. Übernachten kann sie hier nicht.«

Übernachten hatte noch kein Mädchen bei dem Arzt dürfen, das war ihm zu riskant. Ich hatte die Mädchen immer abholen müssen.

»Gut, Doktor«, sagte ich.

»Zu Hause dann sofort hinlegen. Bei der geringsten Unregelmäßigkeit rufen Sie mich an, und ich komme zu Ihnen, das wissen Sie.«

Das wußte ich. Einmal hatte ein Mädchen plötzlich hohes Fieber bekommen danach, und da war er sofort gekommen und hatte das in Ordnung gebracht.

»Ich danke Ihnen, Herr Doktor«, sagte Irina. »Und ich vertraue Ihnen. Sie helfen mir unendlich.«

»Man muß helfen, wo man kann«, sagte der Arzt gütig und brachte uns zum Ausgang, und auf dem Weg dorthin sagte er leise zu mir, ich solle doch am Dienstag gleich einen Scheck mitbringen – keinen Verrechnungsscheck, sondern einen gewöhnlichen, nicht auf ihn ausgestellten. Und er nannte das unverschämt hohe Honorar, das ich erwartet hatte, weil ich es schon kannte. Darum nickte ich nur. Ich hatte immer gleich Barschecks mitbringen müssen. Es war ein sehr guter und sehr vorsichtiger Arzt.

Ich ging mit Irina wieder die Straße hinunter. Der Himmel war grau verhangen, und es war sehr kalt. Irina setzte Schritt vor Schritt und sah auf den Gehsteig, und erst in einem Taxi, das ich anhielt, legte sie ihre kalte Hand auf meine und sagte: »Jetzt bin ich ganz glücklich und beruhigt. Und das verdanke ich dir. Ich werde dir nie genug danken können, Walter.«

»Nein«, sagte ich, »das wirst du nicht. An mir hast du aber auch etwas. Ich bin ein Prachtexemplar. Von mir sollten sie große Plakate mit meinem Gesicht machen und die überall ankleben und darunter schreiben: ›Mütter, diesem Mann vertraut eure Töchter an!‹«

Da begann sie zu lachen. Es klang ein bißchen hysterisch, und sie hörte lange nicht auf – der Chauffeur sah sich schon neugierig um –, aber sie lachte wenigstens. Das hatte ich gewollt. Als wir, wieder durch den Garten, in das Penthaus gekommen waren und eben die Mäntel ablegten, klingelte es, und Herr Leo meldete sich von unten durch die Haussprechanlage. Ich ließ ihn herauf, und er blieb stundenlang. In dieser Zeit saß ich in meinem Zimmer und tippte VERRAT wie ein Besessener bis zu dem Moment, da Herford anrief.

Das war am Freitagnachmittag gewesen, und nun, als wir über New York kreisten, war es Samstagmorgen, und ich hoffte, daß ich bis zum nächsten Dienstag, dem 19. November, wieder in Frankfurt sein konnte – Irinas wegen. Ich mußte sie doch zum Arzt bringen und wieder abholen. Und der war so überlastet. Wenn wir den Termin verschoben, wer wußte, wann wir dann drankämen? Ich hoffte sehr, rechtzeitig zurück zu sein. Herford hatte tags zuvor am Telefon zu mir gesagt: »Ganz wichtig, Roland. Herford hat eben mit Oswald Seerose gesprochen. Oswald hat Neuigkeiten für Sie. Solche Dinger. Setzen Sie sich lieber. Oswald, komm her.«

So war der Verlagsleiter Seerose an den Apparat gekommen und hatte mich begrüßt auf seine vornehme Art. Dann war er sachlich geworden: »Nachricht von meinen Freunden, Herr Roland. Sie und Engelhardt müssen sofort nach New York. Da geht es jetzt los.«

»Woher weiß man das?«

»Sind keine Idioten, unsere Freunde, Roland. Da drüben herrscht seit der Sache in Hamburg Großalarm. Für alle. Funkspezialisten haben Verkehr zwischen einem Kurzwellensender in New York und einem auf einem sowjetischen Trawler im Atlantik aufgenommen. Verschlüsselt natürlich. Nicht zu brechen der Schlüssel. Aber es geht um die Filme, die Freunde sind überzeugt davon.«

»Wie können sie das?«

»Haben sie mir nicht gesagt. Wird man Ihnen drüben sagen. Die Sache brennt. Soll morgen nacht steigen.«

»Woher wissen Sie das?«

»Haben sie mir auch nicht gesagt. Wird man Ihnen alles in New York erklären. Wenn Sie ankommen, gehen Sie zum Lufthansa-Schalter. Dem Hauptschalter. Sie werden dort erwartet. Cooley heißt der Mann. Mervin Cooley. Von ihm erfahren Sie, was ich nicht weiß.«

»Ist gut, Herr Seerose«, hatte ich gesagt. Dann war ich zu Irina hinübergegangen und hatte ihr erklärt, daß ich kurz wegfliegen müsse und daß sie niemanden in die Wohnung lassen, nicht ausgehen und keinen Telefonanruf beantworten dürfe. Plötzlich hatte ich sie am Hals gehabt.

»Was ist denn?«
»Komm bald zurück, ja? Bitte, komm bald zurück, Walter!«
»Klar«, hatte ich gesagt. »So rasch wie möglich. Sei ein braves Mädchen inzwischen, versprichst du mir das?«
Sie hatte unter Tränen gelächelt...

Endlich bekam unsere Maschine Landeerlaubnis. Beim Hauptschalter der Lufthansa sprach uns dann ein großer, schlaksiger Mann an, der aussah wie James Stewart und einen grauen Mantel und einen grauen Hut trug.
»Mister Engelhardt und Mister Roland?«
»Ja.«
»Sehr erfreut. Ich heiße Mervin Cooley. Kommen Sie. Ihr Gepäck haben Sie ja schon. Mein Wagen steht draußen auf dem Parkplatz.«
Sein Wagen war ein silbergrauer Chevrolet. Cooley setzte sich ans Steuer, ich mich neben ihn, Bertie setzte sich in den Fond. Cooley fuhr über den großen Southern Parkway westwärts und erzählte, was wir noch nicht wußten.
»Unsere Leute haben sich besonders für den Funkverkehr in den letzten zwei Tagen und Nächten interessiert, nachdem feststand, daß der eine Sender auf dem sowjetischen Trawler steht. Wir haben Peilwagen losgeschickt, um den anderen Sender zu finden. Keine leichte Aufgabe. Zum Glück war der Funkverkehr sehr rege. Sie wissen ja, wie man so einen Sender finden kann, wenn man Glück hat ... mit zwei Wagen, nicht wahr?«
»Ja, wir wissen«, sagte Bertie. »Zuerst das Gebiet einkreisen, dann die Richtantennen genau so stellen, daß der Empfang am stärksten ist, und im Schnittpunkt der zwei Richtungen muß dann der Sender arbeiten.«
»Stimmt.« Cooley fuhr an dem schönen Aqueduct-Rennplatz vorüber, der Parkway glitt unter der Trasse und den Geleisen der IND-Subway Lines hindurch. Es folgte ein Gewirr von Schleifen für Auf- und Abfahrten des Schnellweges, der von hier an Shore Parkway hieß. Wir fuhren jetzt in südwestlicher Richtung durch viele Häuserschluchten und näherten uns Brooklyn. Cooley erzählte andauernd weiter: »Na, unsere Jungens hatten Glück. Fanden den Block. Fanden sogar das Haus. Liegt in Flatbush. Beim Holy-Cross-Friedhof. Troy Avenue.« Wir erreichten den frisch angelegten, sehr großen Spring Creek Park, der Parkway führte

durch ihn, links sah ich das Wasser und die Inseln der Jamaica Bay. In dem Park, dessen Bäume schon kahl waren, spielten noch viele kleine Kinder im schwachen Sonnenschein, und viele Menschen gingen spazieren.

»Haben zwei Leute ins Haus geschickt, in alle Wohnungen. Angeblich vom Telefonamt. Apparate nachsehen. Störungssucher. Die arbeiteten sich von Stockwerk zu Stockwerk. War eigentlich alles ganz einfach. Da hat ein gewisser Floyd Turner unten einen Radioreparaturladen. Auch Fernseher und Plattenspieler. Wohnt im Haus. Vierter Stock. Die Werkstatt hat er oben in der Wohnung. Unsere Burschen brauchten gar nicht lange zu suchen, dann hatten sie den Sender gefunden. Ganz modernes Ding, hochempfindlich. Turner sagte, er sei Amateurfunker. Zeigte seine Lizenz.«

»Vielleicht ist er wirklich nur Amateurfunker«, sagte Bertie. »Und der, den Sie suchen, hat seinen Sender besser versteckt.«

»Kaum anzunehmen«, sagte Cooley. Beim Ende des Spring Creek Parks gab es wieder die Schleifen der Auf- und Abfahrten vom Highway. Cooley verließ jetzt den Shore Parkway, fuhr über die Pennsylvania Avenue nordwärts und überquerte eine Avenue nach der andern. Schroeders und Locke und Vandalia und die breite Flatlands Avenue. »Nach dem Besuch der Jungens wurde Turners Funkverkehr richtig hektisch. Und für heute Nacht zwei Uhr hat er einen Platz in einer TWA-Maschine nach Los Angeles gebucht. Unter anderem Namen. Unsere Leute hören natürlich sein Telefon ab. Wir haben uns ihm gegenüber eingemietet. Leere Wohnung in altem Haus.« Cooley erreichte den Linden Boulevard, bog nach links ein und fuhr ein weites Stück westwärts. Der Chevvy hatte eine Funksprechanlage, über die Cooley immer wieder seine Position meldete und fragte, ob es etwas Neues gebe. Es gab nichts Neues, sagten ihm seine Kollegen in der Wohnung, die der von Turner gegenüberlag. Der Radiotechniker arbeitete in seiner Werkstatt oben und ging und ging nicht aus dem Haus. Wir passierten den Kings Highway, die Rockaway und die Utica Avenue, dann hatten wir die Troy Avenue erreicht. Sie war sehr lang und lag zwischen dem Linden Boulevard und der Church Avenue. Cooley parkte zwei Blocks weiter, in der Albany Avenue. Wir gingen zu Fuß in die Troy Avenue zurück. Wir sahen Turners Radioladen. Er hatte zwei Angestellte, die Kunden bedienten, das sahen wir auch. Es war Samstagvormittag.

Wir gingen in das alte Haus gegenüber und stiegen ein schmutziges Treppenhaus bis zum vierten Stock hinauf. Dort klopfte Cooley in einem bestimmten Rhythmus gegen eine baufällige Tür. Sie wurde geöffnet. Die Wohnung dahinter war leer. Von den Wänden hingen Tapetenfetzen. Zwei junge Männer arbeiteten hier. Sie saßen in dem großen Zimmer der Wohnung, das zur Straße hinausging, und grüßten, als Cooley sagte, wer wir sind. Die beiden jungen Männer hatten auf einem Tisch neben sich Feldtelefone, von denen Drähte zu einem ganzen Bündel hinaufreichten, das an der Decke hing. Es gab noch ein drittes, normales Telefon und ein großes Magnetophon, das mit den Abhörtelefonen verbunden war. Dann war da noch ein grauer Metallkasten, ein Kurzwellensender, mit dem die Männer Streifenwagen rufen konnten. Die Wagen meldeten sich von Zeit zu Zeit. Es war eine ganze Menge in diesem Viertel eingesetzt, sicherlich lauter zivile Autos wie das, welches Cooley fuhr. Ich sah Thermosflaschen und Sandwiches, an der Wand standen zwei Armee-Betten. Die Männer hatten auch Ferngläser, eines eine Spezialanfertigung für die Nacht.

»Was macht Turner?« fragte Cooley.

»Repariert einen Fernsehapparat«, sagte einer der Männer und gab Cooley sein Glas. Cooley gab es Bertie, und Bertie gab es mir. Ich sah in Turners Werkstatt gegenüber. Das Fenster dieser leeren Wohnung hatte einen leichten Vorhang, so daß man nicht hineinblicken konnte, wohl aber hinaus. Gegenüber saß in seiner Werkstatt tatsächlich Floyd Turner und arbeitete an einem Fernsehgerät. Turner war ein Mann mit mächtigem Kopf, einer großen Nase, kurzem schwarzem Haar und sehr feinen Händen. Die Hände waren es, die mich faszinierten. Schöne Frauenhände.

»Kann natürlich trotz allem sein, daß wir auf dem ganz falschen Dampfer sind«, sagte Cooley, setzte sich und legte die Füße auf einen Tisch.

»Natürlich«, sagte Bertie und lächelte sein vergnügtes Jungenlächeln, »das kann auch sein. So was weiß man nie genau.«

Na ja, und danach warteten wir wahrhaftig über elf gottverdammt lange Stunden darauf, daß Turner das Haus verließ. Aber der verließ es nicht. Er arbeitete in seiner Werkstatt, dann ging er nach nebenan und legte sich zwei Stunden aufs Ohr, dann arbeitete er wieder, und als es dunkel wurde, drehte er das Licht in der ganzen Wohnung an und bastelte immer weiter an dem TV-Gerät. Die beiden jungen Männer waren inzwischen durch zwei andere abgelöst worden, Cooley war fortgegangen und wiedergekommen, und nur Bertie und ich hockten auf zwei alten Stühlen wie die Idioten da und warteten darauf, daß etwas geschah. Und es geschah nichts. Nicht das geringste. Turner telefonierte nicht ein einziges Mal, und er wurde auch nicht ein einziges Mal angerufen. Um acht Uhr brachte uns ein dritter junger Mann Sandwiches und heißen Kaffee, und wir aßen und tranken im Dunkeln, und danach sagte Bertie, er wolle sich ein wenig aufs Ohr hauen. Fotografiert hatte er Turner gleich nach unserer Ankunft durch die Fenster. Nun legte er sich auf eine der Armeepritschen. Im nächsten Moment war er eingeschlafen. Und dann, um 22 Uhr 05, geschah endlich etwas.

20

Eines der Feldtelefone schnurrte, das Tonband setzte sich automatisch in Bewegung, einer der Männer am Fenster ergriff den Hörer. Gegenüber, in Turners Wohnung, war in den hellerleuchteten Räumen gerade niemand zu sehen. Das Telefonat dauerte nur kurz. Der Mann legte auf und sagte hastig: »Turner hat ein Taxi gerufen. Troy Avenue. Vors Haus.«

»Los«, sagte Cooley zu Bertie und mir. Wir packten unsere Mäntel, Bertie seine Kameras, ich mein Fernglas, und wir sausten die Treppen hinunter. Durch einen Hinterausgang kamen wir in einen dreckigen Hof und von diesem in die erste Seitenstraße. Wir rannten zu Cooleys Chevvy und sprangen in den Wagen. Cooley schaltete den Sender ein, zerrte unter dem Sitz eine Maschinenpistole hervor und warf sie in den Fond, neben mich, der ich nun dort saß. »Seid ihr bewaffnet?« fragte er.

»Nein«, sagte ich. »Der Zolldienst hätte uns mit Waffen doch nicht reingelassen.«

»Dann bleibt schön ein bißchen im Hintergrund«, sagte Cooley. »Ich hab noch eine Pistole, aber die brauche ich selber.« Er meldete bei der Zentrale, daß er fertig sei. Wir hörten, daß sich zahlreiche Wagen meldeten – mindestens ein Dutzend. Der Funkverkehr, der jetzt losging, riß nicht mehr ab. Die Männer oben in der leeren Wohnung sahen, wie das Taxi vorfuhr.

»An alle ... an alle! Yellow Cab in Troy Avenue vorgefahren. Verdächtiger steigt ein. Yellow Cab fährt ab. Biegt nach Westen in

den Linden Boulevard ein. Wagen zwölf, folgen Sie als erster. Klar?«
»Okay«, sagte Cooley. Als er es sagte, sahen wir das gelbe Taxi vorbeigleiten. Der Verkehr war nicht sehr stark. Wir hängten uns an – in gebührender Entfernung. Nun übernahm es Cooley, die anderen Wagen via Zentrale zu leiten, indem er dauernd bekanntgab, wohin das Yellow Cab mit Turner fuhr. Zunächst einmal fuhr es den ganzen Linden Boulevard hinunter bis zur Flatbush Avenue. Hier bog das Taxi nach rechts in die Flatbush Avenue ein und fuhr nordwärts. Wir hinterher. Die Flatbush Avenue bog nach Nordwesten und ging durch den großen dunklen Prospect Park. Unterirdisch, das wußte ich von einem Besuch, lief ein Strang der BMT-Subway Lines, rechts lag der Botanische Garten, wir sahen ihn ebenso undeutlich in der Finsternis, die von wenigen Lampen erhellt wurde, wie das Brooklyn Museum und, am Ende des Parks, das gewaltige Gebäude der Central Library. Hier gab es einen Verkehrskreisel, die Grand Army Plaza. Das Yellow Cab umrundete die Plaza vollkommen und fuhr nun den Prospect Park entlang, südwestwärts. Cooley meldete das und sagte: »Wozu der Bursche nicht gleich unten rum gefahren ist, werde ich auch nicht begreifen.«
»Vielleicht hat er Sie bemerkt«, kam eine Stimme aus der Zentrale. »Fallen Sie zurück, Nummer zwölf. Wagen achtzehn übernimmt Führung.«
Also fuhren wir langsamer, und eine Menge Wagen glitt an uns vorbei, und dann, nach einer Weile, ertönte wieder die Stimme der Zentrale:
»Achtung, Yellow Cab biegt jetzt in Prospect Avenue ein. Richtung Nordwesten und Fifth Avenue.«
Links von uns, hinter Häuserblocks, lag der gewaltige Greenwood-Friedhof. Ich sah ein paarmal einige seiner Bäume und die Mauer. Wir passierten die Fifth Avenue, die Fourth, die Third Avenue.
Die Zentrale meldete, daß das gelbe Taxi – es wurde auch immer die Nummer angegeben – nun die Third Avenue in südwestlicher Richtung hinabfuhr. Wir erhöhten die Geschwindigkeit. Hier sausten die Wagen. Brooklyn-Queens-Expressway, das war der vollständige Name dieses Schnellweges. Wir blieben nicht lange auf ihm.
»Yellow Cab biegt ab in Second Avenue«, kam es aus dem Lautsprecher. »Scheint zum Hafen zu wollen.« Mit dem ›Hafen‹ waren hier die Brooklyn-Piers und Lagerhäuser und Docks in der Upper

Bay des Hudson gemeint. »Fährt südwestwärts in Richtung Bush Terminal Docks. Nicht mehr dicht verfolgen. Blocks umstellen. Wagen eins, zwei, drei, sieben vom Spielplatz herankommen, Wagen fünf, neun, zehn und elf fahren weiter bis ›Sanitation Departement‹ und ›Brooklyn Union Gas Company‹ . . .« Die Zentrale verteilte die Autos. ». . . Wagen zwölf folgt Yellow Cab vorsichtig. Yellow Cab verringert Geschwindigkeit in der Nähe von Pier drei . . .«

»Okay, Zentrale«, sagte Cooley. Er ließ den Wagen in ein Gewirr von schlecht oder gar nicht erleuchteten Straßen zum Hafen hinabrollen. Hier roch es schon nach Wasser und Öl. Plötzlich lagen die mächtigen Piers vor uns, die Schiffe, die Kräne, die Transportgüter, die Lagerhallen. Es gab überall Sperren vor den Piers. Zu einem Schiff wollte Turner offenbar nicht. Wir sahen das gelbe Taxi. Es fuhr am Pier 3 vorbei, den Anlege- und Lagerplätzen von ›American Hemisphere‹, ›Marine Agencies‹ und der ›American Star Line‹. Die Straße wurde schmal. Hier liefen Eisenbahngleise in den Bush Terminal hinein, hier standen riesige Laster und, zum Glück, eine Menge geparkter Wagen. Das Yellow Cab hielt vor einem Lokal. Lokal ist zuviel gesagt, es war eine Seemannsspelunke, aus der Licht fiel und Radiomusik erklang, als der Mann namens Turner nun ausstieg und in die Kneipe hineinging. Turner trug einen dunklen Regenmantel und einen Hut. Cooley meldete der Zentrale, daß Turner in der Kneipe sei.

»Wenn er herauskommt«, sagte die Stimme aus der Zentrale, »vorsichtig weiter folgen.«

»Verstanden«, sagte Cooley. Nur daß aus dem Vorsichtig-weiter-Folgen nichts mehr wurde. Nach knapp fünf Minuten kam Turner wieder aus der Kneipe. Er trug zwei Schnapsflaschen unter dem Arm und wollte in das Taxi steigen. Der Fahrer streckte den Kopf aus dem Fenster und redete mit ihm und zeigte nach hinten, auf uns. Offenbar hatte er bemerkt, daß wir ihn beobachteten. Er schien sich zu weigern, weiterzufahren. Wir sahen, wie Turner die beiden Flaschen in den Fond warf, dann hatte er plötzlich eine Pistole in der Hand und schlug dem Taxichauffeur damit über den Schädel. Der sackte zusammen. Turner zog ihn aus dem Wagen und ließ ihn auf das Pflaster fallen. Er sprang hinter das Lenkrad und fuhr an. Bertie arbeitete wie besessen. Cooley hatte alles, was geschah, sehr schnell der Zentrale durchgegeben.

»Verfolgung aufnehmen. Turner unter allen Umständen stoppen

und festnehmen!« bellte die Stimme aus der Zentrale. »Wagen eins, zwei, drei, kommen Sie zwei Blocks näher ... Wagen acht, vier, fünf, sechs ...« Ich hörte nicht mehr, was die Stimme sagte, denn Cooley ließ den Motor aufheulen, und unser Chevvy schoß vorwärts. Ich wurde zurückgeworfen. An dem bewußtlosen Taxichauffeur vorbei rasten wir über das Holperpflaster die schmale Straße an den Lagerhäusern entlang, als Turner, vor uns, sich plötzlich im Fahren umwandte und schoß. Die Kugel traf den linken Scheinwerfer des Chevvy. Cooley fluchte. Er riß seine Waffe hervor, streckte den Arm aus dem Fenster und schoß auf das Taxi. Er traf einen Reifen, oder jedenfalls schien es so, denn das Taxi begann plötzlich wild zu schlingern, drehte sich um sich selbst, überschlug sich fast vor einem in die Erde gelassenen Betonklotz und schleuderte dann in den Hof zwischen zwei Lagerhäusern hinein. Von der ›Brooklyn Union Gas Company‹, von überall her kamen plötzlich andere Autos. Sirenen heulten.

Cooleys Chevvy besaß einen starken ausfahrbaren Scheinwerfer. Der glitt nun hoch und flammte auf. Weitere Scheinwerfer an den anderen Wagen ebenfalls. Die Gegend war jetzt in grelles Licht getaucht. Von den Piers und aus der Kneipe kamen ein paar Männer herbeigerannt, aber sie blieben in einiger Entfernung stehen. Cooley lenkte den Chevvy bis knapp vor die Einfahrt zwischen den beiden mehrere Stockwerke hohen Lagerhäusern, die aus roten, unverputzten Ziegeln erbaut waren. Das Taxi hatte, als es da hineinschleuderte, eine Reihe von offenen Kisten gerammt und umgestürzt. Bretter und ein Haufen Verpackungsholzwolle bedeckten die Einfahrt.

Die Sirenen heulten, die Scheinwerfer leuchteten, und die ersten Wagen krochen nun im Schritt an die verwüstete Einfahrt heran. Kaum hatte die Schnauze unseres Chevvy das Mauerende des Lagerhauses passiert, da krachte ein zweiter Schuß, der den zweiten Scheinwerfer traf. Cooley stoppte jäh und griff nach seiner Maschinenpistole. Er sprang ins Freie.

»Ihr bleibt schön hier«, sagte er. »Viel zu gefährlich ohne Waffe. Kapiert?«

»Kapiert«, sagte Bertie, der an seiner Hasselblad herumschraubte. Kaum war Cooley aus dem Wagen, da waren auch wir schon im Freien. Cooley stand jetzt hinter dem Mauerende des Lagerhauses und schoß in den Hof hinein. Beamte hinter der Ecke des anderen Lagerhauses taten das auch. Das Feuer wurde erwidert.

Bertie und ich warfen uns zu Boden und robbten heran, bis wir in die Einfahrt sehen konnten. Das war ein schmaler Hof zwischen mächtigen Mauerfronten, von zwei Laternen schwach erleuchtet. Das Taxi war ganz herumgeschleudert worden und stand jetzt mit den Scheinwerfern zu uns. Der Wagenschlag des Fahrers war geöffnet. Turner kauerte dahinter und schoß.
»Das ist eine Sackgasse«, sagte Bertie, der im Liegen fotografierte.
Die Sirenen waren verstummt. Eine Megaphonstimme ertönte: »Kommen Sie raus, Turner! Sie haben keine Chance mehr!«
Drei Schüsse als Antwort.
Auch die Detektive warfen sich nun auf das Pflaster.
»Kommen Sie raus, Arme über dem Kopf!« erklang die Stimme aus dem Megaphon.
Wieder drei Schüsse.
Viele Schüsse erwiderten Turners Attacke. Sie trafen das Taxi. Manche irrten als wilde Querschläger durch den Hof. Turner schoß wieder.
Ein Wagen der Detektive fuhr ein Stück vor. Sein großer Scheinwerfer erhellte den Hof. Turner schoß auf den Scheinwerfer, aber er traf ihn nicht. Wir konnten seine Knie unter dem Wagenschlag sehen. Solange er Munition besaß – und er schien eine Menge zu besitzen –, war es sehr gefährlich, wenn nicht unmöglich, in den Hof einzudringen. Plötzlich floß etwas über das Hofpflaster unter dem Taxi hervor.
»Was ist das? Blut?« fragte Bertie. »Haben die ihn erwischt?«
»Weiß nicht.«
Sie schienen ihn nicht erwischt zu haben, denn im nächsten Moment zerschoß Turner den Scheinwerfer auf dem Auto. Nun erhellten nur die zwei Laternen den Hof. Ich sah plötzlich, daß sich ein Schatten unter der Motorhaube des Taxis bewegte. Alle sahen es. Keiner tat etwas. Wir waren zu verblüfft. Was machte Turner da?
Etwas blinkte.
»Hat die Flasche unter den Motor gestellt«, sagte Bertie. Der Schatten bewegte sich ein wenig. Metall klirrte. »Der schraubt da unten herum ... Allmächtiger!« sagte Bertie. »Weißt du, was der macht?«
»Was?«
»Der schraubt die Benzinleitung von der Benzinpumpe.«
»Aber warum?« fragte ich, während die Megaphonstimme brüllte,

in einer Minute würden alle gemeinsam das Feuer auf Turner eröffnen, wenn er nicht rauskomme.
»Und das war kein Blut, das war Schnaps aus der Flasche, den er ausgegossen hat.«
»Weshalb?«
»Wirst es gleich sehen ... Jetzt wird er eine Weile starten, paß auf, Walter ...«
Tatsächlich ertönte sofort darauf das stotternde lange Starten des Taxis, dessen Motor nicht ansprang.
»Der ist verrückt geworden!« sagte ich.
»Der ist sehr normal«, knurrte Bertie und arbeitete mit der Hasselblad.
Turners Schatten glitt wieder unter den Motor. Dann, plötzlich, erschien sein Oberkörper für Sekundenbruchteile über dem Wagenschlag. Er hatte sich aufgerichtet. Sofort schossen die Beamten – sie trafen nicht. Eine kleine Flamme leuchtete da im Hof auf. Dann kam etwas angeflogen. Es war die Schnapsflasche, sah ich. Die Flasche traf die Mauer neben Cooley. Sie zersplitterte. Im nächsten Moment ging ihr Inhalt, der nach allen Seiten spritzte, in Flammen auf. Cooley fiel brüllend zu Boden. Seine Kleider brannten, sein Haar brannte. Kollegen rannten herbei, schlugen mit ihren Jacken und Mänteln auf Cooley ein und versuchten, die Flammen zu löschen. Dabei fingen die Jacken und Mäntel Feuer, andere Männer begannen zu brennen. Desgleichen ging blitzschnell, wie bei einer Rasensprenganlage, ein Vorhang vor der ganzen Einfahrt hoch – nur nicht aus Wasser, sondern aus Feuer. Die Flüssigkeit hatte auch die Holzwolle und die Bretter der Kisten in Brand gesetzt. Männer stürzten mit Schaumlöschern heran und suchten ihren Kameraden zu helfen. Andere wollten durch die Flammen in den Hof eindringen – vergebens.
»Der hat Benzin in die Flasche gepumpt beim Starten und dann sein Taschentuch oder seine Krawatte reingehängt und angezündet und die Flasche geschmissen!« schrie Bertie. »Hab ich es mir doch gedacht!«
Er fotografierte jetzt aufrecht stehend, als könne ihm nie etwas passieren. Das mußten phantastische Aufnahmen werden, dachte ich, da sah ich Turner schon eine Feuerleiter an einer Außenseite des linken Lagerhauses emporklettern.
»Dort!« schrie ich. »Dort ist er!«
Zwei, drei, sechs Maschinenpistolen begannen zu bellen. Ein neuer

Wagen stieß vor. Ein neuer Scheinwerfer flammte auf und irrte Turner nach. Faßte ihn. Folgte ihm. Die Maschinenpistolen hämmerten. Ich sah, wie Ziegel splitterten, dort, wo die Kugeln dicht, ganz dicht neben Turner einschlugen. Der Mann hatte unfaßbares Glück. Die Feuertreppe machte einen Haken und verschwand an der Rückseite des Lagerhauses. Turner war nicht länger zu sehen. Cooley hinkte zu seinem Wagen und brüllte mit schmerzverzerrtem Gesicht in das Handmikrophon. Er erklärte der Zentrale die Situation und forderte, daß die Wagen an der Rückseite der Lagerhäuser, da bei der Second Avenue, sofort eingriffen. Von dort mußte Turner zu sehen sein. Kostbare Zeit verstrich, bis Cooley geendet hatte. Noch mehr Zeit verstrich, bis die Zentrale die anderen Wagen benachrichtigt hatte. Wir hörten nun Empifeuer von jenseits der Mauern. Gleich darauf hörten wir etwas anderes – den anspringenden Rotor eines Hubschraubers. Ungläubig sah ich auf. Vom Dach des Lagerhauses ertönte ein tiefes Donnern, dann erschien über unseren Köpfen tatsächlich ein Hubschrauber. Die Beamten schossen auf ihn – umsonst. Der Hubschrauber zog einen mächtigen Bogen hinaus auf die Upper Bay, stieg steil hoch und verschwand in Wolken.
Wir alle standen da und starrten zum Himmel empor. Das Feuer prasselte fröhlich.

21

Also verhafteten sie den Wirt der Kneipe, einen gewissen Joe Bradshaw. Bradshaw gab sofort zu, Turner eine Schachtel mit zwei Aluminiumhülsen gegeben zu haben. Die Schachtel hatte er schon vor einiger Zeit erhalten, als Päckchen, aus Prag. Absender war ein gewisser Jan Bilka gewesen. Den hatte Bradshaw kennengelernt. als er mit seiner Frau einen besonders preiswerten Touristen-Trip durch Europa gemacht hatte – vor drei Jahren. Damals waren sie, er und Bilka, einander zufällig in einem Prager Museum begegnet. Den Zufall freilich hatte Bilka zweifellos in voller Absicht herbeigeführt. Bradshaw und Bilka hatten sich richtig angefreundet und durch Jahre miteinander korrespondiert. Joe Bradshaw zeigte viele Briefe von Bilka. Er wohnte im Hause, und seine Frau bestätigte die Aussage. Dann war dieses Päckchen gekommen, zu-

sammen mit einem Brief. In dem Brief bat Bilka, das Päckchen aufzubewahren, bis er selber in New York eintraf, was sehr bald sein würde. Sollte er doch nicht kommen können, würde er Bradshaw schreiben, für wen das Päckchen bestimmt sei. Heute gegen Abend nun war ein Luftpost-Eilbrief gekommen. Darin schrieb Bilka, aus Prag, es werde vorläufig nichts mit der Reise, aber am Abend, spät, komme ein gewisser Floyd Turner, und dem sollte Bradshaw das Päckchen geben. (»Die müssen schon in dem polnischen Transporter angefangen haben, Bilka mächtig zu verhören«, sagte Bertie, als er das vernahm. »Haben keine Minute verloren. Mensch, arbeiten die fix!«) In Bilkas Brief wurde Turner genau beschrieben, auch seine Adresse und seine Social Security Number waren angegeben. Also hatte Bradshaw keinerlei Bedenken gehabt, das – immer noch ungeöffnete – Päckchen auszuhändigen. Turner hatte es geöffnet und auch die Aluminiumkapseln aufgeschraubt. Filme seien darin gewesen, sagte Bradshaw. Was für Filme? Keine Ahnung. Turner habe sich bedankt, zwei Flaschen Bourbon gekauft und sei gegangen. Er, Bradshaw, sei völlig ahnungslos, was das alles bedeuten sollte. Sie nahmen ihn trotzdem in Untersuchungshaft. Seine Frau auch. Und obwohl sofort ein Dutzend Polizeihubschrauber aufgestiegen war, konnten sie jenen, in dem Floyd Turner mit den Mikrofilmen saß, nicht finden, denn die Radar-Luftraumüberwachung New York, die in dieser Nacht Großalarm hatte, wurde für genau sieben Minuten aus niemals geklärten Ursachen derart gestört, daß man Turners Helikopter unmöglich zu finden vermochte und es fast zu Kollisionen der Polizei-Hubschrauber kam. Der verlassene Helikopter wurde von Sicherheitsbeamten später auf einem einsamen Sportplatz in Richmond entdeckt.
Und das war's also – Samstag gegen Mitternacht.
Samstag, den 16. November.

22

»Ich hab gewußt, daß Sie kommen werden, Herr Roland«, sagte Fräulein Luise. Ihr weißes Haar war straff und ordentlich nach hinten gekämmt, der große Knoten saß fest, ihr kleines Gesicht wirkte nicht mehr so erschöpft, die Lippen waren nicht mehr so blutleer. Und viel mehr Ruhe und Gelassenheit sprachen aus ihren großen blauen Augen. Sie war überaus liebenswürdig. Sie redete langsamer, die Angst, die Hetze und das gelegentliche Aufbrausen, das ich bemerkt hatte, als ich sie im Lager Neurode kennenlernte, schienen verschwunden zu sein. Klein und zierlich lag sie in einem Bett, das mir auch seltsam klein und zierlich vorkam, obwohl es so groß war wie ein normales Bett. Fräulein Luise lag allein in einem großen Zimmer. Es gehörte zur Privatstation des Ludwigskrankenhauses in Bremen, Abteilung Psychiatrische Klinik, und die Fenster sahen in einen Hof hinaus, in dem kahle Kastanienbäume standen. Die Fenster waren nicht vergittert, die Tür hatte auf beiden Seiten Klinken, die Station war ›halboffen‹, das heißt, die Eingangstür weit vorn am Gang ließ sich von innen mit einem Drehknopf öffnen. Außen trug sie eine Klinke.

»Wie geht es Ihnen, Fräulein Luise?« fragte ich, ein wenig bange.

»Oh, mir geht's sehr gut, wirklich, sehr gut. Was glaubens, was ich zusammenschlaf! Das Essen ist nicht besonders, aber mir ist immer wurscht gewesen, was ich eß. Eben Krankenhausessen, aus einer Großküche, gelt? Kenn ich aus alle die Lager, in denen ich war.« Die Tür ging auf, und eine dicke, lustige Schwester brachte eine Vase mit Blumen, die ich Luise mitgebracht hatte.

»Blumen!« sagte das Fräulein. »Blumen sind immer schön, und Sie sind ein guter Mensch, und ich seh, daß Sie mir nicht zu bös sind.«

»Böse – ich?«

»No ja! Darum hab ich Sie ja gebeten, daß Sie mich gleich besuchen.«

»Warum?«

»Ich hab immerzu denken müssen: Gegen den Herrn Roland hast du dich elendig benommen! Bei dem mußt du dich entschuldigen! Und das ...«

»Was für ein Unsinn!«

»... tu ich hiermit alsdern. Danke schön, liebe Schwester.« Die Schwester nickte und ging. »Ich sag's in aller Form und ehrlich: Seiens mir gar nicht mehr bös, Herr Roland, bitte.«

»Aber wofür sollte ich Ihnen denn böse sein?«

»No«, sagte das Fräulein und sah auf die Hände, »dafür, wie ich eingedrungen bin in Ihr Hotelzimmer und geschrien hab und mich aufgeführt vor die anderen Herren. Da hab ich mich ja ganz schrecklich benommen.«

»Unsinn. Sie waren sehr aufgeregt, das ist alles.«

»No freilich, denn warum? Weil ich doch die Irina zurückholen hab wollen, nicht?« Sie lächelte. »Inzwischen hat mir der Herr Doktor Erkner gesagt, sie ist bei Ihnen, und Sie passen auf sie auf, und es geht ihr gut, besser, als es ihr im Lager gegangen ist. Und die Bürgschaft habens übernommen, herrich, und alle Formalitäten werdens erledigen. Da hab ich Sie verkannt. Da hab ich Ihnen was Schlimmes zugetraut, und dafür schäm ich mich sehr. Ist also wieder Frieden zwischen uns?«

»Ja, Fräulein Luise.«

Sie atmete tief aus.

»Jetzt bin ich frei. Das war nämlich ein starker Druck auf mich. Ich hab schlechte Gedanken gehabt über Sie und den Herrn Engelhardt. Er ist mir auch nicht bös?«

»Überhaupt nicht. Er läßt Sie herzlichst grüßen. Irina auch.«

»Ach Gott, danke... Jetzt kann ich meine Last wieder tragen. Jetzt kann ich sogar hier meinen Frieden finden.«

»Gerade das sollen Sie«, sagte ich.

»Ich werd es tun, Herr Roland. Alle sind so besorgt um mich, daß es mir nur ja gutgeht. Zuerst hat der Herr Doktor Erkner mir was gegeben, da hab ich zwei Tage geschlafen, und dann hat er mit mir gesprochen und gesagt, er möcht gern, daß ich sechs Elektroschocks krieg, hintereinander, jeden zweiten Tag einen, und dazu krieg ich Pulver und Injektionen. Ich kann mich wirklich nicht beklagen.«

Elektroschocks – das Wort hatte sie völlig emotionslos gesagt.

»Wann kriegen Sie denn den ersten Schock?« fragte ich.

»Gestern.«

»Was?«

»Gestern schon hab ich den ersten gekriegt. Morgen früh den zweiten. Immer in der Früh, wissens. Dann sind es noch vier. Nein, nein, Herr Roland, ich bin hier glänzend aufgehoben. Das ist die Privatstation, Erste Klasse! Ich hab gehört, Sie bezahlen das für mich? Natürlich geb ich es Ihnen zurück, das ist klar.« Ich dachte daran, daß Pastor Demel mir am Telefon gesagt hatte, Fräulein Luises Handtasche mit all ihrem Geld sei im Moor versunken. »Ich hab doch genug Geld. Und ich lieg jetzt gern allein. Es ist eine Wohltat.«

»Mein Verleger bezahlt das, Fräulein Luise. Dem müssen Sie nichts zurückgeben. Dieser Mann ist Millionär. Und ich will doch über Sie und die Kinder und die ganze Geschichte schreiben.«

»Ja, wenn Ihr Verleger wirklich Millionär ist – dann sag ich dankschön und nehms an! Denn ein bissel einteilen muß ich mir mein Geld schon, gelt? Meine Kinder... Wenn ich bloß wüßt, warum ich nicht bei ihnen bin, sondern hier.«

»Sie wissen es nicht?«

»Ich hab keine Ahnung«, sagte das Fräulein.

»Aber Sie wissen, was das hier ist?«

»No freilich. Das Ludwigskrankenhaus in Bremen. Der Herr Doktor Erkner hat es mir gesagt. Nur, *warum* bin ich hier? Er sagt, zur Erholung. Zum Gesundwerden. Aber was heißt gesund werden? Ich bin doch nicht krank! Was soll mir denn fehlen? Und gar im Kopf?« Das fragte sie ehrlich verwundert, aber überhaupt nicht aggressiv, sondern nur verwundert.

Bevor ich in ihr Zimmer gekommen war, hatte ich den Dr. Erkner besucht. Der große Mann mit den dunklen Augen, dem schwarzen, kurzgeschnittenen und gewellten Haar und dem breiten Gesicht hatte mich in sein Arbeitszimmer geführt. Dem Fräulein gehe es gut, hatte er gesagt, er sei sehr zufrieden. Pastor Demel hatte ihm von Fräulein Luises toten Freunden berichtet.

»Diese ganze Wahnwelt ist im Moment in den Hintergrund getreten«, sagte Dr. Erkner. »Der gesunde Teil ihrer Persönlichkeit blieb jedoch erhalten. Das Wahngeschehen ist verdunkelt. Selbst wenn Sie jetzt von diesen Toten sprechen würden – das Fräulein würde Sie nicht verstehen. Sie erinnert sich an all das, was sie an Profanem, Realem getan hat. Dazwischen gibt es Lücken.«

»Werden sie sich schließen? Wird die Wahnwelt nicht wiederkommen? Wird das Fräulein sich nicht auch wieder an ihre Freunde erinnern?«

»Das weiß ich nicht«, hatte er gesagt. »Das ist ein alter schizophrener Defektzustand. Die Symptome können natürlich später wieder auftreten.«

Und nun saß ich dem Fräulein gegenüber. Ich hatte gefürchtet, sie würde mir Fragen stellen wegen all dessen, was sie nicht verstand oder wo ihre Erinnerung versagte. Aber das tat sie nicht. Sie war ganz gesund, das stand für sie fest, sie wußte, wo sie war, sie wußte, daß der Dr. Erkner ihr Freund war und es gut mit ihr meinte, und daß sie sich wohl fühlte.

»Sie müssen zu Ihrer Arbeit zurück«, sagte sie. »Sie haben es so eilig gehabt.«

»Ich habe es noch immer eilig«, sagte ich.

»Sehens! Darum hab ich den Herrn Doktor Erkner ja auch gebeten, daß er anruft und sagt, Sie sollen zu mir kommen. Aber in der Hauptsach: Sie waren immer so gut, und ich hab wollen, daß Sie nicht mehr bös sind mit mir. Jetzt bin ich beruhigt. Sie waren in Amerika, hab ich gehört?«

»Ja. Ich bin gestern abend zurückgekommen, und da fand ich die Nachricht von Doktor Erkner vor, und heute früh bin ich gleich nach Bremen heraufgeflogen.«

»In meiner Erinnerung, da sind so Löcher«, sagte das Fräulein betrübt. »Ich weiß natürlich, was im Lager war. Daß sie den armen kleinen Karel erschossen haben und daß Sie mit der Irina nach Hamburg gefahren sind. Ich weiß auch, daß ich selber nach Hamburg gefahren bin. Zuerst hat mich ein Chauffeur mitgenommen bis Bremen, und dann weiter mit dem Zug. In Hamburg hab ich eine Menge erlebt. Einen Führer hab ich mir am Bahnhof genommen, den armen Herrn Reimers, wo sich dann herausgestellt hat, er ist krank. Und im ›King-Kong‹ war ich. Und im Hotel ›Paris‹, wo sie diesen Concon ermordet haben. Und beim Eppendorfer Baum. Bei einem französischen Antiquitätenhändler und einem polnischen Portier. Die haben mir gesagt, wo Sie und die Irina sind. Und da bin ich dann hingefahren, ins ›Metropol‹ ... aber es kommt mir vor, als ob da noch mehr gewesen ist, viel mehr, und daran kann ich mich nicht erinnern ...«

»Das macht nichts, Fräulein Luise. Sie erinnern sich an so vieles. Und so vieles haben Sie mir im Lager erzählt, das habe ich auf Tonband. Ich komme glänzend zurecht.«

»Soll das heißen, daß Sie mich nicht mehr besuchen kommen? Daß Sie nichts mehr von mir brauchen?« fragte sie.

»Aber gewiß komme ich Sie besuchen, Fräulein Luise«, sagte ich und dachte, daß sie sich vielleicht doch wieder an ihre toten Freunde erinnern würde und ich die Story dann noch viel ausführlicher schreiben konnte. »Immer wieder komme ich.«

»Na, ich bleib ja nicht ewig hier!«

»Natürlich nicht. Dann komme ich ins Lager Neurode. Mit dem Flugzeug bin ich ganz schnell da.«

»Ich bin noch nie geflogen«, sagte das Fräulein. Und übergangslos: »Da, in dem Park hinter Ihrem Hotel, dort war ich auch. Und dort hab ich so furchtbare Angst gehabt.«

»Wovor?«

»Keine Ahnung, Herr Roland! Ich weiß es nicht! Ich weiß nur, daß ich dann in einem Nachtzug nach Bremen zurückgefahren bin mit einer freundlichen jungen Frau. Inge Flaxenberg hat die geheißen. Alle nennen sie Häschen, hat sie gesagt. So wie sie mich alle Fräulein Luise nennen. War in einem Spielcasino angestellt, das Häschen. Das Casino haben sie geschlossen, weil Magnete unter einem Roulettetisch gewesen sind. Das weiß ich alles noch ganz genau. Und auch, wie der Verlobte vom Häschen und sie selber mich im Auto bis nach Neurode gebracht haben. Aber dann ist es aus – dann weiß ich überhaupt nichts mehr. Das nächste, was ich weiß, ist, daß ich hier in der Klinik mit dem Herrn Doktor Erkner gesprochen hab.«

Sie hatte kaum seinen Namen genannt, da öffnete sich die Tür, und er kam herein, groß, in einem weißen Mantel, fröhlich.

»Haben Sie sich über den Besuch gefreut, Fräulein Luise?«

»Ach ja, Herr Doktor, sehr ... Der Herr Roland ist mir nicht bös!«

»Na, aber das habe ich Ihnen doch prophezeit!«

»Ja, das haben Sie, Herr Doktor!«

»Na, bitte!« sagte Erkner. Und zu mir: »Jetzt müssen Sie aber gehen. Fräulein Luise braucht viel Ruhe.«

»Ja«, sagte das Fräulein. »Eine Ruh brauch ich schon, das stimmt. Und hier ist so eine herrliche Ruh. Ich könnt dauernd schlafen.«

»Ich komme wieder«, sagte ich und stand auf. »Wann Sie wollen. Sie lassen anrufen, oder ich rufe an. Haben Sie keine Angst wegen unserer Geschichte. Die werde ich bald aufschreiben.«

»Ach ja«, sagte Fräulein Luise. »Kommens ruhig, wann Sie wollen – Sie müssen nicht fragen, gelt, Herr Doktor?«

»Nein«, sagte Erkner. »Sie können immer kommen, Herr Roland.«

»Nur nicht gleich in der Früh in die nächsten paar Tag«, sagte Fräulein Luise ernst. »Denn da krieg ich noch meine Schocks, und nachher schlaf ich immer eine Weile ganz fest!«

23

Am Dienstag, dem 19. November, zehn Minuten vor achtzehn Uhr, ging ich mit Irina wieder jene Straße im Nordwesten entlang, in welcher der Arzt seine Praxis hatte. Wir waren auf die

gleiche Art hergekommen wie das erste Mal – indem wir das Hochhaus durch den Garten verließen. Über die Straße schoben sich Autos in endlosen Kolonnen, und auch der Gehsteig war voller Menschen, wir kamen nur langsam voran. Es war schon dunkel, und es regnete dünn und kalt.
»So«, sagte ich, »in ein paar Stunden bist du wieder zu Hause, und alles ist gut.«
»Ja«, sagte Irina.
Wir wurden dauernd von Menschen angestoßen. Es gab kaum Geschäfte in dieser Straße, aber hier mußten Büros und vielleicht irgendwelche Fabriken sein, dachte ich, denn wo kamen sonst all die vielen Menschen und Autos her?
»Du brauchst überhaupt keine Angst zu haben«, sagte ich. »Das ist der beste Arzt, den es gibt in Frankfurt für so was.«
»Ich habe überhaupt keine Angst«, sagte Irina. »Was wirst du in den paar Stunden machen?«
»Ach, ich trinke irgendwo etwas, und dann gehe ich vielleicht ins Kino.«
»In welchen Film?«
»Das weiß ich noch nicht.«
»Ich möchte gern einmal mit dir ins Kino gehen, Walter.«
»Ja«, sagte ich. »Das werden wir auch tun.«
»Wann?«
»Wenn es vorbei ist und du dich wieder ganz gut fühlst.«
»Und wenn du Zeit hast.«
»Ja«, sagte ich.
»Denn im Moment hast du doch wahnsinnig viel zu tun.« Sie drückte meinen Arm. »Um so mehr danke ich dir, daß du mitgekommen bist.«
»Aber erlaube«, sagte ich, »das war doch selbstverständlich!«
»Ich habe gewußt, du wirst mir helfen«, sagte Irina. »Gleich als ich dich zum ersten Mal sah, habe ich das gewußt.«
»Na, da warst du aber doch reichlich kratzbürstig.«
Darauf gab sie keine Antwort.
Nach einer Weile sagte sie: »Du hast schon andere Mädchen zu diesem Arzt gebracht, ja?«
»Ja.«
»Und nie ein Zwischenfall?«
»Nie. Du kannst wirklich ganz ruhig sein.«
»Ich bin ja ganz ruhig. Ich bin vollkommen ruhig. Ehrlich. Ich

bin noch nie so ruhig gewesen. Ich freue mich schon so darauf, daß du mich abholst in ein paar Stunden. Und ganz gewiß tut es nicht weh, ich bekomme ja eine Narkose, nicht wahr?«

»Nein«, sagte ich.

»Ich bekomme keine Narkose?«

»Nein«, sagte ich laut und blieb stehen.

Ich weiß nicht, ob Sie dieses Gefühl kennen: Sie sind überzeugt, etwas wird geschehen, muß geschehen, es ist unvermeidlich. Sie sagen sich, daß Sie keinen Einfluß darauf haben (was eine Lüge ist), daß das Leben selber alles regelt (was eine Dummheit ist), daß Sie noch Zeit haben, daß der rechte Moment noch nicht gekommen ist. Und so weiter. Und plötzlich, in einem geradezu lächerlich kurzen Moment, ohne Vorwarnung, ohne daß Sie gerade an diese Sache gedacht haben, schlägt Ihr Gewissen oder Ihr Verstand oder Ihr Herz (oder was immer das ist) Ihnen ein Schnippchen – und es geschieht! Ohne Ihr Zutun. Es geschieht einfach, was von Anfang an vorbestimmt gewesen ist.

»Aber das ist doch verrückt!« rief Irina. »Er kann doch nicht ohne Narkose ...«

»Hör mit der Narkose auf!« sagte ich, und mir erschien plötzlich alles ganz leicht und selbstverständlich. »Ich rede nicht von der Narkose.«

»Aber du hast doch nein gesagt.«

»Ja.«

»Das verstehe ich nicht. Was heißt nein?«

»Nein heißt, daß wir nicht zum Arzt gehen.«

»Wir sind doch angemeldet! In ein paar Minuten muß ich da sein, Walter!«

»Wir gehen nicht hin«, sagte ich ruhig und sehr friedlich und voll Glück, wenn Glück so ist, wie ich mich da fühlte, in der Finsternis, unter den Lichtern, im Regen. »Wir gehen nicht hin. Du läßt das nicht machen, Irina!«

»Aber ... aber das ist doch Wahnsinn!« rief sie erschrocken.

»Das ist gar kein Wahnsinn«, sagte ich. »Das ist das einzig Richtige. Ich habe lange genug gebraucht, um es zu begreifen. Du mußt dein Kind bekommen, Irina. Das andere wäre ein Verbrechen.«

Jemand stieß heftig gegen mich und fluchte, und ich zog Irina unter ein Haustor. Hier waren wir aus dem Mahlstrom der Fußgänger und aus dem Regen heraus.

»Walter«, sagte Irina atemlos, während ich sie dicht an mich zog,

»du mußt den Verstand verloren haben! Alles war doch ganz klar und abgesprochen! Der Doktor wartet!«
»Ich werde ihn anrufen. Und absagen.«
»Aber das geht doch nicht! Das ist doch unmöglich! Ich kann doch nicht Bilkas Kind zur Welt bringen! Walter, ich bin erst achtzehn! Und in einem fremden Land! Und ich weiß noch nicht, was werden wird mit mir! Ich weiß überhaupt noch nichts! Und da soll ich auch noch ein Kind ...«
»Irina«, sagte ich, sie unterbrechend, »willst du meine Frau werden?«
»Was?«
»Ob du meine Frau werden willst?«
Sie starrte mich mit offenem Mund an und bekam kein Wort heraus.
»Was ist los? Bin ich dir zu unsympathisch? Zu zynisch? Rauche ich zuviel? Saufe ich zuviel? Ich werde mich bessern. Glaub mir, der Kern ist gut. Also, willst du meine Frau werden?«
»Das Kind ...«, sagte sie atemlos. »Das Kind ... Das geht doch nicht ...«
»Warum nicht?«
»Es ist von Bilka, Walter! Von Bilka ist es!«
»Das weiß ich«, sagte ich. »Ich will ja auch dich heiraten und nicht Bilka. Und das Kind ist genauso von dir. Mehr von dir. Denn du bekommst es. Und dann wird es unser Kind sein.«
»Das sagst du jetzt, weil du ... weil du ... weil du nett bist ... weil du wunderbar bist ...«
»Ach was.«
»... aber später, später wird es vielleicht werden wie er ...«
»Das ist überhaupt nicht gesagt«, erwiderte ich. »Die größten Verbrecher haben Heilige gezeugt, Wohltäter der Menschheit, Genies. Natürlich können wir Pech haben. Aber von dem Moment an, wo das Kind geboren ist, hat es *mich* als Vater – nicht Bilka! Und was ich tun kann, damit es ein anständiger Mensch wird ...« Ich brach ab. »Quatsch«, sagte ich. »Als ob *ich* so prima wäre! Ich muß es einfach riskieren. Und weißt du, warum? Weißt du, warum ich unbedingt will, daß wir dieses Kind haben?«
»Wir ...«, flüsterte sie. »Du hast wir gesagt ...«
»Natürlich wir! Du und ich. Du bist dann doch meine Frau. Ich habe so einen Moment gehabt, als ich mit dir in Hamburg war. Da wünschte ich mir sehr, daß du mich lieben würdest und nicht

diesen Bilka. Da – lach nicht – da dachte ich, wie schön es wäre, von dir ein Kind zu haben. Du sollst nicht lachen, verflucht!«

»Ich lache ja nicht«, flüsterte sie.

»Dieses Kind«, sagte ich, »das hast du dir doch auch so sehr gewünscht, bevor du wußtest, was mit Bilka los ist, nicht wahr?«

Sie nickte nur.

»Da siehst du es. Irina, du bist erst achtzehn! Ich ... ich bin sechsunddreißig ... ein alter Mann gegen dich ...«

»Hör bloß auf!«

»Nein, wirklich. Das ist das einzige, was mich bange macht – ein wenig bange. Ich möchte so sehr, daß du meine Frau wirst. Und ein Kind möchte ich auch. Nur: Ich würde nie wagen, dir selber ein Kind zu machen. Ich bin viel zu versoffen. Bei dem Whisky, den ich konsumiert habe in all den Jahren, würde das Kind ein armer, unglücklicher Kretin werden. Aber ich will doch so sehr ein Kind! Seit ich dich kenne, will ich ein Kind – von dir! Und jetzt kann ich eines bekommen. Kein Whisky-Kind. Bilka war doch kein Süffel – oder?«

»Nein.«

»Siehst du also, wie prima alles läuft? So. Nun darfst du lachen.«

»Ich ... ich kann nicht ...«

»Dann sag, daß du meine Frau werden willst. Sag es gleich. Denn zu dem Arzt lasse ich dich auf keinen Fall, verstanden? Also, was ist? Willst du?«

Sie legte ihre Wange gegen meine und flüsterte: »O ja. Ja, ja, Walter! Ich will deine Frau werden. Und ich werde mir alle Mühe von der Welt geben, dir eine gute Frau zu sein, immer ... Ach, ich bin ja so froh ... Ich habe es mir so gewünscht ...«

»Mich oder das Kind?«

»Euch beide«, flüsterte Irina.

»Herrgott«, sagte ich, »warum hast du das dann nicht früher gesagt? Hätten wir uns den Weg erspart, und ich hätte arbeiten können. Bei diesem Wetter, Irina! Da wollen wir aber so schnell wie möglich heiraten, nicht?«

»Ja ... ja, bitte, Walter! Oh, halt mich, halt mich ganz fest.«

Und so hielt ich sie ganz fest und gab ihr viele kleine Küsse in das regennasse Gesicht, und ihre Augen waren zum ersten Mal, seit ich sie kannte, nicht traurig, sondern ganz voller Glück und Fröhlichkeit.

»Danke«, sagte Irina. »Danke, Walter.«

»Gern geschehen«, sagte ich. »Und nun weg hier, schnell. Machen wir, daß wir heimkommen!«
Ich ergriff ihre Hand, und wir traten aus dem Haustor in den Regen hinaus und waren sofort eingekeilt in den Menschenstrom, in dem wir dahintrieben. Irina lehnte ab und zu ihren Kopf an meine Schulter, und so gingen wir ein weites Stück bis zu einer Bar. In dieser Bar trank ich einen doppelten ›Chivas‹, und Irina trank ein Glas Orangensaft. Ich rief den Arzt an und sagte ihm, wir hätten es uns überlegt, und er war sehr wütend und knallte seinen Hörer auf, obgleich ich ihm sagte, daß ich ihm alle seine Unkosten begleichen würde.
Als ich Irina das dann an der Theke erzählte, lachten wir beide wie Kinder. Wir fanden ein Taxi und kamen heim, und ich arbeitete noch, während Irina in der Küche rumorte und ein Nachtmahl bereitete. Ich fühlte mich, als wäre ich schon verheiratet, und es war ein feines Gefühl. Der Regen trommelte gegen die Scheiben meines Arbeitszimmers, und ich schrieb jetzt über das, was wir mit Fräulein Luise im Lager erlebt hatten, und ich kam mir vor, wie man sich nach einem angenehmen Bad vorkommt.
Das Abendessen wurde eine fröhliche Angelegenheit. Irina konnte gut kochen. Das sagte ich ihr. Und machte sie glücklich damit. Nach dem Essen räumten wir gemeinsam auf und stellten das Geschirr in die Spülmaschine und schalteten sie ein. Wir gingen in mein Schlafzimmer, und ich trank ›Chivas‹ und Irina Orangensaft, denn nun, da sie ein Baby bekam, sollte sie keinen Alkohol mehr trinken, das war nicht gut, und sie wollte auch gar keinen Whisky. Wir saßen da und spielten Tschaikowski, viele Platten. Dann ging Irina ins Badezimmer. Ich trank noch ein bißchen und hörte Musik, und dann wanderte auch ich ins Bad. Als ich herauskam, ging ich in das Gästezimmer, um Irina gute Nacht zu sagen. Sie war bei Licht eingeschlafen. Sie lächelte. Ihr Atem ging gleichmäßig und tief. Und in ihrem Gesicht stand ein Ausdruck unendlichen Friedens.
Ich löschte die Nachttischlampe, verließ das Gästezimmer auf Zehenspitzen und ging in mein Schlafzimmer. Aber obwohl ich gleich das Licht ausdrehte und sehr müde war, fand ich stundenlang keinen Schlaf. Ich lag auf dem Rücken, sah zu dem großen Fenster, das von den Lichtern der Stadt unter mir milchig erhellt war, und hörte, wie auf die Dachterrasse draußen der Regen prasselte.
Und ich dachte an viele Dinge.

Druckbeginn

I

»Einen Karton Gordon's Gin, bitte...«

»Coburger Schinken, fünfhundert Gramm...«

»Kaviar brauche ich. Vier von den größeren Gläsern. Aber die mit den blauen Deckeln, es müssen die mit den blauen Deckeln sein...«

Die Stimmen klangen durch das Geschäft vom Feinkost-Kniefall bis nach hinten zu dem kleinen Raum mit der Bartheke und den Hockern und den Tischchen. An einem von ihnen hatte ich eben Platz genommen. Von draußen wehte der Lärm der U-Bahn-Bauer gedämpft in den Laden. Der Tag war sehr trüb, obwohl es nicht regnete. Ein starker Sturm jagte schwarze Wolken, die tief hingen, über einen grauen Himmel, und beim Feinkost-Kniefall brannte elektrisches Licht. Im Verlag gegenüber und in den Bürohäusern ringsum auch.

Die blonde, dunkeläugige Verkäuferin Lucie, die hier hinten bediente, hatte mich mit einem zugleich strahlenden und schüchternen Lächeln begrüßt. Es war halb neun am Donnerstag, dem 21. November. Am Morgen des 11. November, einem Montag, war ich zuletzt hiergewesen – mir kam es vor, als sei das zehn Jahre her. Was war alles geschehen in diesen zehn Tagen...

Abends zuvor hatte ich schon den zweiten großen Teil von VERRAT beendet. Der erste Teil mußte längst in Satz sein, ich hatte ihn noch vor meinem Abflug nach Amerika in den Verlag und auf Hems Schreibtisch gebracht – höchste Zeit damals bereits wieder für das Heft, das heute in einer Woche an den Kiosken sein würde. Den zweiten Teil hatte ich nach meiner Rückkehr aus New York beendet und heute früh geliefert. Mit dieser Serie kam ich nicht ins Gedränge! Ich schrieb sehr schnell, die Geschichte bedeutete überhaupt kein Problem für mich, denn ich schrieb sie voller Freude. Nun kam der erste Teil von DER MANN – TOTAL, aber den würde ich schon hinhauen. Ich hatte ja jetzt *meine* Story! Und was für eine Story war das! Die Russen hatten es geschafft, sogar aus New York den zweiten Teil von Bilkas Mikrofilmen herauszuholen. Sie besaßen nun alles Material. Sie waren die Sieger – auf der ganzen Linie.

In jeder freien Minute dieser letzten Tage hatte ich geschrieben, auch nachts, wenn Irina im Gästezimmer friedlich schlief. Mir waren Alpträume beschert gewesen. Das kam von der Aufregung. Als ich mich erhob, war es sieben Uhr und noch fast ganz dunkel. Ich hatte Irina schlafen lassen, beim Rasieren wie immer Nachrichten aus meinem kleinen japanischen Transistor-Radio gehört und eine Menge schwarzen Kaffee getrunken. Gegessen hatte ich nichts. Das hing nicht mit dem Alkohol zusammen, obwohl ich abends zuvor, beim Fernsehen mit Irina, glücklich und in dem Gefühl, gute Arbeit geleistet zu haben, einige Gläser ›Chivas‹ gekippt hatte. Aber ich war nicht betrunken gewesen, und am Morgen war mir nicht übel. Ich hatte nur einfach keinen Hunger. Die Aufregung. Heute, so war es vor meiner New-York-Reise abgemacht worden, sollte ich also den zweiten Teil der VERRAT-Story liefern – wie den ersten in einem verschlossenen Kuvert auf Hems Schreibtisch legen, Original und Durchschlag. Davon würde es keine öffentliche Lesung geben. Das mußte geheim bleiben, wenigstens die ersten zwei Teile. Diese zwei Teile waren nur für Hem, Lester und die Verlagsleitung bestimmt. Wenn die Herren Teil II gelesen hatten, würden sie mich rufen. Und dann ...

»Hier, bitte, Herr Roland.«

Ich sah auf.

Lucie stand vor mir. Mit sorgenvollem Gesicht stellte sie ein Glas und eine Sodaflasche und eine Schale mit Eiswürfeln vor mich hin und goß aus ›meiner‹ Flasche ›Chivas‹ in das Glas. Ich nahm die Gauloise, die ich geraucht hatte, aus dem Mund, sah Lucie an und dann – ich wurde mir erst im nachhinein bewußt, was ich da tat – warf ich die halbgerauchte Zigarette in das Glas mit Whisky.

»Was ... was ist denn, Herr Roland?« stammelte die blonde Lucie erschrocken. »Was soll das heißen?«

»Ich weiß auch nicht«, sagte ich, ein wenig verblüfft. Die Zigarette quoll im Whisky scheußlich auf. Ich schob das Glas fort. »Ich denke, das soll heißen, daß ich keinen Whisky will. Ich will auch nicht mehr rauchen. Am Morgen jedenfalls.«

»Herr Roland!«

»Ja, es ist komisch. Auf einmal habe ich keine Lust mehr. Mir graust richtig vor dem Whisky. Nehmen Sie das Glas weg, Fräulein Lucie, bitte.«

»Sind Sie krank?«

»Ich bin ganz gesund!« rief ich und lachte.
Sie lachte plötzlich auch, befreit und glücklich, und sie nahm ganz schnell alles vom Tisch, was sie hingestellt hatte.
»Wissen Sie, was? Ich habe auf einmal Hunger! Und Zeit habe ich auch! Können Sie mir Frühstück machen? Zwei Eier im Glas und frische Brötchen und Tomatensaft und schwarzen Kaffee!«
»Gerne, Herr Roland ... natürlich ...« Sie lachte noch immer, aber in ihren Augen saßen Tränen. »Wie mich das freut! Was ist denn mit Ihnen geschehen? Das letzte Mal waren Sie noch so ...«
»Ach, das letzte Mal!« Ich winkte ab. »Seither hat sich viel ereignet, Fräulein Lucie. Ich erzähle es Ihnen. Aber zuerst machen Sie mir mein Frühstück, bitte, ja?«
»Ja. Ja. Ja, gerne«, stammelte sie und eilte davon.
Ich saß mit dem Rücken zum Geschäft und sah mich in dem Spiegel an der Wand. Und ich fand, daß mein Gesicht sich verändert hatte. Es war nicht mehr ganz so alt und grau und versoffen und verhurt. Es war ein anderes Gesicht. So schien es mir wenigstens. Natürlich war das Unsinn. Man bekommt in zehn Tagen kein anderes Gesicht. Oder doch? Ich hörte den Stimmen im Laden zu und dachte daran, wie das sein werde, wenn mich Herford rufen ließ und mir sagte, daß meine neue Fortsetzung eine Wucht sei. Denn das war sie, davon war ich überzeugt. Da hatte ich überhaupt keinen Zweifel! Sonst hätte er doch schon beim ersten Teil gemeckert, den er und Hem und Lester gelesen hatten, und niemand hatte auch nur ein Wort des Tadels verloren, als ich aus New York zurückgekommen war.
Lucie brachte das Frühstück. Ich trank den Tomatensaft auf einen Schluck, und dann aß ich die weichen Eier und die frischen Brötchen mit Butter und Salz und trank den Kaffee und fühlte mich wunderbar. Und kauend erzählte ich dem Mädchen Lucie, das ganz aufgeregt und mit geröteten Wangen neben mir stand, daß ich eine Story gefunden hatte in diesen zehn Tagen, eine große Story, eine, die unter meinem Namen erscheinen sollte.
»... nach all der Zeit wieder eine Geschichte unter meinem Namen!«
»Das ist wundervoll«, flüsterte Lucie. »Ich ... ich habe mir doch solche Sorgen um Sie gemacht. Aber jetzt wird alles gut ... Jetzt wird doch alles gut, nicht wahr?«
Ich nickte mit vollem Mund.
»Nein, was mich das freut, Herr Roland!« sagte Lucie.

»Und mich erst«, sagte ich. »Und mich erst, Fräulein Lucie.«
Ich konnte ihr natürlich nicht erzählen, worum es in der neuen Story ging, das sah sie auch ein, aber nachdem ich gefrühstückt hatte, saß ich auf einem Hocker bei ihr an der Theke, und wir tranken beide Tomatensaft, und ich fragte Lucie ein wenig aus. Nach ihrem Zuhause und ihren Eltern und ihren Plänen. Sie erzählte mir eine Menge von den Eltern, die Bauern waren, und von ihrem Bruder, der bei der Bundeswehr war, und von ihrem Heimatort Brandoberndorf. Ich hörte mit wirklichem Interesse zu. Es war lange her, dachte ich, Jahre war es her, daß ich jemandem wirklich zuhörte, der von sich erzählte, wenn ich nicht über ihn zu schreiben hatte oder ihn sonstwie brauchte. Dann, um zehn Uhr, viel früher, als ich gedacht hatte, läutete das Telefon. Lucie hob ab, meldete sich und sagte zu mir: »Sie möchten jetzt bitte zu Ihrem Verleger kommen.«
»Ist gut, ist gut«, sagte ich vergnügt. Ich zahlte und gab Lucie ein zu großes Trinkgeld, wie immer, und sie bedankte sich ernst und sagte noch einmal, wie sehr sie sich freute. Dann spuckte sie mir symbolisch dreimal über die linke Schulter, und wir schüttelten einander die Hand, und als ich schon weit vorne im Laden war, drehte ich mich um. Lucie stand hinter ihrer Theke und lachte und winkte mir zu. Und ich lachte auch und winkte zurück, und eine dicke Frau in einem Nerzmantel neben mir röhrte: »Gänseleber, Herr Kniefall! Ich brauche Gänseleber! Drei ganz große Dosen!«

2

Auf der Brücke über die aufgerissene Kaiserstraße drängten und stießen sich Menschen. Ich pfiff vor mich hin. Ich ging mit den Händen in den Hosentaschen, den Mantel hatte ich im Verlag gelassen. Weil es recht kalt war, stellte ich den Jackettkragen auf. In der Tiefe arbeitete das internationale Heer der U-Bahn-Bauer. Rammhämmer und Preßluftbohrer dröhnten, riesige Kräne schwenkten Stahlträger in ihre Positionen. Es war alles so, wie es vor zehn Tagen gewesen war, und doch war alles ganz anders. Ich nahm meine Schachtel Zigaretten und warf sie in die Tiefe, ein kleiner Italiener fing sie auf, grinste zu mir herauf, lüftete seinen gelben Schutzhelm und brüllte: »Grazie, Signore, grazie!«

»Molti auguri!« brüllte ich zurück.
Diesmal kam ich mir so vor, als wäre ich einer von den vielen, die da unten arbeiteten, als gehörte ich dazu. Es war ein feines Gefühl ...
Im Verlag fuhr ich mit der ›Bonzenschleuder‹ zuerst noch kurz in den siebenten Stock, ging in meine Glasbox, wo mein Mantel hing, und nahm ein neues Paket Gauloises aus einer Tasche. So ganz ohne Zigaretten wollte ich auch nicht sein. Man wird nicht von einem Tag zum andern ein Heiliger.
In den Glaskästen ringsum arbeiteten sie schon, und ich grüßte nach allen Seiten, und alle grüßten mich freundlich, und als ich die Box gerade verlassen wollte, kam Angela Flanders, meine alte Freundin, herein. Sie trug ein marineblaues Kostüm an diesem Tag, und ihr Haar, das kastanienbraun gefärbte, war so untadelig frisiert wie immer und sie selber so gepflegt wie immer, und auch sie lächelte. Das schien ein Tag zu werden, an dem mich alle Menschen anlächelten.
»Hallo, Angela«, sagte ich.
»Guten Morgen, Walter«, sagte die Flanders und errötete ein wenig. »Sie gehen zum Verleger, nicht wahr?«
»Ja.«
»Herr Kramer und Herr Lester sind schon oben. Die neue Story, ja?«
»Ja, Angela.«
»Nun, ich werde sie wohl auch bald zu lesen bekommen. Herr Kramer sagte mir, so etwas Gutes hätten Sie seit Jahren nicht geschrieben.«
»Wirklich?«
»Ja. Ich ... Sehen Sie, Walter, wir kennen uns so lange ... Wir haben so viel miteinander erlebt ... Ich weiß, wie verzweifelt Sie oft waren. Und jetzt ... jetzt haben Sie wieder einmal eine große Story, eine eigene ...« Sie kam immer mehr ins Stammeln. »Und das ... das ... das freut mich so, das macht mich glücklich, denn ich ... ich habe Sie doch ... gern habe ich Sie, Walter, das wissen Sie, nicht wahr?«
»Ja, Angela, das weiß ich«, sagte ich. »Und ich habe Sie auch gern. Sehr, sehr gern. Und das wissen Sie auch.«
Sie wurde nun dunkelrot im Gesicht.
»Weil wir ... weil wir so gute alte Freunde sind, Walter, bin ich so froh für Sie! Und ich halte Ihnen die Daumen und wünsche

Ihnen Glück, alles, alles Glück beim Schreiben, und viel, viel Erfolg! Ich habe so gehofft, daß Sie wieder einmal unter Ihrem Namen schreiben können!«
»Ja«, sagte ich. »Das habe ich auch gehofft.«
»Dann fahren Sie jetzt zu Herford hinauf«, sagte Angela. »Ich werde die ganze Zeit an Sie denken, bis Sie wieder runterkommen. Ach, manchmal will man in diesem Gewerbe wirklich verzweifeln, und dann, wenn man es am wenigsten erwartet, kommt so etwas, so etwas Gutes. Man muß einfach an den lieben Gott glauben, meinen Sie nicht auch?«
»Doch«, sagte ich. »Unbedingt«, sagte ich. »Heute jedenfalls glaube ich ganz fest an ihn, Angela.«

3

Die ältliche Schmeidle, Herfords Chefsekretärin, sagte mir, ich solle gleich in das Zimmer des Verlegers weitergehen, die anderen Herren warteten schon. Als ich den Riesenraum betrat, erblickte ich Hem, Bertie, Lester und den Bildchef Ziller. Sie saßen in der Ecke vis-à-vis dem Monitor der Computer-Abteilung bei einem der Cockpit-Fenster. Obwohl wir hier im elften Stock waren, kam auch nur trübes, winterliches Licht durch die Scheiben, die indirekte Beleuchtung brannte, auch die Soffitten an den Bücherborden strahlten. Solcherart entstand eine scheußliche, unwirkliche Atmosphäre – wie in einem Zwischenreich, wie in einem Reich zwischen Leben und Tod.
»Morgen, Morgen«, sagte ich munter.
Die anderen murmelten etwas, Hem lächelte mir zu, Bertie nickte.
»Was ist denn los?« fragte ich.
»Wir warten«, sagte Bertie und grinste sein ewiges Grinsen.
»Auf Herrn und Frau Herford und den Doktor Rotaug«, sagte Lester.
»Wieso sind die nicht da?« fragte ich. »Die Schmeidle hat gesagt ...«
»Sie sind da«, sagte Lester.
»Aha«, sagte ich.
Er betrachtete mich gereizt. Der hatte mir noch immer nicht verziehen, was ich ihm vor zehn Tagen angetan hatte.

»Sie sind«, erklärte Ziller, »in Herrn Herfords Privatzimmer. Schon ziemlich lange. Als wir raufkamen, war das Büro hier leer.«
»Was machen sie denn da nebenan?«
»Keine Ahnung«, sagte Bertie. »Wir warten seit fast einer halben Stunde.«
»Tja«, sagte Lester und sah mich wütend an.
»Tja, tja«, sagte ich. In diesem Moment gab es ein Geräusch, und ein Teil der Bücherwand schwenkte auf. Es war der Eingang zu Herfords Privatzimmer, das zwischen dem Büro und dem Computersaal lag. Durch die Bücherwand kamen Mutti, Rotaug und Herford marschiert, langsam, sehr ernst und sehr feierlich. Die Männer, die gesessen hatten, standen auf. Die Bücherwand schwenkte zurück und klickte ein.
»Gnädige Frau ...« Lester stürzte vor und küßte Mutti die Hand. Sie trug, um die Schultern geworfen, einen Jaguarmantel, dazu noch ein Käppchen aus Jaguarfell auf dem violetten Haar, ferner einen schwarzen Faltenrock, einen Kaschmirpullover (kamelhaarfarben), eine lange, goldene Kette, an der ein großes Goldstück baumelte, und Schnürstiefel.
Herford trug einen Flanellanzug, Rotaug wie immer einen schwarzen Anzug, ein weißes Hemd, den steifen Kragen, die silberne Krawatte, die schöne Perle im Knoten. In dem scheußlichen Licht sahen wir alle wie Leichen aus. Herford trat an das Bibelpult und blätterte. Dann hatte er die Stelle gefunden, die er suchte. Er las leise und etwas heiser: »Aus dem Buch Hiob, dem Ersten Kapitel ... ›Da aber stand Hiob auf und zerriß sein Kleid und raufte sein Haupt und fiel auf die Erde und betete an und sprach: Ich bin nackt von meiner Mutter Leibe gekommen, nackt werde ich wieder dahinfahren. Der HErr hat's gegeben, der HErr hat's genommen; der Name des HErrn sei gelobt!‹«
Während die einen nun ›Amen‹ sagten und die anderen nicht, sah ich Bertie und Hem an, und sie hoben die Brauen und nickten. Das fing ja reichlich seltsam an. Es ging auch reichlich seltsam weiter. Mutti setzte sich. Wir setzten uns alle bis auf Herford. Kein Mensch sprach. Herford holte sein goldenes Döschen aus der Westentasche und entnahm ihm ein Sortiment von blauen, roten und weißen Pillen. Er kippte die Ladung, die er in der hohlen Hand hielt, in den Mund und trank Wasser nach. Die kleine Dose steckte er nicht wieder ein, sondern legte sie auf seinen Schreibtisch. Auch kein gutes Zeichen.

»Meine Herren«, sagte der Verleger und begann in seinem Monster-Büro auf und ab zu marschieren, »was Herford Ihnen jetzt mitteilt, ist streng vertraulich und darf von Ihnen an niemanden weitergegeben werden. Wer es doch tut, bekommt es nicht nur mit Herford zu tun, sondern hat auch mit einer Bestrafung von Staats wegen zu rechnen.«
So fing das gleich mal an.
Wir schauten ihn alle blöd an, und Mutti murmelte: »Ach Gott, ach Gott.«
»Haltung, gnädige Frau, Mut«, sprach Rotaug und fingerte an seinem Kragen. Es mußte an der Beleuchtung liegen: Die Pigmentflecken auf seinem kahlen Schädel erschienen mir heute viel dunkler.
Herford sagte, hin und her gehend: »Wir haben bis zu dieser Minute gekämpft. Eben führten wir ein letztes Telefonat. Es ist aus. Wir haben verloren. Nichts mehr zu wollen. Zum ersten Mal, seit BLITZ besteht, wird eine Nummer nicht erscheinen – die, die morgen auf den Markt hätte kommen sollen.«
Schweigen.
»Es ist das die Nummer mit den vier Bildseiten und der Vorankündigung von VERRAT«, sagte Rotaug unnötigerweise.
»Aber ... aber ... aber ...«, begann Lester erschüttert.
»Ich weiß, Sie sind entsetzt, meine Herren«, sagte Herford. »Nicht mehr als ich, glauben Sie mir. Wir können nicht erscheinen. Man hat die Vernichtung der gesamten Auflage bereits am Montagabend von uns gefordert. Das haben wir vor Ihnen geheimgehalten, um Sie nicht zu beunruhigen. Doktor Rotaug sah noch Chancen. Er hat verhandelt. Er hat seitdem Tag und Nacht verhandelt – bis vor zwei Minuten.«
»Mit wem?« fragte Hem.
»Mit dem netten alten Herrn aus Köln«, sagte Herford. »Der sprach im Namen der Amerikaner. Und im Namen von Regierungsstellen. Er bat – Sie wissen, was das heißt, wenn er bittet! –, die Nummer nicht auszuliefern.«
»Aber zuerst hatte er doch nichts dagegen – und die Amerikaner auch nicht!« sagte Bertie lächelnd.
»Zuerst war die Situation eine andere«, sagte Herford. »Als der alte Herr aus Köln zum ersten Mal anrief, da stoppten wir die Auslieferung so, daß die verpackten Sendungen in Lastwagen und Eisenbahnwaggons und auf Flughäfen unter Verschluß kamen.

Wenn wir uns durchgesetzt hätten, wäre die Auflage weitergegangen an die Grossisten. Denn solange die Sache nicht entschieden war, durften die das neue Heft nicht sehen. Daß es die sahen, die es produzierten, war nicht zu vermeiden. Jetzt können wir zwei Millionen Exemplare zurückrufen und einstampfen.«
»Aber warum?« fragte ich.
Herford sah mich an wie ein Bernhardiner.
»Wegen Ihrer neuen Serie, Roland.«
»Ich verstehe kein Wort. Bevor ich nach New York flog mit Bertie, war die neue Serie doch ganz großartig! Haben Sie gelesen, was im zweiten Teil steht?«
»Nein.«
»Sie haben ihn nicht einmal gelesen?«
»Nein!« brüllte Herford mich plötzlich an wie von Sinnen.
»Herford«, sagte Mutti. »Herford, bitte. Dein Herz. Denk an dein Herz. Es ist alles schon schlimm genug.«
Herford nickte, schluckte wieder Pillen und starrte entgeistert den Monitor an. Über dessen Scheibe flackerte in grünen Buchstaben plötzlich eine Mitteilung über das Interesse der deutschen Leserschaft an einer Serie betreffend ›Berühmte Maler und ihre Modelle‹. Die Schrift erlosch jäh.
»Idioten. Was machen die?« sagte Herford.
»Technischer Fehler«, sagte Rotaug und knackte mit den Fingern.
Richtig gemütlich war das, wissen Sie.
»Herr Herford«, sagte Hem, »bitte kommen Sie zur Sache. *Ich* habe beide Teile gelesen. Ich finde sie ausgezeichnet. Es ist mir absolut unverständlich ...«
»Ausgezeichnet. Scheiße«, sagte Herford. »Und wenn Goethe sie geschrieben hätte! Noch mal Scheiße, sage ich. Ist den geschätzten Herren vielleicht schon aufgefallen, daß einer in unserer Runde fehlt?«
Also ehrlich, mir war es bis zu diesem Moment tatsächlich nicht aufgefallen. Den anderen offenbar auch nicht.
»Herr Seerose«, sagte Lester, fast flüsternd.
»O Gott, o Gott«, sagte Mutti.
»Herr Seerose, ja«, sagte Herford. »Mein Freund Oswald Seerose, von dem ich 1946 die Lizenz für BLITZ bekam. Mein guter alter Freund Oswald, der seit Montagnachmittag in Ost-Berlin sitzt.«
»Der was?« Ziller sprang auf, ebenso Lester.
»Sie haben schon richtig gehört«, sagte Herford und griff sich ans

Herz. »Er ist ganz schnell rüber. So schnell, daß ihn der Verfassungsschutz hier nicht mehr erwischen konnte und auch die Amis nicht.«
»Erwischen weshalb?« rief Lester.
»Weil mein alter Freund Oswald Seerose seit zwanzig Jahren einer der erfolgreichsten und wichtigsten Ostagenten in der Bundesrepublik war«, sagte Thomas Herford.

4

Danach blieb es lange still im Raum.
Das war uns doch ziemlich an den Magen gegangen, allen. Ich sah Mutti an. Die saß zusammengesunken da. Rotaug erwiderte meinen Blick mit offener Feindschaft. Was bedeutete das? Was konnte ich dafür, wenn dieser Seerose Doppelagent gewesen war?
»Schauen Sie mich nicht so feindselig an«, sagte Rotaug prompt. »Ich kann nichts dafür, daß Sie auf Seerose reingefallen sind.«
»Ich?« sagte ich empört. »Sie etwa nicht?«
»Sie haben dauernd mit Seerose telefoniert und seine Orders ausgeführt. Sie haben gesehen, wie er damals in Hamburg in die Niendorfer Straße 333 kam.«
»Das ist ja grotesk!« schrie ich. »Er ist schließlich mit einer Firmenmaschine von BLITZ geflogen! Sie wußten, wohin! Er hat ja auch noch nachts am Telefon vor Ihnen allen gesagt, daß er mit den Amis gesprochen hat.«
Rotaug sah mich an und schwieg.
»Hier werden *Sie* nicht schreien!« brüllte Herford zu mir herüber.
»Herford, dein Herz ...«
»Ach, Scheißherz! Verflucht nochmal, er soll nicht schreien! Nicht ausgerechnet er!«
»Was heißt denn das, nicht ausgerechnet er?« fragte Hem scharf.
»Er und Seerose haben uns das eingebrockt«, sagte Rotaug.
»Sehr richtig«, sagte Lester wieselflink. Der hatte jetzt endlich seine süße Rache für die Demütigung durch mich. Und umgestellt hatte er sich auch bereits. Schnell ging das bei dem vielleicht.
»Und Herr Engelhardt«, sagte Rotaug kalt.
Bertie lachte laut.

»Lachen Sie nur, lachen Sie nur! Sehr komisch, nicht wahr? Eine ganze Auflage vernichtet. Millionenverlust. Sämtliche Geheimdienste der Bundesrepublik am Hals. Der Skandal in der Öffentlichkeit, wenn das mit Seerose bekannt wird. Die Auswirkungen für das Blatt. Sehr, sehr komisch, Herr Engelhardt, wie?«

»Wahnsinnig komisch, Herr Doktor«, sagte Bertie und lachte wieder. Der hatte jetzt die Schnauze voll. »Walter und ich sind schuld. Ich lach' mich tot.«

»Wenn Sie das nur würden«, sagte Rotaug freundlich.

»Also, ich verstehe kein Wort«, begann Bildchef Ziller, der Unterseeboote so gerne hatte, dieser Mann, dem das Himmelreich sicher war aus dem bekannten Grund. »Herr Seerose war doch der beste Freund der Amerikaner! Er flog extra nach Hamburg, um mit ihnen noch alle Einzelheiten zu besprechen. Sie haben ihm ihre Geheimnisse anvertraut. So konnten Roland und Engelhardt doch überhaupt erst arbeiten.«

»Ja«, sagte Rotaug, »ja, mein armer Herr Ziller. Und so konnten auch die Russen erst arbeiten.«

»Wieso... Ach so!« Ziller erschrak richtig, als er endlich kapierte. »Der Kellner, das Mikrophon und alles...«

Jules Cassin! dachte ich. Der Chef d'Etage im ›Metropol‹! Der war also in Wahrheit ein *Verbündeter* Seeroses gewesen von Anfang an und hatte mich nur reingelegt mit seiner Dankbarkeit und dann mit diesem Haßgesang auf seinen früheren Chef und auf alle Deutschen...

»Ja, Herr Ziller. Und was die Russen noch nicht wußten, zum Beispiel, wie es genau in Helsinki zugehen würde, und was noch wichtiger war, bekam Seerose auch heraus: Die Sache mit den Kopien der Mikrofilme.«

»Was war mit denen?« fragte Lester.

»Seerose erzählte uns doch allen in jener Nacht, die Amis wollten die Serie unter der Bedingung, daß wir behaupteten, sie hätten Kopien der Filme, nicht wahr? Nun, *möglich* wäre es ja gewesen. Bei seinem Blitzbesuch in Hamburg überzeugte Seerose sich davon, daß die Amis keine einzige Kopie von nur einem einzigen Dokument besaßen. Und das meldete er natürlich auch den Russen. Wahrhaftig ein feiner Mann.«

»Scheußlich«, sagte Ziller.

»Es wird noch viel scheußlicher werden«, sagte Rotaug. »Jetzt kommen die Untersuchungen durch die Behörden. Wieviel wußten

Herr Roland und Herr Engelhardt von Seeroses wirklicher Tätigkeit? Wie weit arbeiteten sie mit ihm zusammen? Wie tief war die ...«

»Herr Doktor«, sagte ich, »wenn Sie noch ein einziges Mal eine derartig infame Verdächtigung auch nur andeuten, schleppe ich Sie vor den Richter.«

»Hoffen wir, daß nicht *Sie* vor den Richter geschleppt werden!«

»Das war eine sehr dreckige Bemerkung, Herr Doktor«, sagte Hem.

»So, finden Sie«, sagte die menschliche Schildkröte. »Interessant, Herr Kramer, interessant. Auch Sie wird man natürlich überprüfen. Uns alle. Wir haben die schwerste Krise seit Bestehen des Hauses zu meistern. Gebe Gott, daß wir es können.«

»Amen«, sagte Mutti, die ganz gebrochen war.

»Also, die Story ist tot«, sagte Herford. »Hat keinen Sinn, noch ein Wort darüber zu verlieren. Der alte Herr aus Köln hat es Rotaug eben noch einmal erklärt: Wenn nur *ein* Wort, *ein* Bild erscheint – ab sofort Inseratensperre und Boykott, auch durch amerikanische Inserenten. Boykott auf jedem anderen möglichen Weg! Das Titelfoto mit diesem verfluchten Tschechenjungen in der nächsten Nummer ist schon rausgeflogen. Wir nehmen ein Bikini-Mädchen. Haben wir Gott sei Dank auf Vorrat. Kramer, Sie sorgen für einen neuen Stoff anstelle der VERRAT-Story. Das muß jetzt sehr schnell gehen. Lester wird Ihnen helfen. Was Feines haben Sie uns da eingebrockt, Roland.«

Lester sagte: »Tja, wenn es dem Esel zu wohl wird, geht er auf's Eis tanzen.«

»Kusch!« sagte ich laut zu meinem Chefredakteur.

Der sprang wieder auf.

»Das ist ungeheuerlich!« kreischte er. »Sie haben es alle gehört, meine Herrschaften! Ich verlange, daß dieser ... dieser Mensch sich augenblicklich bei mir entschuldigt!«

»Ach, setzen Sie sich, Lester«, sagte Herford. »Entschuldigen Sie sich, Roland.«

»Nein«, sagte ich.

»Sie sollen sich entschuldigen, zum Teufel!«

»Ich denke nicht daran«, sagte ich.

Denn plötzlich, sehen Sie, war bei mir Schluß. Endgültig Schluß.

In solchen Momenten schießen einem die seltsamsten Erinnerungen durch den Kopf. Ich mußte plötzlich an ein Kindergedicht

denken, das ich einmal anläßlich einer Reportage beim Besuch einer Schule in London gehört hatte. Es ging so: » I think I am an elephant, who is looking for an elephant, who is looking for an elephant, who is looking for an elephant, who is'nt really there.«
Ich glaub, ich bin ein Elefant, der einen Elefanten sucht, der einen Elefanten sucht, der einen Elefanten sucht, den es gar nicht gibt...
Ja, daran erinnerte ich mich in diesem Moment. So viele Jahre hatte ich gedacht, ich sei ein Elefant, der einen Elefanten sucht, der einen Elefanten sucht, der einen Elefanten sucht – und ihn finden würde!
Finden würde!
Darum die Entwürdigungen, darum der Scheißdreck, den ich schrieb – denn *einmal* würde ich ja *doch* meinen Elefanten finden! Und dann hatte ich ihn gefunden, meinte ich – meine Story, *meine* Story! Doch die wurde nun nicht gedruckt. Durfte nicht gedruckt werden. Ich sah ein, daß sie nicht gedruckt werden durfte. Aber noch etwas anderes sah ich blendend klar: In dieser Industrie konnte man suchen und suchen und suchen – den Elefanten fand man nie. *Denn es gab ihn überhaupt nicht.*
»Sie denken nicht daran, sich zu entschuldigen?« schrie Herford.
»Nein!« schrie ich.
Herford trat dicht vor mich. Er hob sich auf die Schuhspitzen. Ich sah mir die Schuhspitzen an. Ich war plötzlich von einer so blinden Wut erfüllt wie noch nie zuvor. Ich verkrampfte die Hände in die Lehnen meines Sessels, denn ich hatte Angst, sonst Herford und Lester in ihre Fressen zu hauen. Herford mußte das merken, er trat plötzlich zurück und lief wieder hin und her.
»Also gut«, sagte er. »Also schön. Ein Schicksalsschlag. Wir werden nicht zerbrechen, Gott wird uns helfen. Wir müssen jetzt alle Kraft zusammennehmen, meine Herren! Alle Kraft, die wir überhaupt besitzen! DER MANN – TOTAL muß uns rausreißen. Die Titelfotos sind phantastisch. Roland wird sich jede Mühe geben, wiedergutzumachen, was da passiert ist, und großartig schreiben. Gleich. Keine Zeit zu verlieren. Das ist jetzt die wichtigste Aufgabe. The show must go on. Ich schreibe einen Brief an die Leser, warum die eine Nummer ausfiel. Rotaug wird ihn für mich schreiben, der kann das prima.«
»Sehr gütig, Herr Herford«, sagte die Schildkröte.
Ich stand auf und sagte: »Ich schreibe MANN-TOTAL nicht, Herr Herford.« Mir war zum Heulen, aber das bemerkte nur Hem.

»Und ob Sie schreiben werden!« brüllte Herford wieder los. Er nahm wahllos Pillen aus dem Döschen und schluckte sie, ohne Wasser. Er würgte ein wenig, dann brüllte er weiter: »Sie sind bei Herford unter Vertrag! Herford hat Sie zu dem gemacht, was Sie heute sind! Bei Herford haben Sie überhaupt erst schreiben gelernt! Also kein Wort mehr, ja?«

»Kein Wort mehr, ja. Ich schreibe das nicht«, sagte ich.

Er musterte mich mit zusammengepreßten Lippen. Ich grinste ihn verzerrt an.

Er sagte, sehr leise: »Sie haben weit über zweihunderttausend Mark Schulden.«

»Ja«, sagte ich.

»Sie leben in einer Wohnung, die dem Verlag gehört.«

»Ja«, sagte ich.

»Sie kriegen ein irres Gehalt – sagen Sie nicht noch einmal ja, oder Herford vergißt sich! Roland, Sie elender Hund, Sie werden MANN-TOTAL schreiben, und zwar so gut wie noch nichts anderes, oder, bei Gott, Herford ... Herford ...«

»Ja?« fragte ich. »Oder Sie schmeißen mich raus – wollten Sie das sagen? Schmeißen Sie mich doch raus, Herr Herford! Na los, los doch, los!«

Er zitterte jetzt vor Aufregung.

»Sie niederträchtiger, hundsföttischer, dreckiger Verbrecher«, keuchte er. »Was glauben Sie denn, wer Sie sind? Wenn Herford Sie rausschmeißt, dann kommen Sie gleich woanders unter, glauben Sie, was? Glauben Sie! Hahaha!«

»Herford, bitte, bitte ...«

»Hahaha!« lachte Herford und tobte weiter: »Wenn Herford Sie rausschmeißt, dann bekommen alle anderen Illustrierten – ach was, Illustrierten, alle Zeitungen, das kleinste Käseblatt! – von uns solche Geschichten über Sie zu hören, daß keiner es auch nur *wagt*, Sie anzustellen! Ihr Suff! Ihre Weiber! Die zwielichtige politische Kreatur, die Sie sind! Das wird Sie lehren! Verhungern können Sie, wenn Herford Sie feuert, verstanden? Herford vernichtet Sie! Hören Sie, *Herford vernichtet Sie!* Haben Sie das gehört?«

»Sie vernichten mich, Herr Herford«, sagte ich. »Ich hab's gehört. War ja auch laut genug. Ich will es mal darauf ankommen lassen.«

Mein Herz klopfte stürmisch. Jetzt muß ich hier Schluß machen, dachte ich. Wenn ich es nicht tue, kann ich Irina nie mehr in die Augen sehen. »Ich schreibe keine Zeile mehr für Sie, Herford!«

»Undankbarer, gemeiner Lump!« kreischte Mutti.
Rotaug sagte eisig: »Sie erinnern sich, Herr Herford, was ich Ihnen vor langen Jahren einmal sagte ...«
Ich weiß nicht, ob Herford sich erinnerte, ich erinnerte mich jedenfalls daran.
»... prächtiger Bursche. Aber denken Sie an meine Worte: Eines Tages werden wir mit diesem prächtigen Burschen den größten Skandal unserer Verlagsgeschichte bekommen ...«
Ach, schlauer Rotaug, du Kenner der Menschen! Nun war es also soweit.
»So, jetzt reicht es«, tobte Herford, rasend vor Zorn. »Roland, angesichts Ihres Verhaltens spreche ich Ihre fristlose ...«
Ich sah zu Bertie und Hem. Bertie sah mich traurig an, Hem schloß kurz die Augen. Er hieß also gut, was ich sagte und tat. Es war auch gut. Es war das einzige, was ich nun noch tun konnte. Ich sagte: »Sie brauchen die Entlassung nicht auszusprechen, Herford. Ich haue ab. *Ich!* Fristlos! Pfänden Sie mich! Verklagen Sie mich! Verleumden Sie mich! Tun Sie, was Sie wollen. Ich habe genug. Zum Kotzen genug. Leben Sie wohl. Oder nein: Leben Sie nicht wohl.« Ich ging von ihm fort über den endlosen Teppich zur Tür.
»Roland!« brüllte er mir nach.
Ich ging weiter, Schritt vor Schritt. Genug, genug, klopfte mein Herz.
»Roland, bleiben Sie stehen! Auf der Stelle!« kreischte Herford.
Ich ging weiter. Schluß. Schluß. Nur Schluß jetzt.
»Roland, Sie sollen stehenbleiben!«
Ich blieb stehen. Ich drehte mich um. Da stand er bei seinem Schreibtisch, keuchend, eine Hand an die Brust gepreßt, leichenblaß. Er tastete schon wieder nach dem Pillendöschen. Mutti eilte zu ihm und hielt seinen Arm.
»Herford verlangt von Ihnen, daß Sie augenblicklich ...«, begann Herford mühsam, doch ich unterbrach ihn, nicht sehr laut: »Herr Herford ...«
»Ja ... was ... ist?«
»Sie können mich am Arsch lecken, Herford«, sagte ich. Danach drehte ich mich wieder um und ging schnell aus dem Büro. Und es kam mir vor, als fielen bei jedem Schritt, den ich tat, Wut und Schuld und Würdelosigkeit eines Jahres von mir ab, eines ganzen Jahres, das ich in diesem Schweinestall, in dieser durch und durch

verlogenen ›Traumfabrik‹ zum Zweck der Massenverblödung, in dieser luxuriösen Hölle verbracht hatte – zusammengenommen nicht weniger als vierzehn Jahre.
Ja, ich fühlte mich ausgezeichnet, immer besser, immer besser. Nur an die Existenz des lieben Gottes glaubte ich durchaus nicht mehr, so wie noch vor einer knappen Stunde.

5

Die fristlose Entlassung kam noch am gleichen Tag, mit Eilboten und eingeschrieben, unterzeichnet von Dr. Rotaug, der mich aufforderte, anderntags um zehn Uhr bei ihm im Verlag zu erscheinen. Irina war sehr erschrocken, aber ich beruhigte sie, ich war noch völlig euphorisch. Kein BLITZ mehr! Kein BLITZ mehr! Alles andere würde sich schon ergeben, dachte ich.
Es ergab sich auch – und wie!
Als ich am Vormittag darauf in den Verlag kam, grüßte ich freundlich den riesigen Portier Kluge, den ich seit so vielen Jahren kannte – ein Vermögen an Trinkgeldern hatte er von mir erhalten. Herr Kluge allerdings schien sich meiner nicht zu entsinnen und ließ mich ein paar Minuten stehen, während er mit anderen Besuchern sprach.
Dann: »Ach, Herr Roland ...« Er suchte auf einer Liste. Er sah mich gleichgültig an. »Sie sind fristlos entlassen worden, wie hier steht. Ich darf Sie ersuchen, mir den Aufzugschlüssel zu geben.«
»Hören Sie mal, wie reden Sie denn mit mir?«
»Herr Roland, bitte. Den Schlüssel.«
Herr Kluge.
Ich gab ihm den Schlüssel für die ›Bonzenschleuder‹, und er sagte nicht einmal danke, sondern wandte sich einer jungen Dame zu, die erklärte, sie solle als Volontärin hier anfangen.
Ich ging zum ›Proletenbagger‹, vor dem sieben Leute standen, und wartete geduldig mit den sieben darauf, daß der elende Aufzug endlich kam. Er kam nach vier Minuten. Wir drängten uns in die Kabine, in der es stank, und so fuhr ich zu Dr. Rotaugs Abteilung hinauf. Alle die Leute, mit denen ich fuhr, vermieden es, mich anzusehen. Keiner sprach.
Rotaug ließ mich genau eineinhalb Stunden warten, dann hatte er

endlich Zeit für mich. In seinem mit Mahagoniholz getäfelten Büro stand er stramm und feindselig da, als ich hereinkam. Die Hand gab er mir nicht. Er wies auf den unbequemsten Sessel, und nachdem ich mich gesetzt hatte, marschierte er bei der folgenden Unterhaltung steifbeinig auf und ab, immer wieder an seinem Kragen zerrend oder an seine schöne Krawattenperle tupfend. Er war erfüllt von eisiger Kälte und großem Triumph. Er hatte mich nie leiden können, und das zeigte er jetzt.

Eine nette Besprechung, ach ja.

Rotaug verlangte den Vorschuß von 210 000 Mark zurück, und ebenso forderte er mich auf, sofort die verlagseigene Wohnung zu räumen.

»Ich habe keine zweihundertzehntausend Mark«, sagte ich, »und das wissen Sie genau.«

»Natürlich weiß ich das, Herr Roland.« Er blieb des öfteren stehen und wippte ein wenig. Jetzt auch. »Ich habe nicht viel Zeit für Sie, ich bin sehr beschäftigt. Es gibt nur zwei Möglichkeiten . . .«

Er erläuterte sie mir.

Die erste Möglichkeit bestand darin, daß der Verlag mich verklagte. Ich wohnte in einer Dienstwohnung, unser Arbeitsverhältnis war durch meine »einmalig unverschämte Haltung« zerstört worden, also besaß ich kein Anrecht mehr auf das Penthaus. Vor Gericht würde ich dazu verurteilt werden, alle persönliche Habe – bis auf ein gesetzlich vorgeschriebenes Minimum – dem Verlag zu übereignen, um so meine Schuld wenigstens teilweise abzudecken. Außerdem mußte ich danach den Offenbarungseid leisten und blieb jederzeit Prüfungen durch Gerichtsvollzieher ausgeliefert, die berechtigt waren, Geld, das ich möglicherweise in der Zwischenzeit verdient hatte, zu pfänden – wieder bis auf ein Existenzminimum.

»Da jedoch kaum zu erwarten steht, daß Sie in absehbarer Zeit über größere Geldbeträge verfügen«, sagte Rotaug, »empfehle ich Ihnen, von der zweiten Möglichkeit Gebrauch zu machen – einer Möglichkeit, die ein unverdient großes Entgegenkommen von seiten des Verlegers bedeutet.«

»Nämlich?« fragte ich.

»Sie akzeptieren unsere Forderungen. Sie räumen innerhalb von zehn Tagen die Verlagswohnung. Möbel, Teppiche und so weiter bleiben in unserem Besitz. Desgleichen Bankkonten und Pretiosen. Auch Ihr Wagen natürlich. Das wird die zweihundertzehntausend

noch nicht decken.« Rotaug wippte. Er hatte fast einen Orgasmus, so animierte ihn dieses Gespräch. »Vor unserem Notar unterzeichnen Sie eine Schuldanerkennung – die Sachen werden geschätzt, Sie erkennen nur die Restschuld an, ferner eine Vollstreckungsunterwerfung. Für diesen Fall ist Herr Herford in seiner Großmut – für die ich allerdings nicht das geringste Verständnis habe – bereit, Ihnen Kleidung, die Schreibmaschine, einen kleinen Teil Ihrer Bibliothek und so weiter zu lassen. Ich rate Ihnen, dieses unverdiente Entgegenkommen des Verlegers zu akzeptieren. Wie lautet Ihre Antwort? Bitte, entscheiden Sie sich. Ich bin in Eile.«
Das Sauschwein, das elende.
»Ich akzeptiere den großmütigen Vorschlag von Herrn Herford«, sagte ich.
»Gut. Noch eines«, sagte Rotaug. »Wir würden es uns einen großen Betrag – groß, wenn man Ihre verzweifelte Situation betrachtet – kosten lassen, sofern Sie sich bereit erklären, BLITZ Ihr Pseudonym Curt Corell zur weiteren Benützung zu überlassen.«
Ich ballte die Fäuste und schwieg.
»Nun?« fragte er wippend.
»Damit Sie MANN-TOTAL damit schmücken können, wie?«
»Natürlich«, sagte er. »Corell ist ein Begriff – *wir* haben ihn dazu gemacht, das wissen Sie. Ohne uns und unsere Förderung wären Sie immer eine Null geblieben. Also wie ist es?«
»Nein«, sagte ich.
»Sie überlassen uns den Namen nicht?«
»Nein.«
»Unter keinen Umständen?«
»Unter keinen Umständen«, sagte ich, von jäher wüster Wut gepackt. Corell – dieser Name mußte verschwinden, für immer! Mußte, mußte, mußte!
»Zu keinem Betrag?«
»Zu keinem Betrag«, sagte ich. »Vergessen Sie das. Der Name gehört mir. Er verschwindet mit mir. Wenn Sie ihn gegen meine ausdrückliche Weigerung dennoch verwenden ...«
»Ja, ja, ja«, sagte Rotaug. »Sie haben es gerade nötig, hier pampig zu werden. Wir werden auch ohne Curt Corell leben können. Ob *Sie* es können, bezweifle ich. Und jetzt bitte die Wagenpapiere und die Autoschlüssel. Der Lamborghini bleibt gleich hier. Ich komme am Nachmittag mit beeideten Schätzern zu Ihnen, dann werden wir sehen, was Ihr Eigentum wert ist. Selbstverständlich

übergeben Sie mir am Nachmittag auch alle Tonbandkassetten, soweit sie im Zusammenhang mit dem letzten Fall stehen, den Sie recherchiert haben, und außerdem alle schriftlichen Unterlagen, die Sie besitzen. Haben Sie Ihr Scheckbuch bei sich?«
»Ja.«
»Rufen Sie die Bank an und lassen Sie sich den Kontostand geben. Ich höre mit dem zweiten Hörer zu.«
Ich telefonierte. Weil das Fräulein meiner Kontengruppe mich an der Stimme erkannte, bekam ich die Auskunft. Es waren rund DM 29 000 auf dem Konto – ich hatte gerade einen großen Betrag für eine Steuernachzahlung abheben müssen.
Auf den Betrag von DM 20 000 ließ der Dr. Rotaug mich einen Scheck ausstellen, den er entgegennahm. DM 9 000 durfte ich dank seiner Großmut behalten.
»Sie haben keine anderen Konten?«
»Nein.«
»Ich warne Sie. Wenn Sie lügen und wir noch ein Konto entdecken, verklagen wir Sie. Sie werden außerdem eine eidesstattliche Erklärung unterschreiben müssen.«
Ich nickte bloß.
Die Idee, schnellstens alle Kassetten zu überspielen, hatte Bertie gehabt. Er war die ganze Nacht damit beschäftigt gewesen. Hem hatte bei sich daheim Fotokopien meiner Block-Notizen gemacht.
»Wenn Ihr Besitz geschätzt ist, gehen wir morgen zu unserem Notar«, sagte Rotaug. »Obwohl es Samstag ist. Er steht zur Verfügung. Das wäre alles. Ich komme mit den Schätzern um drei.«
Damit marschierte er aus seinem Büro. Ich stand auf und ging, und keine der Sekretärinnen erwiderte meinen Gruß, und im ›Proletenbagger‹, mit dem ich wieder nach unten fuhr, vermieden die anderen Leute es auch jetzt, mich anzusehen. Ich fuhr bis in den Keller und schaute noch einmal nach meinem Lamborghini. Ich streichelte ihn kurz und ging schnell weg.
Den ganzen weiten Weg vom Verlag nach Hause ging ich zu Fuß. Es war ein kalter Tag, und die frische Luft tat mir wohl. Und noch ein Gedanke erfüllte mich mit einiger Genugtuung: In dem Penthaus, das nun das meine gewesen war, gab es einen Wandsafe. Darin bewahrte ich immer Geld und drei ungefaßte lupenreine Brillanten von insgesamt etwas mehr als vier Karat auf. Die sowie 12 000 Mark hatte ich bereits Bertie zur Aufbewahrung gegeben.
Irina hatte ›Leber portugiesisch‹ gekocht und zeigte tapfer ein

fröhliches Gesicht, und auch ich gab mich sehr heiter. Ich war es noch immer. Mächtigen Appetit hatte ich.

Punkt drei – jetzt wurde Irina von keinen Kriminalbeamten mehr bewacht – kamen die zwei Schätzer mit Rotaug. Die Schätzer waren eiskalte Burschen. Sie arbeiteten sehr schnell. Ich war nicht erstaunt, von ihnen zu erfahren, daß alles, was sie begutachteten, nur einen Bruchteil des Wertes besaß, den es gekostet hatte. Ein dritter Schätzer war bei dem Lamborghini mittlerweile auf einen Betrag von 15 000 Mark gekommen, sagte mir Rotaug. Das war eine glatte Unverschämtheit, der Wagen hatte DM 58 000 gekostet. Aber was sollte ich tun?

Mit den Schätzern nahm Rotaug eine Inventur der Wohnung auf, dann rechneten sie eine Weile, und daraufhin verkündete mir Rotaug, daß ich, nach Abzug dessen, was mir verblieb, dem Verlag noch 125 000 Mark schuldete. Die Tonbandkassetten und die Notizblocks (sie waren gottlob rechtzeitig von Hem und Bertie zurückgebracht worden) nahm er mit. Am nächsten Vormittag war ich mit ihm beim Notar, und dort unterschrieb ich folgsam die Schuldanerkennung und die Vollstreckungsunterwerfung. Auch eine eidesstattliche Erklärung, daß ich keinerlei Werte versteckt besaß oder beiseite geschafft hatte. Diese Erklärung unterschrieb ich besonders leichten Herzens.

Von allen Schriftstücken bekamen Rotaug und ich je eine Ausfertigung, eine blieb bei dem Notar, und bezahlen durfte das Ganze natürlich ich. Zwei Dinge muß ich noch erwähnen: Die Garderobe, die Mutti für Irina hatte kommen lassen, wurde nicht gepfändet, die Rechnung dafür bezahlte der Verlag automatisch ebenso anstandslos, wie immer weiter die Kosten für Fräulein Luises Aufenthalt in der Ersten Klasse der Psychiatrischen Klinik überwiesen wurden. In einem so großen Betrieb wie BLITZ gibt es so etwas: Ein kleiner Angestellter hat einmal einen Auftrag erhalten, man vergißt, den Auftrag zu widerrufen, und so tut der kleine Angestellte weiter, was man ihm gesagt hat...

Der Notar hatte seine Kanzlei im ersten Stock eines Bürohauses, und Dr. Rotaug und ich gingen zuletzt gemeinsam die Treppe hinab. Vor dem Haus wandte Rotaug sich wortlos nach links, wo sein Wagen (mit Chauffeur) parkte, und ich wandte mich nach rechts und ging zur nächsten Straßenbahnhaltestelle. So endete meine vierzehnjährige Tätigkeit als Starautor bei BLITZ. Es war, fand ich, ein durchaus würdiges Ende.

Ich kam in das Penthaus, das uns nun nur noch neun Tage gehören sollte. Ich machte sehr auf fröhlich, und Irina machte sehr auf fröhlich, und wir gaben uns zuversichtlich und sorglos. Es würde schon alles wieder gut werden. Das wäre ja gelacht gewesen, wenn es nicht wieder gutgeworden wäre, dachte ich.
Dachte ich. Bis die Nachmittagspost kam.
Da gibt es in der Bundesrepublik einen Pressedienst, der interne Nachrichten und den letzten Klatsch aus der Branche druckt. Wir alle waren darauf abonniert. Mit der Nachmittagspost kam die neueste Ausgabe. Herford mußte unheimlich schnell reagiert haben. Jedenfalls waren dieser Ausgabe des internen Nachrichten-Blattes zwei Seiten angeheftet, auf denen unter der Laufzeile ›letzte meldung‹ ein Bericht über mich stand. (Der ganze Dienst wurde in Schreibmaschinenschrift vervielfältigt.) ›Walter Roland am Ende?‹ fragte die Überschrift. Und so juristisch schlau wie das Fragezeichen war der ganze Artikel. Es wimmelte von ›so scheint es, daß . . .‹, ›offenbar stimmt es, wenn . . .‹ und ›wie wir hören . . .‹. Jeder Satz war sozusagen rechtlich abgesichert und von einer Infamie, wie ich sie nie für möglich gehalten hätte, und ich hielt doch schon fast alles für möglich in dieser Industrie. Hier hatte Rotaug sein Meisterstück geliefert.
Es schien also nach den jüngsten Ereignissen bei Blitz festzustehen, was man schon lange ahnte, worüber man schon ewig munkelte: Der Alkohol hatte meine so glanzvolle Karriere schließlich beendet. Ich war nur noch ein unzurechnungsfähiger, illoyaler, amoralischer, hemmungsloser und absolut unzuverlässiger Trinker, unmittelbar vor dem definitiven Zusammenbruch und am Ende meiner Fähigkeit, so zu schreiben wie einst. In der unverschämtesten Form hatte ich meinen Verleger beleidigt, als dieser mir die wohlmeinendsten Vorhaltungen machte, und schweren Herzens hatte sich mein Verleger daraufhin gezwungen gesehen, sich von dem ›Mann, der einst sein Star gewesen war und der jetzt nur noch eine stete Gefahr für das Erscheinen des Blattes darstellte‹, durch fristlose Entlassung zu trennen.
So ging es weiter über volle zwei Seiten. Ich las alles noch einmal und trank und dachte, daß ich nun natürlich diesen Pressedienst verklagen mußte – und Blitz natürlich auch. Aber sofort danach dachte ich daran, was ich mit einer solchen Klage, die Rotaug und der Dienst natürlich einkalkuliert hatten, erreichen konnte. Blitz mußte dem Dienst, der dauernd in den roten Zahlen hing, zweifel-

los eine ordentliche Geldspritze verpaßt und ihm jede Unterstützung für den Fall eines Prozesses zugesagt haben. Ich war ganz sicher – und diese Sicherheit gründete sich auf das Miterleben zahlloser ähnlicher Verleumdungs-Campagnen während meiner Arbeitsjahre bei BLITZ –, daß Herford selbst damit rechnete, den Prozeß zu verlieren und gezwungen zu werden, eine Gegendarstellung in einem Widerruf zu geben. Bis aber so ein Prozeß beendet war, konnten Monate vergehen, Monate, in denen die Behauptungen des Dienstes unwidersprochen blieben. Und das war Herford bei seiner Rache die Hauptsache! Auch eventuelles Schmerzensgeld war ihm egal. (Ich schuldete ihm ja genug.) Vielleicht verlor BLITZ auch gar nicht, denn was da so verteufelt geschickt behauptet wurde, war ja teilweise sogar richtig. Und selbst wenn ich gewann und die Gegendarstellung gedruckt werden mußte: Was nützte mir eine solche Gegendarstellung nach Monaten? Wer nahm Gegendarstellungen überhaupt ernst in dieser Branche? Ich war gefeuert worden, das stand fest, daran war nicht zu rütteln. Alles andere interessierte die Branche nicht. Denn es mußte schließlich einen verflucht zwingenden Grund haben, wenn Herford seinen Top-Autor fristlos feuerte.
Mir wurde klar, warum tatsächlich niemand von der Konkurrenz, warum überhaupt niemand von einer anderen Zeitung sich bisher bei mir gemeldet hatte, um zu fragen, ob ich nicht für ihn arbeiten wolle. Herfords Leute mußten das, was da in dem Intern-Bericht stand, bereits telefonisch verbreitet haben, dachte ich, zum ersten Male sehr beklommen.
Und dann, von einem Moment zum anderen, fiel er über mich her, raubte mir den Atem, ließ mich keuchend beide Hände gegen die Kehle pressen, brachte Angst, Angst, tödliche Angst, Hilflosigkeit und entsetzliche Schwäche. Ich sank in den Sessel zurück.
Er war ohne jede Warnung gekommen, der Schakal.

6

Was folgte, werde ich nicht vergessen, und wenn ich hundert Jahre alt werde. Es fing an wie immer. Ich zog mich schnellstens aus und schluckte 20 Milligramm Valium, legte mich ins Bett, legte mich ganz still auf den Rücken, und versuchte durchzuatmen und die

Beherrschung nicht zu verlieren und meine Angst dadurch zu kontrollieren, daß ich mich an die vielen ähnlichen Situationen erinnerte. Irina eilte, furchtbar erschrocken, zu mir, und mit stammelnden, abgehackten Worten sagte ich, so etwas hätte ich manchmal, es komme vom Saufen, und darum, was auch geschehe, dürfe sie keinen Arzt rufen, denn daß ich versoffen war, darüber unterhielt sich gerade die ganze Branche. Und so ein Arzt brachte mich vielleicht – völlig überflüssigerweise – in eine Klinik, und dann war es heraus, und alle konnten weise nicken, und ich bekam nie mehr einen Job. Sie war sehr voller Sorge, versprach mir aber, keinen Arzt zu holen, und da versuchte ich dann, einzuschlafen. Von Schlaf war jedoch keine Rede. Das Herzklopfen, die Atemnot und die Schwäche mit der großen Übelkeit verstärkten sich mehr und mehr, ich begann zu schwitzen (das hatte ich noch nie getan), besonders an den Innenseiten der Hände, am Kopf und auf der Brust, und diese meine schweißfeuchten Hände zitterten. Aber trotzig und entschlossen nahm ich diesmal keinen Whisky, sondern nur neuerlich 20 Milligramm Valium, und dann noch einmal zwanzig. Daraufhin versank ich in einen Schlaf voll grauenhafter Träume, an die ich mich nicht mehr erinnere, nur daran, daß ich in diesen Träumen vor Angst fast starb. Als ich wieder erwachte, saß Irina an meinem breiten Bett und wischte mir den Schweiß von der Stirn und gab mir Fruchtsaft zu trinken – und ich hatte drei Stunden geschlafen. Drei Stunden mit sechzig Milligramm Valium!
Ich wollte aufstehen. Dabei fiel ich fast um, Irina mußte mich führen. Im Badezimmer wurde mir sehr schlecht, und ich erbrach mich würgend, obwohl ich doch nichts gegessen hatte. Auf den leeren Magen wollte ich wieder Valium nehmen, aber das Röhrchen entglitt meinen Händen und zerbrach. Irina sammelte die kleinen blauen Tabletten ein und gab sie mir. Und sie brachte mich in mein Bett zurück, das sie inzwischen neu überzogen hatte, denn es war völlig durchschwitzt gewesen.
Irina.
Wann immer ich nun aus meinen gräßlichen Träumen aufschreckte, saß sie neben mir, brachte zu trinken, zu essen, bestand darauf, daß ich aß, daß ich trank. Und wenn ich es gleich wieder von mir gab! Sie führte mich – nein, jetzt schleppte sie mich schon – ins Bad und wieder zurück, und immer hatte sie in der Zwischenzeit mein Bett neu gemacht. Sie sprach kaum, aber immer lächelte sie, obwohl ich sah, daß ihr Tränen in den Augen standen.

Irina.
Ich weiß nicht, wie sie wach blieb – sie war es, so oft ich die Augen aufschlug. Sie hatte sich die Matratzen des Bettes im Gästezimmer geholt und auch Bettzeug, und die Matratzen lagen zu Füßen meines Bettes, und Irina saß stets darauf, nah, ganz, ganz nah, wenn ich zu mir kam.
Irina.
Ich kam zu mir, aber das war kein wirklicher Wachzustand, meine Sinne verwirrten sich mehr und mehr, und auch in den Momenten meines Da-Seins erlebte ich weiter die scheußlichen Geschehnisse der Träume, die mich verfolgten. Die Träume waren immer da, im Schlafen und im Wachen. Sie mischten sich mit der Realität, und so kam es, daß ich Irina manchmal anschrie und sie verfluchte und sagte, daß ich sie hasse. Sie solle verschwinden. Irina nahm das nie ernst.
Irina.
Zum Valium, das ich in lebensgefährlichen Mengen schluckte (weil ich mir sagte, daß das Dreckszeug den Schakal doch noch immer verjagt hatte!), nahm ich nun noch alle möglichen Schlafmittel. Aber die Träume wurden immer ärger, ebenso wie das Schwitzen, der Tremor und die Angst. Meine Augen funktionierten nicht mehr. Ich sah mein Zimmer bald winzig klein, bald riesenhaft groß, mein Bett stand in einer anderen als der wirklichen Richtung, so schien es mir, und alle Dinge veränderten Gestalt und Farbe, sogar Irinas Gesicht.
»Soll ich dir nicht doch Whisky bringen?« fragte sie mich einmal, irgendwann zu Beginn der Dritten Unendlichkeit, vermutlich am zweiten Tag.
»Nein«, sagte ich, und der Speichel rann mir über das Kinn. »Nein. Nein. Nein. Ich will nicht. Es muß so gehen. Der Schakal muß so verschwinden. Gib mir Valium.«
Sie gab mir Valium, aber der Schakal ging nicht weg, und mein Zustand wurde immer noch schauderhafter. Ich träumte ganze Höllen von Breughel und Dante zusammen, ach was, diese Höllen waren ein Nichts gegen meine Höllen, und wenn ich zu mir kam, ging die Hölle weiter. Ich konnte mich nun nur noch mit Irinas Hilfe bewegen, sie mußte mich stützen oder halten, auch im Bad, und sie tat es. Ich schämte mich furchtbar, aber sie zeigte nur Sorge und Leid, niemals Ungeduld oder Ekel, selbst bei den schlimmsten Dingen nicht, als ich dann Durchfall bekam und das große

Erbrechen, und als ich alles schmutzig machte. Sie machte alles wieder sauber.
Irina.
Die Träume wurden unerträglich. Ich roch den Gestank aus dem Maul des Schakals, der neben mir im Bett lag und mein Gesicht leckte, und ich würgte mich fast zu Tode.
Dann war da wieder Irina – mit Fruchtsaft oder Suppe oder etwas Weißbrot und Honig und Butter darauf. Sie gab keine Ruhe, bis ich gegessen und getrunken hatte, was immer auch danach geschah. Ich konnte nicht mehr den Unterschied zwischen elektrischem und natürlichem Licht erkennen, wußte nicht mehr, ob es Tag war oder Nacht und mußte Irina fragen.
Am Ende des zweiten Tages setzte plötzlich mein Herz aus.
Ich weiß, es setzte natürlich nicht aus, sonst wäre ich gestorben, aber das Gefühl war so, und es war das entsetzlichste Gefühl, das ich jemals erlebt hatte. Alles wurde schwarz um mich, mit weit aufgerissenem Mund wollte ich Luft, Luft, Luft, bekam keine, preßte die nassen Hände gegen die nasse Brust, und das weiß ich noch, daß sich mein Körper zusammenkrümmte und daß ich keuchte: »Hilfe ... Hilfe ... Hilfe ...«
Dann sackte ich zusammen und hatte Frieden.
Frieden. Frieden. Frieden.

7

Die nächsten beiden Tage fehlen in meinem Leben.
Ich habe sie überstanden, aber was ich von ihnen weiß, das weiß ich nur von Irina, die an meinem Bett wachte, Stunde um Stunde, die mich niemals allein ließ.
Irina sagte mir später, ich habe geschlafen in diesen zwei Tagen und Nächten, aber andauernd im Schlaf geschrien und mich im Bett hin und her geworfen. Manchmal sei ich erwacht, und dann habe sie mich ins Bad geführt oder mir zu essen gegeben oder zu trinken, ja, ich habe mich sogar, auf einem Stuhl sitzend, rasiert.
Von all dem hatte ich keine Ahnung am vierten Tag, als ich wieder zu mir kam. Aber es mußte so gewesen sein, denn ich war glattrasiert und trug einen neuen Pyjama, das Bett war sauber, und zu meinen Füßen, auf ihrem provisorischen Lager, sah ich Irina, an-

gezogen, auf den Matratzen, vor Erschöpfung eingeschlafen. Das elektrische Licht brannte. Im Moment, da ich mich bewegte, fuhr sie schon auf – und gleich darauf war ihr Lächeln wieder da.
»Was ... was ist?«
»Besser«, sagte ich, unendlich verwundert, »ich glaube, es geht mir besser.«
Sie stieß einen Jubelschrei aus, dann lief sie in die Küche, und bald kam sie mit einer leichten Mahlzeit zurück. Beim Essen und Sitzen im Bett bemerkte ich, wie schwach ich noch war, wie meine Hände zitterten, wie mir sofort wieder der Schweiß ausbrach. Aber der Schakal, das merkte ich auch, hatte sich ein wenig zurückgezogen. Ich nahm wieder eine Unmenge Valium und schlief bis zum Morgen durch – ich war um 1 Uhr früh erwacht –, und am Morgen konnte ich zum ersten Mal selber ins Badezimmer gehen, wenn ich mich auch noch an den Wänden entlangtasten und überall anhalten mußte. Meine Knie schlotterten, Schweiß rann über meinen Körper, aber ich rasierte mich im Stehen, und so wusch ich mich auch. Dann tappte ich ins Bett zurück und fiel ohne neue Mittel in einen unendlich tiefen Schlaf, in dem es keine Träume mehr gab. Diesmal schlief ich vierundzwanzig Stunden, denn als ich wieder erwachte, war es der Morgen des fünften Tages, Donnerstag, der 28. November 1968 – das Datum werde ich niemals vergessen.
Graues Licht kam durch die Fenster, das elektrische Licht im Raum brannte, und Irina war auf ihren Matratzen eingeschlafen, und sie wachte auch nicht auf, als ich mich nun erhob. Danach geschah das Wunder. Ich hatte wieder feste Beine, ich konnte gehen und stehen, mir war nicht mehr schlecht, ich schwitzte nicht mehr, mein Herz klopfte ruhig, ich bekam richtig Luft. Und ich hatte Hunger!
Ich ging ins Bad und dann in die Küche, und ich machte ein Riesenfrühstück für Irina und mich. Dann fiel mir etwas ein, während ich darauf wartete, daß das Kaffeewasser kochte.
Ich ging zur Bar und in die Vorratskammer, holte, was ich an Whisky- und anderen Schnapsflaschen fand, und alles stellte ich in das Becken des Abwaschtisches, und dann nahm ich einen großen Hammer und zerschlug die Flaschen, eine nach der anderen. Scherben und Splitter sammelte ich zuletzt vorsichtig ein. Das war das letzte Mal, daß ich mich doch noch erbrechen mußte – als ich den Alkohol roch, während ich das Zeug fortspülte. Im Bad putzte ich meine Zähne. Dabei bemerkte ich, daß jemand mich beobachtete.

Es war Irina.
»Vorüber, glaube ich«, sagte ich.
Sie rannte zu mir und warf ihre Arme um mich und gab mir viele kleine Küsse und sagte immer wieder: »Danke, danke, danke ...«
Nur danke.
Ich fragte sie nicht, wem sie dankte. Ich dankte Ihm auch.
Wir frühstückten in der Küche, und ich hatte großen Appetit, und wir lachten und alberten die ganze Zeit, und die fünf schlimmsten Tage meines Lebens waren vorbei.
Ich habe später einmal den Dr. Wolfgang Erkner gefragt, ob es so etwas überhaupt gibt. Er antwortete, so etwas gebe es wohl – wenn in einem bestimmten Stadium des fortgeschrittenen Alkoholismus schwere seelische Erschütterungen eintreten, wenn jemand aus dem gewohnten Milieu gerissen, aber auch wenn er von einem psychischen Druck befreit wird. Solche Zustände seien kaum zu Hause zu behandeln, das gehe nur selten gut.
Ich schreibe das Folgende nicht, um mich moralisch aufzuspielen oder um als Missionar zu wirken, sondern nur, weil es sonst in diesem Buch fehlen würde: Von jenem 28. November an bis zum heutigen Tage habe ich nie mehr Alkohol, in welcher Form auch immer, getrunken – keinen einzigen Tropfen Alkohol. Und der Schakal ist nie mehr wiedergekommen.

8

Hem nahm Irina und mich in seiner großen Wohnung auf.
Er gab uns zwei Zimmer – eines zum Schlafen für mich und für Irina, eines zum Arbeiten für mich. Als wir das Penthaus verließen, wachten zwei Angestellte des Verlags darüber, daß wir auch nichts mitnahmen, was auf Rotaugs Inventurlisten stand. Also nahmen wir sehr wenig mit – es ging in ein paar Koffer. Wir brachten die Koffer und meine Anzüge und Irinas Garderobe und die Bücher in Berties Wagen, einem Mercedes, zu Hem – drei Fuhren genügten. Die Wohnungsschlüssel mußte ich den Angestellten aushändigen. Dafür bekam ich neue – von Hem. Wir übersiedelten am Montag nach dem ersten Advent, und es schneite zum ersten Mal in diesem Jahr. Die Flocken waren sehr hart und blieben liegen.

Hems Wohnung war antik eingerichtet, im Schlafzimmer stand das große Doppelbett, in dem einst er mit seiner Frau geschlafen hatte. Nun schlief er am anderen Ende der Wohnung. Irina und ich blieben allein, denn Montag war Schlußtag, und Hem und Bertie hatten in der Redaktion viel zu tun. Ich wußte, daß Hem erst spät heimkommen würde. Gegen Abend wurde ich unruhig, und diese Unruhe steigerte sich mehr und mehr, denn ich dachte daran, daß ich ja nun mit Irina in einem Bett schlafen müsse. Das war ein schwieriger Gedanke. Ich sagte mir, daß wir uns liebten, daß es also natürlich gewesen wäre, es auch zu tun. Aber dann mußte ich immer wieder daran denken, daß das Kind, das Irina nun in ihrem Leib trug, doch von einem anderen Mann und nicht von mir war. Ich wollte unendlich gerne mit ihr schlafen, aber ich mußte an all das denken, was geschehen war, und als es soweit war, ließ ich Irina zuerst ins Bad gehen und ging dann selber und überlegte, daß ich ihr sagen wollte, ich könne mich beherrschen und warten, bis das Kind da war – und wenn es auch noch ein halbes Jahr dauere. Ich wußte nicht, ob ich das, Nacht für Nacht neben ihr, auszuhalten vermochte – aber dann, wenn ich es nicht vermochte, gab es ja noch eine Couch im Arbeitszimmer.

Ich ging endlich zu Irina. Sie hatte alle Lichter bis auf das neben dem Bett gelöscht, und da lag sie, vollkommen nackt.

»Komm, Walter«, sagte sie und breitete die Arme aus.

Es war dann alles so einfach und so gut und so richtig. Es war so, als ob ich noch nie geliebt hätte, und wir taten es wieder und wieder, und ich geriet vollkommen außer mir, und Irina ging es ebenso. Es war wundervoll, das, wovor ich mich so gefürchtet hatte. Es war das Wundervollste, was ich in meinem Leben jemals fühlte. Einmal, als ich mich verströmte, hatte ich das Gefühl, zu sterben, und ich dachte, daß ich gerne so gestorben wäre, aber das ging nicht, denn wir hatten ja jetzt ein Kind.

Zuletzt schlief Irina in meinem Arm ein. Ich lag noch lange wach in der Finsternis und war sehr glücklich. Dann muß auch ich eingeschlafen sein, denn als ich eine Bewegung verspürte und die Augen öffnete, zeigte die Uhr auf dem Nachttisch mit ihrem Leuchtzifferblatt drei, und Irina saß neben mir und hielt die Hände gefaltet.

»Was gibt's, Liebling?« fragte ich. »Ist dir nicht gut?«

»Mir ist ganz wunderbar«, sagte sie.

Ich setzte mich ebenfalls.

Die Lichter der Stadt draußen erleuchteten das große Fenster, dessen Vorhänge wir nicht geschlossen hatten und vor dem kleine weiße Flocken herabsanken.
»Was machst du denn?« fragte ich und legte einen Arm um sie.
»Ich habe gebetet«, sagte sie. Und schnell: »Aber ich kann nicht sagen, wofür.«
»Nein, natürlich nicht«, sagte ich.
Wir schwiegen lange, und dann sagte Irina: »Es ist nicht wahr.«
»Was ist nicht wahr?«
»Was du in Hamburg einmal gesagt hast. Daß es nur Gemeinheit gibt in dieser Welt.«
»Das habe ich gesagt?«
»Ja. Und es ist nicht wahr! Es gibt auch Freundschaft und Anständigkeit und Liebe ... Sag nichts!« rief sie. Und dann flüsterte sie: »Denn wenn es wirklich nur Gemeinheit gäbe in dieser Welt, dann lebten schon lange, lange keine Menschen mehr auf ihr. Nicht ein einziger Mensch. Und es leben doch so unendlich viele ...«
Und danach schwiegen wir wieder, und ich hielt meinen Arm weiter um Irinas Schulter, und wir sahen zu dem Fenster, vor welchem, unerschöpflich und lautlos, der Schnee fiel.

9

»Herr Roland!« Fräulein Luise strahlte mich an. »Wie gut, daß Sie wieder hier sind. Ich hab Sie schon so vermißt.«
»Ich konnte nicht früher kommen. Ich war ein paar Tage krank ...«
»Krank?«
»Nichts Ernstes. Aber dann hatte ich so viel zu tun. Sonst wäre ich schon früher gekommen.«
Ich saß Fräulein Luise gegenüber an einem Tischchen in ihrem großen Zimmer. Sie trug ein altes graues Kostüm und Pantoffel. Im Hof draußen und auf den kahlen Ästen der Kastanienbäume lag eine dünne harte Schneeschicht. Es war zu kalt, als daß es hätte weiterschneien können.
»Hat Sie denn inzwischen niemand aus dem Lager besucht?« fragte ich.
»Doch. Ja. Der Herr Pastor und Herr Kuschke, der Chauffeur, die waren da, jeder einmal. Haben mir noch ein paar von meinen

Sachen zum Anziehen gebracht. Sehr lieb, alle beide. Aber so in Eile. Viel zu tun, wissens, Herr Roland. Das war traurig. Hier bin ich doch so ganz allein. Niemand kümmert sich um mich. Denn ich hab doch keine Verwandten mehr und keine Freund.« Nach dem letzten Wort sah ich sie scharf an. Sie blieb unbewegt, sie hatte das Wort ohne Zweifel nicht in der besonderen Bedeutung, die es einmal für sie gehabt hatte, gesagt. »Und deshalb bin ich so froh, daß Sie hier sind.« Sie legte ihre kleine, alte Hand auf meine und sah mich lächelnd an.

»Wie geht es Ihnen, Fräulein Luise?«

»Ah, gut. Wirklich, sehr gut«, sagte sie. Und sie sah in der Tat sehr gut und erholt aus. »Ich bin auch glücklich darüber, daß man mich so fein untergebracht hat.« Sie neigte sich vor und senkte die Stimme zu einem vertraulichen, nein, zu einem verschwörerischen Flüstern. »Obwohl, Herr Roland, es ist hier nicht alles so, wie es scheint ...«

Das war am Nachmittag des 9. Dezember, einem Montag. Bertie hatte mir seinen Wagen geliehen, mit dem war ich nach Bremen gekommen. Ich hatte in den vergangenen Tagen wirklich viel zu tun gehabt. Zuerst waren Irina und ich zum Standesamt gegangen. Dort hatte man uns erklärt, wir dürften nur heiraten, wenn Irina vor einem Notar erklärte, daß sie noch nicht verheiratet gewesen sei, und wenn sie ein Ehefähigkeitszeugnis beibrachte. Da sie das Ehefähigkeitszeugnis nicht vorlegen konnte, mußten wir beim Oberlandesgericht ein Gesuch um Befreiung von der Beibringung eines solchen Zeugnisses einreichen. Bis dieses Gesuch positiv beantwortet wurde, verginge etwa ein Monat, sagte uns der Mann auf dem Standesamt. Es stellte sich heraus, daß Hem jemanden bei Gericht kannte, und den bat er, dafür zu sorgen, daß unser Gesuch bevorzugt behandelt wurde. Hem war geradezu verliebt in Irina. Abends saßen sie stundenlang zusammen und erzählten sich Geschichten, oder Hem spielte für Irina auf dem Cello oder Schallplatten mit Schoeck-Musik. Er zeigte ihr Farbbilder von Madonnengemälden und Madonnenskulpturen in großen Kunstbänden, die er aus seiner Bibliothek suchte. Das tat er, damit Irinas Kind so schön wurde wie die schönen Jesus-Kinder im Schoß der Madonnen auf den Bildern. Er glaubte fest daran, daß das wirkte.

Irina arbeitete inzwischen bei einem Kinderpsychologen als eine Art Mädchen für alles – von neun bis achtzehn Uhr. Als richtige Sprechstundenhilfe konnte der Mann sie nicht anstellen, aber er brauchte dringend jemanden, der ihm den ganzen Papierkram abnahm, und er zahlte prima. Irina hatte erklärt, unbedingt arbeiten zu wollen. Wenn das Kind da war, würde sie eine Weile aussetzen. Dann wollte sie weiterstudieren.

»Und im Moment brauchen wir jede Mark«, sagte sie zu mir. »Bis du einen neuen Job hast.«

Es sah nicht so aus, als ob ich einen neuen Job kriegen würde – kein Mensch meldete sich bei mir. Herford und Genossen hatten ganze Arbeit geleistet. Für die Branche war ich ein toter Mann. Ich war aber im Gegenteil sehr lebendig. Wie ein Besessener schrieb ich meine Geschichte, diese Geschichte, jeden Tag von morgens bis abends. Ich wußte nicht, was ich mit ihr anfangen sollte, ich hatte keine Ahnung, aber etwas zwang mich, zu schreiben, so schnell ich nur konnte. Ich muß damals einen sechsten Sinn gehabt haben. Als Unterlagen dienten mir die fotokopierten Blockseiten und die überspielten Tonbänder. Neben der Schreibmaschine auf dem großen Tisch beim Fenster im Arbeitszimmer stand immer der Recorder. Die Kassetten waren daneben gestapelt. Sooft Bertie Zeit hatte, kam er und setzte sich neben mich und las, was ich geschrieben hatte und ergänzte und redigierte es nach seinen eigenen Erlebnissen und Erinnerungen. Das war eine ständige Einrichtung geworden.

Am 5. Dezember erschien die erste Folge von MANN-TOTAL und das Titelbild von Max mit der Banderole über seinem Jonny. Herford hatte angeordnet, daß 100 000 Exemplare mehr gedruckt wurden – und am Montag früh war die Nummer bereits nicht mehr zu haben. Ausverkauft. Sie druckten also noch 50 000 nach. Die Geschichte war *die* Sensation der Branche. Lester hatte ganz schnell drei amerikanische Standardwerke und dazu ein schwedisches über das Thema kaufen lassen. Vier Autoren – zwei Männer, zwei Frauen – wurden zu einem Team vereinigt und verfaßten die Serie nun unter dem Namen Olaf Kingstrom. Die vier schrieben seitenweise ab, sagte Hem. Sie suchten sich einfach die saftigsten Stellen heraus. Und sie verwendeten hemmungslos Bilder aus dem Material, das die Mertzen mit ihrem Archiv heranschaffte. Sie leistete erstklassige Arbeit.

»Diese Serie ist die reinste Scheiße«, sagte Hem. »Zusammengekittet, zum Teil falsch aus dem Englischen – aus dem Schwedischen sowieso – übersetzt, die Übergänge und das, was vom Team stammt, primitiv und dumm, aber was willst du? Die Frauenkonferenz ist hingerissen, die Leser sind es auch. Das zeigt dir nur wieder einmal, daß ich recht habe mit meiner alten Rede: Auf den Stil kommt es überhaupt nicht an. Es kann etwas so beschissen geschrieben sein wie nur möglich – sobald der Inhalt interessiert, ist das egal.«

Na ja, und dieser Inhalt interessierte also Ihre Majestät die Leserin. Mir zeigte die Sache nur *meine* alte Rede: Es gibt keinen Menschen, der unersetzlich ist.

In den Kreisen von Tutti und Max erregte das Titelbild natürlich Sensation. Max sagte mir, er sei am Freitag, dem Erscheinungstag, von morgens bis abends angerufen worden – praktisch aus ganz Deutschland, auch von Leuten, die er seit Jahren nicht mehr gesehen hatte. Telegramme kamen. Man gratulierte ihm zu seiner Karriere.

»Tutti muß imma wieda weenen«, sagte Max. »Sie sagt, det hättse sich nich träumen lassn, dettse mal mit 'n richtijen Prominenten zusammen is. Privat. Und ick soll bloß nich jrößenwahnsinnich werdn, wenn mir jetzt die Weiba nochloofn in Scharen und der Fülm kommt und wat noch allet. Da kenntse ihren Max aba schlecht! Ick bleibe janz jelassen und kühl. Bei mir wirste det nie erleben – Übaheblichkeit. Wat kann ick schon für mein Dschonni? Wat is da mein Vadienst dran? Det ist einfach een Jeschenk von 'n lieben Jott, nüch?«

Beim Schreiben war ich nun immer näher an die Gestalt und die Erlebnisse Fräulein Luises herangekommen. Ich hatte bereits Passagen einfach ausgelassen, um diese Erlebnisse später einzufügen, aber nun mußte ich endlich wieder nach ihr sehen und versuchen, von ihr etwas zu hören.

Tja, und was ich dann hörte, war dieser seltsame Satz: »Obwohl, Herr Roland, es ist hier nicht alles so, wie es scheint ...«

»Was meinen Sie?« fragte ich verblüfft. »Etwas mit den Pflegern? Mit den Ärzten? Mit den Schwestern? Sind sie nicht nett zu Ihnen?«

Das Fräulein sagte: »Leise!« Und fuhr leise fort: »Nett – ah ja, das sind sie schon. Zu *mir!* Aber in den letzten Tagen, da hab ich beobachtet, daß die Schwestern und die Pfleger sich recht unschön über die Patienten im allgemeinen äußern. Vielleicht doch auch über mich? Ich hab es vielleicht nur nicht gehört ...«

»Das kann ich nicht glauben«, flüsterte nun auch ich.

»Wer weiß, wer weiß.« Das Fräulein wiegte den Kopf mit dem weißen Haar. »Außerdem hab ich feststellen müssen, Herr Roland: Zwischen diesen Leuten gibt es keine Freundschaft, keine echte. Und von den Gesetzen des höheren Lebens verstehen sie überhaupt nichts. Sind halt Leute auf dieser unserer Erde.« Sie zuckte traurig die Schultern.
»Auf unserer kleinen, elenden Erde«, sagte ich.
Sie nickte.
»Ja. Leider. Aber«, flüsterte sie, »da ist noch etwas los hier, Herr Roland.«
»Nein!« O Gott, dachte ich. Es beginnt wieder ...
»Doch, doch«, flüsterte sie eifrig. »Gestern abend,-da hab ich gehört, wie so ein großes Gerede und Gemurmel war zwischen dem Personal draußen auf dem Gang. Und in der Nacht haben sich dann welche nebenan in die Teeküche gesetzt und geredet. Ich hab es durch die Wand gehört. Und ich bin aufgestanden und auf den Gang geschlichen und hab an der Tür von der Teeküche gehorcht. Das tut man nicht, ich weiß. Aber ich hab einfach hören müssen, worüber die so geheimnisvoll reden.«
»Und worüber haben sie geredet?«
»Über den Herrn Doktor Erkner«, flüsterte das Fräulein sorgenvoll. Jetzt war ihr Gesicht blaß und sah angestrengt aus. »Immer nur über den Herrn Doktor Erkner.«
»Was über ihn?«
»Also, es war sehr undeutlich, ich hab nur wenig verstehen können.«
»Nämlich was?«
»Nämlich«, erklärte Fräulein Luise beklommen, »da haben welche gesagt, der Herr Doktor Erkner ist gar kein richtiger Psychiater. Das soll überhaupt der falsche Doktor Erkner sein.«
»Aber das ist doch ...« Ich unterbrach mich. »Und was noch?«
»Alles andere war fast unverständlich. Böses auf jeden Fall. Ich glaub, der Herr Doktor Erkner ist in Gefahr.«
»Aber nein«, sagte ich.
»Aber nein«, wiederholte Fräulein Luise. »Ja, das hat Schwester Veronika auch gesagt.«
»Wann?«
»Heute früh. Heute früh hab ich es nämlich nicht mehr ausgehalten und hab Schwester Veronika – das ist mir die liebste von allen hier – erzählt, was ich gehört hab und was ich befürcht.«

»Und?«
»Und sie hat ›Aber nein!‹ gesagt, ganz wie Sie, Herr Roland«, antwortete das Fräulein. »Und dann hat sie noch etwas gesagt.«
»Was?«
»Ich soll davon nichts dem Herrn Doktor Erkner erzählen, denn das würd die Sache nur noch schlimmer machen. Ich bitt Sie, was heißt das: Nur noch schlimmer? Also ist Herr Doktor Erkner doch von Unheil bedroht!«
Ich war sehr deprimiert. Ich hatte gehofft, das Fräulein in einer besseren Verfassung vorzufinden. Aber ein Wahn schien hier nur einem anderen – dem Verfolgungswahn – gewichen zu sein.
»Bestimmt nicht«, sagte ich, »ganz bestimmt nicht, Fräulein Luise. Sie haben sich verhört.«
»Meinens wirklich?«
»Ja! Sie haben dem Doktor doch auch nichts von allem erzählt – oder?«
»Nein. Ich ... ich hab mich dann nicht getraut.«
Gott sei Dank, dachte ich. Und Gott sei Dank wird wohl auch Schwester Veronika gedacht haben. Die versucht doch nur zu verhindern, daß das Fräulein endlos hierbleiben muß – wenn sie das auch auf sonderbare Art versucht.
»Nur Ihnen erzähl ich das«, sagte Fräulein Luise. »Nur Ihnen. Denn warum? Weil ich ein Vertrauen hab, weil ich weiß, Sie werden mich nicht verraten. Sie haben recht, vielleicht täusch ich mich da wirklich. Aber in einem täusch ich mich ganz bestimmt nicht, wenn ich das glaub.«
»Nämlich was?«
»Nämlich daß die Menschen hier gar keinen Funken Verständnis für die höheren Schichten des Lebens haben. Ja, das glaub ich unbedingt.«
Sie nickte nachdrücklich und schwieg, und eine Pause entstand.
Endlich versuchte ich es, ohne viel Hoffnung ...
»Und was meine Arbeit macht, meine Geschichte, das interessiert Sie gar nicht, Fräulein Luise?«
Ganz befangen von ihren neuen Kümmernissen antwortete das Fräulein mit einer müden Handbewegung: »Ach, die Geschichte ...«
»Ja?«
»Das ist doch etwas aus einer längst vergangenen Zeit«, sagte Fräulein Luise. »Alles schon versunken, hinunter in die Ewigkeit.

Die Zusammenhänge, Herr Roland, die Zusammenhänge zwischen allem, was da passiert ist, die werden wir doch nie wirklich erfassen, solang wir hier sind, hier auf dieser Erde. Den Sinn von allen diesen Dingen. Darum meine ich fast, es ist gar nicht gut, wenn man sich mit dem beschäftigt, was einmal gewesen und was abgeschlossen ist. Glauben Sie das nicht auch? Sie sollten es glauben!«
»Ja, kann schon sein«, sagte ich. Da war nichts zu machen. Ich unterhielt mich noch eine Weile über belanglose Dinge mit dem Fräulein, dann verabschiedete ich mich.
»Aber Sie kommen wieder, Herr Roland, ja? Bitte, kommen Sie wieder!«
Sie tat mir leid, also nickte ich.
»Wann, Herr Roland? Bald? Kommens bald, bitte! Vielleicht gibts was interessantes Neues, was ich Ihnen erzählen muß.«
Das bezweifelte ich sehr. Und damit irrte ich mich gewaltig.

10

Er hatte eine Riesenvilla in Königstein. Das liegt außerhalb von Frankfurt, aber nahe bei der Stadt. Prunkvolle Villen gibt es da. Villen, Villen, Villen. In Parks, Parks, Parks. Etwas für die ganz reichen Leute. Joachim Vandenberg mußte noch viel reicher sein, als ich gedacht hatte.
Beim Parktor – ich war mit Berties Mercedes gekommen – mußte ich klingeln. Aus einem kleinen Häuschen trat ein Mann, kam näher, fragte, wer ich sei und was ich wollte. Als er es wußte, ging er in das Häuschen zurück, und ich sah, wie er telefonierte. Er kam wieder und öffnete die Flügel des Tores.
»Herr Vandenberg erwartet Sie«, sagte der Mann. »Die Villa liegt auf dem Gipfel des Parks. Bitte fahren Sie hinauf.«
Also fuhr ich einen kurvenreichen Betonweg zwischen uralten Bäumen bergan, richtig im Kreis um einen kleinen Berg, und landete endlich vor einer Villa auf einem kiesbestreuten Parkplatz. Die Villa sah aus wie ein vornehmes englisches Landhaus.
Ich stieg aus dem Wagen, als sich die Haustür öffnete und ein Mann in einem blauen Anzug erschien – groß, beleibt, schwarzhaarig, mit einer mächtigen Nase und schlauen Augen.
»Herr Roland! Ich freue mich, daß Sie gekommen sind. Bitte, tre-

ten Sie näher.« Er reichte mir die Hand, und ich schüttelte sie.
»Nachgefahren ist Ihnen doch niemand?« fragte er.
»Nein, Herr Vandenberg. Ich habe aufgepaßt, aber nichts bemerkt.«
»Gut. Muß ja nicht jeder wissen, daß wir uns treffen, nicht wahr? Darum habe ich Sie auch zu mir nach Hause gebeten und so spät. Das Personal hat schon frei.« Er ging vor mir in die Villa hinein. Eine Frau schien er nicht zu haben, jedenfalls erwähnte er keine. Kinder auch nicht.
Das Haus war vollgestopft mit Kostbarkeiten. Wunderbare Möbel, Teppiche, Bilder, Gobelins, Vasen und Buddhas. Vandenberg schien Buddhas zu sammeln. Er führte mich in einen großen Wohnraum, in dem es sehr viele Buddhas gab und einen Kamin. Feuer brannte im Kamin, die Vorhänge waren zugezogen, seidenbeschirmte Lampen verbreiteten mildes Licht. Wir setzten uns vor den Kamin in eine große Klubgarnitur. Vandenberg rollte aus einem Wandschrank, der sich als Bar erwies, ein Wägelchen mit Flaschen heran.
»Sie trinken ›Chivas‹«, sagte er.
»Woher wissen Sie ...«
Er lachte.
»So etwas spricht sich doch herum!«
»Da hat sich aber etwas Falsches herumgesprochen«, sagte ich. »Ich trinke keinen ›Chivas‹. Ich trinke überhaupt keinen Alkohol.«
»Sagen Sie das noch mal.«
Ich sagte es noch mal.
Er sah mich verwundert und mißtrauisch an, dann zuckte er die Schultern und fragte, was ich haben wollte. Ich bat um ein Glas Sodawasser. Das reichte er mir. Er selber trank ›Chivas‹. Es machte mir nicht das geringste, zuzusehen. Vandenberg offerierte Havanna-Zigarren, gab mir Feuer für die meine, wartete, bis sie ordentlich zog und ich Sodawasser getrunken hatte, und musterte mich die ganze Zeit über aufmerksam. Eine bernsteinfarbene dicke Katze kam aus einer Ecke und sprang ihm auf den Schoß. Während unseres ganzen Gesprächs kraulte er das Tier, das ab und zu leise schnurrte, hinter den Ohren. Er sagte: »Sie haben BLITZ verlassen.«
»Hat sich das auch schon bei Ihnen herumgesprochen?«
»Natürlich«, sagte er. »Wenn es sich auch nicht herumgesprochen hat, weshalb Sie BLITZ verließen.«
»Kommt vielleicht noch.«

»Ich glaube nicht«, sagte Vandenberg und streichelte die Katze. »Nein, ich glaube bestimmt nicht, daß das noch kommt.«
»Aber Sie wissen es.«
»Aber ich weiß es.« Er lachte wieder. »Sie erinnern sich doch gewiß noch an Herrn Seerose.«
»Was ist mit dem?«
»Der wohnte auch in Königstein«, sagte Vandenberg liebenswürdig. »Ganz in der Nähe. Wir waren sehr gut miteinander befreundet – glaubte ich«, fügte er hastig hinzu, als er mein Gesicht sah. »In Wirklichkeit wußte ich nichts von ihm. Daß er nun auf und davon ist aus den bekannten Gründen ... also, ich hatte keine Ahnung! Ich hätte jeden ausgelacht, der behauptet hätte, Seerose sei ein Ostagent! Absurd die Vorstellung eigentlich, nicht?«
Ich schwieg.
»Sie finden es auch absurd«, sagte er. »Aber wer sieht schon in die Herzen der Menschen?«
Wer sieht in deines? dachte ich da, aber den Gedanken vergaß ich gleich darauf wieder.
»Seerose und ich spielten oft Golf, wissen Sie. Auch noch im November, als ... als Sie in Hamburg waren. Seerose deutete an, daß Sie eine ganz heiße Sache hätten.« Das glaubte ich nicht. Gleich darauf mußte ich es glauben. »Die Warschauer-Pakt-Staaten-Pläne. Amerikaner und Russen. Sollte die größte Story seit Bestehen von BLITZ werden.«
»Das hat er Ihnen erzählt?«
»Ja. Hatte eben Vertrauen zu mir. Freunde, die wir waren. So lange Jahre Nachbarn. Frankie habe ich auch von ihm. Ein Geschenk.«
»Wer ist Frankie?«
»Der Kater. Mein Liebling.«
»Aha.«
»Herr Roland, hören Sie zu: Ich war Seeroses Freund. Was er getan hat, entsetzt mich natürlich. Aber ich will keines Menschen Richter sein. Ich war nie ein Freund Ihres Verlegers. Er hat nach dem Krieg immer wieder versucht, meinen Buchverlag kaputtzumachen, damit er ihn selber kaufen konnte, billig, ganz billig.«
»Wozu?«
»Wollte einen eigenen Buchverlag.«
Das stimmte. Ich hatte nur nicht gewußt, daß Herford sich gerade für Vandenbergs Verlag interessierte.

»Heute bin ich viel zu groß geworden«, sagte Vandenberg. »Heute ist da nichts mehr zu machen. Aber es gab Zeiten, da hatten er und sein lieber Anwalt Rotaug mich ganz schön am Kragen – so gleich nach der Währungsreform ... Er hat das alles nicht vergessen«, sagte Vandenberg, und plötzlich schien er keine Lippen mehr zu besitzen. »Ich habe es auch nicht vergessen. Ich bin noch immer kein Freund von Herrn Herford. Ich bin ein Anhänger der alten Auge-um-Auge-Praxis, verstehen Sie?«
»Ja«, sagte ich und trank einen Schluck Sodawasser. Das Feuer im Kamin prasselte.
»Um es kurzzumachen: Ich habe gehört – fragen Sie nicht, woher oder von wem, ich kann es doch nicht verraten –, ich habe gehört, daß Sie an Ihrer Story weiterschreiben wie ein Verrückter.«
Ich schwieg.
»Stimmt doch?« fragte er und blies eine Wolke Tabakrauch aus.
»Ja«, sagte ich und sog an meiner Havanna, »es stimmt. Und?«
»Seien Sie nicht so aggressiv! Ich tue Ihnen nichts. Was ist denn los mit Ihnen, Herr Roland? Nervös?«
»Ein bißchen«, sagte ich. »Ich mag es nicht, wenn man mir Dinge nicht verraten kann.«
Darüber lachte er wieder herzlich.
»Nun passen Sie auf, Sie Mimose: Sie schreiben doch nicht nur für den Papierkorb. Sie wollen doch, daß Ihre Story gedruckt wird, nicht wahr?«
»Im Moment schreibe ich, weil ich einfach aufschreiben muß, was passiert ist. Weiter habe ich noch nicht gedacht.«
»Aber ich«, sagte Vandenberg. »Ich will, daß die Story gedruckt wird. Bei mir. Wollen Sie ein Buch für mich schreiben?«
»Ich soll ... für Sie ...«
»Ja. Für die Herbstproduktion 69. Ich möchte schon früh herauskommen damit. Sagen wir im August. Schaffen Sie das?«
»Wenn ich so weiterschreibe wie jetzt, schaffe ich das Manuskript, wenigstens die Rohfassung, in zwei Monaten«, sagte ich.
»Na also. Und dann machen wir noch die Feinfassung«, sagte er. »Ich kenne Ihre früheren Bücher. Ich habe Ihre Arbeit bei BLITZ verfolgt. Sie sind ein verflucht begabter Hund. Ich habe Vertrauen zu Ihnen. Das Ganze muß natürlich geheim bleiben. So lange wie möglich. Ich möchte, daß selbst meine Verlagsleute nichts ahnen. Eine richtige Bombe, verstehen Sie? Wenn Sie das Manuskript ab-

liefern, ist immer noch Zeit genug, Erklärungen zu geben und einen Vertrag zu schließen.«

»Ach so«, sagte ich.

Er lachte. Er schien gerne zu lachen.

»Sie glauben, ich mache Spaß, was? Will Sie reinlegen, wie? Will ich nicht. Wirklich nicht. Der Vertrag ist doch Formsache. Wir besprechen jetzt die Bedingungen, und ich lege sie Ihnen handschriftlich mit meinem Okay nieder. Als Vorschuß gebe ich Ihnen ... na, weil Sie es sind ... also sagen wir zwanzigtausend gleich und zwanzigtausend bei Ablieferung des Manuskripts. Paßt Ihnen das?«

»Wirklich wunderschöne Buddhas haben Sie, Herr Vandenberg. Ich verstehe ja nichts davon, aber Sie könnten mir bestimmt über jedes einzelne Stück eine Geschichte erzählen.«

»O ja, das könnte ich«, sagte er und goß wieder Whisky in sein Glas. »Aufregende, mysteriöse Geschichten. So aufregend und mysteriös, wie Ihre Geschichte ist. Also abgemacht?«

»Herr Vandenberg«, sagte ich, »diese Story habe ich noch im Auftrag von Blitz recherchiert. Blitz hat dafür bezahlt. Ein Fotograf von Blitz hat mitgearbeitet. Wir waren in New York. Die Rechte an dieser Geschichte liegen bei Blitz. Da ist nichts zu machen.«

»Ja«, sagte er. »Und darum schreiben Sie wie ein Verrückter weiter.«

»Wie meinen Sie das?«

»Wollen Sie sagen, daß Ihnen eben jetzt zum ersten Mal der Gedanke kommt, die Rechte an Ihrer Story könnten bei Blitz liegen und da wäre nichts zu machen?«

»Nein«, sagte ich langsam.

»Sondern Sie dachten was?«

»Ich dachte ... ich weiß nicht ... ich dachte ...« Dieser Vandenberg beeindruckte mich sehr. Ich wußte noch nicht, ob er mich positiv oder negativ beeindruckte. Auf alle Fälle war das eine Persönlichkeit. »Ich dachte, es ließe sich ein Weg finden, trotz allem, die Story unterzubringen und drucken zu lassen.«

»Na also«, sagte Vandenberg. »Was soll dann das Theater? Wollen Sie mehr Vorschuß?«

»Nein. Nur ... nur ... ich wüßte nicht, wie man die Rechte bekommen könnte. Blitz will die Geschichte unter allen Umständen verschweigen.«

»Und ich will sie unter allen Umständen drucken. Hören Sie zu:

Zerbrechen Sie sich nicht den Kopf über die juristische Seite dieser Sache. Schreiben Sie so schnell Sie können Ihre Story. Um alles andere kümmere ich mich. Ich werde die Erlaubnis, die Story zu veröffentlichen, von Herford bekommen – nach gütlicher Einigung oder nach einem Prozeß.«

»Und wenn Sie den Prozeß verlieren?«

»Ich verliere ihn nicht.«

»Herr Vandenberg, wenn Sie wissen, was das für eine Geschichte ist, dann wissen Sie doch auch, mit wem Sie sich da anlegen – *außer* mit Herford!«

»Das weiß ich genau.«

»Und Sie haben keine Angst?«

»Das ist das einzige, was ich in meinem ganzen Leben noch nie gehabt habe«, sagte Joachim Vandenberg. Ich muß gestehen, daß es mich schon mächtig beeindruckte, denn er sagte es ruhig und lächelnd, und ich glaubte ihm. Dann fügte er hinzu, ruhig und lächelnd: »Wobei ich Ihnen anständigerweise noch sagen will, warum ich so guten Mutes bin. Ich weiß auch ein paar Sachen, die nicht unbedingt an die Öffentlichkeit kommen sollen – über Herford und über die anderen Herrschaften, die eine Publikation verhindern wollen.« Er zuckte die Schultern. »Hier ist mein Angebot. Take it or leave it. Sie werden von niemandem sonst eines bekommen, glauben Sie mir. Ich bin absolut sicher, die Geschichte drucken zu können. Ich bin aber auch nur ein Mensch. Wenn ich viel Pech habe, muß ich von dem Vertrag zurücktreten. Dann können Sie die Story für alle Zeiten vergessen. Dann ist sie wirklich undruckbar. Ich sehe eine Chance von neunundneunzig zu eins, daß sie gedruckt wird. Genügt Ihnen das?«

»Ja«, sagte ich.

Danach unterhielten wir uns über die Vertragsbedingungen, und Vandenberg schrieb sie tatsächlich mit der Hand auf einen Bogen Papier, den wir beide unterzeichneten. Dann schrieb er das Ganze noch einmal ab, und wir unterzeichneten wieder. Jeder bekam einen Bogen.

Als ich Joachim Vandenberg verließ, war es lange nach Mitternacht. Der Mann aus dem kleinen Häuschen unten beim Parkeingang hatte schon das Tor geöffnet, als ich mit Berties Wagen eintraf. Vandenberg mußte ihn angerufen haben. Ich gab dem Mann zwanzig Mark Trinkgeld – wie in den guten alten Zeiten. Ich hatte auch einen Barscheck über zwanzigtausend Mark in der

Tasche. Und Joachim Vandenberg beeindruckte mich eindeutig positiv, das wußte ich nun auch. Trotzdem stand ich am nächsten Morgen vor der Bank, auf die der Barscheck ausgeschrieben war, und wartete, daß sie öffnete. Ich stürmte als erster zu einem Schalter, legte den Scheck vor und schrieb auf die Rückseite einen falschen Namen, wie mit Vandenberg abgemacht. Als mir dann, etwas später, das Geld ausgezahlt wurde, mußte ich mich auf einen Ledersessel der Schalterhalle setzen, denn meine Knie gaben plötzlich nach. Ich hatte Geld. Ich hatte einen Verleger. Ich hatte wieder Glück. Ja, dachte ich, von nun an hatte ich wieder Glück. Angestellte und Kunden sahen mich beunruhigt an. Denn ich saß da und blätterte immer wieder ein Paket mit zweihundert Hundertmarkscheinen durch und lachte wie ein Verrückter. Ich bemerkte, daß mich alle anstarrten. Aber ich mußte einfach lachen.

11

»Es ist etwas ganz Wunderbares geschehen«, sagte Fräulein Luise. Sie zeigte einen glücklichen, verklärten Gesichtsausdruck, während sie an meiner Seite durch den Park des Krankenhauses ging. Sie trug ihre alten Stiefeletten, den alten schwarzen Mantel, einen Schal, einen kleinen schwarzen Hut auf dem weißen Haar und schwarze Wollhandschuhe. Der wenige Schnee, der bisher gefallen war, glitzerte. Schwarz standen die Bäume im Park. Ich sah keinen anderen Menschen. Die Luft war sehr rein und würzig. Fräulein Luise hatte mich gebeten, mit ihr in den Park zu gehen. Sie durfte das jederzeit, sie war mittlerweile so etwas wie eine Vertrauensperson der Klinik geworden, und außerdem hatte sie eine Aufgabe übertragen erhalten, wie ich hörte.
»Etwas Wunderbares? Was denn?« fragte ich. Auf geheimnisvolle Weise fühlte ich mich immer wieder zu Fräulein Luise hingezogen, und trotz des ergebnislosen letzten Besuches war ich nun, eine knappe Woche später, wiedergekommen.
»Gleich, gleich«, sagte das Fräulein. »Der Reihe nach, Herr Roland. Schauens doch, ist der Park nicht schön?«
»Sehr schön«, sagte ich. Diesmal war ich mit dem Flugzeug gekommen, es war elf Uhr vormittags, und von einem farblosen Himmel schien eine fahle Sonne.

»Das findet auch der Herr Professor«, sagte das Fräulein, an meiner Seite rüstig ausschreitend.
»Was für ein Professor?«
»Leglund heißt er. Ach, Herr Roland, das ist ein Mensch! So was von höflich, so was von gütig!« Sie sagte vertraulich: »Wissens, ihm ist die große Gnade gegeben, daß er bereits bei Lebzeiten auch in der anderen Welt leben kann.«
»Aha«, sagte ich.
»Ja. Schon ein alter Herr. Sechsundsiebzig wird er. Schwach und sieht schlecht, und die Beine tuns auch nimmermehr so richtig. Da war also seine Tochter da vor ein paar Tagen – sie ist verheiratet und wohnt in Baden-Baden –, und der Herr Professor hat uns bekannt gemacht und gesagt, daß wir uns beide so gut verstehen. War ich sehr stolz, denn der Herr Professor ist einmal ein ganz berühmter Arzt gewesen, selber Psychiater, wissens, Herr Roland, und ich unterhalt mich so herrlich mit ihm, immer. Der ist anders als alle die anderen hier. Das ist ein wahrhaft guter Mensch, das hab ich gleich erkannt, wie ich ihm zum ersten Mal begegnet bin. Es klingt blöd und geschwollen, aber ich glaub es wirklich: Der Herr Professor Leglund ist ein Begnadeter.«
»Was heißt das?« fragte ich. Große schwarze Vögel flogen kreischend über uns hinweg.
»Der Herr Professor, der versteht mich, wenn ich so meine Gedanken sag. Der weiß, daß die menschliche Existenz vielschichtig ist und daß das hier nur ein kleines, armseliges Bissel ist von dem unendlichen Weltall. Er ist ja so gescheit! Manche Sachen, die er mir sagt, also die versteh ich gar nicht.«
»Zum Beispiel?«
»Na, wenn er zum Beispiel so redet von einem ›Ich‹ und einem ›Über-Ich‹ ...« Das Fräulein lachte. »Ich bin nur ein dummes Weib. Aber mit mir unterhält sich dieser große Mann, dieser Begnadete, der auch weiß von dem anderen Leben, von dem herrlichen, das uns bevorsteht ...«
Während wir über einen Pfad wanderten, schwärmte das Fräulein weiter. Professor Leglund liebte den Park, erfuhr ich. Am liebsten hatte er einen großen Teich, den es da gab. Früher war er immer dorthin gegangen, jetzt war ihm das nicht mehr möglich – allein. (»Ist zu unsicher auf die Füß, wissens ...«) So hatte Fräulein Luise sich erbötig gemacht, immer am Nachmittag mit dem alten Herrn spazieren zu gehen – zu seinem geliebten Teich. Die Ärzte,

das Personal und vor allem die Tochter des Professors waren überglücklich. Jemand kümmerte sich endlich um den hilflosen Patienten!
»... die Tochter, also die gibt mir sogar Geld dafür, daß ich mit dem Herrn Professor spazieren geh«, erzählte das Fräulein. »Ist das nicht ein Wunder? Mein Geld, das ist doch verschwunden, nicht? No, und jetzt bringt die Tochter es mir wieder! Wissens was? Ich spar alles! Im März hat der Herr Professor Geburtstag. Da kauf ich ihm ein schönes Geschenk... Schauens, da ist er schon, der Teich!«
Es war ein ziemlich großes Gewässer, auf dem verfaultes Laub schwamm. Vor uns gab es einen schmalen Steg aus Holz, der auf eine Insel im Teich hinüberführte. Fräulein Luise ging sicher und rasch voraus. Ich folgte. Die Insel war klein, mit Sträuchern bewachsen, und auf ihrem höchsten Punkt stand eine Bank.
»Hier ist dem Herrn Professor sein Lieblingsplatz! Hier ist er immer besonders glücklich. Spazieren gehen tun wir hier immer und haben unsere wunderschönen Gespräche«, sagte Fräulein Luise. Sie sah mich mit leuchtenden Augen an.
»Was ist denn?«
»Gestern nachmittag hat sich der Herr Professor nicht wohl gefühlt, und so bin ich allein hergegangen um vier oder später, es hat schon angefangen zu dämmern. Und da ist mir etwas ganz Freudiges widerfahren, Herr Roland.« Sie ergriff meinen Arm und sprach sehr eindringlich. »Aber das dürfen nur Sie wissen! Und Sie dürfen es niemandem erzählen! Denn sie haben mir gesagt, ich muß schweigen. Wenn ich nicht schweig, werd ich dafür büßen müssen.«
»Wer?« fragte ich und fühlte mein Herz klopfen. »Wer hat das gesagt, Fräulein Luise?«
»No, meine Freund«, antwortete sie. »Sehens, Herr Roland, nur die Toten sind treu!«

12

»Luise...«

»Luise...«

»Luise...«

Verweht zuerst, dann immer deutlicher klangen die Stimmen an das Ohr des Fräuleins, das auf der Insel zwischen den Sträuchern stand und in die Dämmerung blickte.

»Wir grüßen das Mütterchen...« Das ist der Russ, dachte das Fräulein, und sie war ganz benommen vor Seligkeit.

Ihre Freunde! Ihre Freunde! Sie sah sie natürlich nicht, aber sie hörte sie, sie hörte sie wieder! Ihre Freunde waren wieder da!

»O, ist das schön!« flüsterte das Fräulein. »Ich grüß euch auch, ich grüß euch alle, ihr Lieben. Und ich dank euch, daß ihr wieder bei mir seids!«

»Wir sind wieder bei Luise, ja.« Das ist der Franzos, dachte das Fräulein.

»Wir mußten ja wiederkommen«, sagte die Stimme des Polen. »Denn Luise gehört doch zu uns. Sie muß uns vertrauen!«

»Uns...«

»Uns...«

»Uns...«

Drei Stimmen sagten das – die des Amerikaners, die des Holländers, die des Standartenführers.

»Ich vertraue euch ja«, flüsterte das Fräulein. »Euch, nicht den Ärzten hier...«

»Das ist auch richtig so«, erklang die Stimme des Tschechen. »Die Ärzte hier, sie meinen es wirklich gut. Aber sie sind nur Lebende. Sie durchschauen die Dinge nicht wirklich. Sie sehen nur ein eng begrenztes Feld, trotz ihrer guten Absichten.«

Die Stimme des Zeugen Jehovas erklang: »Wir haben die höhere Einsicht. Luise soll zu uns gehören! Und sie soll uns folgen!«

»Uns folgen...«

»Uns folgen...«

»Uns folgen...«

»Das will ich ja«, flüsterte das Fräulein mit Tränen in den Augen. »Das will ich doch so sehr, meine Freund...«

Die Stimme des Franzosen: »Die Ärzte hier, diese armen Menschenwesen, wir bedauern sie. Sie sind so beschränkt in ihrem Wissen.«

Die Stimme des Studenten: »Du gehörst nicht hierher, Luise ...«
»Ja, das weiß ich«, sagte das Fräulein, und ihr Herz schlug mächtig, da sie die Stimme ihres Lieblings vernahm, der so weitersprach: »Du gehörst zu uns, Luise. Du bist auserwählt.«
»Auserwählt, ich?« stammelte das Fräulein.
»Ja«, erklang die Stimme des Studenten. »Du bist eine von uns, und bald wirst du ganz bei uns sein, ganz!«
Die Stimme des Holländers: »Luise, sie höre: Wir sind es, die dem göttlichen Wesen näherstehen. Darum folge sie uns, darum glaube sie uns – und nicht den Irdischen.«
Die Stimme des Russen: »Das Mütterchen muß glauben, daß es richtig ist, was wir tun, und daß richtig war, was wir getan haben.«
Die Stimme des Ukrainers erklang: »Luise hat schreckliche Erlebnisse gehabt.«
»Und es scheint ihr, als ob alles schrecklich ausgegangen sei«, setzte die Stimme des Norwegers fort. »Doch das scheint nur ihr so. Das scheint nur den Lebenden so. In Wahrheit ging alles gut aus.«
»Ja? Wirklich? Aber ...« Das Fräulein konnte nicht weitersprechen.
»Und wenn für Luise etwas schlecht ausgegangen ist, dann nur deshalb, weil sie sich irreführen ließ durch falsche Freunde«, erklang die Stimme des Amerikaners.
»Falsche Freund«, sagte das Fräulein mit einem tiefen Seufzer, »ja, das war es, die falschen Freund ...«
»Du bist noch verwirrt«, erklang die Stimme des Studenten. »Bei uns ist alles klar. Wenn du erst bei uns sein wirst, wirst du sehen, daß alles seinen guten Weg ging ...«

13

»Das also haben sie gesagt, meine Freund«, erzählte Fräulein Luise, neben mir auf der kleinen Insel im Teich stehend, tief bewegt. »Wir haben noch lang miteinander gesprochen, bis es fast ganz finster war und ich zurück hab müssen ins Haus. Aber sie sind wieder da, Herr Roland, sie sind wieder da!«
»Ja, und das ist freilich eine große Freude für Sie«, sagte ich, zugleich froh und traurig. Froh, weil ich nun erwarten durfte, daß das Fräulein sich bald an alles erinnern würde, was sie erlebt hatte,

und daß ich es von ihr erfahren konnte. Traurig, weil nun feststand, daß sie wieder in ihren alten schizophrenen Zustand zurückgeglitten war.
Eine Glocke drüben in dem großen Gebäude begann zu läuten.
»Jetzt gibts Mittagessen«, sagte das Fräulein. »Jetzt muß ich hin.« Sie trippelte schon über den schmalen Steg an Land. Ich folgte. Wir gingen schnell durch den Park. Der Teich lag nicht sehr weit von der Klinik entfernt. Fräulein Luise verabschiedete sich von mir vor dem Eingang zur Privatabteilung. Sie öffnete die Tür von außen mit der Klinke und zeigte mir, daß sich der Knopf an der Innenseite drehen ließ und so auch öffnete.
»Wer das weiß, der kann immer hinaus«, sagte sie lachend. »Niemand denkt zuerst daran, daß so ein Knopf sich drehen läßt, am wenigsten die armen Verwirrten, die es hier manchmal gibt. Die rütteln nur und kriegen die Tür nicht auf. Ich darf ja auch jederzeit kommen und gehen, das hat man mir längst erlaubt.« Wieder läutete die Glocke. »Ich muß in den Speisesaal, Herr Roland«, sagte Fräulein Luise. »Sie sehen es nicht gern, wenn man unpünktlich ist. Und nach dem Essen haben wir Ruhestunde.«
»Ich muß auch fort«, sagte ich.
»Aber bitte kommen Sie bald wieder.« Das Fräulein gab mir einen tiefen Blick. »Jetzt werd ich Ihnen nämlich sehr bald wichtige Dinge zu berichten haben.«
»Ich komme in ein paar Tagen«, sagte ich, und dann verabschiedeten wir uns, und sie eilte den Gang der Privatstation hinab, fröhlich und auf einmal graziös wie ein junges Mädchen, und sie drehte sich immer wieder um und winkte, und ich winkte zurück, bis sie verschwunden war. Dann sagte ich mir, daß es einfach meine Pflicht sei, und ging schweren Herzens zu dem Arbeitszimmer von Dr. Erkner, vor dem ein paar Menschen wartend saßen. Ehe ich mich ebenfalls setzen konnte, öffnete sich die Tür, und ein junger Arzt mit überlangem blondem Haar und einem Kinnbart kam heraus.
»Sie wollen zu Doktor Erkner?« fragte er. Er hatte eine hochmütige Stimme. Alles war hochmütig an ihm. Hochmütig und forsch und überheblich. Er war groß, schlank, blauäugig und trug eine goldgefaßte Brille.
»Ja«, sagte ich.
»Doktor Erkner ist sehr überlastet, wie Sie sehen. Alle diese Leute. Kann ich Ihnen helfen? Worum handelt es sich?«

Ein Arzt ist immerhin ein Arzt, dachte ich und sagte: »Um eine Patientin der Privatabteilung.«
»Ich bin der Stationsarzt der Privatabteilung«, erklärte der Langhaarige, Bärtige. Er schnarrte ein wenig beim Sprechen. »Germela. Doktor Germela.« Er nahm meinen Arm und zog mich mit sich fort in eine Fensternische. »Um welche Patientin handelt es sich? Sie können mit mir sprechen. Ich habe die Verantwortung für die Privatabteilung.« Und wenn das keine Übertreibung ist, dachte ich. Der Mann war höchstens so alt wie ich. In der Privatabteilung Dienst tat er vielleicht. Mehr nicht. Aber er war Arzt, immerhin war er Arzt. Ich unterdrückte meine Aversion und erzählte ihm alles, was ich gerade mit Fräulein Luise erlebt hatte. Er hörte zu und nickte dabei von Zeit zu Zeit und lächelte mich überheblich an, und dann sah er überhaupt nur noch aus dem Fenster in den Park hinaus. Zweimal summte er ein bißchen.
»Ist das alles?« fragte er, als ich endlich schwieg.
»Ja«, sagte ich. »Und ich denke, es genügt.«
»Lieber Herr Roland«, sagte der Dr. Germela, »ich denke auch, das genügt. Wenn ich es auch anders denke als Sie.«
»Wie denken Sie es denn?«
»Nun«, sagte er, »ich will Ihnen nicht zu nahe treten, lieber Herr Roland. Ihre Besorgnis in Ehren, gewiß, gewiß. Aber meinen Sie nicht, daß wir hier besser verstehen, mit Kranken umzugehen und sie zu beurteilen, als Sie das können?«
»Ich will Ihnen ja nur erzählen, daß ...«
»Meinen Sie nicht, daß sich jeder von uns um das kümmern sollte, was sein Gebiet ist? Ich schreibe auch keine Illustriertenserien, hahaha! Also würde ich doch vorschlagen, daß Sie sich nicht in unsere Arbeit mischen. Lassen Sie Fräulein Gottschalk ganz unsere Sorge sein. Sie ist eine der besten Patientinnen.«
»Besten Patientinnen!« sagte ich wütend. »Und die Stimmen, von denen sie sprach?«
Er sagte, sofort scharf: »Hören Sie mal zu, lieber Herr Roland. Sie kommen hierher, ein paarmal schon. Sie sind Reporter. Sie fragen Fräulein Gottschalk beharrlich nach Geschehnissen der Vergangenheit, über die Sie Bescheid wissen wollen ...«
»Das habe ich nicht getan!«
»... und verwirren sie und provozieren längst verschwundene Wahnvorstellungen, lassen diese wieder auftauchen«, sprach Germela weiter, »und wenn es dann soweit ist und die Patientin in

ihrer Irritation Fehler begeht, kommen Sie zu mir und regen sich auf darüber, daß sich ihr Zustand verschlechtert hat!«

»Hören Sie ...«, begann ich, aber der Langhaarige war in Fahrt, er ließ sich nicht unterbrechen: »Die Patientin ist mittlerweile so gut angepaßt und derartig eng in unsere therapeutische Gemeinschaft integriert, daß von einem Rückfall überhaupt keine Rede sein kann!«

Du junger Trottel, dachte ich, und dann dachte ich an das, was die Stimmen ihrer Freunde Fräulein Luise über die wohlmeinenden, aber leider so sehr beschränkten Ärzte gesagt hatten, und war voller Bewunderung für das Fräulein, das ja dies alles, Freunde und Stimmen, in ihrem Gehirn produzierte, nur dort. Ich sagte unwirsch: »Was heißt ›in unsere therapeutische Gemeinschaft‹?«

»Ja«, fragte der Langhaarige im weißen Mantel und fuhr sich mit einer Gebärde durch den blonden Bart, als wolle er damit deutlichmachen, daß er seinerseits mich für den letzten aller Idioten hielt, »lieber Herr Roland, im Ernst, haben Sie denn noch nie etwas von der Demokratisierung der Psychiatrie gehört?«

»Nein«, sagte ich.

»Da muß ich mich aber sehr wundern. Ausgerechnet ein Mann der öffentlichen Meinung! Das ist eine längst überfällige Reform. Patienten, Personal und Ärzte bilden ein demokratisches Gemeinwesen, in dem jeder die gleichen Rechte und die gleichen Pflichten und die gleiche Verantwortung hat. Wir, die Ärzte, müssen uns damit abfinden, daß wir um nichts mehr Rechte besitzen als unsere Kranken. Das ist doch wohl nur selbstverständlich. Oder?«

Ich schwieg und sah ihn an.

»Oder?« fragte er wieder.

Ich zuckte die Schultern.

»Anderer Meinung, wie? Sind hier noch viele. Da mußte erst die junge Generation kommen, um das in Schwung zu bringen, ich sehe es wieder. Die Zeiten ändern sich, lieber Herr Roland. In dieser Anstalt wird bereits der Plan eines Patientenparlaments diskutiert, jawohl! Beziehungsweise der Plan eines allgemeinen Parlaments, in dem jeder seine Stimme hat, jeder gleich viel Einfluß, und in dem Mehrheitsentscheidungen getroffen werden – von kranken Patienten, vom Klinikchef, von dem Pfleger und von der letzten Putzfrau.« Er übersah, daß ich heftig zusammenzuckte. So rückständig waren sie bei BLITZ gar nicht, dachte ich. Und was die Irrenhaus-Atmosphäre anging, war sie auch die gleiche.

»Ja«, sagte Dr. Germela, der mein Schweigen mißdeutete, »nun sind Sie doch beeindruckt, wie? Wir leben im zwanzigsten Jahrhundert, lieber Herr! Neue Zeit, neue Methoden! Wir müssen den Mut haben, uns mit unseren Patienten auf dieselbe Stufe zu stellen! Gewiß, viele sind dagegen, auch in dieser Klinik, ich sagte es schon. Aber wir werden sie überzeugen, jawohl, das werden wir!« Er klopfte mir auf die Schulter. »Lassen Sie nur. Wenn Sie wüßten, wie gut Fräulein Gottschalk all diese Neuerungen bekommen! Zum Beispiel: Wir haben da diesen alten Herrn, den sie betreut.«

»Professor Leglund?«

»Ja, Leglund. Was meinen Sie, wie der ihr hilft, und sie ihm und uns durch ihren Einsatz!«

Er war mir zum Kotzen, aber was er sagte, begann mich zu beeindrucken. Schließlich konnte er mir ja keine Märchen erzählen. Vielleicht war ich wirklich ein altmodischer Narr, und hier praktizierte man ganz neue Methoden, die gut und richtig waren.

»Sie meinen, indem sie sich um ihn kümmert?«

»Das meine ich. Professor Leglund war ein großer Psychiater. In Breslau. Jetzt dement. Absolut dement. Glaubt, er lebt noch unter dem Kaiser. Hat keine Ahnung, wo er sich befindet. Verwechselt Zeit und Raum. Nur sein Fachwissen ist ihm bruchstückhaft in Erinnerung. Wenn wir ihn allein bis zu seinem geliebten Teich gehen ließen – er fände nie zum Haus zurück. Und wenn er heute hingeführt wird, dann meint er bei der Rückkehr, das sei vor zwanzig Jahren geschehen. Um eine so trostlose und mitleidheischende Ruine eines einstmals großen Geistes bemüht sich unser Fräulein Gottschalk – es ist nicht nur das Spazierengehen. Es sind ihre Gespräche, ihre Zuneigung, ihre Verehrung für Leglund, es ist ihre Fröhlichkeit, ihr Lebensmut, ihr Optimismus, der dem Mitpatienten hilft. Die Kranken nehmen der Kranken Hand«, sagte er feierlich. »Was für ein Bild, nicht wahr?«

Ich schwieg und dachte, daß dies wirklich ein schönes Bild war. Und viele Männer trugen lange Haare. Und das mit meiner Aversion war Dummheit. Dieser junge Mann da wußte schon, wovon er redete. Ich hatte vielleicht durch mein bloßes Erscheinen Vergangenes in der Seele des Fräuleins aufgerührt, vielleicht, wer konnte das sagen, war ich schuld an dem, was ich für einen Rückfall gehalten hatte und was nach Germelas Ansicht durchaus keiner war. Vielleicht ging es dem Fräulein wirklich glänzend. Oder

jedenfalls so, wie es einem nach Genesung von einer uralten Schizophrenie eben geht ...
»Na, überzeugt und beruhigt?« fragte Germela lächelnd.
Ich lächelte auch ein wenig – wider Willen.
»Sehen Sie«, sagte er. »So bleiben wir gute Freunde. Sie haben Ihre Aufgabe, wir haben unsere. Wir mischen uns nicht in Ihre Schreiberei, Sie mischen sich nicht in die Psychiatrie. Sie beunruhigen das Fräulein nicht. Dann können Sie sie weiter besuchen, so lange Sie wollen und so oft Sie wollen. Aber nur dann, lieber Herr Roland, nur dann. Andernfalls müßte ich diese Besuche unterbinden. Habe ich mich klar ausgedrückt?«
»Vollkommen«, sagte ich.
»Und Sie sind einverstanden?«
»Einverstanden«, sagte ich. Diese Burschen mußten schließlich wissen, was sie taten, dachte ich. Sie hatten's ja studiert.

14

Wir heirateten am Freitag, dem 20. Dezember, um 11 Uhr, auf dem Standesamt. Das Oberlandesgericht hatte ein Einsehen gehabt und auf Hems Fürsprache hin die Befreiung von der Beibringung des Ehefähigkeitszeugnisses für Irina in Rekordzeit erledigt. Danach war unser Aufgebot noch eine Woche lang öffentlich ›ausgehängt‹ worden. Und dann hatten wir es also erreicht.
Bertie holte uns in seinem Mercedes von Hems Wohnung ab. Es war ein sonniger, frostiger Tag, auf den Wiesen des Grüneburg-Parks lag Reif. Wir Männer trugen alle dunkle Anzüge, Irina trug ein schwarzes Kostüm, das noch Muttis Leo ihr empfohlen hatte, dazu ihren schwarzen Wollmantel mit dem Nerzbesatz und die schwarzen Lackpumps und die Kroko-Tasche, die aus Hamburg stammten. Unerklärlicherweise waren auch diese Kleidungsstücke nicht von Herford zurückgefordert worden, obwohl ich sie doch mit seinem Geld erworben hatte. Vielleicht wußte er nichts davon oder hatte andere Sorgen.
Bertie brachte einen Blumenstrauß für Irina mit, der ihr Psychologe den Tag freigegeben hatte, und so fuhren wir los. Wir mußten ein wenig warten, zwei Paare wurden vor uns getraut. Irina war sehr blaß und sehr schön, und ihre Hände, die ich in meinen zu

wärmen suchte, während wir auf einem Gang warteten, waren eiskalt. Endlich kamen wir an die Reihe. Ich hatte gebeten, von jeder Art musikalischer Untermalung abzusehen, also war der Platz hinter dem kleinen Harmonium leer. Der Standesbeamte, ein älterer Mann, lächelte Irina ermutigend zu, denn sie machte einen sehr verschreckten Eindruck. Wir saßen in der ersten Reihe, und der Standesbeamte sprach kurz und einfach, und er sagte ein paar schöne Sätze. Einige davon habe ich mir gemerkt, und ich schreibe sie hier auf.

»Wenn ich sage«, sprach der nette Standesbeamte, »daß ich Ihnen alles Glück in Ihrem Lebensbund wünsche, dann muß ich hinzufügen, daß Glücklichsein, sich innerlich glücklich fühlen, eine Gabe des Schicksals ist und nicht von außen kommt. Man muß sich das Glück, wenn es dauern soll, immer von neuem selber erkämpfen. Kein Grund zur Trauer! Denn jeder Mensch kann sich sein Glück selber erkämpfen. Um so leichter kann er es, wenn ein anderer ihm dabei hilft. Darum ist es die Verbindung von zwei Menschen, die ihrem gemeinsamen Leben den Wert gibt.« Irina tastete nach meiner Hand, und ich versuchte wieder, sie zu wärmen. Der Standesbeamte sagte noch: »Man sollte einsehen, daß niemand vollkommen glücklich sein kann. Das ist wahrscheinlich der beste Weg, einem vollkommenen Glück so nahe wie möglich zu kommen. Wer sich selber richtig erkennt und einschätzt, vermag sehr bald auch seinen Partner und alle anderen Menschen richtig kennenzulernen. Es ist eine reine Frage der Zurückstrahlung. Und darum, liebes Brautpaar, ist dauerndes Glück nur in der Aufrichtigkeit zu finden ...«

Dann erhoben wir uns alle und unterschrieben die Trauurkunde, und Bertie und Hem unterschrieben als Zeugen, und ich griff in die Jackentasche und holte ein Etui hervor, dem ich einen Ring entnahm. Es war ein schmaler Reif aus Platin, mit winzigen Brillanten besetzt. Irina sah mich fassungslos an, als ich ihr den Ring an den Finger streifte, denn wir hatten doch vereinbart, keine Ringe zu tragen, und sie besaß also keinen für mich. Ich wollte auch auf keinen Fall einen tragen. Aber ich hatte gemerkt, wie sehr Irina sich einen Ring wünschte, und so war ich zu einem Juwelier gegangen und hatte mein goldenes Feuerzeug verkauft und dafür diesen Ring genommen und noch etwas daraufgezahlt. Hem wußte es. Ich rauchte jetzt viel weniger, also konnte ich ruhig Streichhölzer verwenden.

»Wo hast du den Ring her?« flüsterte Irina.
»Psst«, sagte ich, »gestohlen natürlich. Kein Aufsehen hier, um Gottes willen!«
Im Wagen, als wir zum ›Frankfurter Hof‹ fuhren, sagte ich Irina, die nicht lockerließ, dann die Wahrheit, und sie weinte ein wenig, aber vor Freude, sagte sie, vor Freude, denn ich sagte: »Ich habe dem Juwelier auch noch den silbernen Whisky-Flacon dazugegeben.«
Das war eine Lüge, Bertie und Hem wußten es. In Wahrheit hatte ich den Flacon von der Friedensbrücke hinab in den schmutzigen Main geworfen – am Tag vor der Hochzeit. Es war so eine Art Versuch, den lieben Gott zu bestechen, wissen Sie. Ich bin doch wahnsinnig abergläubisch. Und ich dachte, wenn ich nun nicht mehr trank und den verfluchten Flacon fortwarf, würde Irina eine leichte Geburt haben und ein schönes Kind bekommen, und wir würden sehr glücklich sein.
Im ›Frankfurter Hof‹ empfingen uns die Portiers und die Receptions-Chefs und alle Ober und Kellner mit strahlenden Gesichtern. Sie hatten wohl vernommen, daß ich nicht mehr bei Blitz war, aber sie wußten nicht, weshalb, und ich war ein so alter und guter Gast des Hotels. Hem hatte im Französischen Restaurant einen Tisch bestellt, und den hatte man liebevollst mit vielen Blumen geschmückt. Wir waren Hems Gäste. Die Ober und Kellner kamen und gratulierten zur Hochzeit, und dann servierten sie das großartige Essen, das Hem bestellt hatte. Irina und ich tranken Orangensaft, Hem und Bertie Sekt. Nach dem Essen mußten die beiden sofort in die Redaktion, da war vor Weihnachten der Teufel los. Ich ging mit Irina Hand in Hand zu Fuß zu Hems Wohnung, und wir zogen uns aus und krochen in das breite Bett und liebten uns, und dann schliefen wir tief und lange. Als ich erwachte, läutete die Türglocke. Ich ging im Morgenmantel, um zu öffnen. Ein riesiger Blumenstrauß wurde abgegeben. Er kam von Tutti und Max, die gleich darauf anriefen und uns alles Gute und Glück und Segen wünschten.
Max sagte: »Det is uns een richtijet Herzensbedürfnis, lieba Walta, würklich. Du bist doch unsa besta Freund. Und deine kleene Frau wird et nu ooch sind. Wo isse denn?«
»Sie schläft.«
»Na, denn jib ihr 'n Kuß von mir und Tuttilein, wennse uffwacht, ja? Und ihr kommt uns besuchen, sicha, ja?«

»Sicher«, sagte ich. »Bald. Ich habe so viel zu schreiben, und ...«
»Weeß ick doch, Mensch! Wat gloobste, wat hia los is im Moment? Tutti arbeetet sich noch dot. Ick weeß nich, wat det is – die Stadt muß varrückt jewordn sind.«
»Wieso?«
»Allet will vor't Heilije Fest unbedingt noch 'ne Numma schiem. Vamutlich, weil die Kerle dann in de langen Feiatage bei ihre Familjen bleibn müssen. Der Leichenmülla, der tankt schon uff Vorrat. Und der junge Herford, der kommt ooch.«
Tutti sagte, und sie schluchzte ein bißchen dabei: »Mein lieba Walta, ick freu mia ja so for dir! Weeßte, ick und Maxe, wir wolln ja ooch heiraten, imma schon. Aba im Moment jeht det nich – Max hat da Hemmungen, moralische. Er sagt, erst müssen wa noch'n bißken anschaffen. Dann, wenn wa jenuch ham und seine Jeschäfte ooch wieda richtich loofn, is Schluß bei mia. Denn heiraten wa. Und ihr seid unse Trauzeugen – abjemacht?«
»Abgemacht«, sagte ich.
Ich ging mit den Blumen in unser Schlafzimmer zurück, Irina war aufgewacht, und ich erzählte ihr von dem Anruf und daß alle Männer vor Weihnachten so verrückt danach seien.
»Du auch?«
»Ich auch«, sagte ich. »Komm, Liebling, laß mich dich noch einmal liebhaben.«
»Ja«, sagte Irina. »Hab mich lieb. Lieb, lieb, lieb!«
Als Hem mit Bertie abends heimkam, hatten wir beide gebadet und uns angezogen. Bertie und Hem brachten Salate und kalten Aufschnitt und Weißbrot mit, und wir aßen alle in Hems großer Küche, und Bertie und Hem tranken eine Menge Bier, und ich und Irina tranken Johannisbeersaft.
Wir gingen in Hems Zimmer, und er holte sein Cello hervor und spielte Kompositionen von Othmar Schoeck. Es war ein unendlich friedlicher Abend. Zuletzt sagte Hem: »Schoeck hat sehr viele Gedichte vertont – von Eichendorff und Lenau und Hesse und Gottfried Keller und Matthias Claudius und so weiter. Ich spiele euch noch eines meiner Lieblingslieder vor. Nach einem Eichendorff-Gedicht. ›Im Wandern‹ heißt es ...«
Beschwingt und seelenvoll, voller Zuversicht und Heiterkeit, erklang das Cello, und Hem sprach leise die Worte des Gedichtes vor sich hin: »So ruhig geh' ich meinen Pfad, so still ist mir zumut'. Es dünkt mir jeder Weg gerad' und jedes Wetter gut ...«

Irina und ich saßen nebeneinander und hielten uns wieder an den Händen, und Bertie lächelte und blinzelte uns zu, und auch mir war still zumute, und jeder Weg dünkte mir nun gerade.

»... wohin mein Weg mich führen mag«, sprach Hem, während das Cello ertönte, »der Himmel ist mein Dach, die Sonne kommt mit jedem Tag, die Sterne halten Wacht! Und komm' ich spät, und komm' ich früh ans Ziel, das mir gestellt: Verlieren kann ich mich doch nie, o Gott, aus Deiner Welt ...«

Hem schwieg, das Lied verklang. Wir saßen lange still da. Dann sagte Irina plötzlich: »Fräulein Luise ...«

Wir sahen sie an, wir sahen uns an.

»Ich habe auch gerade an sie gedacht«, sagte Bertie.

»Ich auch«, sagte Hem.

»Und ich«, sagte ich. »Sonderbar, nicht?«

»Sehr sonderbar«, sagte Bertie.

»Fräulein Luise«, sagte Irina und lehnte den Kopf an meine Schulter. »Sie hat uns zusammengebracht. Mit ihr fing alles an ...«

15

»Jetzt also werden meine Freunde diesen Menschen töten«, sagte Fräulein Luise zu mir. Das war am 27. Dezember, und in Bremen regnete es heftig. Die Stämme und Äste der alten, kahlen Kastanienbäume im Hof glänzten. »Auf jeden Fall töten«, sagte Fräulein Luise. »Unter allen Umständen.« Sie lächelte glücklich.

Unruhe und seltsamer Zwang hatten mich dazu gebracht, nach Bremen zu fliegen – gleich nach Weihnachten. In Fräulein Luises Zimmer standen ein Tannenzweiggebinde mit einer roten Kerze und ein Teller voll Nüsse und Backwerk. Sie hatte die Kerze angezündet. Fräulein Luise sah von Mal zu Mal besser aus. Sie hatte mir, glücklich über meinen Besuch, sogleich erzählt, daß ihre Freunde nun regelmäßig und viel zu ihr sprachen, und ich hatte eine Chance gesehen, endlich etwas von ihren Erlebnissen zu erfahren. Die Weisungen dieses demokratischen Reformers Dr. Germela glaubte ich nach Lage der Dinge getrost mißachten zu können. Fräulein Luise war so weit, daß sie sich erinnerte, das sah ich gleich, als ich gesprächsweise Karel erwähnte.

»Der arme Karel mit seiner Trompete, ja«, hatte das Fräulein gesagt. »Der kleine Karel und sein Mörder ... Ich hab mit meine Freund viel über die beiden gesprochen ...« Und dann erzählte sie mir alles, was ich zu Beginn dieses Berichtes niedergeschrieben habe. Ich überlegte, während sie sprach, ob sie auf den Anstoß hin diese Erzählung erst im Augenblick des Sprechens produzierte, ob, was sie sagte und glaubte, in diesem Augenblick vielleicht erst wahnhaft Gestalt annahm in ihrem Gehirn, und ob sie es nur in die Vergangenheit von Gesprächen mit ihren Freunden einordnete. Wer konnte das sagen? Sie erzählte, wie sie die Freunde ›überlistet‹ hatte. Und sie erging sich dann in weiteren Erklärungen: »... so hab ich auch zu ihnen gesagt: ›Es wird noch viel Unglück geschehen in dieser Sache, wenn wir den Mörder nicht finden, wenn wir den Mörder und den Ermordeten nicht vereinen, so daß die zwei in einer höheren Schicht versöhnt werden können.‹ Sie verstehen mich, gelt?«

»Ja«, sagte ich.

»Nehmens noch von dem Lebkuchen, der ist wirklich gut, Herr Roland.«

Der Regen prasselte jetzt mit solcher Wucht gegen die Scheiben, daß man die Kastanienbäume kaum mehr erkennen konnte.

Ich sagte: »In Hamburg habe ich einen Kriminalkommissar getroffen. Sievers heißt er. Das ist schon Wochen her. Dieser Sievers war fest entschlossen, den Mörder zu finden, und er sagte, er hätte auch schon einen Plan.«

»Ja«, sagte das Fräulein, ohne zu zögern. »Das ist mein Student, ich weiß.«

»Aber ...«

»Aber was? Ich hab Ihnen das doch alles schon einmal genau erklärt, daß es keine ›Zeit‹ und kein ›Gestern‹ und kein ›Heute‹ und kein ›Morgen‹ gibt für meine Freund, erinnerns sich nicht?«

»Doch«, sagte ich.

»Und daß meine Freund sich irgendeinen Lebendigen aussuchen können, wenn sie wiederkehren. No sehns, wie das funktioniert! Hat der Student, der liebe, sich einen Kriminaler ausgesucht. Das ist doch völlig klar, nicht?«

»Völlig«, sagte ich.

Das Fräulein knabberte an einem Plätzchen.

»Was ich zuerst nicht hab begreifen können, das war, warum sie erst jetzt den Mörder suchen und erlösen, meine Freund. Sie haben

es mir erklärt. Übrigens: Jetzt auf einmal sagens alle ›du‹ zu mir! Ja, also, sie haben gesagt: ›Du warst krank, Luise, du warst verwirrt. Du bist noch ein Wesen, das gestört werden kann in seinen Gedanken. Wir können nicht gestört werden, wir nicht. Weil du verwirrt warst, hast du falschen Freunden gehorcht‹ ...« Das Fräulein brach plötzlich ab und sah mich ängstlich an.
»Was ist?« fragte ich.
Sie sagte sehr ernst: »Es sind so viele falsche Freund gewesen. Herr Roland, versichern Sie mir auf Treu und Gewissen, daß Sie kein falscher Freund sind! Das wär nämlich furchtbar. Das wär entsetzlich. Ich bin doch nicht klug genug für das alles! Und wenn jetzt auch noch Sie ...« Fräulein Luise brach wieder ab. »Nein«, sagte sie fest, nachdem sie mich prüfend betrachtet hatte, »nein, Sie sind kein Falscher! Sie sind ein richtiger Freund, jetzt erkenn ich es genau. Früher, da hab ich das nicht so genau erkennen können. Da hab ich vieles einfach nicht durchschaut. Und deshalb ist noch nicht alles zu einem guten Ende gekommen, haben meine Freund gesagt.« Sie wurde ein wenig hektisch. »Nie hab ich so klar mit ihnen gesprochen, Herr Roland! Ganz deutlich die Stimmen! Ich hab die Freund natürlich nicht gesehen, aber es ist so gewesen, als ob sie direkt in meine Ohren geredet haben ...«
Ihr Blick glitt in die Ferne. Sie schwieg eine Weile, dann sagte sie leise und unsicher: »Und trotzdem: Immerzu denk ich nach, ob ich was falschgemacht hab.«
»Falschgemacht?«
»Weil ich so in die Irre gekommen bin. Ich frag auch meine Freund, immer wieder! Immer wieder!«
»Und?«
»Ja, und das sagen sie mir nicht. Ich hab sie angebettelt: ›So sagts mir doch, was hat das Ganze für einen Sinn?‹ Und sie haben gesagt: ›Es hat einen Sinn, Luise, und einen höheren Zusammenhang, aber den können wir dir noch nicht erklären. Sei geduldig‹, habens gesagt, meine Freund, ›wart noch ein bissel, du wirst die Lösung von diesem großen Rätsel ganz bestimmt bald erfahren.‹ So haben sie zu mir gesprochen, ja ...« Wieder glitt ihr Blick fort. »Ach, wenn ich denk, was ich alles erlebt hab, Herr Roland, ich erinner mich plötzlich so deutlich an alles ...«
Und dann, ohne daß ich sie auffordern mußte, begann sie mir ihre Erlebnisse zu erzählen. Sie berichtete von dem Gespräch mit den Freunden auf dem Hügel im Moor, nach dem Tod Karels, von ihrer

Fahrt nach Hamburg, von der Flucht vor dem Dr. Wolfgang Erkner, von ihrem seltsamen Traum über die Stadt mit den hohen Mauern und den vier Türmen und den vier Tyrannen, von ihren Abenteuern in Hamburg, alles, alles erzählte sie mir.
Natürlich nicht alles bei diesem ersten Besuch. Ich blieb in Bremen, ich mietete ein Zimmer in einer kleinen Pension, und immer wieder, bis zum Silvestertag, besuchte ich Luise. Ich hatte einen Recorder und Kassetten bei mir, und diesmal erfuhr ich die ganze Odyssee des Fräuleins. Auch andere Dinge erfuhr ich – sonderbare. Fräulein Luise sagte einmal zum Beispiel, sofort als ich kam: »Ich hab eine Botschaft für Sie und den Herrn Engelhardt von meine Freund, Herr Roland. Sie haben sie mir gegeben, und ich soll sie Ihnen sagen, weil Sie ein guter Mensch sind ...« Und anschließend sprach sie in ihrer symbolischen, mehrdeutigen Weise über Berties und meine Zukunft. Bei dem letzten Besuch sagte sie etwas, das ich hier notieren will, weil es mir solchen Eindruck machte ...
»Ich bin dumm, ich bin ungebildet, ich bin schwach und alt, aber immerzu muß ich mir etwas vorstellen.«
»Was, Fräulein Luise?«
Sie sah mich fest an.
»Ich hab so ein Gefühl«, sagte sie, »als ob sich in unsere Erlebnisse das Schicksal von der ganzen Welt spiegeln möcht. Der Irrtum der ganzen Menschheit – zu seinem Zentrum sind wir geworden. Das hab ich gespürt von Anfang an. Darum war ich immer so aufgeregt und unruhig. Schauens, Herr Roland, natürlich muß man den Mörder und den Ermordeten versöhnen, damit alle sehen, daß es eine höhere Gerechtigkeit gibt, natürlich, das ist ganz wichtig. Aber es ist nicht alles! Es geht nicht nur um den Frieden zwischen dem Mörder und dem Ermordeten. Es geht um den Frieden in der Welt. Es geht darum: Man muß den Menschen klarmachen, daß alles Unglück, unter dem sie leiden, nur kommt, weil sie ganz, ganz primitive Triebe haben, erdgebundene – obwohl natürlich auch das Unglück bloß zum Teil ein Unglück ist, denn es dient jedem einzelnen ja zur Läuterung und Erhöhung. Aber es ist doch wahr: Die meiste Kraft und Energie verschwenden die Menschen aufs Sich-Zerfleischen und auf ganz sinnlose Kämpfe und ganz lächerliche Probleme. Warum? Weil sie mit Blindheit geschlagen sind, darum. Wenn sie sehend würden, wenn sie doch bloß begreifen könnten, daß es die andere, die wunderbare, große Welt ist, die unsere kleine, erbärmliche Welt ganz in der Hand hält, den-

kens bloß, Herr Roland, nachher könnten sich die Menschen doch endlich dem Höheren zuwenden! Der Schönheit! Der Religion! Wär das nicht herrlich? Ich fühl es nur, ich kenn mich ja nicht so aus. Aber wär das nicht wunderbar?«
»Ja, Fräulein Luise«, sagte ich, »das wäre wunderbar.«

16

20 000 Mark Belohnung!
Eine verzweifelte Mutter bittet um Hilfe!

Am 12. November 1968 wurde mein elfjähriger Sohn Karel im Jugendlager Neurode bei Bremen erschossen. Vom Täter fehlt jede Spur. Es steht jedoch fest, daß zumindest drei Menschen über das Verbrechen genau Bescheid wissen. Der Mörder schoß aus einem dunklen Dodge und flüchtete auch mit diesem. Ein zweiter Mann, der im Lager festgenommen worden war, floh und rannte auf einen schwarzen Buick zu, der vor dem Lager parkte. Am Steuer dieses Buicks saß eine Frau, die ihm »Karl! Renn! Renn, Karl, renn!« zuschrie. Mit Hilfe dieser Frau gelang dem zweiten Mann die Flucht in dem zweiten Wagen. Die Frau hatte bei dem Unternehmen nur die Funktion einer Gehilfin. Flehentlich bitte ich sie, sich mit mir in Verbindung zu setzen, wobei ich ihr Anonymität zusichere und dazu eine

Belohnung von 20 000 Mark

für sachdienliche Hinweise. Eine verzweifelte Mutter appelliert an das Gewissen einer Frau! Bitte, melden Sie sich unter Chiffre AH-453291.

»Na«, sagte Max Knipper zu mir, »liest sich det nich prima? Is det Klasse?« Er sah mich strahlend an.
»Deine Idee?« fragte ich.
»Klar, Mensch!«
Der Text, den ich eben aufgeschrieben habe, war, als umrahmtes Inserat, an besonders auffallender Stelle in den großen Hamburger

Zeitungen abgedruckt. Die Zeitungen lagen alle im Büro des ›King-Kong‹, dem kleinen Raum hinter der kleinen Bühne. Außer Max und mir befanden sich noch die Stripperin Baby Blue und der alte Karl Concon im Raum. Es war gegen Mittag am 10. Januar 1969, einem Freitag. Ich hatte einen Nachtzug genommen und war am späten Vormittag in Hamburg eingetroffen.

»In'ne Stunde kommt det ›Hamburja Ahmdblatt‹ raus, da is die Annonkse ooch noch drin. Walta, du kommst jerade zurecht. Meine Neese sagt, heute nacht jeht et los, und meine Neese hat mir noch nie betrogen.«

»Geht was los?« fragte ich. »Was soll das überhaupt? Wo ist die Mutter von dem kleinen Karel? Die gibt es doch offenbar überhaupt nicht mehr in Deutschland – die Behörden haben sie vergeblich gesucht.«

»Und det is ja jerade det Feine«, sagte Max.

»Kapiere ich nicht«, sagte ich.

Tags zuvor hatte Tutti mich angerufen – Bertie war gerade dagewesen, wie so oft in diesen Wochen, und hatte mein Rohmanuskript, das nun schon mit über 300 Seiten vorlag, redigiert und ergänzt.

»Was ist los, Tutti?« fragte ich.

»Hab jerade mit Max telefoniert. Er sagt, du sollst 'n Nachtzuch nehmen und ruffkommen nach Hamburch.«

»Max ist in Hamburg?«

»Ja. Die Kumpels da ham ihn vor een paar Tage jebeten, det er kommt und ihn' hülft. Die ham een Problem, weeßte, Walta. Und Max hat doch Köppchen, nüch?«

»Was für ein Problem?«

»Irgendwat mit 'n Mörda«, sagte Tutti. »Sie sind schon alle janz mewulwe. Max sagt, du sollst unbedingt komm. Er hat 'ne Idee jehabt. Wirste fahren?«

»Natürlich«, sagte ich aufgeregt. »Natürlich, Tutti. Donnerwetter, dein Max!«

»Ja, mein Stierchen ...« Ihre Stimme klang träumerisch. »Weeßte, det is'n richtijet Joldstück. Also der Frau« (sie sagte nicht Frau), »die vasucht, mir mein' Max wegzuschnappen, der zertrete ick den Unterleib.« (Sie sagte auch nicht Unterleib.) »Er liebt mir jenauso wie ick ihn. Ach, Walta, ick bin ja so jlücklich. Jerade bevor er nach Hamburch jemacht hat, hatta mir seine Liebe bewiesen.«

»Wie denn?«

»Na, ick hab doch meinen Kanari, mein Hänschen, nüch? Uff den er imma so eifasüchtig war. Wat soll ick dir sagen? Ick jehe einholen, Max hat wat zu besorjen, ick lasse die Balkongtür vom Wohnzimma een Spalt offen, damit Hänschen frische Luft kriegt. Und da passiert et ooch schon.«
»Was, Tutti?«
»Na, loofen doch Balkongs ums janze Haus, nüch? Also, Max kommt nach Hause, und wat sieht er?«
»Was?«
»'ne fette schwarze Katze! Muß übern Balkong rinjekommen sind. Sitzt det Aas da vor Hänschens Bauer, und immer rin mit die Pfoten zwischen die Stäbe, wie die Katzen det so machen, nüch? Damit den armen Vogel vor Uffrejung der Schlach trifft. Na, also Max det Katzenvieh sehen und druff los, blitzschnell! Brüllt und schmeißt mit watta in die Hand kricht. Ick kann dir sagen, Walta, die Katze, det Aas, die hat 'nen Dodesschreck jekriegt, is raus und von 'n Balkong runta uff die Straße. Wir wohnen ja man bloß in'n ersten Stock. Aba so hat Max mein' Hänschen det Leben jerettet. Is det nich wie een Wunda? Ausjerechnet Hänschen, den er so beschimpft hat imma. Siehste, Walta, und da ha'ck jesehen: Wat Max for mir empfindet, det ist die wahre, die janz jroße Liebe ...«
Das war das Telefongespräch gewesen. Ich hatte Bertie gesagt, daß ich verreisen mußte und wohin, und er hatte gesagt, er würde in meiner Abwesenheit am Manuskript arbeiten, er hatte gerade Zeit. In die Wohnung kam er mit Hems Schlüssel ...

Ja, und nun saß ich also in Hamburg und hatte das Inserat gelesen und verstand kein Wort.
»Wieso ist das gerade das Feine, daß es die Mutter von dem Jungen offenbar nicht gibt?« fragte ich. »Wer bezahlt die Belohnung, wenn sich diese Frau nun wirklich meldet und auspackt?«
»Na wir«, sagte Baby Blue. Sie trug ein Minikleid und darüber einen Nerz, obwohl es warm in dem Büro war. Vater Concon trug seine weiße Klo-Jacke.
»Woher habt ihr zwanzigtausend Mark?« fragte ich.
»Spenden«, sagte der alte Concon.
»Spenden von wem?«
»Von allen«, sagte Baby Blue mit ihrem schwäbischen Akzent. »›Intim-Bar‹. ›Lolita‹. ›Kakadu‹. ›Eldorado‹. ›Lido‹. ›Show-

Ranch‹ . . .« Sie kam ins Aufzählen, bis Max sie unterbrach und mich vollends informierte. Seine Freunde, die Zuhälter, hatten ihn in die Hansestadt gerufen, damit er ihnen in ihrer schwersten Stunde beistand. Über Sankt Pauli war nämlich das Unheil hereingebrochen. Beamte der Davidswache unter Leitung eines Kommissars Sievers durchkämmten Nacht für Nacht unbarmherzig und unablässig das ganze Vergnügungsviertel. Sie erschienen im ›Eros-Center‹, im ›Palais d'Amour‹, in allen Striplokalen, in Pensionen und Absteigen. Sie machten Razzien. Sie ließen sich von verschreckten Familienvätern die Ausweise zeigen und notierten die Namen. Die Huren waren ebenso verzweifelt wie die Pupen, die Luden, die Lokalwirte, die Pensionsbesitzer und die Stripperinnen. Kaum daß sich noch Gäste nach Sankt Pauli wagten. Wenn das noch ein paar Wochen so weiterging, konnten die ersten Etablissements Konkurs anmelden.
»Nich mal die Porno-Kinos verschonense«, sagte Max. »Da is doch det jroße, nüch? Von neun Uhr morjens bis Mittanacht. Die hatten da eenen richtijen Knülla. ›Een Meechen, so heiß wie 'ne leerjeschossene Empi‹ hieß det Ding. Hamse absetzen müssen. In jede Vorstellung isset mindestens zweemal hell jeworden, und die Polypen sind durch den Saal marschiert und ham sich Ausweise zeijen lassen. Zuletzt hat sich keena mehr rinjetraut in die leerjeschossene Empi. Jetzt hamse vorübajehend jeschlossen.«
»Wenn das so weitergeht, werden wir alle schließen können«, sagte Vater Concon. Am linken Ärmel seiner weißen Klo-Jacke trug er einen schwarzen Trauerstreifen.
»Razzia im ›Sex-Shop‹, im ›Spiel-Casino‹, im ›San Francisco‹, im ›Strip-Center‹. Das hält kein Mensch mehr aus. Wir gehen schon alle auf dem Zahnfleisch. Jeden Abend, wenn ich mir das Zepter reinstecke, habe ich Angst, einer schreit: ›Halt! Schluß! Licht! Ausweise‹!« sagte Baby Blue.
»Da gehen Vermögen flöten«, sagte Vater Concon. »Hunderttausende. Umsatz um sechzig Prozent zurückgegangen. Eine Katastrophe.«
Ich dachte an meine nächtliche Begegnung mit dem seltsamen Kriminalkommissar Sievers von der Mordkommission in der Bahnhofshalle, und daran, daß er gesagt hatte, seiner Meinung nach seien der junge Concon und der kleine Karel von ein und demselben Menschen ermordet worden, und er wisse schon, wie er diesen Menschen finden werde. Das also war sein Plan: Sankt Pauli so

durcheinanderzubringen, daß alles, was hier arbeitete und Geld verdiente, sich zusammenschloß und aus reinem Selbsterhaltungstrieb Jagd auf den Mörder machte. Ein guter Plan. Er wirkte, wie man sah. Und der Kommissar, so dachte ich, hatte ihn schon gehabt und in die Tat umgesetzt, lange bevor Fräulein Luise mir in ihrem Krankenzimmer in Bremen gesagt hatte, nun würden ihre Freunde den Mörder ›erlösen‹. Mir fiel ein, was sie bei einer anderen Gelegenheit sagte. Ich hatte gefragt: »Also handeln Ihre Freunde bereits, noch bevor sie zu ihren Handlungen einen Anstoß erhalten haben?«

»Irdisch ausgedrückt, ja!« hatte sie erwidert. »Unirdisch ausgedrückt, handeln sie natürlich nur, *nachdem* sie einen Impuls erhalten haben. Denn es gibt keine Unlogik im Universum ...« Und sie hatte mir auseinandergesetzt, daß es im Universum, in der anderen, der wirklichen Welt, auch keine Zeit in unserem armseligen Sinne gebe, kein stupides chronologisches Ablaufen von Ereignissen, sondern daß der Beginn immer das Ende sei und das Ende der Beginn. Ich holte Atem, denn plötzlich war mir zu Bewußtsein gekommen: Ich hielt also diesen Kommissar Sievers tatsächlich auch bereits für einen Freund des Fräuleins, für den Studenten, wie sie lächelnd erklärt hatte, als ich ihr von meiner Begegnung mit dem Kommissar erzählte ...

Sievers' Plan ging auf!

»Das ist eine richtige Notgemeinschaft, zu der wir uns zusammengeschlossen haben«, sagte Baby Blue. »Der Mörder muß gefunden werden. Die Mutter von diesem Karel scheint es nicht zu geben in Deutschland, Sie sagen es, Herr Roland. Aber weiß das der Mörder? Nein.«

»Oder ja«, sagte der alte Concon. »Das ist ganz egal. Wichtig ist, daß der Mörder heute alle diese Inserate liest, wenn er Hamburger Zeitungen in die Hand bekommt.«

»Und dann kann er sich entweder denken, es ist wirklich ein von der Mutter aufgegebenes Inserat, oder es ist ein Köder. Auf jeden Fall muß er jetzt davor zittern, daß die Frau, die damals in Neurode war, die Inserate auch liest – und vor dem vielen Geld in die Knie geht«, sagte Baby Blue.

»Und auf die Chiffre antwortet. Dazu darf er es nie kommen lassen. Das ist doch klar, nicht?« fragte Vater Concon.

Ich nickte.

»Und so haben alle freiwillig gespendet – die, die ich schon genannt habe, und noch viele, viele andere – ›Saint Tropez‹, ›Inn Sahara‹, ›Hummel Hummel‹, ›Stahlnetz‹, ›Ellis Elliot‹, das Sexual-Theater ›Remember‹, das ›Club Hotel‹, ›Onkel Hugo‹, sogar ›Schrader's Würstchen‹, der Imbißstand. Hat sich keiner ausgeschlossen.«

»Und der erste Erfolg ist schon da«, sagte Vater Concon.

»Vor einer Stunde«, sagte Baby Blue.

»Was war da?« fragte ich.

»Da isse schlotternd vor Schiß und flennend zu Baby Blue jekomm, in der ihre Wohnung, und hat um Hülfe jefleht.«

»Wer?« fragte ich.

»Tamara Skinner«, sagte Vater Concon.

»Wer ist Tamara Skinner?«

»Na, 'ne Biene«, sagte Max.

»Aber eine besondere Biene«, sagte Vater Concon.

»Wieso besonders?«

»Weilse die Frau is, die wir in dem Inserat suchen«, sagte Max. »Sie war am Steuer von dem eenen Wagen da draußen in Neurode.«

»Donnerwetter«, sagte ich.

»Da staunste, wat?« sagte Max. »Wat also diese Tamara is, die hat Baby Blue allet azählt ...«

»Sie kennt mich gar nicht so gut, aber sie hat sonst keine Freundinnen«, sagte die ›Sensation aus dem Crazy Horse‹.

»Was hat sie erzählt, Max?«

»Dasse an den Tach, an dem det in det Laga passiert is, schon am Vormittach 'n Freia jehabt hat. 'n janz komischen. Der wollte weita nischt von ihr, als dettse Auto fährt. Mit den jungen Concon. Den kannte die Tamara natürlich. In't Laga sollte sie fahrn. Hat ihr zwootausend Emm dafor vasprochn, der Mann – und späta ooch jejeben. Bloß den Concon hinfahrn und da vor det Laga wartn, und denn wieda zurück mit Concon nach Hamburch – mit ihm und 'n Meechen.«

»Das Mädchen sollte Irina sein«, sagte ich.

»'türlich. Bloß jing da leida allet schief, nüch? Sie war froh, detse mit Concon davonjekomm is, die Tamara. Aba danach, da hatte se een' Heidenschiß, als der abjemurkst wurde. Hat jebetet Tach und Nacht, detse nu Ruhe kriegt und den Mann, der sie angaschiert hat, nie wieda sieht. Hat'n ooch nich wiedajesehn. Bis heute. Heute weeß se vor Angst nich, wohin. Heute kannse bloß denken, det der nu natürlich wiedakommt und ihr killt. Aba janz uff de Schnelle. Von wejen det Inserat.« Max strahlte mich an. »Looft doch wie jeschmiat, wa?«

»Ja«, sagte ich. »Wie geschmiert.«

»Nach diesem Inserat«, sagte Baby Blue, »kann der Mörder keine ruhige Minute mehr haben. Nach diesem Inserat muß er fürchten, daß Tamara sich meldet – bei der Polizei, unter der Chiffre, bei einer Freundin, was sie ja auch getan hat, und daß sie alles erzählt. Daß sie im Lager war, und wie der Mann aussah, der sie angeheuert hat – der Mann, der in dem zweiten Wagen mitfuhr und den Jungen erschoß.«

»Hat sie Ihnen erzählt, wie der Mann hieß?« fragte ich.

»Nein. Das wußte sie nicht. Aber sie hat ihn mir beschrieben.«

»Und?«

»Ein großer Mann. Gut angezogen. Sprach sehr reines Deutsch«, sagte Baby Blue. »Blauer Mantel. Schirmmütze.« Undeutlich erinnerte ich mich daran, daß der ukrainische Hausdiener aus dem Hotel ›Paris‹ den Mann, der Karl Concon aufgesucht hatte, Fräulein Luise gegenüber so ähnlich beschrieben hatte. »... Längliches Gesicht. Schmale Lippen. Schwarzes Haar. Koteletten. Tamara sagt, sie würde diesen Mann jederzeit wiedererkennen.«

»Mensch, Max«, sagte ich.

»Na?« sagte er stolz. »Jetzt wernse langsam ooch wieda von Maxen sein' Köppchen reden und nich bloß von sein' ollen Dschonni.«

»Die zwanzigtausend hat Tamara übrigens schon gekriegt«, sagte Vater Concon. »Da sind wir korrekt.«

»Und wie geht das weiter?« fragte ich. »Die Frau ist doch tatsächlich in Lebensgefahr.«

»Klar ist Tamara das«, sagte Baby Blue. »Wohnt ganz in der Nähe. Am Hans-Albers-Platz. Wagt sich nicht aus der Wohnung.«

»'türlich wirdse bewacht«, sagte Max. »Wir lassense nich eene Sekunde aus den Oogen. Wir nich und nich die Polente.«

»Ihr habt die Polizei verständigt?«

»Ja«, sagte der alte Concon. »Den Kommissar Sievers und die Davidswache. Tamara wird vielleicht eine Strafe kriegen, weil sie sich nicht früher gemeldet hat – keine schwere, sagt der Kommissar. Sind Beamte von der Wache und vom Kommissar und Leute von uns da, die jetzt auf Tamara achtgeben und warten, daß der Kerl kommt ... und der kommt bestimmt!«

»Was für Leute von Ihnen?« fragte ich.
»Ach, was Sie wollen«, sagte der alte Concon. »Eine ganze internationale Gesellschaft ist das.«
»Internationale Gesellschaft?«
»Watte bloß willst, Walta«, sagte Max.
»Zwei Mixer«, sagte Baby Blue. »Der eine ist Franzose, der andere ein Ami, der nach dem Krieg hiergeblieben ist.«
»Drei Rausschmeißer, wir brauchen kräftige Kerle«, sagte Concon. »Ein deutscher, ein polnischer und ein holländischer.«
»Dann Panas Myrnyi«, sagte Baby Blue. »Hausdiener vom Hotel ›Paris‹. Ukrainer. Alter Mann. Er hat darauf bestanden, daß er dabei ist. Macht den Aufpasser beim Eingang von dem Haus, in dem Tamara wohnt. Schleicht dauernd da herum.«
»Wat noch? Ja. Een Wirt, höchstpersönlich. Schwerjewichtla, Mensch. Ehemalija Ringa. Der schlägt den Kerl zu Mus, sage ick dir. Von hier. Hamburja.«
»Also Deutscher«, sagte ich.
»Klar Deutscha«, sagte Max. »Det war aba 'ne intellijente Feststellung!«
»Einen jungen Russen haben wir auch«, sagte Baby Blue. »Mechaniker an einer Tankstelle hier in der Nähe. Tamara und er sind mächtig verknallt ineinander. Kennen sich seit ein paar Wochen.«
»Wie kommt der Russe her?« fragte ich und mußte immerzu an Fräulein Luise denken.
»Das ist der Sohn von einem Sowjet-Offizier, der im Krieg mit den Deutschen kollaboriert hat. Der Vater ist mit dem kleinen Jungen fünfundvierzig nach Westdeutschland geflohen. Hiergeblieben. Hier gestorben. Der Sohn heißt Sergej. Er sitzt in Tamaras Wohnung und paßt auf.«
»Die anderen haben sich verteilt – auf Dächern, in Gängen, rund um den Hans-Albers-Platz«, sagte Concon.
»Und dann noch Jiri«, sagte Baby Blue.
»Wer ist Jiri?«
»Mein Süßer. Schon seit vier Monaten hier. Geflohen aus Brünn. Wir leben zusammen. Der paßt auch auf.«
Und der Kommissar Sievers, der all dies ins Rollen gebracht hatte, war Deutscher, dachte ich. Elf Männer, die auf Tamara Skinner aufpaßten – neben den Polizeibeamten und Max.
Elf Männer mit den Nationalitäten von Fräulein Luises elf toten Freunden ...

17

»Wenn ich das da überlebe, dann miete ich mit dem Geld die Tankstelle für Sergej. Gehört einem alten Mann. Der will sie verpachten und seine Ruhe haben. Und ich werde solide«, flüsterte Tamara Skinner. Sie war etwa dreißig Jahre alt, blond, sehr hübsch und hatte eine sehr rosige Haut. Sie rauchte eine Zigarette nach der andern. Sergej, ihr Freund, der fließend deutsch sprach, redete dauernd leise und beruhigend auf sie ein.
Kommissar Sievers und ich saßen seit sieben Uhr abends in Tamaras guter Stube. Nun ging es schon auf Mitternacht. Das Haus, in dem Tamara wohnte, war alt, baufällig, häßlich, und es lebten arme Leute und ein paar Huren darin. Die Nacht klirrte vor Kälte. Trotzdem standen in den Hauseingängen des Platzes und in der nahen Gerhardstraße, vor Kneipen und Bars, noch eine Menge Mädchen, die jenen in der nahen Herbertstraße, der abgeschlossenen Puffstraße, Konkurrenz zu machen trachteten. Tamara kochte zum drittenmal starken Kaffee für uns alle.
Die Leute des Kommissars und die Beamten der Davidswache und die privaten Beschützer Tamaras standen in der ganzen Umgebung verteilt, seit vielen Stunden. Natürlich war es möglich, daß sie umsonst wachten. Wir sprachen wenig und leise, denn wir hofften ja, daß Tamara Besuch bekommen würde, und man hörte draußen auf dem tristen Flur mit seinem Fenster am Ende jedes laute Wort. Tamaras Wohnung lag im zweiten Stock. Dieses stundenlange Flüstern und Auf-Zehenspitzen-Gehen schlug sich mir bereits stark auf die Nerven. Tamara zitterte ohnedies vor Angst. Der Russe und der Kommissar waren die Ruhe selber. Nun, als Tamara neuen Kaffee eingoß, flüsterte Sievers mir zu: »Sie werden sehen, ich habe recht. Der Mann, wenn er kommt, hat Concon und Karel auf dem Gewissen.«
»Wie wollen Sie das feststellen?«
»Wenn Tamara ihn erkennt und wenn dieser Panas Myrnyi ihn erkennt, dann ist es derselbe Mann.« Sievers nickte Tamara dankend zu und goß Milch in den Kaffee. »Den russischen Taxifahrer, diesen Wladimir Iwanow, den hat der Mann nicht erschossen, das weiß ich inzwischen.«
»Wer denn?«
»Amis«, sagte Sievers leise. »Leute aus der Niendorfer Straße 333. Es gibt alle möglichen Beweise. Aber da haben sich andere ein-

geschaltet. Die Amis mußten Iwanow umlegen, weil er von dem versenkten Laster wußte, und nachdem er gesagt hatte, er will den Fahrer dieses Lasters aufsuchen und anzeigen. Sehr guter Kaffee, wirklich, Tamara, wird von Mal zu Mal besser. Mach so weiter. Vielleicht bleiben wir die ganze Nacht und kommen wieder.«
Tamara lächelte gequält, und Sergej flüsterte auf sie ein mit seiner tiefen, kehligen Stimme.
»Ein Mord wird also vielleicht ungesühnt bleiben«, meinte der Kommissar. »Aber diese anderen zwei Morde, die sollen gesühnt werden, das habe ich geschworen.«
»Geschworen?« Ich sah ihn, in Erinnerung an Fräulein Luises Erzählungen, aufgeschreckt an. »Wem?«
»Mir selber«, sagte er leise und lächelte ein wenig, als mache er sich einen kleinen privaten Spaß.
Ich sagte provozierend: »Fräulein Luise geht es übrigens viel besser.«
»Ich weiß.«
»Sie wissen? Woher?«
»Ich habe mit ihr gesprochen.«
»Was?«
»Nanu, warum regen Sie sich so auf? Ich habe in der Klinik angerufen, und man hat sie an den Apparat geholt – gestern.« Er sagte sehr leise: »Sie wird die Anstalt bald verlassen ...«
In diesem Moment winkte uns Sergej zur Ruhe. Er hatte das beste Gehör. Von draußen drang ein Geräusch in die Wohnung. Jemand kam auf Zehenspitzen das Treppenhaus herauf. Die Treppe bestand aus Holz. Es war unvermeidlich, daß ein Brett ab und zu ein wenig knarrte.
Tamara preßte beide Hände an die Brust, ihre Lippen zitterten. Die schleichenden Schritte kamen näher und näher. Wieder knarrte ein Brett.
Der Kommissar bat Tamara flüsternd, ruhig zu bleiben, dann sah er mich und den Russen an. Wir schlichen aus dem Wohnzimmer in eine Diele hinaus und stellten uns hinter die offene Tür des Badezimmers, das gleich neben dem Eingang lag. Hier war es eng. Wir stießen gegeneinander. Der Kommissar hatte plötzlich eine große Pistole in der Hand. Ich hätte auch gerne eine gehabt, aber den Colt 45 hatten die freundlichen Herren von BLITZ mir schon vor Wochen abgenommen, zusammen mit so vielem anderen.

Die Schritte kamen vor der Wohnungstür zum Halt. Es war eine alte Tür, durch einen Spalt unten mußte Licht auf den Gang fallen. Jemand klopfte.
Sievers machte Tamara mit der Pistole ein Zeichen, zu öffnen. Sie ging auf sehr unsicheren Füßen durch die Diele und rief: »Ja? Wer ist denn da?«
»Nun mach schon auf, Süße«, sagte eine Männerstimme. Ich kannte diese Stimme. Woher? Woher? grübelte ich. Es fiel mir nicht ein. Tamara nahm die Kette aus dem Schloß und öffnete die Tür einen Spalt. Sie wich zwei Schritte zurück. Ich stand in dem engen Badezimmer ganz hinten, ich konnte den Mann nicht sehen, der nun eintrat. Der Mann aber konnte Sievers' Pistole sehen, denn der stand zu weit vorne. Der Mann machte auf der Stelle kehrt, und wir hörten hetzende Schritte den Gang entlang.
»Er ist es! Er war es!« schrie Tamara außer sich.
Der Kommissar, Sergej und ich rannten auf den Gang. Ich sah, wie sich die Gestalt des Mannes auf das Fensterbrett am Ende dieses Ganges schwang, er hatte die Flügel aufgerissen, eiskalte Luft kam uns entgegen. Im nächsten Moment sprang der Mann in die Tiefe.
Wir rasten hinter ihm her zum Fenster. Etwa eineinhalb Meter darunter befand sich ein Flachdach. Der Mann rannte, als Schatten erkennbar, zum Rand dieses Daches. Da gab es eine Feuerleiter. Über die verschwand er.
»Verflucht«, sagte Sievers. Er blies gellend dreimal auf einem kleinen Pfeifchen. Dann sprang er auf das Flachdach. Sergej und ich folgten. Auf dem Flachdach lag Schnee. Ich glitt aus und rutschte fast über den Rand. Sergej erwischte mich im letzten Moment. Ich hatte mir eine Hand blutig geschrammt. Nun keuchten wir hinter Sievers her schon zu der Feuerleiter. Ihre Sprossen waren vereist. Wir stolperten hinab in einen verwahrlosten Hof voller Gerümpel. Da war ein enger Durchgang, vor ihm schien Licht. Wir rannten weiter. Am Ende des Durchgangs fanden wir uns wieder auf dem Hans-Albers-Platz.
Ich sah, gleichzeitig mit dem Kommissar, den Schatten des Mannes in die Gerhardstraße hineinrennen, hinunter zu ›Mary's Treff‹. Aus Haustoren, von Hausdächern über Leitern herab, aus Höfen kamen nun viele Männer angerannt – des Kommissars Leute und Tamaras Beschützer. Unter ihnen erblickte ich auch Max und den alten Hausdiener Panas Myrnyi, der keuchend krähte: »Das war der

Mann ... Das war der Mann ... aus dem Hotel ... Das war er ...«
»Na also«, sagte Sievers grimmig, während seine Leute bereits an der Herbertstraße, an den verstörten Huren, Nachtbummlern und Luden vorbei über die dünne Schneedecke die Gerhardstraße hinabstürzten – hinter dem Schatten her. Der Schatten drehte sich plötzlich um. Etwas blitzte auf. Dann hallte ein Schuß. Die Verfolger stoben gegen die Hauswände auseinander.
»Los!« schrie Sievers und rannte weiter. Max, Sergej und ich folgten. Ich glitt auf meinen Ledersohlen dauernd aus.
Die Gerhardstraße mündet in die Erichstraße. Der Schatten stoppte kurz. Von links schienen Verfolger auf ihn zuzukommen, denn er schoß wieder und wandte sich nach rechts und verschwand hinter der Ecke von ›Mary's Treff‹. Die Erichstraße besteht aus armseligen alten Häusern. Als wir sie erreichten, stießen wir auf drei Beamte der Davidswache, darunter einen Uniformierten, der eine Waffe in der Hand hielt.
»Wo ist er hin, Lütjens?« schrie Sievers.
»Die Straße runter und dann links um die Ecke in die Balduinstraße!« schrie Lütjens.
Wir rannten weiter. Wir waren gewiß zwei Dutzend Männer – und eine Frau. Denn Tamara kam uns nachgestürzt. Wir rannten in die Balduinstraße hinein, an der Bernhard-Nocht-Straße vorbei und vorbei an der berühmten Kneipe ›Onkel Max‹. Diese Straße endet bei einer Treppe, die zur Sankt-Pauli-Hafenstraße hinabführt. Ich sah wieder den Schatten des Flüchtenden.
Mehrere Beamte schossen hinter ihm her. Er schoß zurück. Einen Beamten traf er in den Oberschenkel. Der brach zusammen. Ein zweiter blieb zurück und kümmerte sich um den Verwundeten, wir anderen stürmten weiter, schlidderten über das Glatteis der Treppe hinunter. Ich stürzte nochmals, kam aber gleich wieder auf die Beine. Hier unten gab es riesige, vollgeschneite Kieshaufen. An ihnen entlang führte der Autostrich. Mädchen rannten kreischend auseinander, Autos gaben Gas und jagten davon, als wir näherkamen. Dieser Autostrich florierte zu jeder Jahreszeit. Die Mädchen ließen sich von Fahrern ansprechen, und die Sache wurde gleich im Wagen erledigt. Ich glitt wieder aus – diesmal über ein Präservativ. Ich kannte Hamburg und diesen Autostrich. An Morgen, die lebhaften Nächten folgten, konnte man hier zwanzig bis dreißig Präservative auf dem Quadratmeter finden. Ich erhob mich fluchend. Neben mir sah ich die ›River Kasematten‹, das stilvolle

kleine Hafenlokal, in dem berühmte Stars auftreten und berühmte Leute verkehren.
»Da drüben!« schrie ein Mann.
Ich sah, wie der Schatten eine Steintreppe zum Wasser auf der anderen Seite des Autostrichs hinabrannte. Dabei drehte er sich immer wieder um. Er schoß fast pausenlos. Und lud – man hörte es, wenn er einen neuen Ladestreifen einschob. Viele Männer schossen zurück. Am Ende der Treppe begann, im Wasser bereits, ein Betongerüst auf Betonträgern, ein endloser Ponton, der von hier bis zum Fischmarkt führte.
Max keuchte neben mir: »Wenn der jetzt dort drunter verschwindet ...«
Ja, dann sah es mies aus. Schon hinter dem zweiten Querbalken des Pontons konnte man sich verstecken, es war stockfinster da drinnen und an gezieltes Schießen nicht zu denken – von draußen nach drinnen. Von drinnen nach draußen schon, wie ich sogleich feststellen durfte. Eine Kugel pfiff an meinem Kopf vorbei. Dann erst hörte ich die Detonation des Schusses.
»Vorsicht!« schrie Sievers.
Er warf sich auf den Bauch und schoß viermal hintereinander. Viele Schüsse folgten. Wieder das Klicken von Ladestreifen. Neue Schüsse. Niemand konnte sagen, wer getroffen hatte, aber plötzlich hörten wir alle einen lauten Aufschrei, danach Gewimmer, dann Stille.
Vorsichtig, langsam und fast lautlos kamen von allen Seiten die Männer heran. Tamara und Myrnyi gingen jetzt an meiner Seite. Die Kriminalbeamten und der Wachtmeister Lütjens trugen entsicherte Waffen. Sie wollten kein Risiko eingehen.
»Kommen Sie raus!« schrie Sievers.
Keine Antwort.
»Kommen Sie sofort raus, oder wir kommen zu Ihnen!«
Keine Antwort.
»Na dann«, sagte Sievers. An eine Kaimauer gepreßt, tastete er seinen Weg die Stufen zum Ponton hinab. Er griff in seine Jacke. Gleich darauf flammte eine starke Taschenlampe auf. Ich war Sievers gefolgt und sah, hinter dem zweiten Querbalken des Pontons, auf einer Strebe über dem Wasser, einen Mann auf dem Gesicht liegen, die Hände weit ausgestreckt ... unseren Mann.
Lütjens hielt die vielen Menschen auf, die alle die Treppe hinabwollten.

Sie blieben stehen, schwer atmend, bewaffnet, unbewaffnet, Beamte und Zivilisten, Deutsche und Ausländer.
»Langsam. Das geht nicht...«
Ich saß auf einer Treppenstufe und sah, wie sich der Kommissar über die reglose Gestalt beugte. Dabei fiel das Licht der Taschenlampe auf ein Motorboot, das hinter dem dritten Querbalken festgebunden war.
»Das Boot! Er ist mit einem Motorboot gekommen, und so hat er wieder weg wollen!« sagte Lütjens atemlos.
»Fräulein Skinner! Herr Myrnyi!« ertönte die Stimme des Kommissars. »Kommen Sie doch mal her!«
Lütjens ließ die beiden durch.
Sie kletterten über die Stege unter den Ponton zu Sievers. Ich folgte unaufgefordert.
Der helle Mantel des Mannes färbte sich schnell rot. Das Blut floß dort aus dem Rücken, wo das Herz lag.
Wir drei, Tamara, Myrnyi und ich, waren nun ganz nahe herangekommen. Das Wasser unter uns gluckste und bespülte unsere Schuhe. Der Steg war glatt. Ich hielt mich an einem Querbalken an.
»Nun«, sagte Sievers, der neben dem Toten kniete, »laß uns dein Gesicht sehen.«
Er drehte die Leiche vorsichtig auf den Rücken.
Ich sah in das Gesicht des Dieners Olaf Notung.

18

Um 7 Uhr 15 am nächsten Morgen traf ich im Hauptbahnhof Bremen ein. Pastor Demel erwartete mich auf dem Bahnsteig. Wir gaben einander die Hand und gingen schweigend zu einem Volkswagen. Demel sah übernächtigt und erschüttert aus. Er sprach auch lange Zeit noch nicht, als er schon fuhr.
Sein Anruf hatte mich um drei Uhr morgens in der Davidswache erreicht, wo ich mich zu dieser Zeit aufhielt. Hem hatte Demel geraten, es dort zu versuchen, als der Pastor ihn anrief. Demel war sehr aufgeregt gewesen. Ich sollte unbedingt den Frühzug nach Bremen nehmen. Das hatte ich getan, selber in größter Bestürzung – nach dem, was Demel am Telefon erzählte...

Wir erreichten die Autobahn. Hier draußen lag überall frischer Schnee, der Tag war trüb, die Wolken hingen tief.
»Sie werden wissen wollen, wie alles geschah«, sagte Demel endlich.
»Natürlich«, sagte ich.
»Ich kann es Ihnen einigermaßen chronologisch und lückenlos erzählen – nach den verschiedenen Aussagen, die wir inzwischen erhalten haben«, erklärte Demel. »Chronologisch also. Gestern abend um halb zehn Uhr erschien Fräulein Luise, in Hut und Mantel, bei der Pförtnerloge des Ludwigskrankenhauses ...«
Dem Pförtner, erfuhr ich weiter, der, wie alle Angestellten und Ärzte, Fräulein Luise mittlerweile gut kannte, fiel auf, daß sie so glücklich und strahlend war wie noch nie. Sie schien auch gar keine Eile zu haben.
»Ich muß noch einmal raus«, sagte das Fräulein. »Der Herr Professor hat mich gebeten drum. Er kann doch oft nicht schlafen, und dann raucht er, und jetzt ist ihm seine Lieblingsmarke ausgegangen. Hol ich ihm noch zwei Packeln.«
»Ist gut, Fräulein Luise.«
»Wie geht es der Elisabeth? Bei Mumps muß man aufpassen.«
»Es geht schon viel besser, Fräulein Luise. Der Doktor sagt, bald ist es wieder gut.«
»Das freut mich aber. Wissens, ich hab mal ein Kind gehabt ...«
Fräulein Luise erzählte eine gefährliche Mumps-Geschichte, und dann unterhielt sie sich mit dem Pförtner noch über dessen zwei andere Kinder. Schließlich eilte sie davon, hinaus auf die dunkle Straße. Es schneite ziemlich heftig um diese Zeit ...
Als Fräulein Luise nach einer halben Stunde noch nicht zurückgekehrt war, rief der Pförtner die Privatstation an und erstattete bei der Nachtschwester Meldung. Die Nachtschwester weckte den Arzt vom Dienst. Es war zufällig der langhaarige Dr. Germela. Der fuhr den Pförtner telefonisch an: Was ihm eingefallen sei, das Fräulein so spät noch auf die Straße hinauszulassen?
»Entschuldigen Sie, Herr Doktor«, sagte der Pförtner mit falscher Höflichkeit, »aber ich habe gedacht, wo wir doch jetzt eine Demokratisierung der Psychiatrie und ein Patientenparlament und das alles bekommen sollen, da ist das ganz in Ihrem Sinn ...«
Damit wollte der Pförtner diesem Dr. Germela, den er ebensowenig leiden konnte wie die ganze junge, wichtigtuerische Bande von ›revolutionären‹ Ärzten, zeigen, was er von ihm hielt. Später

in der Nacht, als die Klinik aufgescheucht war, erhielt der Pförtner natürlich eine strenge Verwarnung.

Zunächst eilte Germela nun in das Zimmer des Fräuleins und sah, daß sie ihren Schal, ihre Handschuhe, ihren Hut und Mantel und ihr Geld – die gesparten Zuwendungen der Tochter des Professors Leglund – mitgenommen hatte. In der Hoffnung, etwas von Leglund zu erfahren, stürmte Germela in dessen Zimmer. Der alte Mann schlief tatsächlich noch nicht.

»Fräulein Luise?« fragte er verwundert. »Was heißt das, wo die ist? Die ist doch schon vor zwölf Jahren gestorben ...«

Nun wurde es Germela mulmig, und er gab Alarm.

Zu dieser Zeit saß Fräulein Luise bereits in einem Taxi und fuhr über die nächtliche Autobahn. Sie hatte eines der Taxis gewählt, die ständig in einiger Entfernung vom Eingang des Krankenhauses parkten und auf Kundschaft warteten. Der Fahrer kehrte nach dieser Tour wieder zur Klinik zurück, und als er vom Pförtner hörte, was geschehen war, berichtete er gleich von seinem Zusammentreffen mit dem Fräulein.

»Sie war sehr nett«, sagte der Chauffeur da dem Dr. Wolfgang Erkner, der mittlerweile die Suche nach dem Fräulein leitete. »Ich habe gedacht, sie gehört irgendeiner Sekte an.«

»Wieso?«

»Weil ...«

»... also wissens, ein Mann in Ihrem Alter, Sie sollten sich was schämen!« hatte das Fräulein gesagt, wenige Minuten nach der Abfahrt. Sie saß neben dem Chauffeur. Und sie wies anklagend zu einem aufgeschlagenen ›Playboy‹-Heft, das zwischen ihnen lag. Sehr unglücklich aufgeschlagen. »Lassens doch die Sünde«, sagte das Fräulein. »Wenn Sie erst einmal in der anderen Welt sind, dann werden Sie es zu spüren bekommen, was Sie da für einen Unsinn gemacht haben. Wär besser, Sie möchten sich schon vorbereiten auf die andere Welt ...« (»Wirklich ein nettes Fräulein, aber sehr religiös«, sagte der Chauffeur später.)

Das Schneetreiben hörte plötzlich auf, die Wolkendecke öffnete sich, der Mond leuchtete.

»Schneller«, sagte das Fräulein zu dem Chauffeur. »Fahrens doch bitte schneller.«

»Gerne, meine Dame.«

»Ich hab es nämlich sehr eilig«, erklärte Luise.

»Eilig? Wieso?«
»Ach, wissens, ich hab vielleicht einen Abend gehabt! Dauernd bin ich gerufen worden von meine Freund. Ununterbrochen! Ich soll kommen! Ich soll zu ihnen kommen! Ich soll schnellstens zu ihnen kommen! Da muß irgendwas Großes los sein.«
»Sie haben Freunde in Neurode?« fragte der Chauffeur, denn Neurode hatte Fräulein Luise ihm als Fahrtziel genannt.
»Ja. Gute Freund. Die besten. Und sie verlangen nach mir. Ich muß mich beeilen. Noch schneller fahren, gehts?«
»Meinetwegen«, sagte der Chauffeur.
Auf der elenden Straße ging es dann nicht mehr so schnell, und knapp vor dem Ortseingang von Neurode bat das Fräulein den Chauffeur, zu halten.
»Wir sind aber noch nicht ganz in Neurode.«
»Das weiß ich. Ich ... ich möcht gern die paar Meter zu Fuß gehen. Ein bissel Luft schnappen«, sagte das Fräulein. »Was bin ich schuldig?«
Er nannte den Fahrpreis, und sie bezahlte, indem sie Geld aus einem Papiersäckchen nahm – das fiel dem Chauffeur auch noch auf. Sie gab ihm fünf Mark Trinkgeld.
»Ich danke, meine Dame. Und alles Gute.«
»Ihnen auch!« rief Fräulein Luise, in den frisch gefallenen Schnee hinaustretend, fröhlich. »Auch Ihnen, mein Lieber! Und lassens die dumme Sünd, ja?«
Der Chauffeur lachte und fuhr bis in den Ort, wo er wendete. Als er den Weg zurückkam, sah er Fräulein Luise nicht mehr, aber er suchte auch nicht nach ihr.
Dr. Erkner erhielt diese Mitteilung aus dem Mund des Chauffeurs um 23 Uhr 45. Er rief sofort das Jugendlager Neurode an. Nachts war das Telefon hier zum Schlafzimmer des Lagerleiters Dr. Horst Schall geschaltet, die Zentrale war unbesetzt.
Dr. Schall fuhr aus dem Bett, als er Erkners Anfrage und Meldung erhalten hatte. Er weckte den Lagerarzt Dr. Schiemann, den Chauffeur Kuschke und den Pastor Demel. Gemeinsam liefen sie durch das Lager, befragten den alten Wachmann, der beim Eingangstor Dienst tat, sahen – ohne Hoffnung schon – in Fräulein Luises Büro, und riefen zuletzt laut nach ihr.
Durch das Rufen wurden Erwachsene und Jugendliche wach. Eine junge Spanierin kam zu der Gruppe der Männer. Sie war noch völlig angekleidet und sehr aufgeregt. Schall sprach Spanisch. Er

redete mit dem Mädchen, dann übersetzte er für die anderen: »Juanita sagt, sie war heute in der ›Genickschußbar‹. Sehr lange. Mit einem Mann, der ihr eine Stelle als Tänzerin in Hamburg verschaffen wollte. Der Mann hat ihr zu trinken gegeben – ziemlich viel, Sie sehen es ja.« Das schöne Mädchen war tatsächlich betrunken. »Juanita sagt, sie hätte es mit der Angst bekommen und sei dem Mann zuletzt davongelaufen – zurück ins Lager. Dabei hat sie sich dauernd umgedreht, um zu sehen, ob er ihr folgt.«
»Und?« fragte Kuschke.
»Er ist ihr nicht gefolgt«, sagte Schall. »Aber ein Auto ist gekommen und hat im Dorf gewendet, und dann hat Juanita im Mondschein eine Gestalt gesehen, sie kann uns genau zeigen, wo. Sie weiß nicht sicher, ob es das Fräulein war, aber sie hält es für möglich. Sie sagt, diese Gestalt ist auf der anderen Seite vom Dorf ins Schilf hineingegangen und hinaus aufs Moor.«
»Ach du heilija Strohsack«, sagte Kuschke.
»Und dann, sagte Juanita, ist die Gestalt *auf* dem Moor gegangen, als ob sie darüber hinwegschwebte«, sagte Dr. Schall. »Eine ganze Weile schwebte sie so. Und auf einmal war sie verschwunden ...«
»Jetz aba schnell!« rief Kuschke.
»Ich fürchte, so schnell können wir gar nicht mehr sein«, sagte der Pastor.
Danach war es sehr still. Niemand sprach. Der Mond schien auf die kleine Gruppe. Juanita begann betrunken zu schluchzen.
Dr. Schall sagte: »Ich rufe sofort die Feuerwehr. Vielleicht daß die ...« Er vollendete den Satz nicht und lief schon zu seiner Baracke.

19

»Die Feuerwehr kam bald«, erzählte mir Pastor Demel. »Drei Züge aus den Nachbardörfern. Mit Geräten und Scheinwerfern. Die Männer arbeiteten die ganze Nacht durch. Sie arbeiten auch jetzt noch.«
»Sie haben die richtige Stelle gefunden?«
»Ja. Juanita zeigte sie uns noch, ehe die Feuerwehrleute kamen. Das Fräulein ging vor dem Dorf ins Moor – auf diesem schmalen Pfad, den sie immer benutzte, wenn sie zu ihren Freunden auf

dem Hügel ging. Ich fand ihre Fußspuren. Dort, bei dem Pfad, suchen die Männer seit heute nacht.«

»Und finden nichts«, sagte ich leise.

»Nichts, nein«, sagte der Pastor, noch leiser.

Danach sprachen wir nicht mehr, und der Pastor erreichte den schrecklichen Weg mit seinen Schlaglöchern und den elenden, kleinen Dörfern. Sie erschienen mir heute noch viele Male trostloser als beim ersten Mal, da ich sie gesehen hatte. Und die Gegend erschien mir unheimlich. Das feste Land war verschneit, das Moor war, abgesehen von weißen Erhebungen, eine tiefschwarze Fläche. Weiß beschneit waren die kahlen Stämme und Äste der Birken, Erlen und Korbweiden. Die Stengel des Schilfs am Wegrand standen starr wie Lanzen. Weiter draußen lag das Moor in Nebel und Dunst gehüllt.

Wir kamen endlich an.

Den Weg blockierten die roten Wagen der Feuerwehren. Ich sah Männer mit Leitern und Männer auf Brettern weiter draußen im Moor. Sie stocherten mit langen Stangen in dem schmutzigen, dunklen Wasser. Andere hockten auf den Trittbrettern der Wagen und tranken heißen Kaffee aus Pappbechern. Ich erblickte den Lagerleiter Dr. Schall, den Lagerarzt Dr. Schiemann, den Chauffeur Kuschke und den Dr. Wolfgang Erkner. Auch sie tranken Kaffee. Demel hielt. Wir stiegen aus. Ich begrüßte die Männer, die alle bleich und unrasiert und sehr müde waren.

»Nichts«, sagte der Lagerarzt zu mir.

Der Lagerleiter sagte: »Die Männer werden es nun wohl bald aufgeben. Sie haben praktisch jeden Quadratmeter Moor, der in Frage kommt, mit ihren Stangen abgesucht. Sie können nichts finden. Überhaupt nichts. Nicht einmal ein Stück Kleidung. Sie ist spurlos verschwunden.«

»Spurlos«, sagte Kuschke und starrte auf seine großen Hände.

Der Dr. Erkner trug keinen Hut. Leise und erbittert sagte er zu mir: »Das zweite Mal, daß eine Patientin flüchten kann – in einem Vierteljahr. Ich werde durchgreifen! Ich lasse mir das alles nicht mehr bieten an der Klinik. Und es ging dem Fräulein schon so gut.«

»Gut?« sagte ich.

»Ja, natürlich. Wieso?«

Ich erzählte ihm, daß Fräulein Luise durchaus in ihrem alten Zustand gewesen sei, als ich sie zum letztenmal sah, und sich wohl also vor den Ärzten nur äußerst geschickt verstellt hatte. Er sagte sehr ernst zu mir: »Warum haben Sie das nicht gemeldet?«

»Ich habe es gemeldet. Schon früher, als die ersten Zeichen auftraten. Ich wollte zu Ihnen. Ein Doktor Germela fing mich ab. Ihm erzählte ich alles. Er sagte mir, ich solle mich gefälligst um meinen Kram kümmern, das Fräulein sei bestens integriert in Ihre therapeutische Gemeinschaft. Und dann stauchte er mich zusammen und hielt mir eine Rede über die Demokratisierung der Psychiatrie, über ...«

»Hören Sie auf«, sagte Erkner wütend. »Ich kann es nicht hören. Germela also. Verflucht noch mal! Ich habe weiß Gott nichts gegen lange Haare und Bärte und neue Ideen. Aber dem Kerl setz' ich jetzt den Kopf zurecht, darauf können Sie sich verlassen!«

»Das macht nur leider Fräulein Luise nicht mehr lebendig«, sagte ich.

Der Pastor und Dr. Schall kamen heran.

»Glücklich und fröhlich wie noch nie, so ist Fräulein Luise herbeigeeilt, weil ihre Freunde sie riefen«, sagte ich langsam.

»Ja«, sagte Demel. »Fröhlich und glücklich wie noch nie, so erzählen die Zeugen ...« Er überlegte, dann sprach er verloren ins Leere: »›Laßt mich von all dem Abschied nehmen – nicht klagend, sondern singend wie der Schwan ...‹« Er fragte: »Wer hat das geschrieben?«

Niemand wußte es.

»Ich möchte mal da hinaus«, sagte ich.

Sie gaben mir einen Gummianzug, wie ihn die anderen Männer auf den Leitern trugen, und eine Stange zum Staken, und ich schob mich mit der Stange, auf einer Leiter liegend, neben dem schmalen, schneebedeckten Pfad hinaus ins Moor. Im Schnee des schmalen Weges sah ich deutlich Abdrücke von spitzen Frauenschuhen, dicht beieinander, so, als sei das Fräulein hier rasch entlanggeeilt. Noch einen Meter. Noch einen. Und dann, von einem Moment zum andern, war die Fußspur zu Ende. Kein Abdruck mehr. Nur noch der reine, unberührte Schnee. Ich lag auf meiner Leiter, und der schwere Gummianzug drückte mich, und ich starrte den letzten Schuhabdruck im Schnee an. Ein Feuerwehrmann, der herangestakt gekommen war, betrachtete mich eine lange Weile stumm, dann sagte er: »Hier ist sie rein. Aber hier haben wir wieder und wieder gesucht. Hier unten liegt sie nicht.«

»Sie muß doch hier unten liegen!«

»Ja«, sagte er. »Sollte man glauben. Nur, sie tut es nicht. Die finden wir nie.« Er stakte wieder davon, und ich sah ihm nach und blieb noch eine Weile reglos neben dem Pfad und dem letzten Schuhabdruck auf meiner Leiter liegen und dachte an Fräulein Luise. Dann begann ich zu frieren und beeilte mich, wieder an Land zu kommen. Ich zog den Gummianzug aus und meinen Mantel an und fragte den Pastor, ob ich noch einmal ins Lager und in Fräulein Luises Zimmer gehen dürfe.
Er nickte, dann begleitete er mich schweigend.
Der Schnee unter unseren Füßen knirschte. Nichts war mehr von der roten Erde zu sehen. Vor dem Zaun des Lagers stand kein einziger Wagen. Hinter dem Zaun stand kein einziger Jugendlicher. Ich fror. Die alten Wachleute beim Eingang nickten mir traurig zu. Über dem ganzen riesigen Lager mit seinen Erlen und Birken lag Traurigkeit wie eine schwere Last. Es war sehr still. Demel und ich gingen über den Schnee. Wir sprachen kaum miteinander.
Die Baracke am Lagerende, da hinten, wo schon wieder Nebel über dem Moor brauten, schien verlassen zu sein, denn auch in ihren Räumen hörte ich keine Stimme, keine Geräusche. Wir erreichten Fräulein Luises Büro. Eisig kalt war es hier drinnen, und alles sah noch genauso aus wie an jenem Nachmittag, an dem ich zum ersten Mal hiergewesen war.
Ich blickte mich um. Die häßlichen Möbel. Die Akten. Die Papiere auf dem Schreibtisch. Jemand hatte hier vor langer Zeit aufgeräumt, aber Staub lag längst wieder über allem. Die Kakteen in den drei Tontöpfen beim Fenster schienen erfroren zu sein. Eisblumen bedeckten die Scheiben. Da war die Heizplatte, die der Pastor repariert hatte. Da hing, dem Fenster gegenüber, die große Zeichnung in den Farben Schwarz, Grau und Weiß, die den gewaltigen Berg, bestehend aus Totenschädeln und Knochen, zeigte, über dem sich, in einen lichten Himmel hinein, ein mächtiges Kreuz erhob. Rechts unten las ich wieder ›Gottschalk 1965‹. Vor drei Jahren hatte sie dieses Bild gemalt. Nun war sie tot.
Ja, war sie tot?
Ich ging langsam in ihren Wohnraum hinüber. Auch hier war es eisig. Da lag der Fleckerlteppich aus bunten Stoffresten, da gab es den Schrank, das Bücherbord, die sechs von Kindern gemalten Bilder an den Wänden, die Stehlampe, den Radioapparat auf dem Kästchen neben dem Bett, das Buch darauf, in dem ich einmal ge-

blättert hatte. Auch das Bett hatte man frisch gemacht, seit Fräulein Luise in jener nun schon so fernen Nacht aufgestanden und zu ihren Freunden auf den Hügel im Moor geeilt war, bevor sie nach Hamburg fuhr.

»Warum wollten Sie unbedingt noch einmal hierherkommen?« fragte Demel.

»Ich will wissen, was übrigbleibt von einem solchen Menschenleben«, sagte ich.

»Nun«, sagte er traurig, »jetzt sehen Sie es. Nicht viel, wie?«

»Wer weiß«, sagte ich.

Ich nahm das Buch vom Nachtkästchen, das da, aufgeschlagen, neben dem Wecker und der Rolle Schlaftabletten lag, das Buch mit der rot angestrichenen Stelle, die ich einmal zu lesen begonnen hatte. Shakespeare. Gesammelte Werke. Band 3. Diesmal, dachte ich, wollte ich die ganze Stelle lesen, die Fräulein Luise angestrichen hatte, diesmal hatte ich Zeit. ›Der Sturm‹ also, 4. Aufzug, 1. Szene. Prospero spricht: »Das Fest ist nun zu Ende . . .«

Ich las, dann reichte ich das Buch Demel. Er nahm den Band, und mit leiser Stimme las er in dem eiskalten Wohnraum diese Zeilen, die ein Nekrolog auf das Fräulein hätten sein können. Diese Zeilen:

»Das Fest ist nun zu Ende; unsere Spieler,
wie ich Euch sagte, waren Geister und
sind aufgelöst in Luft, in dünne Luft.
Wie dieses Scheines lockrer Bau, so werden
die wolkenhohen Türme, die Paläste,
die hehren Tempel, selbst der große Ball,
ja, was daran nur teilhat, untergehn;
und, wie dies leere Schaugepräng' erblaßt,
spurlos verwehn. Wir sind von solchem Stoff,
wie Träume sind, und unser kleines Sein
umfaßt ein Schlaf . . .«

20

›Wir sind von solchem Stoff, wie Träume sind . . .‹

Immer wieder mußte ich an diese Stelle denken, während ich im Zug über verschneites Land von Bremen nach Frankfurt zurückfuhr, und in Gedanken nahm ich Abschied von Fräulein Luise, die mein Herz bewegte auf eine Weise, wie es noch nie bewegt gewesen war. Damals wußte ich noch nicht, daß ich nie wirklich Abschied von Fräulein Luise nehmen, daß sie immer bei mir sein, um mich sein, in mir sein sollte.

Vom Bahnhof fuhr ich mit der Straßenbahn zu Hems Wohnung beim Grüneburg-Park, in dem alten Haus an der Fürstenberger Straße. Ich nahm den Lift. Als ich die Tür aufsperrte, kam mir das Schloß seltsam ausgeleiert oder gelockert vor, aber ich achtete da noch nicht darauf.

In der Wohnung war es warm. Ich wußte, daß Hem bei BLITZ war und Irina bei ihrem Psychologen und daß Bertie über meinem Manuskript saß. Ich rief nach ihm, aber es kam keine Antwort. Ich ging durch den langen dämmrigen Gang zu den beiden Räumen, die Hem Irina und mir überlassen hatte, und öffnete die Tür zu meinem Arbeitszimmer. Auf dem Schreibtisch beim Fenster sah ich den zusammengesunkenen Oberkörper Berties. Er lag mit dem Kopf auf der Tischplatte, die Arme hingen herab. Er hatte seine Jacke ausgezogen. Das Hemd war am Rücken blutdurchtränkt, Blut war auf den Boden getropft, viel Blut. Ich trat schaudernd näher. Mindestens fünf Kugeln aus einer Maschinenpistole hatten Bertie im Rücken getroffen. Der (oder die) Mörder mußte (mußten) blitzschnell gehandelt haben. Bertie, ohne Zweifel völlig arglos, hatte das Öffnen der Wohnungstür gehört und vermutlich gedacht, ich käme heim. Er hatte sich nicht einmal umgewandt, als die Tür zum Arbeitszimmer geöffnet worden war. So saß er nun da, ein Bleistift war seiner Hand entglitten und schwamm in der Blutlache auf dem Boden, der Kopf lag seitlich auf dem Schreibtisch. Die Augen waren gebrochen, das Gesicht fahl, die Lippen hatte Bertie zu einem Lächeln verzogen. Mit diesem Lächeln war er gestorben. Ich fand die ganze Wohnung durchwühlt: Laden waren aus dem Schreibtisch und aus Schränken gerissen worden, ihr Inhalt lag auf der Erde. Mein ganzes Manuskript mit Durchschlag war verschwunden, desgleichen konnte ich keines der Tonbänder mehr finden, auch nicht den Recorder, und keine Notizbuch-Fotokopie. Ich suchte in Panik überall. Ich entdeckte nichts. Ich rief die Polizei an und sagte, sie sollten schnell mit ihren Beamten herkommen. Mir war alles völlig klar, und ich war von einem brennenden, ohnmächtigen Zorn und zugleich von tiefer Trauer erfüllt.

»Was ist los?« fragte der Polizist am Telefon.
»Jemand ist hier ermordet worden«, sagte ich.
Mein Freund Bertie. Mein Kamerad Bertie. Tot.
»Wer ist ermordet worden, Herr Roland?«
»Ich«, sagte ich, zutiefst erschüttert, denn auch das war mir klar geworden: Bertie hatten sie aus Versehen und übereilt erschossen. Zum Schweigen gebracht hätte ich werden sollen.
»*Sie?* Sind Sie verrückt?«
Ich konnte nicht mehr reden und legte auf.
Fünf Minuten später war der erste Wagen der Mordkommission an Ort und Stelle.

21

Die Polizei schloß sich meiner Überlegung an, daß Bertie irrtümlicherweise erschossen worden war und die Kugeln eigentlich mir gegolten hatten. Schließlich war das Manuskript verschwunden, ebenso wie die Tonbänder. Die Untersuchung dieses Falles wurde so geheim wie möglich geführt, nichts sollte an die Öffentlichkeit dringen. Als Irina und Hem heimkamen, war Berties Leichnam längst fortgebracht worden, und ich hatte alles Blut weggewaschen. Irina weinte sehr, als ich erzählte, was geschehen war, Hem sagte nur: »Die Schweine, die verfluchten Schweine. Was glaubst du, wer das getan hat?«
»Jeder, der ein Interesse daran hatte, daß die Geschichte unterdrückt wird, kann es getan haben«, sagte ich. »Jeder einzelne. Oder auch alle zusammen. Vielleicht haben sie einen Killer gemietet. Diese Geschichte soll nicht erscheinen. Herford wünscht das nicht. Die Amis wünschen das nicht. Die Russen wünschen das nicht. Und, wer weiß, vielleicht wünscht auch Vandenberg es nicht.«
»Aber er hat dir doch gesagt, du sollst das Buch schreiben!« sagte Irina, sehr verstört.
»Das hat er gesagt«, antwortete ich. »Möglicherweise jedoch im Auftrag oder im Bunde mit anderen. Damit man sicher war, daß ich das Buch für Vandenberg schrieb – und sonst nichts davon erzählte. Um Ruhe zu haben. Um mich in Ruhe umlegen zu können. Nur daß man dann in Ruhe den Falschen umgelegt hat. Ich klage sie alle an: Herford, die Amis, die Russen – und auch Vanden-

berg! Ich traue keinem mehr! Ihr werdet sehen, der Täter wird nie gefunden werden.«
Damit sollte ich recht behalten. Der Täter wurde nie entdeckt...

»Jemand von uns muß gehen und mit Berties Mutter reden«, sagte Hem. »Ich tue das, wenn du willst, Walter.«
»Nein«, sagte ich. »Das will ich selber tun.«
Berties Mutter wohnte nicht weit von Hem entfernt, in dem Stadtteil Bockenheim, an der Leipziger Straße. Ein Mädchen öffnete mir mit rotgeweinten Augen und sagte, Frau Engelhardt sei es sehr schlecht gegangen, nachdem die Polizei die Nachricht vom Tod ihres Sohnes überbracht hatte, aber ich solle weiterkommen, ich würde erwartet. Ich hatte mich telefonisch angemeldet. Das Mädchen führte mich in ein großes Zimmer mit schönen Möbeln. Hier saß Frau Engelhardt – sie war 84 Jahre alt, das wußte ich –, sehr aufrecht, in einem schwarzen Kleid, auf einem Sofa. Sie war schmal und groß und hatte graues Haar und ein sehr feines, durchsichtig wirkendes Gesicht.
»Setzen Sie sich zu mir, Herr Roland«, sagte Frau Engelhardt, und ihre hohe Greisinnenstimme klang fest und ruhig. »Schön, daß Sie kommen – und niemand anderer. Der Verleger und der Chefredakteur und so viele Leute haben angerufen, auch Reporter von Zeitungen, und deshalb habe ich vor einer Stunde das Telefon auf Kundendienst stellen lassen.«
Ich setzte mich und sah die alte Dame an, die ich schon so viele Jahre kannte, und ich brachte kein Wort heraus. Auf verschiedenen Tischen standen Blumen in Vasen.
»Das alles«, sagte die Mutter verloren, während sie mit der Hand wies, »ist gerade gekommen. Bertie hatte viele Freunde. Er war ein guter Junge, nicht wahr?«
»Ja«, sagte ich. »Er war mein Freund. Wir haben so viele Jahre lang zusammengearbeitet. Ich ... ich ...«
»Schon gut«, sagte die Mutter. »Er hatte Sie sehr gerne, mein Sohn, wissen Sie das? Er bewunderte Sie.«
»Ach ...«
»Nein, wirklich! Und er war immer glücklich, wenn er mit Ihnen zusammenarbeiten konnte.« Sie sah mich freundlich an. Ich schwieg. Ich wußte noch immer nicht, was ich sagen sollte. Alle Worte, die mir einfielen, waren Phrasen. »Gottes Wege sind wunderbar«, sagte die Mutter. »Ich warte so auf den Tod, aber ich lebe. Und

mein Bertie ist tot. Nun bin ich ganz allein. Er war ja nie lange daheim, aber immer standen wir in Verbindung, er rief mich an von überall her, oder er telefonierte und schickte Briefe und Blumen. Vielleicht ist Gott jetzt gnädig und läßt mich auch bald sterben. Was soll ich noch auf der Welt?«
»Liebe Frau Engelhardt...«
»Nein, sagen Sie nichts. Ich weiß, wie Ihnen zumute ist. Das ist ein Moment, in dem wir beide am besten schweigen und an Bertie denken sollten. Wollen Sie mit mir schweigen?«
Ich nickte, und wir sprachen lange Zeit kein Wort, und ich dachte an die vielen Abenteuer, die ich mit Bertie erlebt hatte, und an seine Fröhlichkeit, und wie oft wir gelacht hatten – und daß er sogar noch im Tode gelächelt hatte, sein ewiges Jungenlächeln.
Endlich stand die Mutter auf und ging zu einer großen Truhe, die sie öffnete. Sie winkte mir. Ich folgte. Die Truhe war zu zwei Dritteln angefüllt mit Briefen und Telegrammen, es mußten viele Hunderte sein.
»Das ist alles von ihm«, sagte die Mutter. »In all den Jahren hat er mir das geschrieben und diese Telegramme geschickt. Er ist nicht ganz fort, ich habe noch so viel von ihm. Ich kann immer wieder die Telegramme und Briefe lesen, nicht wahr?«
»Ja, Frau Engelhardt«, sagte ich.
»Das ist ein großer Trost«, sagte sie.
»Gewiß«, sagte ich und dachte verwundert und beklommen darüber nach, was im Unglück alles zum großen Trost werden kann. Die Mutter zeigte mir ein paar von Berties Briefen – aus Tokio, Hollywood, Saigon, Johannesburg –, und dabei vergaß sie immer mehr meine Anwesenheit, sie war schon so alt und so müde vom Leben, und zuletzt, als ich mich verabschiedete, nickte sie mir zu, ohne aufzustehen (sie hatte sich neben die Truhe auf einen Sessel gesetzt), und das letzte, was ich von ihr sah, war, wie sie in einem Brief Berties las, in einem Brief, den er einmal von irgendwoher in der Welt an seine geliebte Mutter geschrieben hatte. Ich schloß sehr leise die Tür des Zimmers hinter mir, und ich fühlte mich sehr elend.
Zwei Tage später war die Einäscherung. Bertie hatte den Wunsch gehabt, verbrannt zu werden, und so fand die Trauerfeier im Krematorium statt. Es waren sehr viele Menschen gekommen, Berties Berufskollegen, und von BLITZ alles, was nur kommen konnte, an der Spitze natürlich Herford und Mutti. Hem war auch da – ich

und Irina gingen nicht hin –, und Hem erzählte uns, daß Herford eine sehr umfangreiche, sehr geschmacklose Rede gehalten habe auf Berties Verdienst um BLITZ, so umfangreich und so geschmacklos, wie er selber war.
»Ich habe ihn wie einen Sohn geliebt!« habe Herford heftig schluchzend gerufen, berichtete Hem.
Es gab riesige Kränze und Blumensträuße, und alles war um fünf Nummern zu pompös, und die Mutter, erzählte Hem, saß die ganze Zeremonie über ohne sich zu bewegen in der ersten Reihe und sah niemanden und sprach mit niemandem, und als der Sarg in die Tiefe glitt, stand sie auf und ging einfach fort.
Am Abend dieses Tages – es war Dienstag, der 14. Januar 1969 –, wanderten Irina, Hem und ich zu dem Krematorium. Man konnte nicht mehr hinein, man konnte nicht einmal mehr in die Nähe, die Gittertore des Geländes waren geschlossen. Es schneite leicht, und es war finster, nur ein paar Straßenlaternen brannten, und wir standen lange schweigend da und sahen zu dem Krematorium, das sich hinter Zypressen und Pappeln erhob. Und jeder von uns sprach noch einmal mit Bertie, jeder auf seine Weise, jeder mit seinen Worten, stumm. Er war nicht mehr da, wer wußte, ob seine Asche noch da war, aber wir sprachen mit ihm, alle drei, lautlos. Und ich dachte, daß mein alter Freund Bertie nun dort war, wo Fräulein Luise und ihre Freunde waren – welches Reich und welcher Ort das auch immer sein mochten.
Dann gingen wir über einen verschneiten Alleeweg wieder zur Hauptstraße zurück, und da sagte Hem plötzlich zu mir: »Du weißt doch, was das bedeutet, daß man den falschen Mann erschossen hat und daß du noch immer lebst, Walter.«
»Ja«, sagte ich, »das weiß ich.«
»Und du hast jetzt eine Frau, und deine Frau erwartet ein Kind«, sagte Hem.
»Wovon redet ihr?« fragte Irina.
»Nichts, mein Liebling«, sagte ich. »Gar nichts. Reg dich nicht auf. Ich muß jetzt nur etwas tun. Schnell. Nicht wahr, Hem?«
»Ja«, sagte Hem, »sehr schnell, Walter. So schnell wie möglich.«
»Ach so«, sagte Irina auf einmal. »Ja. Ja, Walter, natürlich. Das mußt du jetzt tun!«
Sie sah mich angstvoll an, und sehr feine Schneeflocken fielen auf uns aus einem finsteren Himmel.
Und plötzlich fielen mir die Worte ein, die Fräulein Luise zu mir

gesprochen hatte, in Bremen, im Ludwigskrankenhaus: »Das ist eine Botschaft von meine Freund. Für Sie und Herrn Engelhardt. Ich soll sie weitergeben an Sie, weil Sie gute Menschen sind. Sie werden glücklich werden, Herr Roland, lassen meine Freund Ihnen sagen. Aber Sie haben noch einen weiten Weg zu gehen bis zur Glückseligkeit, und Sie müssen noch viele Prüfungen bestehen und Geduld haben, vor allem Geduld. Ihr Freund Engelhardt, der hat es da leichter und schöner. Der hat es immer leichter gehabt. Ihr Freund, der wird schon bald alles erreichen, was erstrebenswert ist ...«

22

Er hieß Peter Blenheim, er war Graphiker, etwa Ende der Fünfzig, und er hatte einen scheuen Charme und die Angewohnheit, beim Sprechen die Spitzen der schönen Finger gegeneinanderzulegen. Er war groß, fröhlich und besaß dichtes braunes Haar, ein spitzes Gesicht mit brauner Haut, Flaum am Kinn und die blanken, dunklen Augen eines Eichhörnchens. Er hatte, trotz seiner Größe, ungemein viel von der Putzigkeit und Schnelligkeit und lustigen Verspieltheit eines Eichhörnchens an sich, man mußte bloß sein Gesicht anschauen.
Er hatte natürlich überhaupt nichts von einem Eichhörnchen an sich, war nicht groß und fröhlich, legte nicht beim Sprechen die Spitzen der schönen Finger gegeneinander, hatte keinen scheuen Charme und war nicht Graphiker. Ende der Fünfzig war er, das stimmt. Aber ganz gewiß hieß er nicht Peter Blenheim. Es ist selbstverständlich, daß ich ihn anders nennen und anders schildern muß.
»Die Freunde von Max Knipper sind meine Freunde«, sagte er zur Begrüßung. Dann bat er Irina und mich in seine Mansardenwohnung und weiter in ein großes Studio, in dem er arbeitete. Plakat- und Werbetext-Entwürfe waren mit Reißnägeln an allen Wänden angebracht, große und kleine, bunte und schwarz-weiße, und auf einem Arbeitstisch häuften sich Stifte, Maltuben, Pinsel, Kartons in allen Farben, lagen Stifte, Federn, Tuschgegenstände und Zirkel. Auf einem Dreifuß stand eine Staffelei.
Er ließ uns an einem sehr niederen Tisch auf einer Couch Platz nehmen, die ohne Füße direkt auf dem Boden stand und über der eine

sehr bunte Decke lag. Er selber setzte sich uns gegenüber auf einen roten arabischen Lederhocker. Er schien Irina und mir vom ersten Blick an vertrauenswürdig, zuverlässig und tüchtig, und das war er auch.

»Besta Mann, den de kriegen kannst«, hatte Max mir gesagt, als ich ihm mein Problem vortrug. »Warte, ick melde dir bei ihm an.«

»Ist er denn so überlaufen?«

»Nee, aba der empfängt bloß uff Empfehlung von jute Freunde. Recht hatta! Sein Leben lang macht der det schon, und noch nicht eenmal war er ooch nur vor die Polizei, jeschweije denn vor't Jericht, Junge!«

Peter Blenheim fälschte Papiere – Pässe, Staatsbürgerschaftsurkunden, Geburts-, Tauf-, Heimatscheine, was man wollte. Für jedes Land. In jeder Sprache. Die gestohlenen Originaldokumente, die er nicht auftrieb oder gar schon besaß, gab es nicht. Das bemerkten wir bald, als er uns fragte, in welches Land wir gehen und wie wir heißen wollten.

»Ich arbeit schnell, erstklassig und teuer«, sagte er. »Das ist meine Geschäftsdevise. Noch nie hab ich einen unzufriedenen Kunden gehabt. Noch nie ist ein Malheur passiert.«

Schade, daß ich Peter Blenheim nicht identifizieren und jedem Interessierten wärmstens empfehlen kann. Er beriet und bediente uns einfach hervorragend. Und so teuer war er zuletzt gar nicht – ich hatte noch die Brillanten, ich konnte alles leicht bezahlen, auch die Flugscheine und die Ausgaben dort, wo wir dann landeten. Wir überbrückten unsere ganze erste schwere Zeit mit dem Geld, das ich für die Brillanten erhielt.

All das scheint mir nun schon eine Ewigkeit zurückzuliegen. Ich kann natürlich auch nicht sagen, wie Irina und ich jetzt heißen und wo auf der Welt wir eine neue Heimat gefunden haben. Es geht uns gut. Ich schreibe nicht mehr, ich habe einen ganz anderen Beruf, und ich verdiene eine Menge Geld. Und wir sind zu dritt. Es ist ein Mädchen geworden bei Irina, auch seinen Namen nenne ich nicht. Ich bin völlig verrückt mit dem Mädchen. Ich habe mir doch immer so sehr ein Kind gewünscht. Manchmal, glaube ich, wird Irina fast ein wenig eifersüchtig. Die Arbeit, die ich leiste, ist anständig und ehrlich, nicht mehr so wie früher. Auch ich bin anders geworden – so anständig zum Beispiel, daß ich über komplizierte Umwege meine Schuld bei Blitz und meine Steuerschulden abgezahlt habe. Und ich trinke noch immer keinen Tropfen ...

Wir blieben damals lange bei Peter Blenheim, denn wir hatten es sehr eilig, und darum begann er gleich mit der Arbeit. Er machte Aufnahmen von uns für die Paßfotos, die er nun brauchte, er suchte mit uns gemeinsam zwei Kollektionen von Vordrucken und Formularen zusammen, und wir komponierten gemeinsam zwei neue Leben – eines für Irina und eines für mich, mit Namen, Daten und Orten.

»Diese Daten und diese Orte, die müssens sich jetzt einprägen«, sagte Peter Blenheim. »Auswendig lernen müssens die. Wenn man Sie aus dem Schlaf rüttelt und anschreit mit Ihre eigenen richtigen Namen, dann dürfens auch nicht mit einer einzigen Wimper zucken. In Fleisch und Blut übergehen müssen Ihnen Ihre neuen Leben. Üben! Üben! Einer weckt den andern mitten in der Nacht und schreit ihn an und fragt ihn, wann er geboren ist und wo, und wie seine Mutter geheißen hat. Das ist noch wichtiger als meine Papiere, verstehens mich?«

»Ja«, sagte ich. Tatsächlich haben wir dann gleich und nach unserer Flucht noch lange diese nächtlichen Alarmübungen veranstaltet.

»Ich sag immer, das hundertprozentig einwandfrei gefälschte Papier nutzt nix, wenn der Mensch nicht hundertprozentig einwandfrei gefälscht ist«, erklärte Blenheim.

Ich sah Irina an und dann ihn.

»Was hams denn?« fragte er.

»Sie sprechen mit einem Akzent, einem leichten Dialekt«, sagte ich. »Sie sind nicht aus Frankfurt, wie?«

»Nein«, sagte er und preßte die Fingerspitzen gegeneinander und lächelte. »Ich bin nicht von hier, obwohl ich seit einer Ewigkeit hier leb. Aber es ist komisch, diesen Akzent, den bring ich einfach nicht weg.«

»Woher sind Sie?« fragte ich langsam. »Aus Österreich?«

»Noch ein Stückl weiter«, sagte er. »Aus Böhmen. Da komm ich her. Meine Eltern sind dort geboren, alle meine Vorfahren. Wir haben einen kleinen Hof gehabt in Spindlermühle.«

»Spindlermühle? Wo liegt das?« fragte Irina.

»Im Riesengebirge. Nicht weit von der Weißen Wiese«, antwortete er. »Das ist ein großes Hochmoor, wissens. Sie werden es nicht glauben, aber nach meinem Abitur, da hab ich tatsächlich studiert. In Wien. Philosophie!« Er lachte. »Da machens Augen, was?«

»Ja«, sagte ich und sah Irina wieder an, und sie erwiderte meinen Blick.

»Na, hat nicht lang gedauert, dann bin ich mit Leuten aus diesem Milieu zusammengekommen und hab das Studium aufgegeben. Bald danach sind auch meine Eltern gestorben. Den Hof hab ich verkauft.« Er sah sinnend vor sich hin. »Aber es war eine schöne Zeit, damals, an der Universität. In den Semesterferien bin ich immer nach Haus gefahren, nach Spindlermühle und zur Weißen Wiese. Jeden Sommer war ich dort.« Sein Lächeln verstärkte sich. »Eine Liebe hab ich da mal gehabt, einen Sommer lang. Mit einem Mädchen, das auch aus Wien gekommen ist. Die hat in einem Kinderheim gearbeitet. Als Fürsorgerin. Ein schönes Mädchen war das – und eine schöne Liebe. Ja, und nun ist schon so viel vom Leben herum.«

»Fürsorgerin war Ihre Freundin?« fragte Irina.

»Sag ich doch. Da waren viele Fürsorgerinnen damals«, sagte Peter Blenheim. »So viele junge. So viele hübsche. Aber die, die hat mir am besten gefallen von allen! Hat nur ein paar Monate gedauert, bis daß wir wieder auseinandergekommen sind. Aber es war eine wirkliche und wahre Liebe – für sie die erste noch dazu ... obwohl sie sogar ein bissel älter gewesen ist als ich ...« Er nickte wehmütig, ein alternder Mann, der sich seiner Jugend entsinnt. »Manchmal – oft eigentlich – denk ich noch an sie«, sagte er. »Und noch öfter träum ich von ihr und von dem wunderbaren Sommer und dem riesigen, herrlichen Moor. Aber ...« Er brach ab.

»Aber?« fragte ich.

»Aber ich kann tun, was ich will, noch so angestrengt nachdenken, überlegen, forschen. Nix zu machen. Was wollen Sie? So um die vierzig Jahre ist das schon her, ich weiß nicht einmal mehr genau das Jahr, in dem es geschehen ist ... Ja, also den Namen von dem Mädchen ...«

»Den Namen?« fragte Irina.

»Den eben hab ich vergessen«, sagte er und lächelte scheu und hielt die Spitzen der Finger gegeneinandergepreßt, ein braunhaariger, braunhäutiger, spitzgesichtiger Mann, so sehr an ein Eichhörnchen erinnernd. In seinen dunklen blanken Augen stand der Ausdruck von Verwunderung und der Trauer darüber, daß wir in unserer Welt alles vergessen, das Schmerzhafteste und das Ärgste, aber auch das Schönste und das Liebste, nach einer kleinen Weile.

PRODUKTION
EDITO-SERVICE S.A., GENF

PRINTED IN ITALY